John Updike

ex libris
Volk und Welt

John
Updike
Der Zentaur

Roman

Aus dem Amerikanischen von
Maria Carlsson

Mit einem Nachwort von Karl-Heinz Schönfelder

ISBN 3-353-00111-5

3. Auflage (1. Auflage ex libris Volk und Welt)
Lizenzausgabe des Verlages Volk und Welt, Berlin 1987
für die Deutsche Demokratische Republik
mit Genehmigung der Rowohlt Verlag GmbH,
Reinbek bei Hamburg
L. N. 302, 410/214/87
Originalausgabe: *The Centaur*, erschienen bei
Alfred A. Knopf, Inc., New York 1963;

Printed in the German Democratic Republic
Einbandentwurf: Horst Hussel
Gesamtherstellung: Offizin Andersen Nexö,
Graphischer Großbetrieb Leipzig, III/18/38
LSV 7331
Bestell-Nr. 648 717 6

01600

Der Himmel ist die dem Menschen unbegreifliche, die Erde ist die ihm begreifliche Kreatur. Er selbst ist die Kreatur der Grenze zwischen Himmel und Erde.

Karl Barth

Aber immer noch war es notwendig, daß ein Leben hingegeben werde, um jene alte Schuld zu sühnen: den Diebstahl des Feuers. Es begab sich, daß Chiron, der edelste von allen Zentauren (die zur einen Hälfte Pferde sind, zur andern Menschen), ruhelos die Welt durchwanderte und Todesqualen litt an einer Wunde, die er aus seltsamem Anlaß empfangen hatte. Auf einem großen Hochzeitsfest bei den Lapitkai in Thessalien hatte einer der wüsten Zentauren es gewagt, die Braut zu entführen. Ein wilder Kampf entbrannte, und in der allgemeinen Verwirrung wurde Chiron, schuldlos, wie er war, von einem vergifteten Pfeil getroffen. Nie versiegender Schmerz peinigte den unsterblichen Zentauren fortan, und Heilung schien ihm auf ewig versagt; da sehnte er sich nach dem Tod und betete, daß er angenommen werden möge als Sühne für Prometheus' Schuld. Die Götter hörten sein Gebet und erließen ihm seine Qual und die Unsterblichkeit. Er starb wie alle müden Menschen, und Zeus setzte ihn als leuchtendes Schützenzeichen unter die Sterne.

Alte griechische Volkssagen, neu erzählt
von Josephine Preston Peabody, 1897

I

Caldwell drehte sich um, und während er sich umdrehte, traf ihn ein Pfeil in den Fußknöchel. Die Klasse brach in Lachen aus. Der Schmerz kletterte die schmale Nervenbahn in seinem Schienbein hinauf, strudelte in die Verzweigtheiten des Knies und ergoß sich in breiterem, tosenderem Strom in die Eingeweide. Die Augen hatte er nach oben gezwungen, zur Wandtafel, auf die er mit Kreide die Zahl 5 000 000 000 geschrieben hatte, das mutmaßliche Alter des Universums. Das Gelächter der Klasse war mittlerweile vom ersten schrillen Überraschungsbellen zu vorsätzlichem, gezieltem Spottgeschrei übergegangen und rottete sich um ihn zusammen, durchbrach die Abschirmung, nach der er sich sehnte, in der er allein sein könnte mit seinem Schmerz, in der er die Kraft dieses Schmerzes abmessen, seine Dauer berechnen, seine Anatomie ergründen könnte. Der Schmerz streckte einen Fühler in seinen Kopf hinein und entfaltete nasse Schwingen an den Wänden seines Brustkorbs, so daß es Caldwell in seiner jähen, scharlachroten Blindheit zumute war, als sei er selber ein riesiger Vogel, der aus einem Schlaf erwacht. Die Tafel, milchiger Schiefer, die noch die schlierigen Spuren der gestrigen Reinigung trug, haftete wie eine

Haut an seinem Bewußtsein. Es war, als verdränge der Schmerz mit seinen haarigen Gliedern Caldwells Herz und Lungen, und während die Klammer in seiner Kehle fester zupackte, hatte er das Gefühl, er halte sein Gehirn wie einen Bissen Nahrung auf einem Teller hoch über gierigen Zugriff hinaus. Ein paar von den Jungen standen aufgerichtet hinter ihren Pulten, in regenbogenbunten Hemden, johlten und glotzten auf den Lehrer, stießen mit ihren schmutzigen Schuhen gegen die Klappsitze. Das Durcheinander wurde unerträglich. Caldwell humpelte zur Tür und sperrte sie zwischen sich und den barbarischen Festlärm.

Im Flur draußen schrapte das Federende des Pfeils bei jedem Schritt über den Boden. Das Kratzen des Metalls und das steife Rascheln klangen unerquicklich zusammen. Sein Magen schlingerte, ihm war übel. Die trüb ockerfarbenen, langen Wände des Flurs wogten; die Klassenzimmertüren, in die viereckige, mit Nummern versehene Milchglasscheiben eingelassen waren, wirkten wie Elektroden, die in eine aktivierte Flüssigkeit getaucht und geladen waren mit Kinderstimmen: Französisch wurde geleiert, Hymnen ertönten, Probleme der Staatsbürgerkunde wurden diskutiert. *Avez-vous une maison jolie? Qui, j'ai une maison très jolie, gelb wogt das Korn in weiter Flur, purpurn ragt auf der Gipfel im Lauf unserer Geschichte, ihr Jungen und Mädchen* (das war Pholos' Stimme), *hat die Bundesregierung immer mehr Prestige, Macht und Autorität gewonnen, aber wir dürfen nicht vergessen, ihr Jungen und Mädchen, daß wir ursprünglich eine Vereinigung souveräner Staaten sind, die Vereinigten Staaten, Gott laß sein Auge auf dir ruhn und gieße Lieb in all dein Tun* – das schöne Lied hallte blind in Caldwells Kopf. *Aufs Schimmermeer.*

Der alte Kitsch. Er hatte es zum erstenmal in Passaic gehört. Wie sonderbar er sich seitdem verändert hatte! Seine obere Hälfte schwebte in einem mit Idealen und jungen singenden Stimmen gestirnten Firmament, die andere Hälfte stak plump in einem Morast, in dem sie irgendwann ganz versinken mußte. Jedesmal, wenn die Federn über den Boden bürsteten, bewegte sich die Pfeilspitze in der Wunde. Er versuchte, das Bein hochzuhalten, aber die drei andern Hufe dröhnten so laut, daß er Angst hatte, eine der Türen würde aufspringen und ein Lehrer würde herauskommen und ihm den Weg versperren. In diesem zugespitzten Augenblick erschienen ihm seine Kollegen wie Handlanger des Schreckens, die drohten, ihn zurück ins Zimmer zu den Schülern zu stoßen. Er spürte einen leisen Krampf in den Eingeweiden; und unmittelbar vor dem Glasschrank mit den Sportpreisen, unter seinen hundert silbernen Augen, ließ er, ohne innezuhalten, auf die glänzenden gefirnißten Bohlen einen dampfenden, dunklen, auseinanderfließenden Haufen fallen. Seine mächtigen graugesprenkelten Flanken zuckten vor Ekel, aber wie die Galionsfigur am Bug eines sinkenden Schiffes streckten sein Kopf und sein Rumpf sich nach vorn.

Der blasse, wässerige Schein über den Seiteneingängen zog ihn weiter. Hier, am anderen Ende des Flurs, fiel durch Fenster, die von außen gegen die Zerstörungswut vergittert waren, Licht in die Schule, aber in der klebrigen, polierten Luft konnte es sich nicht ausbreiten; so blieb es gefangen und lagerte sich, wie Wasser in Öl, über dem Eingang ab. Zu dieser bläulichzarten Lichtballung hin zog es die Motte in Caldwells hohem, ansehnlich gefügtem Körper. Seine Eingeweide wanden sich; ein staubiges Fühlhorn streifte seinen Gaumen. Aber auch da, im Mund, spürte er gierig die Nähe der frischen Luft. Es wurde heller. Er bockte durch die Doppeltür, deren schmutziges Glas mit Fliegendraht verstärkt war. In einem Wirbel von Schmerz stürzte er sich die kleine Treppe auf den Zementabsatz hinunter, und der Pfeil schepperte an den eisernen Geländerstäben entlang. Auf die dunkelglänzende Wand hatte ein Kind im Hinaufgehen hastig das Wort *Ficken* gekritzelt. Caldwell griff nach der Messingstange und stieß sich, den Mund unter den verkniffenen, verschreckten Augen entschlossen zusammengepreßt, hinaus ins Freie.

Unter seinen Nasenlöchern standen zwei Frostfederbüsche. Es war Januar. Die klare Bläue des hoch sich türmenden Himmels erschien mächtig und rätselhaft. Die weite fichtenumstandene Fläche des Schulrasens war grün, obwohl sie sich im Herzen des Winters dehnte, aber dies Grün war gefroren, paralysiert, verkümmert, künstlich. Jenseits des Schulgeländes glitt ein Trolleybus mit sanftem Dröhnen die Straße herauf, auf Ely zu. Er war so gut wie leer – es war elf Uhr, und die Leute fuhren zum Einkaufen alle in die andere Richtung, nach Alton – und schwankte ein wenig hin und her, und die Korbsitze versprühten goldenen Schimmer durch die Fenster. Draußen, im Angesicht der räumlichen Übermacht, schämte sein Schmerz sich wohl ein wenig. In seine Schranken verwiesen, zog er sich in den Knöchel zurück, wurde hart und taub und verächtlich. Caldwells merkwürdige Silhouette legte Würde an; seine Schultern – ein wenig zu schmal für einen so großen Leib – strafften sich, und er bewegte sich, zwar nicht mit stolzen Schritten, aber doch mit so viel geballter stoischer Anmut, daß das Hinken sich in seinen Gang fügte. Er nahm den gepflasterten Weg zwischen dem gefrorenen Rasen und dem überfüllten Parkplatz. Die Kühlerfratzen unterhalb seines Bauchs blitzten in der weißen Wintersonne, und die Schrammen im Chrom funkelten wie Edelsteine. Der Atem wurde ihm kurz bei der Kälte. Hinter ihm, im lachsfarbenen Backsteinklotz der Schule, surrte das Pausenzeichen, entließ die Klasse, die er verlassen hatte. Mit trägem, digestivem Rumpeln verteilten die Klassen sich.

Hummels Garage stieß ans Gelände der Olinger-High School, ein kleiner, unregelmäßig sich schlängelnder Asphaltweg trennte sie voneinander. Nicht nur, was die Grundstücke anging, bestand eine so enge Verbindung. Hummel hatte viele Jahre lang – jetzt freilich nicht mehr – dem Schulausschuß angehört, und seine junge rothaarige Frau Vera war Sportlehrerin bei den Mädchen. Die Werkstatt hatte viel Kundschaft unter den Schülern: die Jungen brachten ihre auseinanderfallenden Vehikel, um sie wieder zusammensetzen zu lassen, und die Kleineren ließen sich ihre Basketbälle kostenlos aufpumpen. Im vorderen Teil des Hauses, in dem großen Raum, wo Hummel seine Bücher führte und seine zerschlissene, schwärzliche Bibliothek an Ersatzteilkatalogen aufbewahrte und wo zwei Holzschreibtische nebeneinander standen, überwuchert von einem wahren Laubwerk an ausgefransten Papieren und Schreibblöcken und Notizspindeln, die bis zur rostigen Spitze hinauf mit zerfledderten rosa Quittungen vollstaken, hier in diesem Raum warteten in einem schmutzbewölkten Glas, dessen zersprungener Deckel mit zickzackförmigen Klebestreifen geflickt war, eingewickelt in Knisterpapier, Bonbons auf die Pennies der Kinder. Und hier, auf einer kleinen Reihe schmieriger Klappstühle, von denen man einen Meter fünfzig tief hinuntersehen konnte auf einen zementierten Platz, der eine ebene Ausfahrt zur kleinen Straße draußen hatte, saßen mittags zuweilen die Lehrer – früher freilich öfter als jetzt – und rauchten, aßen Fifth Avenues und Reeses Peanut Butter Cups und Essicks Hustenbonbons, stützten ihre fest geschnürten und gewichsten Füße aufs Geländer und gaben ihren gemarterten Nerven Gelegenheit, sich zu entspannen, indessen unten in der dreiwandigen Grube von Hummels dunkelhäutigen Männern ein Auto gewaschen und trockengelegt wurde wie ein immenses Baby aus Metall.

Den größeren, den Hauptteil der Werkstatt erreichte man über eine Asphaltauffahrt, die so ruppelig, maserig, ausgekehlt, fleckig und blasig war wie ein verhärteter Lavastrom. In der großen grünen Tür, die für motorisierte Fahrzeuge offenstand, befand sich eine kleinere, eine mannshohe Tür, auf die, unterhalb des Riegels, mit klecksender blauer Farbe *Bitte schließen* gemalt war. Caldwell hob den Riegel hoch und trat ein. Sein wundes Bein verfluchte die Drehung, die notwendig war, um die Tür zuzumachen.

In der tiefen, warmen Dunkelheit stoben Funken. Der Boden der Höhle war schwarz überzogen von Ölklecksen. Ganz am andern Ende der langen Werkbank gingen zwei formlose Gestalten mit Schutzbrillen behutsam mit einem großen, nach unten aufgefalteten Flammenfächer um, der sich in trockene Tropfen aufsplitterte. Ein anderer, aus runden Augenlöchern starrend, die weiß im schwarzen Gesicht lagen, schob sich auf dem Rükken heran und verschwand unter einem Autorumpf. Allmählich gewöhnten Caldwells Augen sich an das Düster, und er sah rings um sich über- und untereinander Autotrümmer liegen, zerbrechlich und gespensterhaft: Kotflügel, Schildkrötenpanzern gleich, borstige Maschinenteile, wie körperlose Herzen. Zischen und zornige Stöße hingegen in der melierten Luft. Nicht weit von Caldwell stand ein alter dickbäuchiger Kohlenofen, durch dessen Nahtstellen leuchtendes Rosa brach. Caldwell trat nur zögernd aus dem Wärmekreis, obwohl das Ding in seinem Fußgelenk schon taute und im Magen ihm ein Flattern war, das nicht zur Ruhe kam.

Dann stand Hummel selber in der Tür zur Werkstatt. Als sie aufeinander zugingen, hatte Caldwell das lächerliche Gefühl, einem Spiegel entgegenzugehen, denn Hummel hinkte auch. Sein eines Bein war kürzer als das andere, die Folge eines Sturzes in seiner Kindheit. Er sah krumm, blaß, verwittert aus; die letzten Jahre hatten dem Mechanikermeister übel mitgespielt. Die Esso- und Mobilgas-Gesellschaften hatten beide ein paar Häuser weiter Tankstellen an die Straße gesetzt, und nun, da der Krieg vorbei war und jeder sich mit seinem bei der Kriegsarbeit verdienten Geld einen neuen Wagen kaufen konnte, war die Nachfrage im Reparaturgeschäft traurig gesunken.

„George! Haben Sie schon Mittagspause?" Hummels Stimme war ganz leicht, aber hatte eine günstige Tonlage, damit sie den Lärm im Raum übertöne.

Als Caldwell antwortete, sprangen gerade besonders laute und schnell aufeinanderfolgende metallische Geräusche in die Luft und drückten seine Worte nieder; seine Stimme hing ihm dünn und angestrengt, wie erstickt, in den eigenen Ohren: „O Gott, nein, gerade jetzt habe ich Unterricht."

„Ja, aber, was ist denn los?" Hummels zarthäutiges, graues Gesicht, dem silberne Stoppeln einen weißen Schimmer gaben, zuckte zaghaft, als sei irgend etwas Unerwartetes geschehen, das die Macht hatte, ihn zu verletzen. Seine Frau hatte ihm das angetan, wußte Caldwell.

„Sehn Sie sich an", sagte Caldwell, „was einer von den verdammten Gören mit mir gemacht hat." Er stellte den Fuß auf einen abgetretenen Kotflügel und zog das Hosenbein hoch.

Der Mechaniker beugte sich über den Pfeil und tippte prüfend gegen die Federn. Ruß hatte sich tief in seine Fingerknöchel geätzt, und die Berührung seiner Hände war seidig von Schmiere. „Stahlschaft", sagte er, „Sie können von Glück sagen, daß die Spitze glatt reingegangen ist." Er gab ein Zeichen, und ein kleiner Dreifuß auf Rädern kam von allein über den holprigen, schwarzen Boden herangerattert. Hummel nahm von ihm eine Drahtschere, eine, die an einem Arm ein Winkelgelenk hat, damit die Hebelwirkung verstärkt wird. Wie die Schnur eines gasgefüllten Ballons einem Kind aus den achtlosen Händen gleitet, so ließ die Angst Caldwells Gedanken frei umherschweifen.

In seiner schwindelnden Entrücktheit versuchte er, sich die Schneideflächen als Diagramm vorzustellen: mechanischer Wirkungsgrad gleich Belastung geteilt durch Kraft minus Reibung, Länge des Hebels AF (Drehpunkt = Schraubenmutter) geteilt durch Länge FB, wobei B der Bißpunkt des glänzenden Bogenkiefers ist, multipliziert mit dem sekundären mechanischen Vorteil des zusätzlichen Hebel-Drehpunkt-Komplexes, seinerseits multipliziert mit dem mechanischen Güteverhältnis von Hummels ruhiger und dreckiger Arbeiterhand. Griffmechanik der sich zusammenziehenden Beugemuskeln und Fingerglieder, fünffach, MA · MA · 5 MA = titanisch.

Hummel krümmte den Rücken, damit Caldwell sich auf seine Schulter stützen könnte. Aber er machte dies Angebot unsicher, und Caldwell zögerte, es anzunehmen, er blieb aufrecht stehen und starrte nach oben. Die harzbeperlten Bohlen an der Garagendecke waren samten gefärbt von aufsteigendem Qualm und Spinngeweben. Durchs Knie hindurch spürte Caldwell, wie Hummels Rükken sich zuckend beim Anpassen bewegte; durch die Socke fühlte er, daß Metall seine Haut berührte. Der Kotflügel schwankte unsicher. Hummels Schultern spannten sich vor Anstrengung, und Caldwell biß die Zähne zusammen, um den Schrei nicht herauszulassen, es war, als beiße die Drahtschere nicht in den Stahlstab, sondern in einen herausragenden Nerv seines Körpers. Die halbmondförmigen Kinnbacken der Zange knirschten; jäh, wie von einer Sprungfeder getrieben, schoß der Schmerz in Caldwell empor, blitzte auf; dann entspannten sich Hummels Schultern. „Schlecht", sagte er. „Ich dachte, das Ding wäre hohl, ist es aber nicht. George, Sie müssen schon zur Bank rüberkommen."

Die Beine zitterten Caldwell von oben bis unten und kamen ihm ebenso dünn und rachitisch vor wie Fahrradspeichen, als er hinter Hummel herging und gehorsam den Fuß auf die alte Coca-Cola-Kiste setzte, die der Mechaniker aus dem rußigen Wirrwarr unter der langen Werkbank hervorgekramt hatte. Caldwell versuchte, den Pfeil zu ignorieren, der wie ein optischer Defekt am unteren Rand seines Gesichtskreises ihm überallhin folgte, und konzentrierte sich auf eine Kiepe voll ausgedienter Benzinpumpen. Hummel zog an einer Kette eine nackte Glühbirne herunter. Die Fenster waren von außen so sehr mit Farbe bespritzt, daß sie ganz trüb waren; an den Wänden zwischen ihnen hingen Schraubenschlüssel, der Größe nach geordnet, Hämmer mit sich verjüngenden Griffen, elektrische Bohrer, kompliziert gedrehte und gehöhlte Instrumente, deren Namen und Funktionen er nie begreifen würde, saubere Rollen gefrästen Blechs, Zirkel, Zangen und hier und da, in Ritzen geklemmt und auf kahle Stellen geklebt, vergilbte, zerfetzte, uralte Anzeigen. Auf der einen war eine Katze zu sehen, die eine Pfote hochhält, auf einer andern ein Riese, der sich vergebens abmüht, einen patentierten Riemen zu zerreißen. Eine Karte verkündete *Safety first*, und eine andere, die quer über eine Fensterscheibe geklebt war, meinte:

> *Schütz deine*  *, du bekommst kein zweites Paar.*

Über die Werkbank waren, wie eine materielle Hymne an die materielle Schöpfung, Gummischlaufen verstreut, Kupferröhren, Graphitzylinder, aufgefädelte Eisenwinkel, Ölkannen, Holzklötzchen, Lumpen, Tropfen und staubige Bruchstücke aller Art. Und dies Chaos, durchsetzt mit Werkzeugen, wurde von den grellen Funken der beiden

Arbeiter hinten an der Bank durchblitzt. Sie modellierten gerade etwas, was aussah wie ein verzierter Bronzegürtel für eine Frau mit Wespentaille und blühenden Hüften. Hummel zog sich einen Asbesthandschuh über die Linke und zerrte ein breites Stück Blech aus dem Gewühl. Er schnitt mit der Schere bis in die Mitte hinein, dann ging er plötzlich sehr behutsam zu Werke und faltete das Stück kunstvoll zu einem gewölbten Schutzschirm, den er um den Pfeil hinten an Caldwells Fußgelenk legte. „Auf die Weise spüren Sie die Hitze nicht so sehr", erklärte er und schnippte mit den Fingern der unbehandschuhten Hand. „Archy, könnte ich jetzt eine Minute den Brenner haben?"

Vorsichtig, um sich nicht mit den Füßen in der nachschleifenden Schnur zu verheddern, brachte der Gehilfe den Schweißbrenner herbei. Das Ding sah aus wie ein kleiner schwarzer Becher, aus dem eine weiße, grüngeränderte Flamme schoß. Unmittelbar über der Öffnung, aus der die Flamme zischte, war ein transparenter Hohlraum. Caldwell preßte panisch die Kiefer aufeinander. Der Pfeil war ein lebendiger Nerv für ihn geworden. Er rüstete sich für die unvermeidliche Qual.

Es gab keine. Wie durch Zauber fühlte er sich in die Mitte einer unermeßlichen, gefühllosen Wolke gehoben. Die Flamme gebärdete sich wild und warf scharfe, dreieckige Schatten um ihn her, auf die Bank, auf die Wände. Hummel hielt mit der Handschuhhand den Blechschirm, und ohne Schutzbrille blinzelte er in das grelle surrende Herz von Caldwells Knöchel. Sein totenbleiches, drastisch verkürztes Gesicht glitzerte fanatisch auf seinen Pupillen. Caldwell sah auf ihn nieder, da fiel eine Strähne von Hummels müdem grauem

Haar nach vorn, sie krümmte sich, schrumpfte und verging in einem Rauchfaden. Die Arbeiter sahen stumm zu. Es schien zu lange zu dauern. Caldwell spürte jetzt die Hitze; glühendes Blech berührte sein Bein. Aber wenn er die Augen schloß, konnte er ganz oben in seinem Gehirn wahrnehmen, wie der Pfeil sich bog, wie er schmolz, wie er Molekül für Molekül zerging. Etwas Kleines, Metallenes klickte auf den Boden. Der Druck, der seinen Fuß umschloß, lockerte sich. Er öffnete die Augen, und der Brenner wurde weggezogen. Das gelbe Glühbirnenlicht wirkte braun.

„Ronnie, würdest du mir einen nassen Lappen besorgen?"

Hummel erklärte: „Ich möchte das Ding nicht heiß rausziehen."

„Sie verstehn Ihre Sache verdammt gut", sagte Caldwell. Seine Stimme klang schwächer, als er gedacht hatte, kein Tropfen Blut war in seinem Lob. Er beobachtete, wie Ronnie, ein Junge mit nur einem Auge und Schultern wie Findlinge, einen ölschmierigen Lappen nahm und ihn in einen kleinen Eimer mit schwarzem Wasser tauchte, der unter einer weiter weg hängenden Glühbirne stand. Das sich spiegelnde Licht hüpfte und sprang im aufgestörten Wasser, als wenn es sich befreien wollte. Ronnie reichte den Lumpen Hummel, und Hummel hockte sich nieder und legte ihn um das Pfeilende. Kalte Nässe tröpfelte Caldwell in den Schuh, und ein schwacher, aromatischer Dampf drang an seine Nase. „Wir warten jetzt einen Augenblick", sagte Hummel; er blieb in der Hocke und hielt vorsichtig Caldwells Hosenbein von der Wunde fern. Caldwell begegnete dem Starren der drei Gehilfen – der dritte war unter dem Auto hervorgekommen – und lächelte mißbilligend. Jetzt, da Rettung nah war, hatte er wieder Spielraum genug, sich verlegen zu fühlen. Die Gehilfen erschraken bei seinem Lächeln. Für sie war es, als ob ein Auto zu sprechen versucht hätte. Caldwell ließ die Augen abschweifen und dachte an weit Entferntliegendes: an grüne Felder, an die Zeit, da Chariklo noch eine anmutige junge Frau war, an Peter als Baby und wie er ihn mit einem langen gegabelten Stock in seinem Spielwägelchen durch die Straßen geschoben hatte, unter Roßkastanien entlang. Sie waren zu arm gewesen für eine richtige Kinderkarre. Der Junge hatte gelernt, sich selbst zu steuern – zu früh? Er machte sich Sorgen um den Jungen, wenn er Zeit dazu hatte.

„Jetzt halten Sie still, George“, sagte Hummel. Mit einem heftigen Schmerzstrahl glitt der Pfeil heraus. Hummel richtete sich auf, sein Gesicht war rosa: entflammt vom Feuer oder von Befriedigung. Seine drei schwachsinnigen Helfer steckten die Köpfe zusammen, sie brannten darauf, sich den silbrigen Stab anzusehen, der blutverschmiert war am ungefiederten Ende. Caldwell hatte in seinem endlich erlösten Knöchel ein weiches, entspanntes Gefühl. Ihm war, als fülle sein Schuh sich langsam mit einer warmen Flüssigkeit. Der Schmerz hatte eine andere Farbe jetzt, war hinübergewechselt in die Skala der Genesung. Der Körper wußte das. Der Schmerz flutete rhythmisch zum Herzen: das Atmen der Natur.

Hummel bückte sich und hob etwas auf. Er hielt es an die Nase und schnupperte daran. Dann legte er es in Caldwells noch immer dampfend heiße Hand. Es war die Pfeilspitze. Ein Dreieck, so scharf zugespitzt, daß die Kanten konkav waren;

so zierlich war er, daß man nicht glauben mochte, wieviel Aufruhr es verursacht hatte. Caldwell merkte, daß seine Handflächen fleckig waren vor Schrecken und Aufregung; ein Schweißfilm legte sich ihm auf die Stirn. „Warum haben Sie dran gerochen?" fragte er Hummel.

„Wollte sehn, ob er vergiftet war."

„Das kann doch nicht sein, oder?"

„Ich weiß nicht. Bei den Gören heutzutage." Er setzte hinzu: „War aber nichts zu riechen."

„Ich kann mir nicht vorstellen, daß sie zu so was imstande wären", beharrte Caldwell, und er dachte an Achill und Herakles, an Jason und Asklepios, diese aufmerksamen, ehrfurchtsvollen Gesichter.

„Wo kriegen die Gören bloß das Geld her, möchte ich wissen", sagte Hummel, als sei er freundlich bestrebt, Caldwells Gedanken von einer hoffnungslosen Angelegenheit abzulenken. Er hielt den geköpften Schaft hoch und wischte das Blut an seinem Handschuh ab. „Das ist guter Stahl", sagte er, „ein teurer Pfeil."

„Die Väter geben es diesen Lümmeln", sagte Caldwell; er fühlte sich ein wenig gestärkter, klarer im Kopf. Seine Klasse, er mußte zurück.

„Die haben alle zuviel Geld", sagte der alte Mechaniker mit kraftlosem Groll. „Jeden Mist, den Detroit ausspuckt, kaufen sie." Sein Gesicht hatte wieder die alte, graue Farbe angenommen, die Azetylentönung; es war runzelig und dünnhäutig wie eine vielfach gefaltete Blechfolie und wurde jetzt beinahe weibisch vor stiller Bekümmernis, und Caldwell wurde nervös.

„Al, was bin ich Ihnen schuldig? Ich muß zurück. Zimmerman bringt mich sonst um."

„Nichts, George, ist gut so. Ich bin froh, daß

ich's geschafft habe." Er lachte. „Kommt schließlich nicht alle Tage vor, daß ich einem Mann einen Pfeil aus dem Bein brenne."

„Ich hab kein gutes Gefühl dabei. Ich hab einen Handwerker gebeten, mir mit seiner Kunst zu helfen und ..." Er tat so, als suche er nach seiner Brieftasche.

„Lassen Sie's gut sein, George. Es hat nicht länger als eine Minute gedauert. Seien Sie so großzügig, einen Gefallen anzunehmen. Vera sagt, Sie sind einer von den wenigen drüben, die nicht versuchen, ihr das Leben noch schwerer zu machen."

Caldwell fühlte, wie sein Gesicht holzhart wurde; er überlegte, wieviel Hummel davon wissen mochte, warum Veras Leben schwer war. Er mußte zurück. „Al, ich stehe doch in Ihrer Schuld, glauben Sie mir." So richtig möglich war es nie, Dankbarkeit auszudrücken. Ein Leben lang lebte man in einer Stadt, liebte manchmal die Menschen dieser Stadt und sagte es ihnen niemals, weil man sich schämte.

„Hier", sagte Hummel, „brauchen Sie das nicht?" Er hielt ihm den glänzenden Pfeilschaft hin. Die Spitze hatte Caldwell zerstreut in seine Jackentasche gesteckt.

„Gott, nein. Behalten Sie's."

„Nein, was soll ich denn damit! Der Laden ist sowieso schon viel zu vollgestopft. Zeigen Sie Zimmerman das Ding. Ein Lehrer im öffentlichen Schuldienst sollte sich so was nicht gefallen lassen."

„Also gut, Al, Sie haben recht. Danke, vielen Dank." Der Silberstab war zu lang, er ragte aus Caldwells Jackettasche heraus wie eine Autoantenne.

„Ein Lehrer sollte vor derartigen Gören geschützt werden. Sagen Sie das Zimmerman."

„Sagen Sie es ihm. Vielleicht hört er's sich von Ihnen an."

„Ja, möglich. Ich mein's im Ernst. Es ist möglich."

„Ich meinte es auch nicht im Scherz."

„Ich saß nämlich in dem Ausschuß, der ihn eingestellt hat."

„Ich weiß das, Al."

„Ich hab das oft bereut."

„Ach was, tun Sie das nicht."

„Nein?"

„Er ist ein intelligenter Mann."

„Ja – ja, aber irgendwas fehlt."

„Zimmerman versteht es, Macht auszuüben, aber er kann keine Disziplin halten." Eine neue Schmerzwelle spülte durch Caldwells Schienbein und Knie. Er meinte, Zimmerman noch nie so klar erkannt und sich noch nie so zutreffend über ihn geäußert zu haben, aber Hummel wiederholte nur erbittert, mit ärgerlichem Stumpfsinn, seine eigene Feststellung: „Irgendwas fehlt."

Das Gefühl, Zeit zu vergeuden, rumorte Caldwell in den Eingeweiden, verstopfte sie. „Ich muß zurück", sagte er.

„Alles Gute. Sagen Sie Cassie, sie wird vermißt in der Stadt."

„Gott, sie ist fröhlich wie eine Lerche da draußen. Sie hat jetzt das, was sie immer wollte."

„Und wie geht es Pop Kramer?"

„Immer obenauf. Der wird hundert werden."

„Und macht Ihnen das Hin- und Herfahren nichts aus?"

„Nein, wenn ich ehrlich sein soll, ich genieße es. Da hab ich Gelegenheit, mich mit dem Jungen zu unterhalten. Wir haben uns so gut wie nie gesehn, der Junge und ich, als wir noch in der Stadt wohnten."

„Sie haben einen intelligenten Jungen. Vera hat's mir erzählt."

„Er hat den Verstand von seiner Mutter geerbt. Ich bete nur immer zu Gott, daß er nicht meinen häßlichen Körper kriegt."

„George, darf ich Ihnen was sagen?"

„Gewiß."

„Es ist zu Ihrem eigenen Besten."

„Sagen Sie alles, was Sie wollen, Al, Sie sind mein Freund."

„Wissen Sie, was mit Ihnen los ist?"

„Ich bin widerborstig und dumm."

„Im Ernst."

Mein Bein bringt mich um, das ist los mit mir, dachte Caldwell.

„Was?"

„Sie sind zu bescheiden."

„Al, Sie haben den Nagel auf den Kopf getroffen", sagte Caldwell und schickte sich zum Gehen an. Aber Hummel hielt ihn hartnäckig fest. „Ihr Auto läuft gut?" Bis die Caldwells sich fünfzehn Kilometer vor der Stadt niedergelassen hatten, waren sie ohne Auto ausgekommen. In Olinger konnten sie alles zu Fuß erreichen, und nach Alton fuhr der Trolleybus. Aber als sie den alten Kramer-Besitz zurückkauften, brauchten sie einen Wagen. Hummel hatte ihnen einen Buick, Jahrgang sechsunddreißig, besorgt, für nur dreihundertfünfundsiebzig Dollar.

„Tadellos, ein tadelloser Wagen. Ich könnte mich jeden Tag dafür prügeln, daß ich den Kühlergrill zerteppert habe."

„Das kann leider nicht geschweißt werden, George, aber der Motor läuft gut?“

„Traumhaft. Ich bin Ihnen dankbar dafür, Al; glauben Sie nicht, daß ich's vergesse.“

„Der Motor müßte auch in Ordnung sein, der vorige Besitzer fuhr nie schneller als sechzig. Er war Beerdigungsunternehmer.“

Hummel erzählte das immer wieder. Die Tatsache faszinierte ihn anscheinend. „Ich habe keine Angst“, sagte Caldwell; er nahm an, daß Hummel sich vorstellte, das Auto wimmele nur so von Gespenstern. Dabei war es nur eine ganz gewöhnliche viertürige Limousine; es gab gar keinen Platz, um Leichname zu transportieren. Obwohl, das mußte man zugeben, es das schwärzeste Auto war, das Caldwell je gesehen hatte. Die schmierten wahrhaftig eine Menge Schellack auf die alten Buicks.

Die Unterhaltung mit Hummel zerrte an Caldwells Nerven. In seinem Kopf tickte und tickte eine Uhr, sie zog ihn dringend zur Schule. Es war, als hängten sich unzusammenhängende Musikfetzen an Hummels erschöpftes Gesicht. Vorstellungen von losen Maschinenteilen, ausgeleierten Schraubgewinden, Kohlenstoffablagerungen, mürbem Metall woben sich in das Bild, das Caldwell von dem alten Freund hatte: Fallen wir auseinander? Und in seinem Kopf mahlte unermüdlich ein Getriebe: *Schellack auf die alten Buicks, Schellack, Schellack.* „Al“, wehrte er sich, „in aller Form jetzt: Sie wollen wirklich keinen Cent nehmen?“

„George, kein Wort mehr bitte.“ Und so war's mit all diesen Aristokraten in Olinger: sie wollten kein Geld, aber sie nahmen sich einen herrischen Ton heraus. Sie zwangen einem einen Gefallen auf, und das machte sie zu Göttern.

Er ging auf die Tür zu, aber Hummel hinkte neben ihm her. Die drei Zyklopen schnatterten so laut, daß die beiden Männer sich umwandten. Aus Archys Kehle kam ein Geräusch, wie wenn ein Vogelgemetzel stattfinde, und er zeigte auf den Boden. Auf dem fleckigen Zement waren nasse Schuhabdrücke zu sehen. Caldwell untersuchte den verletzten Fuß, der Schuh war blutgetränkt. Schwarz unterm braunen Licht, sickerte es über die Ferse.

„George, Sie müssen sich das verbinden lassen", sagte Hummel.

„In der Mittagspause. Bis dahin kann sich's ausbluten." Der Gedanke marterte ihn, am Pfeil könne Gift gewesen sein. „Es soll sich ausspülen."

Er öffnete die Tür, und ein Block von Kälte umschloß sie. Caldwell trat ins Freie und lagerte dabei zuviel Gewicht auf den blutenden Fuß; überrascht machte er einen Hüpfschritt.

„Gehn Sie zu Zimmerman", sagte Hummel eindringlich.

„Ja, sicher."

„Nein wirklich, George, sagen Sie's ihm."

„Er kann nichts tun, Al. Die Kinder sind heut nicht mehr so wie früher. Zimmerman *will*, daß sie uns weichmachen."

Hummel seufzte. Sein weiter, kanonenfarbener Overall war wie von aller Luft entleert. Ein kleiner Schauer Eisenspäne fiel ihm aus dem Haar. „Schlechte Zeiten, George."

Caldwells langgestrecktes Gesicht zuckte ungewohnt; er war im Begriff, einen Witz zu machen. Ganz selten kehrte er den humorvollen Menschen hervor. „Auf jeden Fall haben wir kein Goldenes Zeitalter."

Hummel war rührend, beschloß Caldwell, als er endlich ging. Einsamer Kerl, konnte nicht aufhören zu reden, mochte einen nicht loslassen. Gab keinen Platz mehr für Mechaniker dieser Art, alles Massenproduktion. Vergeudung. Ist eine Sache abgenutzt, sofort eine neue her. Päng, auf den Schrotthaufen. Kriegt nur einäugige Schwachköpfe für die Werkstatt, Frau schläft in der ganzen Stadt kreuz und quer, Mobilgas macht sich breit und bald auch Texaco, wie es heißt, Hummel war erledigt, deprimierend. Beschnüffelte ganz sachlich die Pfeilspitze nach Gift – brrr.

Aber während er immer weiterhumpelte aufs Schulgebäude zu und die Kälte ihm den abgewetzten braunen Anzug gegen die Haut klatschte, wechselte sein Herz die Tonart. In der Werkstatt war es warm gewesen. Der Mann war gut zu ihm gewesen. War es immer gewesen. Hummel war Pop Kramers Schwiegerneffe. Er hatte eine Schlüsselrolle in dem Ausschuß gespielt, als Caldwell den Posten bekam, mitten in der Zeit der Depression, als die Olivenbäume alle starben und Demeter durchs Land wanderte und um die geraubte Tochter trauerte. Wo eine Träne von ihr niederfiel, wuchs nie mehr Gras. Die Blumengirlande, die sie trug, wurde giftig, und giftiger Efeu sproß fortan um jede Scheune. Bis dahin war alles in der Natur dem Menschen gefällig gewesen. Jede Beere hatte ein sanftes Aphrodisiakum geborgen, und als er vom Pelion kam in kurzem Galopp, hatte er die junge Chariklo beim Brunnenkressepflücken überrascht.

Er hielt sich dicht an die gewaltige, orangefarbene Hauswand. Aus den Klassenzimmern trieben Geräusche wie Schneeflocken zu ihm herab. Metall berührte eine spröde Glasscheibe. Pholos tauchte an einem Fenster auf, mit einer Fensterstange in der Hand, und sah erschrocken auf seinen Kollegen hinunter. Seine längliche, altmodische Brille unter der akkurat in der Mitte gescheitelten Haarkappe blitzte erstaunt. Pholos war früher halbprofessioneller Shortstop beim Baseball gewesen, und es schien, als habe der Rand der Mütze, die er damals trug, sich auf immer in sein Haar oberhalb der Ohren gekerbt. Seine Stirn war ein Fluß, von ältlichen Runzeln gewellt. Caldwell winkte dem Freund mit knapper Bewegung zu und übertrieb sein Humpeln, als sei das eine Erklärung dafür, daß er sich außerhalb des Schulhauses aufhielt. Er hüpfte zwar wie ein Zehncentspielzeug, doch übertrieb er kaum; dem Schmerz in seinem Knöchel war kläglich und verlassen zumute nach Hummels glühenden Bemühungen. Bei jedem Schritt schien heißer Erdboden höher zu steigen, hin zu seinem Knie. Caldwell kam bis zum Seiteneingang und griff nach der Messingstange. Bevor er ins Haus trat, schnappte er noch einen Mundvoll frische Luft und starrte plötzlich nach oben, als wollte er auf einen Ruf Antwort geben. Jenseits der orangeroten Mauer spannte sich der unerschütterliche blaue Zenit und verkündete in unendlicher Einsilbigkeit: Ich.

Drinnen im Gebäude machte er, leicht keuchend, auf der Gummimatte vor der kleinen Betontreppe halt. Auf der glänzenden, gelben Wand stand immer noch *Ficken.* Caldwell fürchtete sich davor, an Zimmermans Büro im ersten Stock vorbeizutrapsen, und schlug lieber den Weg durchs

Souterrain ein. Er ging die Treppe hinunter, am Umkleideraum der Jungen vorbei. Die Tür stand offen; Kleidungsstücke lagen überall unordentlich umher, und Dunstwolken schleierten in der Luft. Caldwell stieß sich durch eine Drahtglastür und trat in die große Arbeitshalle. Alle Kinder verhielten sich unnatürlich still. Medusa saß vorn am Pult und hielt perfekte Disziplin. Sie sah auf, gelbe Bleistifte staken aus ihrem wirren Haar. Caldwell vermied, ihr ins Gesicht zu sehen. Mit erhobenem Kopf, geradeaus gerichteten Augen, entschlossen zusammengekniffenem Mund ging er an der Wand zur Rechten entlang. Auf der andern Seite der Wand, wo Werkunterricht gegeben wurde, ächzte und schrie gequältes Holz: *txz! aeiiii!* Links von sich hörte er die Kinder rascheln wie Kiesel in böse steigender Flut. Er sah sich nicht eher um, als bis er die sichere Tür auf der andern Hallenseite erreicht hatte. Jetzt drehte er sich um und schaute nach, ob er Spuren hinterlassen habe. Und wie er gefürchtet hatte: rote Halbmonde, die Stempel seines Absatzes, markierten den Weg, den er gegangen war. Verlegen preßte er die Lippen zusammen; er würde es den Schuldienern erklären müssen und sich entschuldigen.

In der Kantine wimmelten eifrig die grünbekittelten Bedienerinnen umher, verteilten Milchschokoladetüten auf die Tische, arrangierten Tabletts mit wachspapierumwickelten Sandwiches und rührten in den Suppenkesseln. Heute gab's Tomatensuppe. Ein widerwärtig durchdringender Geruch füllte den gekachelten Raum. Mom Schreuer, eine fette, gute Seele, deren Sohn Zahnarzt war und deren Schürze sich unterhalb ihres Busens allmählich geschwärzt hatte, weil sie sich immer über die Herde beugen mußte, schwenkte einen hölzernen Rührlöffel zu ihm hin. Und Caldwell winkte wie ein Schuljunge, der gegrüßt wird, zurück. Er fühlte sich sicher unter den Menschen, die die Schule putzten und versorgten, unter den Hausmeistern und Köchen. Sie hatten für ihn etwas von den wahren Menschen: von den Menschen seiner Kindheit in Passaic, New Jersey, wo sein Vater ein armer Pfarrer an einer armen Kirche gewesen war. In der benachbarten Straße hatten die Leute alle Beschäftigungen, die einen schlichten Namen trugen: Milchmann, Schweißer, Drucker, Maurer, und jedes Haus in der Reihe mit seinen spezifischen Kehlungen und Gardinen und Blumentöpfen trug ein bestimmtes Gesicht für ihn. Er war ein bescheidener Mensch und fühlte sich in den unteren Bereichen der Schule am wohlsten. Dort war es am wärmsten, die Dampfrohre sangen, Unterhaltungen hatten einen Sinn.

Das große Gebäude war symmetrisch angelegt. Er verließ die Kantine über ein paar Stufen und ging am Ankleideraum der Mädchen vorbei. Verbotenes Gelände, aber von der Unordnung im anderen Garderobenraum wußte er, daß jetzt die Jungen ihre Turnstunde hatten. So war keine Gefahr, daß man ins Allerheiligste stolperte. Das Heiligtum war leer. Die dicke, grüne Tür war angelehnt, man konnte ein Stückchen Zementfußboden sehen, ein Stückchen holzbraune Bank, ein hohes Stück Wand mit verschlossenen Fächern unter hohen Milchglasfenstern.

Halt!

Hier war es, er wollte in sein Zimmer hinauf, die Füße waren ihm auf dem nämlichen Stück kratzigen Zementfußbodens festgefroren, er hatte nicht darauf geachtet, so erschöpft war er gewesen, die Augen hatten ihm gebrannt vom Korrigieren im Kesselraum, es war dunkel im Schulhaus geworden, die Schüler waren über alle Berge, einträchtig hatten die Uhren in den leeren Räumen getickt – hier, durch die klaffende, grüne Tür, hatte er Vera Hummel gesehen: in Dampf gehüllt, war sie vor seinem Blick erschienen, anmutig ein blaues Handtuch weit von ihrem Körper haltend, weiße Tautropfen im bernsteinfarbenen Schamhaar.

„Warum steht mein Bruder Chiron da und hält Maulaffen feil wie ein Satyr? Götter sind doch nichts Fremdes für ihn."

„Aphrodite!" Er neigte seinen herrlichen Kopf. „Deine Schönheit ließ mich einen Augenblick vergessen, wie eng unsere Verwandtschaft ist."

Sie lachte und schlug ihr Bernsteinhaar über eine Schulter nach vorn und strich träge mit dem Handtuch darüberhin. „Eine Verwandtschaft, die du in deinem Stolz vielleicht verachtest. Denn dich hat Vater Kronos in Gestalt eines Pferdes, in der Blüte seiner Kraft, mit Philyra gezeugt, indessen er bei meiner Empfängnis die abgetrennten Genitalien des Uranos wie Kehricht in den Gischt warf." Sie wandte den Kopf und schwappte achtlos ihr Haartau auf die andere Seite. Kleine Wasserströme rieselten über ihr Schlüsselbein. Ihre Kehle hob sich kristallen gegen eine rote, nasse Wolke ab; ihr nahes Haar wellte sich wie ein galoppierendes Pferd. Mit niedergeschlagenen Augen bot sie sich im Profil dar.

Diese Haltung überwältigte Chiron; seine Eingeweide wurden zu einer Harfe. Ihr Geständnis, daß sie sich gräme über ihre barbarische Geburt, war offenkundig Heuchelei, und doch überstürzte sich seine Zunge auf der Suche nach Trostworten.

„Aber meine Mutter war selbst eine Tochter des Okeanos", sagte er, und im selben Augenblick wußte er, daß er sich Unverzeihliches herausgenommen hatte, indem er auf ihre spielerische Selbstbezichtigung einging, tat er es auch noch so zart und ernst.

Ihre braunen Augen loderten mit solcher Gewalt, daß er ihren Leib nicht mehr wahrnahm; diese strahlende Hülle wurde zum bloßen Rahmen ihrer erzürnten Göttlichkeit. „Ja", sagte sie, „und Philyra haßte das Ungeheuer, das sie gebar, so sehr, daß sie darum bat, sie möge in einen Lindenbaum verwandelt werden, nur, um es nicht säugen zu müssen."

Er erstarrte; mit ihrem schmalen Frauenverstand hatte sie sich in die Wahrheit hineingebohrt, die am heftigsten schmerzte. Aber indem sie ihm jene unentschuldbare Frau heraufbeschwor, machte sie ihn stark gegen sie selbst, Aphrodite.

Immer eingedenk der Legende, derzufolge auf einem Eiland, so winzig, als sähe man es durch viele sich brechende Wasserschichten, ein halbpelziges, halbhäutiges Häuflein Angst vernachlässigt lag, das er selber war als Kind; eingedenk dieser Geschichte, einer von vielen Geschichten, mit dem Unterschied, daß in dieser hier eine unidentifizierte Gestalt seinen Namen trug, war Chiron als Erwachsener zu einer mitleidsvollen Sicht der Dinge gelangt, die gestützt wurde von seiner Erfahrung mit den Geschöpfen und seiner Kenntnis der Geschichte, seinem Wissen, daß Philyra die Tochter des Okeanos und der Tethys war, daß sie, mehr schön als klug, vom wilden Kronos bedrängt wurde, der, von der wachsamen Rhea überrascht, sich in einen Hengst verwandelte, ungehindert aufstob und seinen Samen im Leib der unschuldigen Tochter des Meeres zu mißgestalter Ernte aufgehen ließ. Arme Philyra! Seine Mutter. Der weise Chiron vermochte sich klar ihr Gesicht vorzustellen, wie es, weit aufgerissen unter den Tränen, einen Himmel, dessen simpelste Grundstruktur nicht mehr zu erkennen war, anflehte, sie von diesem Schicksalsratschluß zu befreien, der sogar über die Hunderthändigen hinausreichte und zurückragte in eine Zeit, da das Bewußtsein bloßer Blütenstaub war, der in der Dunkelheit trieb und der weiblichen Hingabe Erntefeld bestimmte; sie bat diesen grausamen Himmel, ihr die häßliche Frucht seines Ansturms zu vergeben, den sie zwar dunkel begriffen und schamvoll sich ersehnt hatte: hier, am Ausgangspunkt ihrer Metamorphose, stand die Mutter am deutlichsten vor Chirons Augen; und wenn er als Jüngling, in mannigfachen Regungen der Trauer und des Staunens, ausgezogen war, Lindenbäume zu erforschen – ein prangender Adept mit frischer Mähne und schimmerndem Fleische, doch schon ein wenig gehärtet von der weltklugen Würde, mit der seine Wunde zu schützen er fest gesonnen war, und geprägt von der frommen Entschlossenheit, die ihn zum Hüter so vieler Mutterloser machen sollte –, und er dann umfangen war von des Baumes weitem, sanftem Schatten, hatte er geglaubt, in den tastenden Gebärden der unteren Zweige und im Beben der herzförmigen Blätter einen Protest wahrzunehmen, eine Hoffnung, irgendwann wieder in menschliche Gestalt zurückzuschlüpfen, ja, und sogar Freude darüber, den Sohn voll erwachsen zu sehen; und das alles, zusammen mit seinen begierigen und gründlichen

Studien der Chemie des stillen Lindenblütenhonigs, setzte ihn instand, sein Wunschbild auszuschmücken mit dem Aroma, den Düften, der Berührung einer ergreifenden, allzu fügsamen Seele, die von ein paar hysterischen Augenblicken zu dieser arborealen Güte verleitet worden war, welche, wäre sie menschlich geblieben, die Güte seiner Mutter gewesen wäre und sich verzweigt hätte in sinnlose, zärtliche Worte, in sanfte Achtsamkeiten, in Gebärden der Liebe. Dann hatte er sein Gesicht an die Rinde gelehnt und ihren Namen gesprochen. Aber trotz all seinem sorgfältigen Aufwand, sich mit ihr zu versöhnen, wallte, wenn er die Fabel seiner Geburt bedachte, kindlicher Haß bitter in seinem reifen Erinnerungsgefüge auf; der unverdiente Durst seiner ersten Tage vergiftete ihm den Mund; und das winzige Eiland, keine hundert Meter lang, auf dem er gelegen hatte, er, der erste einer Rasse, die von Natur in Höhlen aufwachsen sollte, war wie ein Sinnbild alles Weiblichen: flach, eng und selbstsüchtig. Selbstsüchtig. Allzu leicht verführt, allzu rasch beschieden, weinten ihre Wünsche voller Selbstmitleid im Netzwerk ihrer Nerven, und sie ließen ihre Frucht fallen, gaben sie der Fäulnis am Ufer preis wegen ein paar Pferdehaare. So war, gesehen durch die eine Facette des Prismas, das er sich von der Sage gebildet hatte, die schmähende, kleingesichtige Göttin vor ihm bemitleidenswert, und gesehen durch die andere Facette, zu verachten. In jedem Fall wurde Aphrodite geschmälert. Mit einer Stimme, die getragen war von großem Ernst, sagte er: „Die Linde hat viele heilende Eigenschaften.“ Ein ehrerbietiger Tadel, wenn sie bereit war, ihn aufzunehmen, sonst eine harmlose medizinische Wahrheit. Er hätte nicht so lange schon überleben können, besäße er nicht seinen Höflingstakt.

Sie sah ihn an, während sie das Handtuch über ihren Leib gleiten ließ. Ihre Haut war überall durchsichtig beperlt. Über ihre Schultern sprenkelten sich feine Sommersprossen. „Du magst Frauen nicht“, sagte sie. Anscheinend war das eine Feststellung, die sie nicht sonderlich aufregte.

Er gab keine Antwort.

Sie lachte. Ihre Augen, aus denen sich eben der Strahl einer verschwenderischen, jenseitigen Welt ergossen hatte, fingen unergründlich und tierhaft zu züngeln an; kokett schlang sie das Handtuch um sich und hielt es mit angewinkeltem Arm auf dem Rücken fest, machte einen Schritt aus dem Wasser heraus und tippte ihm mit einem Finger der freien Hand auf die Brust. In weiten Kreisen wich das Wasser hinter ihr zurück, aufgerührt von ihrer Bewegung. Es fächelte gegen niedere Ufer, an denen Schilfe standen, Narzissen und phallische, blütenlose Iris; die Erde unter ihren schmalen geäderten Füßen war ein Teppich aus Moos und zartem Gras, von Veilchen und blassen Waldanemonen durchwoben, die aus dem Blut des Adonis gesprossen waren. „Wäre ich es gewesen“, sagte sie, mit einer Stimme, die sich in die Windungen seiner Seele schmiegte, derweil ihre Fingerspitzen sich langsam und behutsam mit dem bronzenen Vlies auf seiner Brust verflochten, „ich hätte mich glücklich gepriesen, einem Geschöpf Amme zu sein, in dem die Verfeinerung und die Vernunft eines Mannes sich vereinen mit“ – ihre Lider senkten sich, die Bernsteinwimpern flammten auf ihren Wangen, die Landschaft ihres Gesichts verschob sich zierlich, und er fühlte ihren Blick auf seinem

Hinterleib ruhen – „mit der machtvollen Kraft eines Hengstes.“ Seine Hinterhälfte, nur ein unzulänglicher Untertan seines Willens, bebte vor Stolz; seine hinteren Hufe gruben zwei frische Halbmonde in den weichen Uferrasen.

„In einer Kombination, meine Gönnerin, heben die besten Bestandteile einander oft auf.“

Nach der Breite ihres Grinsens zu urteilen, war sie offenbar ein recht gewöhnliches junges Mädchen. „Du hättest recht, Bruder, wenn Kopf und Schultern dir pferdisch geraten wären und das übrige menschlich.“

Chiron, einer der wenigen Zentauren, die gewohnheitsmäßig mit kultivierten Personen umgingen, hatte diesen Scherz schon oft gehört, aber Aphrodites mächtige Nähe hatte ihn so bewegt, daß der Witz erneut ihn berührte. Schrill wiehernd stieg sein Lachen auf, unschön hob es sich ab gegen den maßvollen Ton, dessen er sich als der Ältere, der Verwandte, dem Mädchen gegenüber befleißigt hatte. „Die Götter würden eine solche Mißgestalt nicht zulassen“, behauptete er.

Die Göttin wurde nachdenklich. „Euer Vertrauen zu uns ist rührend. Womit haben wir unsere Anbeter verdient?“

„Nicht was die Götter tun, macht uns zu ihren Verehrern“, zitierte er, „sondern, daß sie sind.“ Und zu seiner eigenen Verwunderung spannte er heimlich die Brust, so daß Aphrodites Hand fester auf seiner Haut lag. In jähem Verdruß kniff sie ihn.

„O Chiron“, sagte sie, „wenn du sie nur kenntest, wie ich sie kenne. Erzähle mir von den Göttern. Ich vergesse immer alles. Nenne sie mir. Ihre Namen sind so groß in deinem Mund.“

Gehorsam ihrer Schönheit, versklavt der Hoffnung, sie möchte das Handtuch fallen lassen, intonierte er: „Zeus, Herr des Himmels, wolkenversammelnder König des Wetters."

„Und geiler Verwirrungsstifter."

„Seine Gemahlin Hera, Schutzherrin der heiligen Ehe."

„Das letztemal, als ich sie sah, schlug sie ihre Diener, weil Zeus seit einem Jahr keine Nacht mehr in ihrem Bett zugebracht hat. Du weißt, wie Zeus sie beim erstenmal genommen hat? Als Kuckuck."

„Als Wiedehopf", verbesserte Chiron.

„Nein, als dummer Kuckuck, wie sie in Uhren sitzen. Nenn mir noch mehr Götter. Ich finde sie so lustig."

„Poseidon, Herr des tausendmähnigen Meers."

„Ein seniler alter Hilfsmatrose. Sein Bart stinkt nach toten Fischen. Er färbt sich das Haar dunkelblau. Er hat eine Kommode voll afrikanischer Pornographie. Seine Mutter war Negerin, das sieht man seinen weißen Augäpfeln an. Der nächste."

Chiron wußte, daß er eigentlich aufhören müßte, aber insgeheim genoß er Klatsch, und im Herzen war er ein halber Clown. „Der strahlende Apoll", verkündete er, „der die Sonne lenkt und alles sieht, dessen Delphische Orakel unser politisches Leben steuern und dessen überragender Geist uns auf die Wege der Kunst und des Gesetzes führt."

„Dieser eingebildete Kerl. Dieser eingebildete, eitle Kerl, der immer nur von sich selber redet; seine Selbstzufriedenheit dreht mir den Magen um. Er ist ungebildet."

„Aber, aber, jetzt übertreibst du."

„Nein, es *ist* so. Er hält sich eine Schriftrolle vor die Nase, aber seine Augen machen keine einzige Bewegung."

„Und was ist mit seiner Zwillingsschwester Artemis, der schönen Jägerin, die geliebt wird sogar von der Beute, die sie erlegt?“

„Ha! Sie trifft nie, darum! Stromert durch die Wälder mit einem Häuflein Vassar-Girls, deren sogenannte Unschuld kein Arzt in ganz Arkadien ...“

„Still, Kind!“ Der Zentaur hob die Hand an ihre Lippen und berührte sie beinahe in seiner übermäßigen Bestürzung. Er hatte fernes Donnergrollen hinter sich vernommen.

Sie wich zurück, entsetzt über seine Vermessenheit. Dann sah sie über seine Schulter hinweg zum Himmel, begriff und lachte. Es war ein freudloses Lachen, eine hohe heiße, herausfordernd gedehnte Silbe; es straffte ihr Gesicht über die Schädelknochen und machte ihre vollkommenen Züge grausam scharf, raubte ihnen alles Weibliche. Wangen, Stirn und Hals glühten, und sie schrie zum Himmel hinauf: „Ja, Bruder, Blasphemie! Deine Götter, hör sie dir an – ein geschwätziger Blaustrumpf, ein schmutziges altes Weib, das nach Mais stinkt, ein diebischer Rumtreiber, ein betrunkener Schwuler, ein jämmerlicher, elender, schmieriger, grauer, verkrüppelter, gehörnter Klempner ...“

„Dein Mann!“ protestierte Chiron, bestrebt, sich im Gnadenkreis des Himmels über ihm zu halten. Seine Lage war schwierig: er wußte, daß der nachsichtige Zeus seiner jungen Tante niemals etwas antun würde, aber er mochte im Zorn seinen Blitz auf ihren unschuldigen Zuhörer schleudern, dessen olympische Position heikel und zweideutig war. Chiron wuße, daß der Gott ihm seine Vertrautheit mit den Menschen neidete, denn er selber tauchte nie unter diese Geschöpfe, es sei denn, in Federn und Fellen, um eine Vergewaltigung ins

Werk zu setzen. In der Tat ging das Gerücht, daß Zeus die Zentauren schlechthin für ein gefährliches Mittelding halte, das die Götter möglicherweise zur Bedeutungslosigkeit herabsinken lassen könnte. Aber der Himmel blieb, obgleich er sich verdunkelt hatte, ruhig. Dankbar setzte Chiron seine Taktik fort, er sagte der Aphrodite: „Du verstehst es nicht, die Vorzüge deines Gatten zu schätzen. Hephaistos ist geschickt und gütig. Obzwar jeder Amboß, jede Töpferscheibe als Altar für ihn dient, bleibt er doch bescheiden. Sein unglücklicher Sturz auf Lemnos reinigte sein Herz von aller Hoffart; sein Körper ist zwar gekrümmt, doch in ihm ist kein krummer Knochen."

Sie seufzte. „Ich weiß. Aber wie kann ich einen solchen Schwächling lieben? Gib mir lieber den krummen Knochen. Glaubst du", fragte sie, mit dem erwartungsvollen, leicht herablassenden Blick einer Schülerin, die im allgemeinen nicht wißbegierig ist, „glaubst du, daß es mich zu brutalen Männern zieht, weil ich einen Schuldkomplex habe wegen meines Vaters Verstümmelung? Ich meine, daß ich mir die Schuld daran gebe und bestraft werden will?"

Chiron lächelte; er hielt nicht viel von dieser neumodischen Betrachtungsweise. Der Himmel oben war blaß geworden. Chiron fühlte sich in Sicherheit, er wagte einen kleinen frechen Ausfall. „*Einen* Gott hast du ausgespart in deinem Katalog", sagte er bedeutsam. Er meinte Ares, den verruchtesten von allen.

Das Mädchen warf den Kopf zurück; ihr Apfelsinenhaar loderte zu einer Mähne auf. „Ich weiß, was du denkst. Daß ich nicht besser bin als die andern. Wie würdest du mich einordnen, edler Chiron? ‚Zwanghafte Nymphomanin'? Oder, ohne alle Umschweife: ‚Geborene Hure'?"

„Nein, nein, du hast mich mißverstanden. Ich meinte nicht dich."

Sie achtete nicht auf das, was er sagte, sondern schrie: „Aber es ist *unfair*!" Emphatisch schnürte sie das Handtuch um sich. „Warum sollen wir uns das einzige Vergnügen versagen, das die Moiren vergessen haben, uns zu nehmen? Die Sterblichen haben die Freude des Kampfs, die Befriedigung des Mitleids, den Triumph des Muts, die Götter aber sind vollkommen."

Chiron nickte; der alte Höfling war vertraut mit der Angewohnheit dieser Aristokraten, ihren Stand fröhlich zu preisen, nachdem sie ihn eben noch verleumdet hatten. War das Mädchen sich im klaren darüber, daß ihre höhnischen Sticheleien dem Kern dessen sehr nahekamen, was man ernsthaft gegen die Götter vorbringen konnte? Lastende Müdigkeit befiel ihn; er würde immer weniger sein als sie, die Götter.

Sie korrigierte sich: „Vollkommen nur in unserer Dauerhaftigkeit. Man hat mir grausam einen Vater vorenthalten. Zeus behandelt mich wie ein Schoßkätzchen. Seine Vaterliebe bewahrt er für Artemis und Athene auf, seine Töchter. Die haben seinen Segen; sie sind nicht wieder und wieder gezwungen, mit ihren Lenden den gewaltigen Stoß zu empfangen, der einen Augenblick lang diese Liebe vortäuscht. Priap ist nichts als eine Kraft ohne die Liebe eines Vaters. Priap, mein häßlichstes Kind, würdig seiner Empfängnis. Dionysos wollte, daß ich mich gebärde wie einer seiner Jungen." Sie tippte dem Zentauren wieder auf die Brust, wie wenn sie sich vergewissern wollte, daß er nicht zu

Stein geworden sei. „Du hast deinen Vater gekannt. Ich beneide dich. Hätte ich Uranos' Gesicht gesehn, hätte ich seine Stimme gehört, wäre ich nicht nachträglich seinem geschändeten Leib entsprossen, dann würde ich ebenso keusch sein wie Hestia, meine Tante, die einzige Göttin, die mich wirklich liebt. Und jetzt ist sie degradiert im Olymp, herabgesetzt zu einem Haushaltsgerät." Die Gedanken des Mädchens schwenkten pfeilschnell in eine andere Richtung. „Du kennst die Menschen", sagte sie zu Chiron, „warum schmähen sie mich? Warum macht man Witze mit meinem Namen? Warum werden Karikaturen von mir in Toilettenwände geritzt? Wer sonst dient ihnen denn so gut? Welcher andere Gott gibt ihnen mit derselben Hand so viel Macht und so viel Frieden? *Warum gibt man mir die Schuld?*"

„Diese Beschuldigungen, meine Gönnerin, erfinden Sie selbst."

Der Strom ihrer Beichten versickerte, trockener Spott traf ihn. „So klug, so abgeklärt. Guter Chiron. Unser Gelehrter, unser Propagandist. So eifrig. Hast du dich je gefragt, Neffe, ob dein Herz zum Menschen oder zum Pferd gehört?"

Er richtete sich steif auf und sagte: „Von der Hüfte an aufwärts, wurde mir gesagt, bin ich ganz und gar menschlich."

„Vergib mir. Du bist gut, und ich zahle dir in göttlicher Münze zurück." Sie bückte sich und pflückte eine Anemone. „Armer Adonis", sagte sie und spielte zerstreut mit den sternförmigen Kelchblättern. „Sein Blut war so bleich. Wie unser Götterblut."

Ein Schauer der Erinnerung kräuselte ihr Haar, aus dessen fedriger Krone die Feuchtigkeit verdunstet war. Sie drehte ihm den Rücken zu und nahm, heimlich fast, die Blume an die Lippen, und ihre feuchtfallende Mähne lag in mitleidenden Wellen auf ihrem Fleisch, das so weiß und sanft geformt war wie jener sagenhafte Staub: die Erde des Olymps, der Schnee. Ihr Hintern war rosig und ein wenig rauh, die Rückseite ihrer Schenkel war von einem Hauch goldenen Blütenstaubs überzogen. Sie küßte die Blume, ließ sie fallen und drehte sich um; ein neuer Ausdruck lag auf ihrem Gesicht, ein verlegenes, zerstreutes, scheues Zittern. „Chiron", befahl sie, „liebe mich."

Sein großes Herz hämmerte gegen die Rippen; er winkte sie mit bebender Hand zurück. „Aber meine Gönnerin, von der Hüfte an abwärts bin ich ganz und gar ein Tier."

Fröhlich trat sie über die Veilchen auf ihn zu. Das Handtuch fiel. Ihre Brüste waren schon spitz vor Begierde. „Glaubst du, du wirst mich sprengen? Hältst du uns Frauen für so geringfügig? Wir sind schwach in den Armen, aber stark in den Schenkeln. Unsere Schenkel müssen stark sein, die Welt hat ihre Wurzeln zwischen ihnen."

„Aber eine Göttin und ein Zentaur …"

„Männer sind wie Schilf, sie füllen mich nicht mehr. Komm, Chiron, beleidige deine Dame nicht. Entkleide dich der Klugheit; du wirst klüger sein, wenn wir uns wieder erheben." Sie wölbte die Hände unter ihre Brüste und stellte sich auf Zehenspitzen gegen ihn, so daß ihre Brustwarzen gegen die seinen stießen, gegen den verkümmerten Schmuck des Mannes. Aber beider Brüste hatten verschiedene Spannweiten; Aphrodite kicherte und machte ein Spiel daraus, die Kongruenz herzustellen. Und Chiron sah sogar in seiner Verlegenheit, daß das Problem geometrisch darzustellen war. „Hast du Angst?“ flüsterte sie. „Wie machst du es mit Chariklo? Steigst du auf sie?“

Klein und pergamenttrocken kam die Stimme ihm aus der zugeschnürten Kehle: „Es wäre Inzest.“

„Das ist es immer. Wir entspringen alle dem Chaos.“

„Es ist Tag.“

„Gut, da schlafen die Götter. Ist Liebe so garstig, daß sie sich im Finstern verbergen muß? Verachtest du mich, weil ich eine Schlampe bin? Als Gelehrter müßtest du wissen, daß ich nach jedem Bad meine Jungfräulichkeit zurückerlange. Komm, Chiron, brich mein Mädchentum auf, es hindert mich beim Gehen.“

Mehr aus Schwäche denn aus Kraft, so wie man voll Verzweiflung ein fieberkrankes Kind trösten würde, legte er die Arme um das zappelnde Mädchen. Ihr Leib war schlüpfrig und biegsam, zerfloß fast vor Gefügigkeit. Die Höhlung ihres Rükkens fühlte sich flaumig an. Die Spitze einer Erektion streifte seinen Bauch, ein Wiehern schäumte durch seine Nüstern. Ihre Arme umklammerten seinen Widerrist, und ihre Schenkel hoben sich gewichtlos zwischen seine Vorderbeine. „Pferd“, atmete sie, „reite mich. Ich bin eine Stute. Pflüge mich auf.“ Ein rascher, scharfer Geruch nach Blumen stieg von ihrem Körper auf, nach allfarbigen Blumen, die zerstampft und zerfallen waren auf dem Grund seiner hengstischen Ausdünstung. Er schloß die Augen und trieb in einer formlosen, warmen, von roten Bäumen bestandenen Landschaft.

Aber seine Fugen hielten. Er dachte an das Donnergrollen. Zimmerman war sicher noch im Schulgebäude, er ging nie nach Haus. Der Zentaur horchte auf ein Rumpeln oben, und in diesem Augenblick, da er horchte, veränderte sich alles. Das Mädchen fiel von seinem Nacken ab. Ohne einen Blick zurück verschwand Aphrodite im Unterholz. Tausend grüne Blütenblätter schlossen sich über ihrem Weg. Liebe hat ihre eigene Moral, die der bewußt ins Spiel gebrachte Wille unheilbar verletzt. Damals wie jetzt stand Caldwell allein und verwirrt auf diesem Fleck Zement, und jetzt wie damals stieg er die Treppe hinauf, mit dem schmerzlichen, verschwommenen Gefühl, daß er aus Gründen, die ihm verborgen blieben, dem Gott, der nie ruhte, ihn zu beobachten, mißfallen habe.

Er ging die Treppen hinauf bis zu seinem Zimmer im zweiten Stock. Die Stufen schienen für die Beine einer behenderen Spezies gemauert; seine Schwerfälligkeit quälte ihn. Bei jeder Schmerzwelle klammerte sich sein Blick irgendwo fest: an einem Stück Wand, wo ein Kugelschreiber Kringel gezogen hatte, einem gebeizten Treppenpfosten, dessen abgeschrägtes Dach vom kleisterglasierten Dübelstumpf aufgerissen war, einem Winkel zwischen den Stufen, in dem ein kleiner schwarzer Wirbel aus Staub und Grus sich verhärtet hatte, einer Fensterscheibe, die mit einer schmierigen Haut überzogen und von verrosteten Pfosten flankiert war, einer toten gelben Wandstrecke. Die Tür zu seinem Zimmer war geschlossen. Er erwartete, daß Lärm herausdringen würde, aber statt dessen herrschte eine ominöse Ruhe. Die Haut zog sich ihm zusammen. Hatte Zimmerman, vom Radau herbeigerufen, die Klasse übernommen?

Seine Angst erwies sich als berechtigt. Er stieß die Tür auf, und da, keine zwei Meter entfernt, hing Zimmermans schiefes Gesicht wie ein riesenhaftes Emblem der Autorität und streckte sich in des entsetzten Caldwells Blickfeld von einem Rand zum andern. Ihm war, als würde es, von einem bösen Pulsschlag gedehnt, immer größer. Mitten aus der Direktorsstirn, oberhalb der beiden unterschiedlich vergrößernden Brillengläser, brach ein unerbittlicher Blitz, war von keinerlei räumlichem Hindernis aufzuhalten und lähmte sein Opfer. Die Stille, in der die beiden Männer einander anstarrten, war lauter als Donner.

Zimmerman drehte sich zur Klasse; sie war gezähmt worden zu alphabetisch geordneten Reihen gekämmter, eingeschüchterter Kinder. „Mr. Caldwell ist huldvoll zu uns zurückgekehrt."

Die Klasse gluckste botmäßig.

„Ich finde, eine solche Pflichtergebenheit sollte mit einem kleinen Applaus belohnt werden."

Er führte das Klatschen an; seine gewölbten Hände schlugen zierlich ineinander. Für einen so massiven Kopf und Rumpf waren seine Gliedmaßen absonderlich klein. Er trug einen Sportsakko, und die wattierten Schultern und das grobflächige Karomuster unterstrichen dies Mißverhältnis. Während des spöttischen Applauses schielten ein paar Jungen mit hämischem Grinsen zu Caldwell hin. Der gedemütigte Lehrer fuhr sich mit der Zunge über die Lippen. Sie schmeckten verkohlt.

„Danke, Kinder", sagte Zimmerman, „das reicht jetzt." Der freundliche Applaus hörte abrupt auf. Der Direktor wandte sich wieder Caldwell zu. Sein mißlich ausbalanciertes Gesicht sah aus wie eine stolze, schwangere Wolke, die von einem Windstoß hoch in den Himmel gezerrt wird. Caldwell stieß einen unartikulierten Laut hervor, der ein Ausruf der Anerkennung und der Bewunderung sein sollte.

„Wir können später darüber sprechen, George. Die Kinder wollen jetzt endlich unterrichtet werden."

Aber Caldwell gierte danach, sich zu erklären, freigesprochen zu werden; er bückte sich und zog das Hosenbein hoch, eine Unziemlichkeit, die die Klasse nicht zu erhoffen gewagt hätte; sie barst prompt vor Fröhlichkeit. Und in Wahrheit hatte Caldwell auf eine Reaktion dieser Art gewartet.

Zimmerman verstand das. Er verstand alles. Obgleich Caldwell das Hosenbein augenblicklich wieder herunterließ und sich aufrichtete, um zur Sache zu kommen, starrte Zimmerman weiterhin auf dessen Knöchel, als ob er unendlich weit von seinen Augen entfernt sei, diese aber unendlich weit sehen könnten.

„Ihre Socken passen nicht ganz", sagte er. „Ist das Ihre Erklärung?"

Die Klasse explodierte wieder. Mit unfehlbarem Sinn für den richtigen Augenblick wartete Zimmerman, bis er sich über das letzte verglucksende Kichern hinweg wieder vernehmlich machen konnte. „Aber, George, George, Sie sollten nicht zulassen, daß Ihr löbliches Interesse am gepflegten Äußeren sich in die Haare gerät mit einer andern pädagogischen Notwendigkeit, der Pünktlichkeit."

Caldwell war so notorisch schlecht angezogen, seine Kleidung war so unverhohlen schäbig, daß sogar darin noch reichlicher Witz lag; obschon inzwischen viele Lacher untergegangen waren in Zimmermans eleganten sarkastischen Wortströmen.

Der Direktor machte eine maliziös-mäklige, andeutende Bewegung. „Tragen Sie einen Blitzableiter bei sich? Bemerkenswert umsichtig an einem wolkenlosen Wintertag."

Caldwell betastete sich und stieß gegen den kalten, glatten Pfeilschaft, der ihm aus der Tasche ragte. Er zog ihn heraus und hielt ihn Zimmerman hin, und die ganze Zeit rang er nach dem ersten Wort seiner Geschichte, dieser Geschichte, die Zimmerman nur erst erfahren mußte; er würde ihn, Caldwell, umarmen für sein heroisches Leiden, Tränen des Mitleids würden aus diesem gebieterischen, allmächtigen Gesicht fallen. „Das ist es", sagte Caldwell, „ich weiß nicht, wer von der Klasse es getan hat ..."

Zimmerman verschmähte es, den Stab zu berühren; mit protestierend aufgehobenen Händen, als sei der glänzende Stab mit Gefahr geladen, wich er ein paar rasche Schritte zurück, in seinen kleinen Füßen funkelte noch immer etwas von einer athletischen Tapferkeit. Den ersten Ruhm hatte Zimmerman als Schülerstar der Aschenbahn genossen. Starkschultrig und leichtgliedrig, hatte er sich in allen Geschwindigkeits- und Kraftproben hervorgetan: im Diskuswerfen, Springen und Langstreckenlauf. „George, ich sagte *später*", sagte er. „Bitte, geben Sie jetzt Ihre Stunde. Da mein Vormittagsprogramm ohnehin unterbrochen ist, werde ich mich jetzt hinten hinsetzen und meine monatliche Visitation abhalten. Bitte, tut so, als wäre ich nicht da, Kinder."

Caldwell lebte in Furcht vor den monatlichen Unterrichtsinspektionen des Direktors. Was danach kam, die kurzen kleinen, mit der Maschine geschriebenen Berichte, die eine verwaschene Mischung aus ätzenden Details und pädagogischem Jargon enthielten, hatten, wenn sie positiv ausfielen, zur Wirkung, daß Caldwell tagelang glücklich bewegt war, und wenn sie schlecht waren (das war meistens der Fall, ein einziges zweifach auslegbares Adjektiv konnte den Kelch vergiften), dann drückte ihn das für Wochen nieder. Nun war eine solche Visite über ihn gekommen, jetzt da er verstört war, ins Unrecht gesetzt, voller Schmerzen und unvorbereitet.

Hinterhältig, auf Zehenspitzen, schlich Zimmerman an der Wandtafel entlang nach hinten. Sein breiter, karierter Rücken war gebuckelt, das sollte komisch sein und bedeuten, daß er sich unauffällig machen wolle. Er nahm in der letzten Reihe Platz, hinter den Löffelohren und der blühenden Akne von Mark Youngerman. Kaum saß er, entdeckte er auf gleicher Höhe mit ihm, zwei Reihen entfernt, auf dem letzten Sitz in der dritten Reihe, Iris Osgood, in dumpfe, kuhhafte Schönheit versunken; Zimmerman glitt aus seiner Reihe auf einen Platz dicht bei ihr und bat sie mit Hilfe einer kleinen Flüsterpantomime um einen Notizzettel. Das dralle Mädchen riß umständlich an ihrem Block herum, und als Zimmerman sich herüberlehnte, um den Zettel zu nehmen, rutschten seine Augen dreist in Iris' lose Seidenbluse.

Caldwell sah es in ehrfürchtiger Bestürzung. Die Farben der Klasse zitterten vor ihm; Zimmermans Gegenwart elektrisierte sie. Anfangen. Er hatte vergessen, wer er war, was er unterrichtete, warum er hier war. Er ging zu seinem Pult, legte den Pfeilschaft nieder und griff nach einem Zeitschriftenausschnitt, der ihm alles ins Gedächtnis rief. *Wissenschaftler aus Cleveland entwirft Schöpfungsuhr.*

Zimmermans Gesicht schwebte riesig hinten im Klassenzimmer. „Hinter mir auf der Tafel“, fing Caldwell an, „steht die Zahl fünf mit neun Nullen. Das bedeutet fünf – was?“

Eine schüchterne Mädchenstimme löste sich aus der Stille: „Trillionen.“ Judith Lengel, natürlich. Sie gab sich Mühe, aber es war einfach nichts da. Ihr Vater war ein protziger Immobilienhändler, ein Erfolgreicher; er erwartete, daß seine Kinder Maikönigin und Schulsprecher bei der Schlußfeier sein würden, nur weil er, der alte Fünf-Prozent-Lengel, einen Haufen Geld gemacht hatte. Arme Judy, sie hatte einfach nichts auf dem Kasten.

„Milliarden“, sagte Caldwell. „Fünf Milliarden Jahre. Das ist, nach dem gegenwärtigen Stand unseres Wissens, das mutmaßliche Alter des Weltalls. Es kann auch älter sein; sicher ist, daß es wenigstens dieses Alter hat. So, wer kann mir sagen, was eine Milliarde ist?“

„Tausend Tausende“, stammelte Judy. Armes kleines Huhn, warum half ihr niemand aus der Patsche? Warum nahm nicht einer von den Schlauen, der junge Kegerise zum Beispiel, das Heft in die Hand? Kegerise saß da, die Beine lang in den Mittelgang gestreckt, fummelte mit seinem Schreibblock herum und grinste in sich hinein. Caldwell sah sich nach Peter um, aber dann fiel ihm ein, daß der Junge nicht in dieser Klasse war. Er kam erst in der siebenten Stunde. Zimmerman notierte etwas und zwinkerte die Osgood an, die keine Ahnung hatte, was los war. Dumm und schwerfällig. Schwerfällig wie schieres weißes Blei.

„Tausend mal tausend mal *tausend*“, verkündete Caldwell. „Eintausend Millionen, das ist eine Milliarde. Es gibt im Augenblick über zwei Milliarden

Menschen auf der Welt", fuhr er fort, „und angefangen hat alles vor etwa einer Million Jahren, als sich ein dummer kleiner Affe aus einem Baum herunterschwang, sich umsah und sich wunderte, was er hier zu suchen hatte." Die Klasse lachte, und Deifendorf, der immer mit dem Bus vom Land hereinkam, kratzte sich auf dem Kopf und unter den Armen und schnatterte wie ein Affe. Caldwell gab sich Mühe, es nicht zu merken, weil der Junge sein bester Schwimmer war. „Ein anderer Bereich, in dem von Milliarden die Rede ist, das ist das Staatsdefizit", sagte er. „Wir schulden uns selber ungefähr zweihundertsechzig Milliarden Dollar. Hitler zu Fall zu bringen hat uns zirka dreihundertfünfzig Milliarden gekostet. Und nun kommen wir zu den Sternen. Es gibt rund hundert Milliarden Sterne in unserer Galaxis, die heißt wie?"

„Sonnensystem", bot Judy ihm an.

„Milchstraße", sagte Caldwell. „Das Sonnensystem hat nur einen einzigen Stern, und der heißt?"

Angelegentlich sah er nach hinten in die Klasse, aber in seinem Augenwinkel ging ohnehin wieder Judys Mund auf: „Venus?" Die Jungen lachten; Venus, Venushügel, venerische Krankheiten. Jemand klatschte. „Die Venus ist der hellste Planet", erklärte Caldwell ihr. „Wir nennen sie einen Stern, weil sie wie einer aussieht. Aber der einzige wirkliche Stern, der überhaupt in einiger Nähe von uns ist, heißt ..." – „Die Sonne", sagte irgendwer, und Caldwell erfuhr nie, wer es war, denn er konzentrierte sich ganz auf Judith Lengels stumpfes, angestrengtes Gesicht und versuchte, ihr ohne Worte einzuschärfen, daß sie sich nicht unterkriegen lassen solle von ihrem alten Herrn. Ganz ruhig, Mädchen, du schaffst es schon. Du kriegst irgendwann einen Freund und dann einen Mann, und dann kann dir keiner mehr was.

„Richtig", sagte er in die Klasse hinein, „die Sonne. Jetzt schreibe ich euch eine Zahl auf." Er malte 6 000 000 000 000 000 000 000.

„Wie würdet ihr diese Zahl nennen?" Er gab sich selbst die Antwort: „Sechs" – und die zu dreien geordneten Nullen, von hinten angefangen, abhakend – „tausend, Millionen, Milliarden, Billionen, Trillionen, Quadrillionen, Quintillionen. Sechs Quintillionen. Was stellt diese Zahl dar?" Stumme staunende und spöttische Gesichter. Wieder gab er sich die Antwort selbst: „Das Gewicht der Erde in Tonnen. Die Sonne dagegen", sagte er, „wiegt um so viel mehr." Er schrieb 333 000 an die Tafel, sagte halb zu sich, halb zum Schiefer: „Drei drei drei null null null. Wenn man das multipliziert, kriegt man" – *skrkk kreck*, die Kreide splitterte, als er die Nullen übertrug – „eins neun neun acht mit vierundzwanzig Gänseeiern." Er trat zurück und prüfte. Was er da tat, bereitete ihm Übelkeit.

1998 000 000 000 000 000 000 000 000

Die Nullen starrten ihn an, jede war eine Wunde, aus der das Wort „Gift" tropfte. „Das ist das Gewicht der Sonne", sagte Caldwell. Wer schert sich drum?

Gelächter hüpfte um ihn her. Wo war er? „Manche Sterne sind größer", sagte er erstickt, „manche sind kleiner. Der nächste Stern ist Alpha Centauri, er ist vier Lichtjahre entfernt. Das Licht legt zwo vier sieben null null null Kilometer in der Sekunde zurück." Er schrieb die Zahl auf die Tafel. Es war kaum noch Platz übrig. „Das sind neun Milliarden Kilometer im Jahr." Mit dem Finger wischte er die 5 im Universumsalter weg und setzte statt dessen eine 6 ein. „Der Alpha Centauri ist sechsunddreißig Milliarden Kilometer entfernt.“ Der Druck in seinem Magen warf eine Blase auf, er schluckte, um nicht aufzustoßen. „Die Milchstraße, von der man früher gedacht hatte, daß sie der Weg sei, auf dem die toten Seelen in den Himmel reisen, ist eine optische Täuschung; man könnte sie nie erreichen. Wie Nebel würde sie um einen zerschweben. Es ist ein Sternennebel, den wir selber herstellen, indem wir durch die Galaxis hindurchsehen. Die Galaxis ist ein rotierender Diskus, mit einem Durchmesser von hunderttausend Lichtjahren. Ich weiß nicht, wer ihn je geworfen hat. Sein Zentrum steht in Richtung auf die Konstellation des Sagittarius, das bedeutet ‚Schütze‘, wie jemand in der reizenden Klasse vor eurer Stunde. Und hinter unserer Galaxis sind andere, insgesamt sollen es mindestens hundert Milliarden sein, und in jeder Milliarde stecken hundert Milliarden Sterne. Sagen euch diese Zahlen irgend etwas?“ Deifendorf sagte: „Nein.“

Caldwell nahm der Frechheit den Wind aus den Segeln, indem er zustimmte. Er hatte lange genug unterrichtet, um dann und wann diesen Halunken ein wenig voraus zu sein. „Mir auch nicht. Sie lassen mich an den Tod denken. Nur so viel kann der menschliche Geist aufnehmen. Zum“ – ihm fiel ein, daß Zimmerman da war; das klobige Gesicht des Direktors hob sich aufmerksam – „zum Kuckuck damit. Wir wollen mal versuchen, fünf Milliarden Jahre auf menschliche Verhältnisse zurechtzuschneidern. Sagen wir, das Universum ist drei Tage alt. Heute ist Donnerstag, und es ist“ – er sah auf die Uhr – „zwanzig vor zwölf.“ Noch zwanzig Minuten; er mußte sich jetzt beeilen.

„Also schön. Letzten Montag gegen Mittag hat die größte Explosion stattgefunden, die es je gegeben hat. Sie ist noch immer im Gange. Wenn wir zu den andern Sternsystemen sehen, stellen wir fest, daß sie von uns wegwirbeln. Je weiter weg sie sind, desto schneller fliegen sie. Nach Schätzung müssen sie vor fünf Milliarden Jahren alle einen gemeinsamen Ausgangspunkt gehabt haben; all die ins Quadrat erhobenen Milliarden und Billionen und Trillionen Tonnen an Material, die es im Weltall gibt, waren bis zu einem Maximum an Dichte in eine Kugel gepreßt, zu eben der Dichte, wie sie im Atomkern herrscht. Ein Kubikzentimeter dieses Ureies wog zweihundertfünfzig Tonnen."

Caldwell hatte ein Gefühl, wie wenn ein solcher Kubikzentimeter sich just in seinen Eingeweiden installiert habe. Astronomie bannte ihn. Nachts zuweilen, wenn er erschöpft im Bett lag, kam sein verebbender Körper ihm phantastisch groß vor und faßte in seinem Dunkel Myriaden Sterne.

Zimmerman saß vornübergelehnt und flüsterte mit der Osgood; seine alles sehenden Augen streichelten die verborgen-sanfte Linie ihrer Zitzen. Seine Geilheit roch, sie sprang auf die Kinder über. Nach der Art zu urteilen, wie Gloria Davis' Schultern sich krümmten, kitzelte der hinter ihr sitzende Deifendorf mit dem Radiergummiende seines Bleistifts ihr den Hals. Gloria war ein schmutziges kleines Flittchen aus der Umgebung von Olinger. Sie hatte ein winziges weißes Dreiecksgesicht, das in ein kräuseliges plumpes Kissen aus fleischfarbenem Haar gebettet war. Sie war dumm, dumm und dreckig.

Caldwell kämpfte sich weiter. „Der Druck war so groß, daß die Substanz nicht standhielt; sie explodierte innerhalb einer Sekunde – nicht einer Sekunde unserer angenommenen Zeit, sondern einer richtigen Sekunde der wahren Zeit. Und – wenn wir bei unserer Spanne von drei Tagen bleiben, könnt ihr folgen? – den ganzen Montagnachmittag über war die Luft des Universums heiß und strahlend hell von leuchtender Energie. Gegen Abend hatte sich alles so weit zerstreut, daß Dämmerung hereinbrach. Dann wurde das Universum vollkommen dunkel. Und die dunkle Materie – Staub, Planeten, Meteore, Abfall, Ausschuß, alte Steine – überwiegt die helle Materie noch bei weitem. In dieser ersten Nacht fiel der um sich greifende Strom an Weltallsubstanz in gigantische Gaswolken auseinander, die Protogalaxien entstanden, und in ihnen ballten sich auf Grund des Schwerkraftgesetzes die Gase derart zusammen, daß sie sich unter dem Druck ihrer eigenen, immer dichter werdenden Masse entzündeten. So kommt es, daß kurz vor der Dienstagmorgendämmerung die ersten Sterne schienen. Könnt ihr mir folgen? Und diese Sterne waren von rotierenden Materiewolken umgeben, die sich nun ihrerseits verdichteten. So entstand unsere Erde. Es war kalt, Kinder, so kalt, daß nicht nur Wasserdampf gefror, sondern auch Nitrogen, Kohlenoxyde, Ammoniak und Methan; diese gefrorenen Gase kristallisierten sich in Schneeflocken um die Staubpartikel fester Materie, am Anfang zogen die Flocken sich langsam zusammen, aber dann immer schneller. Bald fielen sie auf die wachsende Erde nieder, mit einer Geschwindigkeit, die ausreichte, um eine beträchtliche Hitze zu entwickeln. Der kosmische Schnee schmolz und flog zurück in den Weltraum, ließ aber hier, auf der Erde, eine Schmelze der mineralischen Elemente zurück, die im Universum allerdings in der Minderheit sind, sie betragen weniger als ein Prozent. Okay, das ist also der erste von den drei Tagen. Gegen Mittag des zweiten Tages hatte sich eine Kruste gebildet. Möglicherweise war es Basalt, der zur Gänze von einem vorzeitlichen Meer bedeckt war. Dann taten sich Risse auf, sie spien flüssigen Granit, und so entstanden die ersten Kontinente. Unterdessen sank flüssiges Eisen, das schwerer war als Lava, in die Erdmitte ab und bildete den flüssigen Erdkern. Hat einer von euch jemals einen Golfball geöffnet?" Die ganze Zeit hatte er gespürt, wie die Klasse ihm wegtropfte, wie zähflüssiges Metall von der abkühlenden Kruste. Der Golfball ließ sie ein wenig aufwachen, aber nicht genug. Ein schmuckverziertes Handgelenk verharrte im Mittelgang und reichte ein Zettelchen weiter. Deifendorf hörte auf, die Davis zu kitzeln; Kegerise stellte sein Gefummel ein; sogar Zimmerman sah auf. Vielleicht war es Einbildung, aber Caldwell hätte schwören können, daß der alte Bock den milchigen Arm der Osgood gestreichelt hatte. Nichts an der ganzen Klasse ärgerte ihn so sehr wie das Grinsen der Davis, ihr schmieriges, sinnliches, gerissenes Gesicht. Er sah sie so unverwandt an, daß ihre purpurroten Lippen schließlich aus Verteidigung „er ist innen blau" nuschelten.

„Ja", sagte er langsam, „ein kleiner Sack mit einer blauen Flüssigkeit ist im Golfball, unter all den Gummischichten." Er hatte vergessen, worauf er hinauswollte. Er schielte zur Uhr. Noch zwölf Minuten. Sein Magen schlingerte. Er versuchte, das wunde Bein von jeder Belastung zu befreien; das Loch in seinem Knöchel brannte, jetzt, da das Blut trocknete. „Einen ganzen Tag lang", fuhr er fort,

„zwischen Dienstag und Mittwoch mittag, ist die Erde tot. Kein Leben gibt es auf ihr. Nur häßliche Felsen, schales Wasser, speiende Vulkane, alles gleitet und rutscht, und zwischendurch gefriert es auch vielleicht, denn die Sonne funzelt nur wie eine trübe alte Glühlampe am Himmel. Um gestern mittag herum gab es die ersten Lebenszeichen. Nichts Spektakuläres, nur ein bißchen Schleim. Den ganzen gestrigen Nachmittag über und auch während des größten Teils der Nacht blieb das Leben nur mikroskopisch." Er drehte sich um und schrieb an die Tafel:

Corycium enigmaticum
Leptothrix
Volvox

Er tippte auf den ersten Begriff, und die Kreide wurde zu einer großen, warmen, nassen Raupe in seiner Hand. Er ließ sie voll Ekel fallen, und die Klasse kicherte. Caldwell sagte mit erhobener Stimme: „Corycium enigmaticum. Man hat in Finnland, in Felsen, kohlensaure Rückstände dieser primitiven meerischen Organismen gefunden und schätzt, daß sie anderthalb Milliarden Jahre alt sind. Wie der Name sagt, bleibt diese primitive Form von Leben rätselhaft, aber man nimmt an, daß es sich um eine kalkhaltige blaugrüne Alge gehandelt hat, wie sie noch heute weite Strecken der Ozeane färbt."

Ein Papierflugzeug schoß in die Luft, torkelte und stieß dann scharf nieder; es landete im Mittelgang und verwandelte sich in eine weitgesichtige, weiße Blume, die babyhaft jaulte, bis die Stunde zu Ende war. Ein blasser Saft tropfte von ihrem verletzten Flügel, und Caldwell bat im Geiste die Schuldiener um Verzeihung.

„Leptothrix“, sagte er, „ist ein mikroskopisch kleiner lebendiger Fleck, der Name ist griechisch und bedeutet ‚kleines Haar‘. Diese Bakterie konnte aus eisenhaltigem Salz ein Körnchen schieres Eisen ziehen und, so phantastisch es sich auch anhört, existierte in solchen Mengen, daß sie den gesamten Eisenvorrat anlegte, den der Mensch heute abbaut. Die Mesabi Range in Michigan ist von amerikanischen Bürgern geschaffen worden, von denen tausend auf einem Stecknadelkopf Platz gehabt hätten. Und um den zweiten Weltkrieg zu gewinnen, haben wir dann all die Kriegsschiffe und Tanker und Jeeps und Coca-Cola-Automaten aus ihr gewonnen und ließen die arme alte Mesabi Range wie einen Kadaver liegen, den die Schakale abgenagt haben. Ich habe ein ganz trauriges Gefühl dabei. Als ich ein Junge war in Passaic, wurde von der Mesabi Range immer so gesprochen, als ob sie ein schönes, rothaariges Mädchen wäre, das da oben an den großen Seen liegt.“

Das Kitzeln mit dem Bleistift genügte Deifendorf nicht mehr, er hatte die Hände um den Hals der Davis gelegt und streichelte mit seinen Daumen die Unterseite ihres Kinns. Ihr Gesicht wurde immer kleiner in sinnlicher Ekstase. „Drittens“, rief Caldwell – die Unterströmung von Geräuschen in der Klasse stieg ihm bis an die Lippen –, „der Volvox, einer von den frühen Bürgern im Königreich des Lebens, interessiert uns, weil er den Tod erfand. Es gibt eigentlich keinen Grund in der Plasmasubstanz, warum das Leben je aufhören sollte. Amöben sterben nie, und die männlichen Spermazellen, die soviel Spaß daran haben, an ihr Ziel zu gelangen, sind der Grundstein eines neuen Lebens, das über den Vater hinausführt. Aber der

Volvox, eine rollende Kugel aus geißelnden Algen, die zu somatischen und reproduktiven Zellen geordnet sind, dieser Volvox, weder Pflanze noch Tier – unter dem Mikroskop sieht er genauso aus wie eine Weihnachtsbaumkugel –, hat, indem er dieser neuen Idee, nämlich der *Kooperation*, einen Weg gebahnt hat, Leben gebracht in das Königreich des sicheren Todes – des sicheren im Gegensatz zum zufälligen. Denn – haltet aus, Kinder, nur noch sieben Minuten Qual – potentiell ist jede Zelle unsterblich, aber indem sie freiwillig eine bestimmte Funktion innerhalb einer organisierten Gesellschaft von Zellen übernimmt, begibt sie sich in eine gefahrvolle Umwelt. Durch den ständigen Druck wird sie schließlich zermürbt und getötet. Sie stirbt einen Opfertod, zum Wohl des Ganzen. Diese ersten Zellen, die keine Lust mehr hatten, auf ewig in einem blaugrünen Schleim herumzuhocken, und sagten: ‚Wir wollen uns zusammentun und einen Volvox gründen', waren die ersten Altruisten. Die ersten Wohltäter. Wenn ich einen Hut aufhätte, würde ich ihn jetzt vor ihnen ziehen."

Er tat, als nehme er eine Kopfbedeckung ab, und die Klasse kreischte. Mark Youngerman sprang auf, und seine Pickel hüpften gegen die Wand. Die Tünche fing zu brennen an, blubberte zu langsam sich dehnenden Blasen auf über der seitlichen Wandtafel. Fäuste, Klauen, gekrümmte Ellenbogen wischten in fleckigfarbiger Panik über die zernarbten, gebohnerten Pultdeckel; die einzig reglosen Figuren in der tobenden Masse waren Zimmerman und Iris Osgood. Irgendwann mußte Zimmerman über den Mittelgang gewechselt sein, er saß jetzt mit dem Mädchen auf einem Platz. Er hatte den Arm um ihre Schultern gelegt und strahlte stolz nach vorn. Iris saß gleichmütig und ohne sich zu rühren in seiner Umarmung, ihre Augen waren niedergeschlagen und ihre glanzlosen Wangen leicht gerötet.

Caldwell sah auf die Uhr. Fünf Minuten, dabei lag der Hauptteil der Geschichte noch vor ihm. „Ungefähr um halb vier heute früh", sagte er, „als ihr noch in tiefem Schlaf in euren Betten lagt, traten all die größeren Phyla auf, außer den Chordata, und zwar in fortgeschrittener Form. Soweit man es aus den Fossilien ersehen kann, geschah das so." Er schnippte mit den Fingern. „Als die Dämmerung kam, verbreiteten sich überall auf dem Meeresboden die wichtigsten Tiere der Welt, sie sind sehr häßlich und heißen Trilobiten." Ein Junge aus der Fensterreihe hatte eine Einkaufstüte in die Klasse geschmuggelt und schüttete jetzt, gepufft von einem anderen Jungen, ihren Inhalt auf den Boden: einen Klumpen lebendiger Trilobiten. Die meisten waren drei oder fünf Zentimeter lang, manche aber maßen mehr als dreißig Zentimeter. Sie sahen wie vergrößerte Bohrasseln aus, nur daß sie rötlich waren. Die größeren trugen auf ihren Kopfschilden halb entrollte Kondome, die aussahen wie Silvesterhüte. Sie wimmelten zwischen den schnörkeligen Pultbeinen umher und streiften dabei mit ihren hirnlosen Köpfen und wischenden Glabellen die Knöchel der Mädchen, die kreischten und ihre Füße so hoch warfen, daß weiße Schenkel und graue Schlüpfer aufblitzten. Voller Schrecken rollten sich ein paar Trilobiten zu gegliederten Bällen zusammen. Die Jungen machten einen Sport daraus, ihre schweren Lehrbücher auf diese armen Arthropoden fallen zu lassen; eins von den Mädchen, ein großer purpurroter Papagei mit Schmutzgefieder, bückte geschwind den Kopf und pflückte einen von den kleinen Bällen auf. Seine kurzen zweigespaltenen Beine zappelten in hilflosem Protest. Das Mädchen stopfte ihn sich in den bemalten Schnabel und kaute sorgfältig.

Caldwell kalkulierte, daß er jetzt, kurz vor Toresschluß, nichts anderes tun konnte, als bis zum Klingelzeichen durchzuhalten. „Gegen sieben Uhr heute morgen“, sagte er, und ein paar verschmierte Gesichter schienen zuzuhören, „tauchten die ersten Fische mit Rückgrat auf. Die Erdkruste krümmte sich. Die Meere des ordovizischen Zeitalters zergingen.“ Fats Frymoyer beugte sich herüber und stieß den kleinen Billy Schupp von seinem Sitz; der Junge, ein schwächlicher Diabetiker, fiel mit einem Bums zu Boden. Jedesmal, wenn er sich aufrichten wollte, legte sich ihm eine anonyme Hand auf den Kopf und drückte ihn wieder nieder. „Um halb acht fingen die ersten Pflanzen an Land zu wachsen an. In moorigen Tümpeln lernten Lungenfische zu atmen und sich über den Schlamm zu ziehen. Gegen acht waren die Amphibien da. Die Erde war warm. In der Antarktis gab es Marschland. Saftige Wälder aus riesigen Farnen stiegen auf und fielen und legten die Kohlenvorkommen unseres Staates an, nach dem dies Zeitalter benannt ist. Wenn ihr also ‚Pennsylvanisch‘ sagt, dann könnt ihr einen blöden Dutchman meinen, aber auch einen Abschnitt des Paläozoikums.“

Betty Jean Shilling hatte immerfort Kaugummi gekaut, jetzt wölbte sich eine pingpongballgroße Blase, ein Triumph, ein Wunder, vor ihrer Zunge und ihren Lippen. Ihre Augen blickten angestrengt über Kreuz und explodierten fast vor lauter kraftverschleißender Konzentration. Aber die herrliche

Blase platzte und überzog Bettys Kinn mit rosa Schaum. „Insekten traten auf und mehrten sich in mannigfacher Gestalt. Manche Libellen hatten siebzig Zentimeter lange Flügel. Die Welt wurde wieder kalt. Ein paar Amphibien gingen zurück ins Meer, andere legten ihre Eier auf dem Land ab. Das waren Reptilien, und zwei Stunden lang, von neun bis elf, als es auf der Erde wieder warm wurde, beherrschten sie alles Leben. Fünfzehn Meter lange Plesiosaurier streiften durchs Meer, und Pterosaurier flappten durch die Luft wie kaputte Regenschirme. An Land waren es andere riesenhafte Schwachköpfe, die die Erde erschütterten." Auf ein vorher vereinbartes Zeichen fingen alle Jungen in der Klasse zu summen an. Kein Mund bewegte sich, alle Augen wandten sich unschuldig mal hier-, mal dorthin, aber die Luft war dick und schlierig von Frechheit. Caldwell blieb nichts übrig, als weiterzuschwimmen. „Die Brontosaurier hatten einen Dreißigtonnenleib und ein Gehirn von zwei Unzen. Der Anatosaurier hatte zweitausend Zähne. Der Triceratops trug einen Helm aus gekräuselten Knochen, der zwei Meter lang war. Der Tyrannosaurier hatte winzige Arme und Zähne, die wie Rasiermesser waren, fünfzehn Zentimeter lang, er wurde zum Präsidenten gewählt. Er fraß alles: totes Fleisch, lebendes Fleisch, alte Knochen ..."

Das erste Glockenzeichen ertönte. Die Klassenordner trabten aus dem Zimmer. Einer von ihnen trat auf die Anemone im Mittelgang, und die Blume wimmerte schrill auf. Zwei Jungen stießen in der Tür zusammen und stachen mit Bleistiften aufeinander ein. Ihre Zähne knirschten, Schleim tropfte aus ihren Nasenlöchern. Irgendwie hatte

Zimmerman Iris Osgoods Bluse und Büstenhalter heruntergepellt, und ihre Brüste gingen Seite an Seite über dem Pult auf wie zwei stille, eßbare Monde.

„Noch zwei Minuten", rief Caldwell. Seine Stimme war jetzt höher geschraubt, so, als sei in seinem Kopf ein Bolzen herumgedreht worden. „Bleibt auf euern Plätzen. Wir werden die ausgestorbenen Säugetiere und die Eiszeit das nächste Mal durchnehmen müssen. Um der langen Rede ein kurzes Ende zu geben: vor einer Stunde tauchten im Kielwasser der blühenden Pflanzen und der Gräser unsere treuen Freunde, die Säugetiere, auf und übernahmen die Herrschaft über die Erde, und vor einer Minute, *vor genau einer Minute* ..."

Deifendorf hatte die Davis in den Mittelgang gezerrt, und sie kicherte und zappelte in seinen langen, haarigen Armen. „... vor einer Minute", verkündete Caldwell zum drittenmal, da flog ihm eine Handvoll Schrotkugeln ins Gesicht. Er zuckte zusammen und hob seine rechte Hand als Schild und dankte seinem Schöpfer, daß seine Augen verschont geblieben waren. Du bekommst kein zweites Paar  . Der Magen preßte sich ihm zusammen, wie aus Sympathie zum Bein. „... entstand, herstammend von einer winzigen Baummaus, versehen mit tiefendurchdringendem, zweiäugigem Blick, daumenasymmetrischen Greifhänden und hochentwickelter Hirnrinde – alles, um den besonderen Erfordernissen einer Existenz auf den Bäumen gewachsen zu sein –, wie gesagt, herstammend von einer winzigen Baummaus, wie man sie noch heute auf Java findet ..."

Der zerknautschte Rock war dem Mädchen bis zur Taille hochgerutscht. Mit dem Gesicht nach unten lag es über dem Schreibpult, und Deifendorfs Hufe scharrten geschäftig im schmalen Mittelgang. Seinem schläfrigen, konzentrierten Grinsen nach deckte er das Mädchen gerade; das ganze Klassenzimmer stank nach Stall. Caldwell sah rot. Er nahm den glänzenden Pfeilschaft vom Katheder, ging mit langen Schritten durch den widerlichen Lärm zuklappender Bücher und schlug, *schlug* dem viehischen Kerl einmal, zweimal über den nackten Rücken. *Du hast meinen Kühler kaputtgemacht.* Zwei weiße Streifen glühten im Fleisch auf Deifendorfs Schultern. Entsetzt beobachtete Caldwell, wie sie allmählich sich röteten. Es würde Striemen geben. Das Paar fiel auseinander wie eine aufgebrochene Blüte. Deifendorf sah mit kleinen braunen, in Tränen zersplitterten Augen auf; das Mädchen bauschte sich betont gleichgültig das Haar zurecht. Caldwell sah aus dem Augenwinkel, wie Zimmermans Hand wütend kritzelte.

Niedergeschmettert kehrte der Lehrer an seinen Platz vor der Klasse zurück. Lieber Gott, er hatte den Jungen nicht so heftig schlagen wollen. Er legte den Metallstab in die Kreiderinne. Er wandte sich um und schloß die Augen, und der Schmerz spannte seine nassen Flügel aus in der roten Finsternis. Caldwell öffnete den Mund; jeder Blutstropfen in ihm haßte die Geschichte, die er erzählt hatte. „Vor einer Minute erschien, Steine aufeinanderschlagend, feuerschürend, todahnend, ein tragisches Tier ...“ Der Summer surrte, auf allen Fluren in dem weitläufigen Gebäude rumpelte es. Ein Schwächegefühl durchschwemmte Caldwell, aber er hielt sich aufrecht, denn er hatte sich geschworen, den Satz zu beenden, „... Mensch genannt.“

II

Mein Vater und meine Mutter unterhielten sich. Ich wache jetzt oft auf, und alles ist still, ich liege neben dir, von Ängsten durchbohrt, aus Träumen aufgetaucht, die einen sauren Saft von Atheismus in meinem Magen zurücklassen (letzte Nacht träumte ich, daß Hitler, ein weißhaariger Irrer mit heraushängender Zunge, lebendig in Argentinien aufgefunden worden ist). Aber damals erwachte ich immer in die Unterhaltung meiner Eltern hinein, Stimmen, die sogar, wenn sie die gleiche Meinung sagten, streitlustig und voller Leben waren. Ich hatte von einem Baum geträumt, und als ich die Stimmen hörte, war es, als verwandelte ich mich aus einem aufrechten Stamm in einen im Bett liegenden Jungen. Ich war fünfzehn, und es war das Jahr 1947. An diesem Morgen schien es ein ganz neues Thema zu sein, ich konnte seine Gestalt nicht ausmachen, ich fühlte nur tief in mir – als hätte ich im Schlaf etwas Lebendiges verschluckt, das nun in meinem Innern aufwachte – die rastlose Schwere seines Schreckensgewichts. „Sei nicht traurig, Cassie", sagte mein Vater. Seine Stimme klang stumpf, als spreche er mit abgewandtem Gesicht. „Ich kann von Glück reden, daß ich so lange gelebt habe."

„George, wenn du mich nur erschrecken willst, ist das nicht komisch", antwortete meine Mutter. Sie drückte so oft gerade das aus, was ich hören wollte, daß manchmal mein eigenes Gehirn in ihrer Stimme dachte; wirklich, je älter ich werde, desto öfter höre ich ihre Stimme, besonders bei erregten Ausrufen, aus meinem Mund kommen. Jetzt, so schien es mir, wußte ich, worum es ging: mein Vater dachte, er sei krank.

„Cassie", sagte er, „hab keine Angst. Ich will nicht, daß du Angst hast. Ich habe auch keine Angst." Seine Stimme blich in der Wiederholung.

„Du *hast* Angst", sagte sie. „Ich möchte wissen, warum du sonst nachts nicht zur Ruhe kommst." Ihre Stimme war ebenso weiß.

„Ich kann das verdammte Ding fühlen", sagte er, „ich hab ein Gefühl, als ob ein Klumpen Gift in mir wäre. Ich kann ihn nicht loswerden."

Das schien ihr den Atem zu verschlagen. „So etwas kann man nicht fühlen", sagte sie endlich, ihre Stimme war plötzlich winzig, wie die eines gezüchtigten kleinen Mädchens.

Seine Stimme nahm an Umfang zu. „Ich fühl's in mir wie eine Giftschlange, die sich mir um die Eingeweide geringelt hat. Brrr."

Ich lag im Bett und stellte mir vor, wie mein Vater dies Geräusch machte: so heftig warf er den Kopf zurück, daß seine Wangen wabbelten und seine Lippen ungestüm sich verzerrten. Das Bild stand so lebendig vor mir, daß ich lächeln mußte. Die Unterhaltung brach ab, als wüßten sie, daß ich wach war; der Klang ihrer Stimmen verdunkelte sich. Der kleine, blasse, klägliche Kern, der wie eine Schneeflocke im Mittelpunkt ihrer Ehe lag und den ich, noch halb ein Baum, im ersten Morgenlicht jäh gesehen hatte, wurde jetzt von den vertrauten, undurchschaubaren, spaßhaften Streitereien verdeckt. Ich drehte den Kopf, als die Schlafschwere ganz von mir gewichen war, und sah aus dem Fenster. Ein paar Frostfarne waren aus den unteren Ecken der oberen Scheiben gesprossen. Die Frühsonne lag gelbbraun auf den Stoppeln des großen Feldes hinter der schmutzigen Straße. Die Straße war rosa. Die nackten Bäume trugen Weiß auf der sonnbeschienenen Seite; in den Zweigen hatte sich ein kurioser roter Schimmer verfangen. Alles sah erstarrt aus; die beiden Telegrafendrahtsträhnen waren im blauen Eis des Himmels festgefroren. Es war Januar und Montag. Allmählich begriff ich. Nach jedem Wochenende mußte mein Vater sich zusammenreißen, um wieder zum Unterricht gehen zu können. Während der Weihnachtsferien hatte er sich gehenlassen, und nun mußte er sich mit vielen heftigen Schraubwindungen wieder straffen. „Die lange Strecke" nannte er die Spanne zwischen Weihnachten und Ostern. In der letzten Woche, der ersten im neuen Jahr, war etwas geschehen, was ihn erschreckt hatte. Er hatte in Zimmermans Gegenwart einen Jungen geschlagen, so viel hatte er uns erzählt.

„Werd nicht dramatisch, George", sagte meine Mutter. „Wie fühlt es sich an?"

„Ich weiß, wo ich's her hab!" Er hatte eine Art, nicht mit ihr zu *reden*, sondern etwas vorzuführen, als stünde ein unsichtbares Publikum neben ihr. „Diese Gören. Ich hab mir ihren Haß zugezogen, und ich fühl ihn wie eine Spinne im Darm."

„Das ist kein Haß, George", sagte sie, „das ist Liebe."

„Es ist Haß, Cassie. Jeden Tag steh ich ihm gegenüber."

„Es ist Liebe", beharrte sie. „Sie wollen sich lieben, und du bist ihnen dabei im Weg. Niemand haßt dich. Du bist der ideale Mann."

„Sie hassen jede Faser an mir. Sie würden mich am liebsten umbringen, und jetzt tun sie's auch. Piff, paff. Mit mir ist es aus. Weg mit dem Schund."

„George, wenn dir tatsächlich so zumute ist", sagte meine Mutter, „dann würde ich keinen Tag mehr damit warten, zu Doc Appleton zu gehn."

Immer wenn mein Vater das Mitleid bekam, das er suchte, wurde er schroff und bizarr. „Ich will den Kerl nicht sehn. Der wird mir nur die Wahrheit sagen."

Meine Mutter muß sich weggewendet haben, denn jetzt sprach mein Großvater. „Wahrheit ist immer ein Trost", sagte er, „nur der Teufel liebt Lügen." Seine Stimme, die zwischen die beiden andern geschoben war, schien ungeheuer und gleichzeitig schwächer, als sei er ein Riese und rufe aus weiter Ferne.

„Der Teufel und ich, Pop", sagte mein Vater. „Ich liebe Lügen. Ich lüge den ganzen Tag. Ich werde dafür bezahlt."

Fußtritte hallten auf dem kahlen Küchenboden. Meine Mutter trat an den Treppenfuß, schräg gegenüber von meinem Bett unten im Haus. „Peter!" rief sie, „bist du schon wach?"

Ich schloß die Augen und kuschelte mich in meine warme Furche. Die wollenen Decken, die mein Körper angeheizt hatte, wurden zu sanften Ketten und zogen mich nieder; mein Mund schmeckte schales Ambrosia, das mich wieder in den Schlaf lullte. Die zitronengelbe Tapete, aus der kleine dunkle Medaillons wie stirnrunzelnde

Katzengesichter sahen, blieb in rotem Negativdruck auf meinen Lidern haften. Der Traum, an dem ich geträumt hatte, kehrte mir wieder. Penny und ich lagen unter einem Baum. Die obersten Knöpfe ihrer Bluse standen offen, Perlknöpfe, offen wie vor Wochen, vor den Weihnachtsferien, im dunklen Buick auf dem Schulparkplatz, die Heizung tickte an unsern Knien. Aber jetzt war heller Tag, ein lichtdurchschossener Wald von schlanken Bäumen. Ein blauer Häher hing, lebendig bis in die Federspitzen, reglos in der Luft, wie ein Kolibri, aber die Flügel standen steif zur Seite, und sein Auge war wachsam wie eine Perle aus schwarzem Glas. Als er sich regte, sah er wie ein ausgestopfter Vogel aus, der an einem Seil gedreht wird, aber er war ohne Frage lebendig.

„Peter, es wird Za-eit!"

Ihr Handgelenk lag in meinem Schoß, ich streichelte die Innenseite ihres Unterarms. Streichelte und streichelte, mit einer Geduld, die sich immer mehr abwetzte. Der seidene Ärmel war weggeschoben von der grüngeäderten Haut. Die übrige Klasse schien um uns im Unterholz versammelt zu sein und zuzusehen, obgleich man von Gesichtern nichts spürte. Sie neigte sich nach vorn, meine Penny, meine kleine, dumme, erschreckte Penny. Plötzlich, dick und heftig, liebte ich sie. Ein wundervoller Honig sammelte sich in meinen Lenden. Die fleckig-grüne Iris ihrer Augen war ein vollkommener Kreis der Furcht; ihre Unterlippe ließ ein kleines Stück feucht und nervös schimmernde Innenseite sehen, alles war wie neulich, vor einem Monat, in dem dunklen Auto, als ich meine Hand zwischen ihren zusammengepreßten Schenkeln fand; langsam nur schien es ihr zu dämmern, daß meine Hand da war, denn eine Minute verstrich, bevor sie bat: „Bitte nicht“, und als ich meine Hand zurückzog, sah sie mich genauso an wie jetzt. Nur daß es neulich im Schatten war und jetzt in strahlendem Licht. Auf ihrer Nase waren die Poren zu sehen. Sie war unnatürlich still, irgend etwas stimmte nicht.

Mein Handrücken fühlte sich heiß und feucht an wie vor einem Monat, als ich ihn zwischen ihren Schenkeln wegzog; Saft floß aus all meinen Gliedern in die Gabelung meines Körpers. Ich war köstlich ausgestreckt mitten in mancherlei Prozessen. Als von unten lautes Poltern heraufdröhnte, was bedeutete, daß mein Vater in die Küche ging, um auf die Uhr zu sehen, wollte ich schreien: *Nein, warte …*

„He, Cassie, sag dem Jungen, es ist sieben Uhr siebzehn. Ich hab noch einen Haufen Hefte durchzusehen, ich muß um acht da sein. Zimmerman erwürgt mich sonst.“

Das war's, ja, und im Traum kam es mir nicht einmal seltsam vor. Sie wurde zum Baum. Ich lehnte das Gesicht gegen den Stamm, gewiß, daß sie es war. Das letzte, was ich träumte, war die Rinde des Baums: die krustigen Grate und in den schwarzen Spalten dazwischen winzige, grüne Flechten. Sie. Mein Gott, das war sie. Hilf mir. Gib sie mir wieder.

„*Peter!* Willst du deinen Vater quälen?“

„Nein, ich bin ja schon auf. Herrgott noch mal.“

„Also los, steh auf, steh auf. Es ist mir ernst, junger Mann. Wird's bald?“

Ich reckte mich, und mein Körper dehnte sich bis an die kühlen Ufer des Bettes. Der Saft verebbte. Das Ergreifende an dem Traum war, daß sie's gewußt hatte, wie die Wandlung sie überkam, daß sie gefühlt hatte, wie ihre Hände zu Blättern wurden, daß sie es mir sagen wollte (ihre Iris war so rund), es aber nicht tat, mich verschonte, in Holz überging ohne ein Wort. Es war etwas in Penny, was dieser Traum mir offenbarte und was ich früher kaum je gespürt hatte: eine beschützende Liebe, so jung sie war, so kurze Zeit es her war, daß wir einander berührt hatten, sowenig ich ihr gab; sie würde sich für mich opfern. Und ich jauchzte bis in die Fußspitzen, ohne zu wissen, warum. Das war ein neuer Farbfleck in meinem Leben.

„Steh auf und leuchte, mein Sonnenschein!"

Meine Mutter versuchte es jetzt mit traulichen Wendungen. Ich wußte, daß der glänzendgraue Anstrich meines Fenstersimses kalt wie Eis sein würde, wenn ich die Hand ausstreckte und ihn berührte. Die Sonne war eine minimale Stufe höher geklettert. Die schmutzige Straße war ein schimmerndes Lachsband geworden. Unser Rasen diesseits der Straße war ein Bogen alten Schmirgelpapiers, das über grüne Farbe geruffelt war. Es hatte noch nicht geschneit in diesem Winter. Vielleicht würde es der Winter sein, in dem es überhaupt keinen Schnee gab. Hatte es eigentlich je einen solchen gegeben?

„Peter!"

Wahrhaftig, die Stimme meiner Mutter hatte es in sich; ohne einen weiteren Gedanken sprang ich aus dem Bett. Sorgfältig bedacht, daß meine Haut mit nichts Hartem in Berührung kam, nur mit den Fingerspitzen an den gläsernen Schubladenknäufen ziehend, die wie geschliffene Kristalle aus erstarrtem Ammoniak waren, machte ich mich daran, mich anzuziehen. Unser Haus war ein ausgebautes Farmhaus. Der obere Stock ließ sich nicht heizen. Ich streifte den Pyjama ab und schmeckte einen Augenblick lang das Martyrium meiner Blöße. Das war wie eine schmerzhafte Kritik daran, daß wir in dies primitive Haus gezogen waren. Meine Mutter hatte die Idee gehabt. Sie liebte die Natur. Ich stand nackt da, als wollte ich ihre Verrücktheit der Welt demonstrieren.

Hätte die Welt tatsächlich zugesehen, so wäre sie entsetzt gewesen, denn mein Bauch war – als hätte ein großer Vogel auf ihn eingehackt – mit münzgroßen, roten Schorfstellen gefleckt. Psoriasis. Allein der Name der Allergie, so ausländisch, so zungenbrecherisch, so dafür hergerichtet, einen zum Stottern zu bringen, verschlimmerte die Erniedrigung. „Erniedrigung", „Allergie" – ich wußte nie, wie ich es nennen sollte. Es war keine Krankheit, weil ich es aus mir selbst erzeugte. Es war eine Allergie, ich war empfindlich gegen beinah alles: gegen Schokolade, Kartoffelchips, Stärke, Zukker, Backfett, nervliche Erregungen, Trockenheit, Dunkelheit, Druck, Einengung, gemäßigtes Klima, ja eigentlich gegen das Leben überhaupt. Meine Mutter, von der ich diese Allergie geerbt hatte, nannte sie zuweilen ein „Handikap". Ich fand das beleidigend. Schließlich war es ihre Schuld; nur von weiblichen Personen wurde dies Übel auf die Nachkommen übertragen. Wenn mein Vater, dessen großer Körper in glattweißen Falten niederhing, meine Mutter gewesen wäre, dann hätte ich eine makellose Haut. „Handikap" roch, wie wenn es mir an etwas mangele, und dabei empfand ich meine Psoriasis als etwas, was mir eigens zugeteilt war. Ich erfreute mich in dem Alter damals einer sonderbaren Unschuld dem Leiden gegenüber; ich glaubte, Leiden sei für die Menschen notwendig. Rings um mich war es zu finden, und daß ich augenscheinlich davon ausgenommen war, hatte etwas Bedrohliches. Nie hatte ich mir einen Knochen gebrochen, ich war intelligent, meine Eltern liebten mich unverhohlen. In meiner Anmaßung hielt ich mich für sündhaft glückbegünstigt. So war ich zu diesem Schluß gekommen: meine Psoriasis war ein Fluch. Gott hatte mich, um aus mir einen Mann zu machen, mit einem rhythmischen Fluch gesegnet, dessen Gezeiten sich den Jahreszeiten anpaßten. Die Sommersonne schmolz meine schorfigen Flecken; im September waren meine Brust und Beine rein bis auf ganz leichte Verfärbungen, unmerkliche blasse Samenkörner, die von den langen, trockenen Schatten des Herbstes und Winters wieder zum Blühen gebracht wurden. Im Frühling dann stand der Fluch in höchster Blüte; aber die steigende Sonne versprach schon die Heilung. Der Januar war die schlimmste Zeit. Ellenbogen und Knie, die von allen Körperteilen den meisten Druck auszuhalten hatten, waren ganz von einer Kruste bedeckt; an den Knöcheln, wo die feste Umarmung der Socken dem Schorf Vorschub leistete, hatte er sich wütend zusammengerottet zu einer rosa Borke. Meine Unterarme waren immerhin auch so fleckig, daß ich es mir nicht leisten konnte, die Hemdsärmel wie andere Jungen zu hübschen Stulpen aufzuschlagen. Freilich, wenn ich angezogen war, konnte ich durchaus zufrieden sein mit meiner Erscheinung als normaler Mensch. Mit meinem Gesicht hatte Gott Nachsicht geübt; abgesehen von Spuren am Haaransatz, über die ich ein paar Strähnen fallen lassen konnte, war mein

Gesicht sauber. Meine Hände auch, bis auf eine unsichtbare Tüpfelung der Fingernägel. Ein paar Nägel meiner Mutter dagegen waren bis zum Nagelbett von einer gelben Fäulnis weggefressen.

Flammen der Kälte züngelten mir über die Haut; die kleinen Beweise meines Geschlechts waren zu einem dicken Klumpen zusammengeschrumpft. Alles, was tierhaft normal an mir war, beruhigte mich; ich liebte die Schamhaare, die mir endlich gewachsen waren. Rötlichschwarz, metallisch, zu spärlich noch, um einen Wald zu bilden, straff wie Federn, lockten sie sich in der zitronengelben Kälte. Es war mir scheußlich, ohne Haare zu sein: ich fühlte mich schutzlos im Umkleideraum, wenn ich, hastig darauf bedacht, meine Schorfhaut zu bedecken, sah, daß die Klassengefährten bereits eine Fellrüstung angelegt hatten. Eine Gänsehaut spannte die Rückseiten meiner Arme; ich rieb sie heftig, und dann fuhr ich – genüßlich, wie ein Geizhals, der seine Münzen zählt – mit den Handflächen über meinen Bauch. Denn mein allerinnerstes Geheimnis, die versteckteste Umkehrung meiner Scham war, daß ich an der Textur der Psoriasis – delikat sich wölbende Inseln, die die Glätte ringsum silberweich wirken ließen, Konstellationen aus Rauheiten, deren ungleichmäßige Verteilung über meinen Leib wie lebendige Intervalle aus Stille und Bewegtheit waren – mein verstohlenes Vergnügen hatte. Man muß das Entzücken, unterm beharrlich schabenden Fingernagel eine große Flocke nachgeben und sich vom Körper lösen zu sehen, gekostet haben, um es zu verzeihen.

Nur die Medaillons sahen zu. Ich ging zur Kommode und fand ein Paar Jockeishorts, die noch Leben im Gummizug hatten. Ich zog verkehrt herum ein Trikothemd an. „Du wirst mich überleben, Pop", sagte unten mein Vater laut. „Ich trage den Tod im Leib." Er sagte das so unverblümt, daß mir selber ganz elend wurde inwendig und ich ein rutschendes, dringliches Gefühl bekam.

„Der Junge ist auf, George", sagte meine Mutter, „du kannst jetzt jederzeit die Vorstellung abbrechen." Ihre Stimme schallte nicht mehr vom Treppenfuß.

„Hm? Du fürchtest, ich könnte den Jungen beunruhigen?"

Mein Vater war kurz vor Weihnachten fünfzig geworden. Er hatte immer gesagt, er würde es nicht mehr erleben, fünfzig zu werden. Nun war die Barriere durchbrochen, und das hatte zur Folge, daß er seine Zunge nicht mehr zügelte: als sei er nach mathematischer Berechnung tot und als habe nichts mehr, was er sagte, noch Bedeutung. Zuzeiten erschreckte mich seine gespenstische Freiheit.

Nachdenklich blieb ich vor dem Wandschrank stehen. Vielleicht ahnte ich, daß ich die Kleider, die ich auswählte, lange Zeit am Leib haben würde. Vielleicht machte auch die Schwere der kommenden harten Probe mich so langsam. Als Vorwurf für meine Saumseligkeit sammelte sich ein Niesen oben in meiner Nase und juckte mich. Die Blase tat mir angenehm weh. Ich nahm die graue Flanellhose vom Bügel, freilich, die Bügelfalten waren erbärmlich. Ich besaß drei Paar Hosen: die braunen waren bei der Reinigung, die blauen waren in Ungnade gefallen wegen einer kleinen blassen Verfärbung unten am Schlitz. Woher die stammte, war mir ein Rätsel, und ich fühlte mich immer ungerecht getadelt, wenn die Hose aus der Reinigung zurückkam mit einem beleidigenden, kleinen, gedruckten Zettel, der besagte: *Keine Verantwortung für nicht zu beseitigende Flecken.*

Und von den Hemden war heute wohl das rote an der Reihe. Ich trug es selten, weil seine leuchtende Schulterpartie die weißen Flocken so deutlich hervorhob, die mir vom Schädel rieselten wie ein Schuppenschauer. Es waren *keine* Schuppen, wollte ich jedem sagen, als ob das entlastend gewesen wäre. Wenn ich immer daran dächte, mich nicht am Kopf zu kratzen, wäre alles gut, aber ein unkontrollierter Drang machte die guten Vorsätze jedesmal zunichte. An diesem bitteren Tag würde ich meinen Klassengefährten ein scharlachrotes Geschenk bringen, einen riesigen Funken, ein zweitaschiges Emblem des Feuers. Seine wollenen Ärmel fühlten sich dankbar an, als sie mir an den Armen entlangglitten. Es war ein Achtdollarhemd; meine Mutter konnte nicht begreifen, warum ich es nie trug. Sie schien kaum Notiz zu nehmen von meinem „Handikap“, und wenn sie es einmal tat, dann mit einer allzu auffälligen Besorgnis, als gehe es um ihren eigenen Körper. Bei ihr machte die Allergie kaum etwas aus, abgesehen von ihren Fingernägeln und ihrer Kopfhaut. Ich nahm das nicht übel, sie hatte anderswo zu leiden.

Mein Vater sagte gerade: „Nein, Cassie Pop *sollte* mich auch überleben. Er hat ein gutes Leben geführt. Pop Kramer verdient, daß er ewig lebt.“

Ich horchte nicht auf ihre Antwort, ich wußte, wie sie es nehmen würde: als eine Spitze gegen ihren Vater, der so lange lebte, Jahr für Jahr eine größere Bürde war in seiner Unselbständigkeit. Sie glaubte, daß mein Vater absichtlich den alten

Mann zu Grabe sticheln wollte. Hatte sie recht? Obgleich vieles für ihre Theorien sprach, glaubte ich sie nicht. Sie waren zu ausgeklügelt und zu grimmig.

Dem Geräusch am Spülstein unter mir entnahm ich, daß sie sich, ohne Antwort zu geben, abgewandt hatte. Ich wußte genau, wie sie jetzt aussah: Ihr Nacken war zorngesprenkelt, ihre Nasenflügel waren weiß, und die Haut darüber pulste. Es war, als triebe ich auf den Wellen der Erregung, die da unten im Haus spülten. Ich setzte mich auf die Bettkante, um die Socken anzuziehen, und die alten Holzbohlen bogen sich unter meinem Fuß.

Mein Großvater sagte: „Wir erfahren nie, wann wir gerufen werden. Die Welt weiß nie, wer da oben gebraucht wird."

„Na, ich weiß so sicher wie nur was, daß die mich nicht brauchen", sagte mein Vater. „Wenn's irgendwas gibt, was Gott nicht brauchen kann, dann ist das mein häßliches Gesicht."

„Er weiß, wie sehr *wir* dich brauchen, George."

„Du brauchst mich nicht, Cassie. Du wärst besser dran, wenn ich auf dem Schutthaufen wäre. Mein Vater ist mit neunundvierzig gestorben, und das war das Beste, was er für uns getan hat."

„Dein Vater war ein enttäuschter Mann", belehrte meine Mutter ihn, „warum solltest *du* enttäuscht sein? Du hast einen wunderbaren Sohn, eine schöne Farm, eine Frau, die dich anbetet ..."

„Sobald der Alte unter der Erde war, war meine Mutter wie ausgewechselt. Die glücklichsten Jahre ihres Lebens hatte sie dann. Sie war ein Superweib, Pop."

„Ich finde es so traurig", sagte meine Mutter, „daß

man den Männern nicht erlaubt, ihre Mütter zu heiraten."

„Täusch dich nicht, Cassie, meine Mutter hat ihm das Leben zur Hölle gemacht. Sie hat ihn sozusagen roh verspeist."

In der einen Socke war hinten ein Loch, ich stopfte es tief in den Mokassin. Heute war Montag, und in meiner Schublade lagen nur Einzelstrümpfe und ein dickes Paar aus englischer Wolle, das meine Tante Alma aus Troy, New York, mir zu Weihnachten geschickt hatte. Sie war dort Kinderbekleidungseinkäuferin in einem Warenhaus. Ich nahm an, daß diese Socken teuer waren, aber immer, wenn ich sie anzog, hatte ich das Gefühl, meine Zehennägel seien in die Haut gewachsen, so klobig drückte die Wolle mich, und deshalb trug ich die Strümpfe nie. Eine meiner Eitelkeiten bestand darin, daß ich immer zu kleine Mokassins trug, Größe 41 statt 42, was richtig gewesen wäre. Ich fand große Füße abscheulich, ich wollte den behenden, zierlichen Fuß eines Tänzers haben.

Mit Absätzen und Schuhspitzen klappernd, verließ ich mein Zimmer und ging durchs Schlafzimmer meiner Eltern. Die Decken ihres Bettes waren wild zurückgeschlagen und legten eine doppelt gemuldete Matratze bloß. Oben auf der zerschrammten Kommode lagen Plastikkämme in allen Größen und Farben, die mein Vater im Fundbüro der Schule aufgestöbert hatte. Immer brachte er solchen Schund mit nach Haus, wie wenn er seine Rolle als Familienversorger parodieren wolle.

Die rustikale Treppe, die zwischen einer Gipswand und einer Holzverschalung hinabführte, war eng und steil. Zum Fuß hin schwang sie in schmalen, abgetretenen, keilförmigen Stufen aus, dort hätte eigentlich ein Geländer hingehört. Mein Vater rechnete damit, daß mein Großvater eines Tages hinunterfallen würde, unfähig, wie er war, die Dinge unmittelbar zu seinen Füßen zu erkennen; mein Vater schwor sich immer von neuem, ein Geländer anzubringen. Er hatte es sogar schon gekauft, bei einem Trödler in Alton, für einen Dollar. Aber es lehnte vergessen in der Scheune. So war es mit den meisten Plänen, die mein Vater für dies Haus gemacht hatte. In anmutigem Takt, wie Fred Astair, tänzelte ich die Treppe hinunter und strich dabei über die kahle Gipswand zu meiner Rechten. Sie war so sanfthäutig und wellte sich leicht wie die Flanke einer großen, stillen Kreatur, war erfüllt von einem kalten Hauch, der von draußen durchs Gestein sich ihr mitteilte. Die Mauern dieses Hauses waren vor einem Jahrhundert von märchenhaft starken Maurern aus dickem Sandstein geschichtet.

„Mach die Tür zur Treppe zu“, sagte meine Mutter. Wir wollten immer verhindern, daß aus dem Erdgeschoß Wärme entwich.

Ich sehe noch alles vor mir. Das Erdgeschoß bestand aus zwei langen Räumen – der Küche und dem Wohnzimmer –, die durch zwei Seite an Seite liegende Türen miteinander verbunden waren. Der Küchenfußboden war mit breiten, alten Fichtenbrettern belegt, die kürzlich gescheuert und gewachst worden waren. Ein Warmluftventil, das in die Bohlen am Fuß der Treppe gelassen war, atmete mir angenehm gegen die Knöchel. Eine Zeitung, die *Alton Sun*, die auf den Boden gefallen war, hielt einen Zipfel im Luftzug hoch, als bitte sie darum, gelesen zu werden. Unser Haus war vollgestopft mit Zeitungen und Zeitschriften; sie überfluteten die Fensterbänke und quollen vom Sofa herab. Mein Vater schleppte sie stapelweise ins Haus; sie waren wohl für die Altpapieraktion der Pfadfinder bestimmt, wurden aber offenbar nie abgeliefert. Statt dessen schlurrten sie überall umher, und an Abenden, da mein Vater ans Haus gebunden war, es nichts und niemanden gab, zu dem er hätte gehen können, pflügte er sich trostlos durch einen Stoß hindurch. Er konnte mit einer bestürzenden Geschwindigkeit lesen und behauptete, niemals irgend etwas zu erfahren oder im Gedächtnis zu behalten.

„Ich hasse es, dich aufzuscheuchen, Peter", rief er mir zu. „Wenn's irgendwas gibt, was ein Junge in deinem Alter braucht, dann ist es Schlaf."

Ich konnte ihn nicht sehen, er war im Wohnzimmer. Durch die erste Tür sah ich, daß drei Kirschholzscheite im Kamin brannten, obwohl der neue Heizofen im Keller auch angestellt war. In der Küche, auf dem schmalen Stück Wand zwischen den beiden Türen, hing ein Bild, das ich von unserm Hintergarten in Olinger gemalt hatte. Die Schulter meiner Mutter verdeckte es. Hier auf dem Land hatte sie sich angewöhnt, einen dicken Herrenpullover zu tragen; in ihrer Jugend aber, in Olinger, als sie noch schlanker war und ich sie zum erstenmal als meine Mutter erkannt hatte, war sie gewesen, was man in dieser Gegend einen „fancy dresser" nennt. Mit einem Klick, der wie ein unausgesprochener Vorwurf klang, setzte sie ein Glas Orangensaft auf meinen Platz am Tisch. Zwischen dem Tisch und der Wand war ein schmaler Durchgang, den sie ganz einnahm. Sie versperrte mir so den Weg, und ich stampfte mit dem Fuß auf. Sie trat zur Seite. Ich ging an ihr und dann an der zweiten Tür vorbei und sah meinen Großvater im Wohnzimmer, er saß hingeplumpst im Sofa neben einem Zeitschriftenstoß, sein Kopf war gesenkt wie zum Beten oder Schlafen, und seine nörgeligen, alten Hände lagen zierlich gefaltet über dem Bauch seines weichen, grauen Sweaters. Ich ging am hohen Kaminsims vorbei, auf dem zwei Uhren tickten; die eine stand auf halb acht, die andere auf sieben Minuten vor halb acht. Die schnellere war rot und elektrisch und aus Plast und von meinem Vater mit Rabatt gekauft, die langsamere war dunkel, aus Holz und verziert und mußte mit einem Schlüssel aufgezogen werden, sie stammte vom Vater meines Großvaters, und der war schon lange tot, als ich geboren wurde. Die alte Uhr stand auf dem Sims, die elektrische hing an einem Nagel. Ich ging am neuen, weißen Kühlschrank vorbei und zur Tür hinaus. Zwei waren es, genaugenommen, die nach draußen führten: hinter der einen lag noch eine zweite, eine Windfangtür, zwischen ihnen war eine breite Sandsteinschwelle. Auf dieser Schwelle stand ich, als ich meinen Vater sagen hörte: „Himmel, Pop, als ich noch ein Junge war, hatte ich überhaupt keine Zeit zum Schlafen. Deshalb geht es mir jetzt auch zum Sterben schlecht."

Wir hatten eine kleine, zementierte Veranda, auf der unsere Pumpe stand. Strom gab es zwar schon im Haus, aber noch keine Wasserleitung. Die Wiese vor der Veranda war im Sommer immer feucht, aber jetzt hatte sie sich frierend zusammengezogen; im spröden Gras waren kleine knusprige Höhlen, die zuplatzten unter meinen Tritten. Froststrudel lagen weiß wie erstarrter Nebel über den langen Halmen des Obsthanges. Ich stellte mich hinter einen Forsythienstrauch, der eigentlich zu nah am Haus war. Meine Mutter beklagte sich oft über den Gestank, für sie bedeutete das platte Land Reinheit, aber ich konnte sie darin nicht ernst nehmen. Soviel ich sehen konnte, war die Landschaft auf Fäulnis und Exkremente gegründet.

Die groteske Vorstellung quälte mich, daß mein Urin mitten in der Luft gefror und an mir festhing. Dabei dampfte er mächtig auf dem Mistbelag, der sich unter den ineinanderverhäkelten Unterröcken des blattlosen Forsythienstrauchs über den Boden gebreitet hatte. Lady kroch aus ihrer Hütte im Gehege, schüttelte sich das Stroh ab und schob die schwarze Schnauze durch die Drahtumzäunung mir entgegen. „Guten Morgen", sagte ich höflich. Als ich aufs Gehege zuging, sprang sie hoch in die Luft, und als ich die Hände durch das frostige Drahtgitter schob, um sie zu streicheln, wedelte sie wild mit dem Schwanz, und ich dachte schon, sie wollte wieder in die Höhe schießen. Ihr Fell war gesträubt gegen die Kälte, Strähnen und Fasern von Heu hingen darin. An ihrer Kehle war es fedrig, oben auf dem Kopf wachsig. Die Knochen und Muskeln unterm Fell fühlten sich warm und schlank an. Sie reckte mir so gierig ihren langen Schädel entgegen, um mehr von meiner Berührung zu empfangen, daß ich Angst hatte, meine Finger könnten ihr in die Augen rutschen, sie standen so gefährlich weit vor, Linsen aus dunklem Gelee. „Wie geht's?" fragte ich. „Gut geschlafen? Von Kaninchen geträumt? Von *Kaninchen*?" Es war köstlich, wie meine Stimme sie winseln, wedeln, springen und stoßen machte.

Als ich mich hinhockte, kroch hinten an mir die Kälte herauf und preßte sich mir auf den Rücken.

Ich richtete mich wieder auf, und die Drahtrauten, die meine Hände berührt hatten, waren schwarz, die Frostpatina war geschmolzen unter meiner Haut. Lady sprang auf wie eine emporschnellende Feder. Als sie wieder herunterkam, geriet sie mit einem Lauf in ihre Schüssel, kippte sie um, und ich erwartete, daß das Wasser auslaufen werde. Aber es war zu Eis geworden, eins mit der Schüssel. In dem Sekundenbruchteil, ehe mein Gehirn die Augen einholte, war es wie ein Wunder.

Die Luft, von keinem Windhauch getrübt, ballte sich jetzt um mich, und ich ging rasch zurück. Meine Zahnbürste war steifgefroren und verwachsen mit dem Aluminiumhalter, der am Verandapfosten festgeschraubt war. Ich riß sie ab. Noch bei der vierten Schwengelbewegung blieb die Pumpe trocken. Beim fünftenmal kam das Wasser, es stieg von tief unten aus dem heimgesuchten Boden, dampfte leicht, als es auf den geriffelten, braunen Gletscher spritzte, der sich in der Abflußrinne aufgerichtet hatte. Das rostige Wasser zog der Bürste den steifen Überzug ab, aber als ich sie in den Mund steckte, schmeckte sie wie eine nichtssagende viereckige Lutschstange. Die Backenzähne taten mir weh um die Füllungen herum. Die Zahnpasta, die sich zwischen den Borsten verkrochen hatte, zerschmolz zu einem Pfefferminzgeschmack. Die ganze Zeit sah Lady meiner Vorstellung zu, mit einer wilden Begeisterung, die ihren Körper schwellen und zucken machte, und als ich ausspuckte, bellte sie beifällig, und jeder Bellton blieb als Frostwolke stehen. Ich stellte die Zahnbürste zurück und verbeugte mich, und es war mir eine Befriedigung, zu hören, daß der Applaus anhielt, als ich schon hinter den doppelten

Vorhang getreten war, hinter die Windfangtür und die Haupttür.

Die Uhren standen jetzt auf fünf nach halb acht und zwei vor halb acht. Der große Warmluftsog in der honiggelben Küche machte meine Bewegungen träge, obwohl die Uhren nach mir stachen. „Warum bellt der Hund?“ wollte meine Mutter wissen.

„Sie friert sich da draußen zu Tode“, sagte ich. „Es ist zu kalt, warum kann sie nicht reinkommen?“

„Das Grausamste, was du einem Hund tun kannst, Peter“, rief mein Vater, blieb aber unsichtbar. „Wenn sie sich angewöhnt, ins Haus zu kommen, stirbt sie an Lungenentzündung, so wie unser letzter Hund. Man soll ein Tier nie aus der Natur herausnehmen. He, Cassie, wie spät ist es?“

„Auf welcher Uhr?“

„Auf meiner.“

„Kurz nach halb acht. Auf der anderen ist es ein bißchen früher.“

„Wir müssen gehn, Junge. Wir müssen los.“

Zu mir sagte meine Mutter: „Iß auf, Peter“, und zu ihm: „Diese billige Uhr, die du gekauft hast, läuft der Zeit voraus, George. Nach Großpapas Uhr hast du noch fünf Minuten.“

„Das ist keine billige Uhr. Der Ladenpreis war dreizehn Dollar, Cassie. General Electric. Wenn's auf ihr zwanzig vor ist, komme ich schon zu spät. Nuckel deinen Kaffee aus, Junge. Zeit und Ewigkeit warten auf niemanden.“

„Für einen Menschen, der eine Spinne im Bauch hat“, sagte meine Mutter, „bist du ganz schön auf Draht.“ Und zu mir: „Peter, hörst du nicht, was dein Vater sagt?“

Ich war gerade damit beschäftigt, ein Stück lavendelblauen Schattens unter dem Walnußbaum auf meinem Gemälde unseres alten Gartens zu bewundern. Ich hatte diesen Baum geliebt; als ich klein war, hing eine Schaukel an dem Ast, der auf dem Bild nur ein beinahe schwarzer, verwischter Fleck war. Ich betrachtete diese schwarze Schliere und erlebte wieder den wischenden Strich meines Spachtels, diese eine Sekunde in meinem Leben, die auf bemerkenswerte Weise standgehalten hatte. Dies Standhalten, glaube ich, diese Möglichkeit, einige wenige enteilende Sekunden zu fixieren, das war es, was mich mit fünf Jahren schon zur Malerei gezogen hatte. Denn in diesem Alter ungefähr, nicht wahr, gräbt sich doch in uns ein, daß die Dinge zwar nicht sterben, aber ganz sicher sich wandeln, verrücken, verrutschen, zurückweichen und wie die Sonnensprenkel auf dem Ziegelboden einer Weinlaube an einem windigen Junitag ständig ihre Identität wechseln.

„Peter.“ Meine Mutter sagte das in dem Ton, der keine Wahl mehr zuließ.

Ich stürzte den Orangensaft in zwei Schlucken hinunter und sagte, um sie zu ärgern: „Der arme Hund da draußen hat nicht mal was zu trinken. Sie leckt nur an dem großen Eisklumpen in ihrer Schüssel rum.“

Mein Großvater rührte sich im angrenzenden Zimmer und verkündete: „Ja, das war immer ein Lieblingsspruch von Jake Beam, der Stationsvorsteher am alten Bertha-Hochofen-Bahnhof war, bevor sie die Haltestelle für den Personenverkehr eingestellt haben: ‚Zeit und Ewigkeit‘, sagte er immer so feierlich, ‚und die Alton-Eisenbahn warten auf niemanden.‘“

„Schon, schon, Pop“, sagte mein Vater, „aber hast du mal drüber nachgedacht, ob wir auf Zeit und Ewigkeit warten?“ Mein Großvater schwieg zu dieser absurden Bemerkung, und meine Mutter, die gerade einen Topf mit siedendem Wasser für meinen Kaffee in der Hand hielt, ging ins Zimmer hinüber, um ihm zu helfen. „George“, sagte sie, „warum gehst du nicht hinaus und läßt den Wagen an, anstatt jedermann mit deinem Unsinn zu belästigen?“

„Hm“, fragte er, „hab ich Pops Gefühle verletzt? Pop, das hab ich nicht gewollt, deine Gefühle verletzen. Es war mir ernst mit der Frage, dies Zeit-und-Ewigkeit-Wort habe ich dauernd in meinem Leben gehört, aber ich weiß nicht, was es bedeutet. Was bedeutet es? Frag, wen du willst, kein Schwein kann's dir sagen. Aber keiner ist ehrlich, keiner gibt zu, daß er es nicht weiß.“

„Na, es bedeutet“, fing meine Mutter an, und dann zögerte sie; ebenso wie mir war ihr zum Bewußtsein gekommen, daß meines Vaters ängstliche Wißbegier dem Ausspruch seinen simplen Sinn genommen hatte, „es bedeutet, wir können nicht das Unmögliche haben.“

„Nein, schau her“, sagte mein Vater immer weiter mit dieser leicht hochgeschraubten Stimme, die ewig Halt suchte an steilen Wänden, „ich bin der Sohn eines Geistlichen. Ich bin erzogen zum Glauben, und ich glaube immer noch, daß Gott den Menschen geschaffen hat als das Letzte und Höchste in seiner Schöpfung. Wenn das der Fall ist, wer sind dann diese ‚Zeit und Ewigkeit', die so allmächtig über uns stehn?“

Meine Mutter kam wieder in die Küche, sie beugte sich über mich und goß das dampfende

Wasser in meine Tasse. Ich kicherte wie ein Mitverschworener zu ihr hinauf, wir nahmen oft beide meinen Vater nicht ganz ernst. Aber ihre Augen waren auf die Tasse geheftet, sie hielt den Topfgriff mit einem geblümten Topflappen und goß mir ein, ohne einen Tropfen zu verschütten. Das braune Pulver, Maxwell's Instant, bildete eine kleine Insel auf dem dampfenden Wasserspiegel, dann löste es sich auf und färbte das Wasser schwarz. Sie rührte mit einem Löffel um, und eine gelbbräunliche Schaumspirale kreiselte in der Tasse. „Iß deine Cornflakes, Peter", sagte meine Mutter.

„Ich kann nicht", erklärte ich, „ich bin zu aufgeregt, ich hab Magenweh." Ich wollte mich rächen dafür, daß sie auf meine Flirteröffnung nicht eingegangen war. Es jagte mir Angst ein, daß mein Vater, dieser törichte, traurige Mann, der aus unserer Romanze längst ausgeschaltet war, wie ich glaubte, an diesem Morgen den wichtigsten Platz in ihrem Herzen okkupiert hatte.

Er sagte gerade: „Pop, ich hab deine Gefühle nicht verletzen wollen, es ist nur, weil diese alten Redewendungen mich so fuchsteufelswild machen, daß ich rot sehe, wenn ich sie höre. Sie sind so geschniegelt, das macht mich wütend. Wenn diese alten Bauern, oder wer immer die Sprüche erfunden hat, mir etwas zu sagen haben, dann wollte ich, sie kämen aus ihrem Hinterhalt und sagten es mir ins Gesicht."

„George, *du* warst es, der es aufgebracht hat", rief meine Mutter.

Er wechselte das Thema. „He, wie spät ist es?"

Die Milch war zu kalt, der Kaffee zu heiß. Ich nahm einen Schluck und verbrannte mir den Gaumen; das eisige Mus der Cornflakes danach bereitete mir Übelkeit. Als müßte ich für meine Lüge von vorhin büßen, tat mir der Magen nun tatsächlich weh, die tickenden Minuten zwackten ihn.

„Ich bin fertig", rief ich, „ich bin fertig, ich bin fertig." Ich war wie mein Vater, wenn er sich für ein unsichtbares Publikum inszeniert, aber das seine war weit weg, und man müßte schreien, damit es einen hörte, meines indessen saß gleich hinter der Rampe. *Junge, komisch sich den Bauch haltend, geht links über die Bühne.* Ich ging ins Wohnzimmer, um meine Jacke und meine Bücher zu holen. Meine Seemannsjacke hing treu und schmutzkrustig hinter der einen Tür. Mein Vater saß in einem Schaukelstuhl, der mit dem Rücken zum knisternden, tanzenden Kaminfeuer stand. Er hatte schon seinen Mantel an, diesen abgewetzten, karierten Lumpen mit nicht dazu passenden Knöpfen, den er auf einer kirchlichen Auktion erstanden hatte und der viel zu klein war, kaum bis zu seinen Knien reichte. Auf dem Kopf trug er eine abscheuliche blaue Strickmütze, die er in der Schule aus einem Abfallkübel gezerrt hatte. Wenn er sie sich tief über die Ohren stülpte, sah er aus wie ein ausgewachsener Blödmann in einem Comic strip. Erst kürzlich hatte er damit angefangen, die Mütze zu tragen, und ich hätte gern gewußt, warum. Er hatte noch immer volles Haar, fast ohne einen grauen Faden. Versteh, daß für mich mein Vater unveränderlich schien. Tatsächlich sah er jünger aus, als er wirklich war. Er drehte den Kopf zu mir herum, und er sah aus wie ein geriebener Gassenjunge, dessen Gesicht vorzeitig hart geworden ist. Er war in einer bescheidenen Gegend von Passaic aufgewachsen. Sein Gesicht war aus glänzenden Klumpen und flachen, schlaffen Falten gefügt und erschien mir zart und hart zugleich, weise und nichtssehend; noch immer war es für mich bestimmt von der erhabenen Ferne, die es am Anfang, als ich noch klein war, meinen Blicken fast in den Himmel entrückt hatte. Einmal hatte ich an seinen Knien gestanden, auf dem Ziegelweg, der zur Weinlaube unseres Hauses in Olinger führte, und gefühlt, wie er in die Kronen der Roßkastanien schaute, und ich hatte geglaubt, daß nichts, gar nichts uns widerfahren könne, solange wir so standen.

„Deine Bücher liegen auf der Fensterbank", sagte er. „Hast du deine Cornflakes gegessen?"

Ich wies ihn scharf zurück: „Es ist keine Zeit mehr, hältst du mir dauernd vor!" Ich sammelte die Bücher ein. Blaßblaues Latein, der Einband zur Gänze aus dem Leim; knallrote Algebra, neu herausgekommen in diesem Jahr; immer wenn ich eine Seite umblätterte, stieg ein stechender jungfräulicher Geruch auf. Und ein müdes, großes graues Buch, allgemeine Naturwissenschaft, das Fach meines Vaters. Auf dem Umschlag war ein Dreiecksmuster, das sich aus einem Dinosaurier, einem Atom, das funkelte wie ein Stern, und einem Mikroskop zusammensetzte. Auf den Rükken und oben und unten auf den Schnitt hatte ein früherer Inhaber mit blauer Tinte riesengroß den Namen FIDO hingemalt. Das Ausmaß der Inschrift wirkte rührend und verloren wie ein verlassenes religiöses Monument. Fido Hornbecker war ein Fußballheld gewesen, als ich in der siebten Klasse war. In der Namenliste, die auf der Innenseite des Einbands eingetragen war und in der ich an letzter Stelle stand, hatte ich bislang noch nicht das Mädchen herausfinden können, das ihn geliebt hatte. Ich war nach fünf Jahren der erste Junge, der sich in dies Buch eingetragen hatte. Die vier Namen vor dem meinen –

Mary Heffner
Evelyn Mays „Bitsy"
Rhea Furstweibler
Phyllis L. Gerhardt –

waren in meiner Vorstellung zusammengeschmolzen zu einer einzigen Nymphe mit wechselnder Handschrift. Vielleicht hatten sie alle Fido geliebt.

„Zeit, die man am Essen stiehlt", sagte mein Großvater, „stiehlt man sich selbst."

„Der Junge ist wie ich, Pop", sagte mein Vater, „ich hatte auch nie Zeit zum Essen. Mach, daß du wegkommst vom Tisch, das hab ich immer zu hören gekriegt. Armut ist etwas Scheußliches."

Meines Großvaters Hände verflochten und entwirrten sich zierlich, und seine Füße in den hochgeschnürten Stiefeln wippten aufgeregt auf und nieder. Er war ein idealer Gegenpart für meinen Vater, denn weil er ein sehr alter Mann war, bildete er sich ein, Rat auf alle Fragen zu wissen und ein Mittel gegen jegliche Unsicherheit zu haben, wenn man nur auf ihn hören wollte. „Ich würde zu Doc Appleton gehn", verkündete er und räusperte sich so behutsam, als sei sein Schleim Japanpapier. „Ich kannte seinen Vater gut. Die Appletons sind von Anfang an im County ansässig gewesen." Er saß in weißes Winterlicht gebadet, das durchs Fenster fiel, und im Vergleich mit der kugelköpfigen Gestalt meines Vaters, die sich schwarz gegen das flackernde Feuer höckerte, schien er eine feiner ziselierte Schöpfung zu sein.

Mein Vater stand auf. „Alles, was er tut, Pop,

wenn ich zu ihm gehe, ist, daß er den Mund vollnimmt über sich selbst.“

In der Küche war auf einmal geschäftige Bewegung. Türen quietschten und schlugen zu, warme Pfoten grabschten über den Holzboden. Lady tobte ins Wohnzimmer. Es war, als hänge sie über dem Teppich, sie war tief gekrümmt, wie gepeitscht von Freude. Ihre Pfoten scharrten in wilder, schwimmender Bewegung über den verblichenen lila Teppich, der immer noch nicht zu abgewetzt war, um nicht doch, wenn man ihn rieb, kleine blaßblaue Wollflocken abzusondern – „Mäuse“ hatte meine Großmutter diese Fusseln genannt, als der Teppich in Olinger lag und sie noch bei uns war. Lady war so glücklich darüber, ins Haus gelassen worden zu sein, daß sie wie eine Bombe fröhlicher Neuigkeiten war, ein pelziges Knäuel wirbelnder Ekstase, das ab und an einen Geruch nach dem Skunk ausdünstete, den sie vergangene Woche zur Strecke gebracht hatte. Als mache sie Jagd auf einen Gott, so stürzte sie sich auf meinen Vater, steuerte an meinen Beinen vorbei, sprang aufs Sofa und leckte in rasender Dankbarkeit meinem Großvater das Gesicht.

Auf den langen Wegen seines Lebens hatte er bittere Erfahrungen mit Hunden gemacht, und er fürchtete sie. „Weg mit dir“, protestierte er, zog das Gesicht fort und hob seine wohlgeformten trockenen Hände gegen Ladys weiße Brust. Seine Stimme war bestürzend in ihrer gutturalen Kraft, als steige sie aus einer ungezähmten Dunkelheit, die niemand von uns je kennengelernt hatte.

Lady stieß ihm ihre zitternde Schnauze ins Ohr, und ihr Rumpf schüttelte sich so heftig, daß die Illustrierten auf den Boden glitten. Wir schäumten alle vor Bewegung; mein Vater wollte zu Hilfe eilen, aber bevor er noch das Sofa erreichte, hatte mein Großvater sich selber auf seine Füße gestellt. Zu dritt, indes der Hund uns um die Beine wuselte, drängten wir in die Küche.

Meiner Mutter müssen wir wie eine anklagende Übermacht vorgekommen sein, sie fuhr uns an: „Ich ließ sie rein, weil ich ihr Gebell nicht mehr ertragen konnte.“ Sie war den Tränen nahe; ich war starr vor Staunen. Meine eigene Sorge um den Hund war gespielt gewesen. Ich hatte gar nicht mehr gehört, daß er noch weiterbellte. Ich sah den gefleckten Hals meiner Mutter und wußte, daß sie böse war. Mit einemmal wollte ich heraus; sie hatte der Verwirrung eine schrille Hitze injiziert, die alles klebrig machte. Ich wußte selten genau, weshalb sie außer sich geriet; es kam und ging wie ein Wetter. Lag es jetzt daran, daß der alberne Streit zwischen meinem Vater und meinem Großvater ihr wahrhaftig wie Mord und Totschlag vorkam? Hatte *ich* etwas getan, war meine arrogante Gemächlichkeit schuld? Ängstlich bestrebt, aus ihrem Zornkreis zu entkommen, setzte ich mich in meiner steifen Seemannsjacke wieder zum Kaffee. Er war noch immer zu heiß. Ein einziger Schluck sengte mir allen Appetit weg.

„Gottes willen, Junge“, sagte mein Vater. „Es ist zehn vor. Ich verliere meinen Posten, wenn wir uns nicht beeilen.“

„Nach *deiner* Uhr, George“, sagte meine Mutter. Sie verteidigte mich, ich konnte also nicht der Grund ihres Zorns sein. „Nach *unserer* Uhr hast du noch siebzehn Minuten.“

„Eure Uhr geht verkehrt“, belehrte er sie. „Zimmerman wird mich schön zusammenstauchen.“

„Ich komme ja schon“, sagte ich und stand auf. Das erste Läuten war um zwanzig nach acht. Zwanzig Minuten fuhr man bis Olinger. Ich fühlte mich eingezwängt in den Sog der Zeit. Mein Magen knirschte seine leeren Falten gegeneinander.

Mein Großvater schlurfte zum Kühlschrank hinüber und holte das grellverpackte Maiers-Brot herunter. Er bewegte sich prononciert und angestrengt, so, als wolle er sich unsichtbar machen, aber das bewirkte nur, daß wir alle zu ihm hinsahen. Er faltete das Wachspapier auseinander, nahm eine Scheibe Weißbrot heraus, klappte sie zusammen und schob sie sich säuberlich zur Gänze in den Mund. Die Elastizität seines Mundes grenzte ans Wunderbare: eine zahnlose Schlucht tat sich auf unter dem aschgrauen Schnurrbart und verschlang das Brot mit einem einzigen Biß. Der friedliche Kannibalismus, der diesem Tun anhaftete, machte meine Mutter immer von neuem wütend. „Pop“, sagte sie, „kannst du nicht warten, bis sie aus dem Haus sind, ehe du dich wieder übers Brot hermachst?“

Ich nahm einen letzten Schluck von dem brühheißen Kaffee und stürzte zur Tür. Wir klumpten uns auf einmal alle auf dem kleinen Linoleumstück zwischen der Tür, der Wand, an der die Uhren tickten und summten, dem Kühlschrank und dem Ausguß. Es war eine richtige Stauung. Meine Mutter kämpfte sich an ihrem Vater vorbei zum Herd. Mein Großvater zog sich in sich selbst zusammen, und seine dunkle Hülse sah aus, als sei sie auf die Kühlschranktür genagelt. Mein Vater stand unverrückbar, er war bei weitem der größte von uns allen, und über unsere Köpfe hinweg tat er seinem unsichtbaren Publikum kund: „Auf zur Schlachtbank. Diese verdammten Gören haben mir ihren Haß direkt in die Gedärme verpaßt."

„Er fummelt den ganzen Tag an Brot herum, bis ich das Gefühl hab, mir wimmeln Ratten im Kopf", beschwerte meine Mutter sich, und mit flammend rotem, psoriatischem Haaransatz quetschte sie sich am Großvater vorbei und drückte mir eine kalte Toastscheibe und eine Banane in die Hand. Ich mußte dazu die Bücher von der einen Hand in die andere nehmen. „Mein armer hungriger Junge", sagte sie. „Mein armer einziger Schatz."

„Auf zur Haßfabrik!" rief mein Vater, um mich anzutreiben. Verwirrt und bemüht, meiner Mutter zu gefallen, war ich stehengeblieben und hatte einen Happen von dem kalten Toast abgebissen.

„Wenn's etwas gibt, was *ich* hasse", sagte meine Mutter halb zu mir, halb zum Plafond, während mein Vater sich vorneigte und ihre Wange mit einem seiner seltenen Küsse streifte, „dann ist das ein Mann, der alles Geschlechtliche haßt."

Mein Großvater hob die Hände auf seinem beengten Platz und sagte feierlich mit broterstickter Stimme: „Geht mit Gottes Segen." Er versäumte nie, das zu sagen, ebenso wie er jeden Tag am frühen Abend, wenn er den „hölzernen Hügel" erklomm, zu uns herunterrief: „Träumt süß!" Seine Hände waren zierlich zum Segen erhoben, es war auch eine Gebärde der Demut und – als seien winzige Engel in ihnen gefangen gewesen – der Freigabe. Am besten von allem an ihm kannte ich seine Hände, denn weil ich die jüngsten Augen der Familie hatte, mußte ich immer mit der Pinzette meiner Mutter die mikroskopisch kleinen braunen Dornen ausziehen, die er sich auf seinen Streifzügen übers Farmgelände, beim Unkrautjäten, unter die trockene, empfindliche, durchsichtig marmorierte Haut seiner Handflächen riß.

„Danke, Pop, wir können ihn brauchen“, sagte mein Vater, und er riß die Tür auf, wobei sie ganz leise splitternde Geräusche gab. Er drehte den Knauf nie weit genug herum, so daß das Schloß immer Widerstand leistete. „Es ist die höchste Eisenbahn“, sagte er und sah auf seine Uhr. Meine Mutter legte die Wange gegen meine, und ich ging ihm nach.

„Und wenn ich etwas in meinem *Hause hasse*“, rief sie hinter meinem Vater her, „dann sind es billige rote Uhren!“

Als wir sicher auf der Veranda waren und mein Vater schon mit langen Schritten um die Ecke bog, drehte ich mich um, und das war ein Fehler. Der Toast wurde mir salzig im Mund bei dem, was ich sah. Meine Mutter eilte, noch beflügelt von ihrem letzten Ausruf, zur Wand und riß, lautlos hinterm Glas, die elektrische Uhr vom Nagel und machte eine Bewegung, als wolle sie sie auf dem Fußboden zerschmettern, aber statt dessen drückte sie sie mitsamt der herunterschleifenden Kordel an den Busen wie ein Baby, und ihre Wangen schimmerten naß. Hilflos weiteten ihre Augen sich, als sie den meinen begegneten. Sie war schön gewesen als junge Frau, und ihre Augen waren nicht alt geworden. Ihre traurige Lage schien sie jeden Tag von neuem zu bedrängen. Hinter ihr schlurfte ihr Vater mit knechtisch gesenktem Kopf und elastisch malmenden Kiefern an seinen Platz im Wohnzimmer zurück. Ich wollte mein Gesicht so gern zu einer tröstlichen oder humorig-verständnisvollen Miene verziehen, aber es war erstarrt vor Angst. Vor Angst um sie und vor ihr.

Und doch, Liebes, glaub nicht, daß unser Leben miteinander, trotz aller gegenseitigen Enttäuschung und Vergeblichkeit, nicht gut gewesen wäre. Es war gut. Wir bewegten uns gleichsam auf einer festen Bühne, die widerhallte von Metaphern. Als meine Großmutter im Sterben lag, in Olinger, und ich noch ein Kind war, hörte ich sie mit schwacher Stimme fragen: „Werde ich nun ein kleiner Teufel?“ Dann nahm sie einen Schluck Wein, und am Morgen war sie tot. Ja. Wir lebten in Gottes Angesicht.

Mein Vater stiefelte über den Schmirgelpapierrasen. Ich jagte ihm nach. Die kleinen Hügel, die zu warmen Zeiten von den Maulwürfen aufgeworfen worden waren, machten die Fläche holprig und fleckig. Die Scheunenwand stand prall in der Sonne, ein hohes, gesprenkeltes Fünfeck. „Mutter hat beinah die Uhr zerschlagen“, sagte ich, als ich ihn eingeholt hatte. Ich wollte ihn beschämen.

„Sie ist in merkwürdiger Verfassung“, sagte er. „Deine Mutter ist ganz und gar Frau, Peter. Wenn ich nur im entferntesten der richtige Mann gewesen wäre, dann hätte ich sie in ihrer Jugend auf die Komische Bühne gebracht.“

„Sie denkt, du ziehst Großvater auf.“

„Hm, tatsächlich? Ich schwärme für Pop Kramer. Er ist der netteste Mann, den ich kenne. Ich verehre diesen Mann.“

Alles Gesprochene wurde abgeschabt und verkürzt von den stillen blauen Massen kalter Luft, die uns auf die Wangen hieben. Unser schwarzer Buick, ein viertüriger aus dem Jahr sechsunddreißig, wartete an der Scheune, die Schnauze straßabwärts gerichtet. Dies Auto hatte einen schönen, feschen Kühlerrost gehabt; mein Vater war überraschenderweise – materielle Dinge bedeuteten ihm für gewöhnlich so gut wie nichts – kindisch stolz gewesen auf die schlanken Chromlamellen. Im letzten Herbst dann war Ray Deifendorfs schmieriger alter Chevvy auf dem Schulparkplatz abgestorben, und mein Vater in seiner spontanen, christlichen Hilfsbereitschaft hatte sich angeboten, ihn zu schieben, und als sie gerade eine ganz hübsche Geschwindigkeit drauf hatten, trat Deifendorf in einer Anwandlung von Dummheit auf die Bremse, und unser Kühlergrill zerschmetterte an seiner Stoßstange. Ich war nicht dabei. Deifendorf selber hat es mir lachend erzählt: mein Vater war nach vorn gerast, hatte all die kleinen Metallbruchstücke zusammengeklaubt und zu sich gemurmelt: „Vielleicht kann man sie zusammenschweißen, vielleicht kann Hummel sie zusammenschweißen." Diesen hoffnungslos zertrümmerten Rost. So wie Deifendorf es mir erzählte, mußte ich auch lachen.

Die glänzenden Bruchteile rutschten immer noch im Kofferraum umher, und unsere Autoschnauze stak voller Zahnstummel. Es war ein langer, schwerer Wagen, und die Zylinder gehörten ausgeschliffen. Außerdem hatte er eine neue Batterie nötig. Wir stiegen ein, mein Vater und ich, und er zog den Starterknopf heraus, drehte den Zündschlüssel um und lauschte mit schiefgelegtem Kopf, wie der Anlasser den steifen Motor aufrührte. Die Windschutzscheibe war mit Frost überzogen, so daß im Innern des Wagens trübes Licht herrschte. Es schien nicht möglich, Leben in die Maschine zu bringen. Wir lauschten so angespannt, daß es fast war, als kristallisiere sich ein uns beiden vorschwebendes Bild zwischen unseren Köpfen: das Bild des pflichtbewußten, braunen Kolbens, der in seiner geheimnisvollen, braunen Höhle vorstieß, abbremste am Scheitelpunkt seiner Umdrehung und sich zurückzog: abgewiesen. Nicht einmal die Andeutung eines Funkens. Ich schloß die Augen zu einem Stoßgebet und hörte meinen Vater sagen: „Himmel, Junge, jetzt steht uns was bevor." Er stieg aus und kratzte wild mit den Fingernägeln am Eis auf der Windschutzscheibe herum, bis er sich einen Ausguck geschaffen hatte. Ich stieg auf meiner Seite aus, jeder hob seinen Türrahmen an, und so schoben wir. Einmal. Ein zweites Mal. Ein riesiges drittes Mal.

Mit einem leisen, reißenden Geräusch lösten die Räder sich von der gefrorenen Erde der Scheunenzufahrt. Der Widerstand, den die Schwere des Wagens leistete, verringerte sich. Träge rutschten wir hügelabwärts. Wir sprangen beide auf unsere Sitze, knallten die Türen zu, und das Auto gewann an Geschwindigkeit auf der Kiesstraße, die einen Knick machte und scharf um die Scheune wegtauchte. Die Steinchen knirschten unter unsern Rädern wie langsam zersplitterndes Eis. Mit einer würdigen Beschleunigung schluckte der Wagen das steilste Stück der abschüssigen Straße, mein Vater trat die Kupplung durch, das Chassis ruckte, der Motor hustete, sprang, sprang an, wir fuhren, strichen auf der rosafarbenen Straßenschnur hin, zwischen einer blassen, grünen Wiese und einem brachen, flachen Feld. Unsere Straße war so wenig befahren, daß sie in ihrer Mitte eine Unkrautmähne trug. Der grimmig verschlossene Mund meines Vaters glättete sich ein wenig. Er pumpte blubberndes Benzin in den hungrigen Motor. Wenn wir jetzt stehenblieben, gäbe es keine Rettung mehr, denn wir standen auf ebenem Grund. Gleiten wäre nicht mehr möglich. Er stieß den Starterknopf zur Hälfte hinein. Der Motor surrte in einer höheren Tonart. Durch die klaren Ränder des Eislakens auf unserer Windschutzscheibe konnte ich geradeaus sehen; wir näherten uns der Grenze unseres Besitzes. Unsere Wiese hörte auf, wo das Land sich hob. Unsere prächtige, schwarze Kühlerhaube segelte in den scharfen, kleinen Anstieg der Straße, verschlang ihn mitsamt seinen Steinen und allem andern und spie ihn hinter uns wieder aus. Rechts von uns grüßte Silas Schoelkopfs Postkasten mit einem steifen, roten Fähnchen. Wir hatten unsern Besitz hinter uns. Ich sah zurück: unser Zuhause war ein kleines Nest aus Gebäuden auf der fern verblassenden Seite des Tals. Der Scheunenvorsprung und das Hühnerhaus waren sanft rot. Der stuckverzierte Würfel, in dem wir die Nacht verbracht hatten, entsandte, als sei es ein letzter Traumfetzen, einen Rauchschnörkel, der sich blau vor den purpurroten Bäumen entrollte. Die Straße tauchte wieder, unsere Farm verschwand, und wir waren außer Verfolgung. Schoelkopf hatte einen Teich, und Enten in der Farbe alter Klaviertasten spazierten auf dem Eis. Zu unserer Linken stand Jesse Flaglers hohe, weißgestrichene Scheune, und es schien, als schleudere sie einen Mundvoll Heu in unsere Richtung. Ich erfaßte plötzlich das runde, braune Auge einer schnaubenden Kuh.

Die ungepflasterte Straße stieß mit der Route 122 in einem tückischen Winkel zusammen, der leicht den Motor abwürgte. Hier standen eine Reihe Postkästen wie eine Vogelhausallee, ein Halteschild, das durchsiebt war mit rostigen, runden

Schußlöchern, und ein gestutzter Apfelbaum. Mein Vater warf einen Blick auf die große Straße und nahm an, daß sie frei sei; ohne die Bremse zu berühren, rumpelte er uns über den letzten durchfurchten Dreckhaufen. Hoch oben und sicher fuhren wir dann auf hartem Schotter. Mein Vater schaltete in den zweiten Gang zurück, ließ den Motor aufjaulen, wechselte in den dritten über, und der Buick freute sich. Es waren sechzehn Kilometer bis Olinger. Von nun an schien die Fahrt risikolos. Ich aß den halben Toast. Die kalten Krümel streuten sich über sämtliche Bücher und über meinen Schoß. Ich schälte die Banane und aß sie ganz, mehr meiner Mutter zuliebe, als um irgendwelchen Hunger zu stillen, und kurbelte das Fenster so weit herunter, daß ich die Schalen und die zweite Toasthälfte in die vorbeiflitzende Landschaft werfen konnte.

Runde und rechteckige und achteckige Reklameschilder redeten von den Ackerrändern her auf uns ein. Die ganze Seitenfassade einer verwitterten Scheune sagte: PONY CUT PLUG. Die Felder, auf denen im Sommer der Amish-Sekte angehörende Familien in hohen Hauben und schwarzen Hüten Tomaten ernteten und dicke Männer auf schmalnasigen, knallroten Traktoren durch Gerstenwälder schwenkten, wirkten, allen Wachstums bar, schmerzhaft nackt und ausgeliefert; sie baten den Himmel, ihnen eine Schneedecke überzuwerfen. In einer Kurve hinkte uns eine von windzerfressenen Limonadenplakaten umwickelte Tankstellenbude mit zwei Pumpen in den Weg und blieb dann wirbelnd zurück, erschien wieder im Rückspiegel, lächerlich zusammengeschrumpft, das fleckige Schild mit dem geflügelten Pferd unlesbar und grau versinkend. Eine Vertiefung in der Straßendecke ließ die Klappe des Handschuhfachs scheppern. Wir fuhren durch Firetown. Das eigentliche Dorf bestand aus vier Sandsteinhäusern; hier hatte die alte Gutsherrschaft der Gemeinde Firetown ihren Sitz gehabt.

Eines dieser Gebäude war fünfzig Jahre lang das Zehnmeilengasthaus gewesen, an der Veranda war noch ein Geländer zum Anbinden der Pferde. Die Fenster waren mit Latten verschlagen. Rund um diesen Kern zerfloß das Dorf in Siedlungen jüngeren Datums: ein Ziegelsteinkaufhaus, in dem man Bier kastenweise kaufen konnte; zwei neue Häuser mit hohen Fundamenten und ohne Haustürstufen, obwohl beide von Familien bewohnt waren; eine planlos-weitschweifige Jagdhütte, die schön weit zurück von der Straße lag und an Wochenenden von vielen Männern und zuweilen auch ein paar Frauen bevölkert und erleuchtet wurde; einige Vorkriegshäuser mit gemusterter Schindelverkleidung, die hochgebaut waren wie in der Stadt und angefüllt, so behauptete mein Großvater, mit unehelichen Kindern, die an Unterernährung starben. Wir fuhren an einem orangefarbenen Schulbus vorbei, der in die entgegengesetzte Richtung schaukelte, der Gemeindeschule zu. Ich gehörte jetzt zu diesem Schulbezirk, aber weil mein Vater an der High School in Olinger unterrichtete, blieb mir diese Schule erspart. Ich fürchtete mich vor den Kindern in dieser Gegend. Meine Mutter hatte mich dazu überredet, dem landwirtschaftlichen Klub beizutreten. Meine Gefährten da hatten schräge, ovale Augen und eine glatte, braune Haut. Manche waren dumpf arglos, andere besaßen bösartig detaillierte Kenntnisse, und beides berührte mich gleichermaßen roh und war weit entfernt von meinen hochzivilisierten Wünschen und Sehnsüchten. Wir trafen uns im Souterrain der Kirche, und nach einstündigen Lichtbildvorträgen über Rinderseuchen und Getreidekrankheiten schwitzte ich immer vor lauter Klaustrophobie und mußte in die kalte Luft hinaus und mich zu Hause auf mein Buch mit den Vermeer-Reproduktionen stürzen, wie ein beinah Ertrunkener sich ans Ufer klammert.

Der Friedhof tauchte zu unserer Rechten auf; tablettförmige Grabsteine lagen in mannigfach schrägen Haltungen auf den eingesunkenen Hügeln. Dann ragte der stämmige Sandsteinturm der lutherischen Kirche von Firetown höher als die Bäume und hielt einen Augenblick lang sein neues Kreuz in die Sonne.

Mein Großvater hatte mitgeholfen, diesen Turm zu bauen; er hatte die großen Steine in einem Schubkarren über einen schmalen Steg schwankender Planken herbeigeschafft. Oft hatte er uns geschildert, mit ausgesucht feinen Handbewegungen, wie jene Planken sich unter seinem Gewicht gebogen hatten.

Mein Vater und ich fuhren jetzt den Fire Hill hinunter, den längeren und weniger steilen Hügel auf dem Weg nach Olinger und Alton. Ungefähr auf der Hälfte der fallenden Strecke hörte der Baumbestand auf den Böschungen zu beiden Seiten auf, und ein herrlicher Blick öffnete sich. Ich sah in ein kleines Tal hinaus, das wie der Hintergrund eines Dürer-Bildes war. Über ein paar knollige, wellige Ackerflächen, die von grauen Zäunen durchquert und mit Findlingssteinen wie mit braunen Schafen gesprenkelt waren, erhob sich beherrschend ein kleines Haus, und es war, als sei es dem Land entsprossen. Es kehrte der Autostraße einen breiten, flaschenförmigen Kamin zu, der aus Feldsteinen errichtet und frisch getüncht war. Und aus diesem breiten, sehr weißen Kamin, dessen plumpes Fundament die flache Hauswand mit dem geschweiften Boden verband, stieg ein feiner Rauchfaden auf und gab Kunde, daß hier jemand lebte. Ich glaube, überall hier in der Gegend sah es so aus, als mein Großvater mithalf, den Kirchturm zu bauen.

Mein Vater stieß den Starterknopf ganz hinein. Die Nadel des Temperaturmessers klebte an ihrem Ausgangspunkt ganz links in der Skala; die Heizung verweigerte jede Äußerung. Die Hände meines Vaters griffen beim Chauffieren mit peinvoller Hast über die Metall- und Hartgummiteile. „Wo sind deine Handschuhe?" fragte ich.

„Hinten, da sind sie doch, oder?"

Ich drehte mich um und suchte; sie lagen auf dem Rücksitz, zerkrumpelt, mit aufwärts gekehrten Handflächen, zwischen einer knautschigen Straßenkarte und einem Knäuel Paketschnur: die neuen Lederhandschuhe, die ich ihm zu Weihnachten gekauft hatte. Ich hatte fast neun Dollar dafür bezahlt. Das Geld stammte von meinem kleinen „Kunstkonto", das ich im letzten Sommer eröffnet hatte, mit Hilfe von Einnahmen aus meiner Klubunternehmung, einem Erdbeerbeet. Ich hatte mich so verausgabt für diese Handschuhe, daß es für meine Mutter nur zu einem Buch und für meinen Großvater noch zu einem Taschentuch reichte; ich wollte so sehr, daß mein Vater auf seine Garderobe achtete und auf seinen Komfort, so wie die Väter meiner Freunde. Und die Handschuhe hatten gepaßt. Er trug sie am ersten Tag, und dann lagen sie immer auf dem Vordersitz, und als eines Tages drei Personen sich auf den vorderen Sitz zwängen mußten, wurden sie nach hinten geworfen. „Warum trägst du sie nie?“ fragte ich. Ich sprach fast immer in anklagendem Ton mit ihm.

„Sie sind zu schade“, sagte er. „Es sind wunderbare Handschuhe, Peter. Ich weiß, was gutes Leder ist. Die müssen dich ein Vermögen gekostet haben.“

„Soviel nun auch wieder nicht, aber frierst du denn nicht an den Händen?“

„Mm, ein schlimmer Tag heute, Junge. Wir stekken mittendrin im Bauch des Winters.“

„Ja, willst du dann nicht die Handschuhe anziehn?“

Das Gestrüpp am Straßenrand floß in kratzigem Strom am Profil meines Vaters vorbei. Er tauchte aus Gedanken auf, um mir mitzuteilen: „Als Junge, wenn mir jemand solche Handschuhe geschenkt hätte, da hätte ich richtige Tränen geweint.“

Diese Worte trafen mich in den Magen, sie waren befrachtet mit dem, was ich beim Aufwachen gehört hatte. Ich hatte nur vermutet, daß etwas in ihm steckte, und ich dachte nun, daß dies Etwas dasselbe sei, das ihm verwehrte, meine Handschuhe zu tragen; ich hoffte, ich würde dem auf den Grund kommen. Freilich hegte ich den Verdacht, daß er zu alt und zu erwachsen sei, um sich von mir vollständig ausräumen und umkrempeln zu lassen, auch nicht meiner Mutter zuliebe. Ich beugte mich näher zu ihm und studierte die weiße Haut an den Kanten seiner Fäuste, die das Steuerrad umfaßten. Die Falten in seiner Haut waren wie Ritzen, die Haare eingeklemmtes Gras. Die Handrücken waren mit stumpfbraunen Warzen gefleckt. „Fühlt das Lenkrad sich nicht wie Eis an?" fragte ich. Meine Stimme klang wie die meiner Mutter, als sie gesagt hatte: „So was kann man nicht fühlen."

„Um die Wahrheit zu sagen, Peter, mein Zahn tut so weh, daß ich nichts anderes spüre."

Ich war überrascht und erleichtert: Zahnschmerzen waren neu; vielleicht war das alles, was in ihm steckte. „Wo?" wollte ich wissen.

„Hinten." Er saugte an seinen Zähnen; die Backe mit dem Rasierklingenschnitt von heute morgen kräuselte sich. Das Blut an der kleinen Wunde wirkte sehr dunkel.

„Du solltest es nachsehen lassen. Das ist was Harmloses."

„Ich weiß nicht, welcher es ist. Wahrscheinlich alle. Ich sollte mir sämtliche Zähne aus dem Schädel rupfen lassen. Dann ein Gebiß rein. Irgendeiner von diesen Schlächtern in Alton wird's machen, erst alle rausziehn und gleich am selben Tag das Gebiß rein. Es wird dir in die blutigen Kiefer gepflanzt."

„Machen die das wirklich so?"

„Natürlich. Alles Sadisten, Peter, mongoloide Sadisten."

„Ich kann das nicht glauben", sagte ich.

Die Heizung rührte sich, sie war aufgetaut auf unserer raschen Fahrt den Hügel hinab; braune Luft, in rostigen Röhren gebacken, strich mir gegen die Knöchel. Jeden Morgen trat dies Ereignis wie eine Befreiung ein. Nun, da ein gewisses Maß an Gemütlichkeit in Aussicht stand, schaltete ich das Radio ein. Die kleine, thermometerförmige

Skala glühte matt orangefarben. Als die Röhren sich erwärmt hatten, sangen heisere, rauchige Nachtstimmen in den strahlenden, blauen Morgen hinaus. Meine Kopfhaut juckte und zog sich zusammen; die Stimmen klangen negroid und südlich, sie tasteten sich an den Melodien entlang, es war, als hätten sie Hindernisse zu überwinden, die sie ins Gleiten brachten, sie aufsteigen und taumeln ließen; und dies steigende, fallende Gelände war meine Heimat. Die Vereinigten Staaten waren es, die in diesen Liedern lebten: Kieferngebirge, Baumwollmeere, gelbbraune Western-Unendlichkeiten, von körperlosen liebezerrissenen Stimmen bevölkert, strömten ins schale Innere des Buick. Ein Commercial-Jazz-Lied, das mit salbungsvoller Ironie vorgetragen wurde, sprach besänftigend von den Städten, in die das Leben, so hoffte ich, mich noch führen würde, und dann kam ein Lied, das war ein Spiritual, schnell, unwiderstehlich, es beflügelte die Stimme des Sängers mit seiner Kraft, und mein Vater und ich, wir beide kamen mir auch unwiderstehlich vor, wie wir so auf und nieder rollten auf den Wogen unseres leidenden Landes, warm umschlossen inmitten von soviel Kälte. An solchen Tagen trug das Radio mich in meine Zukunft, in eine Zeit, da ich stark war; meine Schränke hingen voller schöner Kleider, und meine Haut war so glatt wie Milch, indes ich zur Musik großen Reichtums und Ruhms Bilder malte, die ebenso erhaben und kühl waren wie die Vermeers. Daß Vermeer selbst obskur und arm gewesen war, wußte ich. Aber ich erklärte es mir damit, daß er in rückständigen Zeiten gelebt hatte. Daß meine eigene Zeit nicht rückständig war, wußte ich aus Magazinen. Schon wahr, im ganzen Alton

County schien außer meiner Mutter und mir kein Mensch etwas von Vermeer zu wissen; aber in den großen Städten gab es sicher Tausende, die Bescheid wußten, und alle waren sie reich. Vasen und edle Möbel ragten um mich auf. Auf steifem Tafeltuch lag ein Laib gesüßten Brotes, mit pointillistischen Lichtpailletten benäht. Jenseits meiner Balkonbrüstung schimmerte eine hohe Stadt ewiger Sonne, New York mit Namen, in Millionen Fenstern. Gegen meine weißen Wände strich eine sanfte Brise, die mit Kreideduft und ganzen Nelken gewürzt war. In der Tür stand eine Frau, sie spiegelte sich verschleiert in den polierten Fliesen und sah mir zu; ihre Unterlippe war ein wenig schwer und schlaff wie die Unterlippe des Mädchens mit dem blauen Turban in Den Haag. Unter all diesen Bildern, die die Radiolieder blitzartig vor mich hinstäubten, war der einzig leere Raum die Leinwand, die ich schön, großzügig-heiter und kostbar bemalte. Ich konnte mir mein Werk nicht vorstellen, aber sein gestaltloser Glanz gab den Mittelpunkt zu allem, während ich meinen Vater im Kometenschweif mit mir zog durch den erwartungsvollen Raum unserer singenden Nation. Hinter dem winzigen Städtchen Galilee, das nicht größer war als Firetown und sich um das Siebenmeilengasthaus und den großen Ziegelbaukasten des Kaufhauses Potteiger scharte, ging die Straße in eine schnurgerade Strecke über – wie eine Katze, die sich streckt und die Ohren anlegt –, und hier erhöhte mein Vater immer die Geschwindigkeit. Wir fuhren an der Musterstallung vorbei und den Nebengebäuden der Clover-Leaf-Molkerei, wo auf Fließbändern der Kuhdung fortgeschafft wurde, und dann schnitt die Straße sich zwischen zwei hoch und scharf aufgeworfenen Dämmen ausgewaschener roter Erde hindurch. Ein Mann stand da neben einem kleinen Steinhaufen und wollte mitgenommen werden. Als wir straßaufwärts auf ihn zufuhren, sah ich, weil seine Silhouette sich so deutlich umrissen von der Lehmböschung abhob, daß seine Schuhe zu groß waren und komisch hinter seinen Hacken herausragten.

Mein Vater trat so abrupt auf die Bremse, daß man meinen konnte, er erkenne in dem Mann einen Bekannten. Der Mann rannte mit schleifenden Schuhen hinter unserm Wagen her. Er trug einen abgewetzten braunen Anzug mit einem senkrechten weißen Streifenmuster, das grotesk elegant wirkte. Gegen die Brust drückte er, als wolle er sich daran wärmen, ein Papierbündel, das fest mit Paketkordel umschnürt war.

Mein Vater beugte sich über mich hinweg, kurbelte mein Fenster herunter und rief: „Wir fahren nicht ganz bis nach Alton hinein, nur den Coughdrop Hill hinunter!"

Der Mann krümmte sich zum Fenster hinab. Seine rosa Lider zuckten. Er hatte sich einen schmutzigen, grünen Schal um den hochgestellten Jackettkragen gewickelt, so daß die Revers fest gegen seinen Hals standen. Er war älter, als seine magere Figur aus der Ferne hatte vermuten lassen. Irgendeine Macht, des Elends vielleicht oder der Unwetter, hatte sein weißes Gesicht bis auf die Adern glattgehobelt; lila Striemen waren auf seinen Wangen ausgebrütet worden wie junge Schlangen. Seine dicken Lippen hatten etwas Zimperlich-Zierliches, und ich überlegte, ob er schwul sei. Als ich einmal vor der Stadtbücherei in Alton auf meinen Vater wartete, hatte mich ein schlurfender, heruntergekommener Kerl angesprochen, und die wenigen Worte, die er zwischen den Zähnen murmelte, bevor ich weglief, hatten mich schwer getroffen. Solange ich meine Liebe zu den Mädchen noch nicht wahrgemacht hatte, kam ich mir ungeschützt vor nach dieser Seite, ein dreiwandiges Zimmer, zu dem jeder Einbrecher Zugang hatte. Unvernünftiger Haß gegen den Stromer überflutete mich. Kalte Luft strömte durch das Fenster, das mein Vater für ihn heruntergekurbelt hatte, und die Ohren taten mir weh.

Wie gewöhnlich hatte meines Vaters vergebungheischende Höflichkeit eine Situation kompliziert, statt sie zu vereinfachen. Der Stromer war verdutzt. Wir warteten, sein Gehirn möge tauen und die Worte meines Vaters aufnehmen. „Wir fahren nicht ganz bis nach Alton hinein", wiederholte mein Vater und lehnte sich ungeduldig so weit herüber, daß sein großer Kopf direkt vor meinem Gesicht hing. Er blinzelte, und ein braunes Faltennetz legte sich um sein Auge. Der Mann beugte sich zu meinem Vater herein, und ich kam mir scheußlich eingeklemmt vor zwischen den beiden alten, aufgestörten Gesichtern. Und die ganze Zeit schnalzte das Spiritual im Radio weiter; ich sehnte mich danach, mich ihm hinzugeben.

„Wie weit?" fragte der Mann. Seine Lippen bewegten sich kaum. Sein Haar war schütter und ging aus oben auf dem Kopf, und es war so lange nicht geschnitten worden, daß es sich über den Ohren in fedrigen Büscheln staute.

„Sechs Kilometer, steigen Sie ein", sagte mein Vater plötzlich bestimmt. Er öffnete die Tür an meiner Seite und sagte: „Geh nach hinten, Peter. Laß den Herrn nach vorn an die Heizung."

„Ich geh nach hinten“, sagte der Mann, und mein Haß auf ihn klang ein wenig ab. Immerhin zeigte er eine Spur von guten Manieren. Aber er machte etwas Merkwürdiges, während er hinten einstieg. Er nahm die Hand nicht weg aus meinem Fensterrahmen, sondern öffnete den hinteren Schlag mühsam mit dem Arm, der ungeschickt das Paket festgeklemmt hielt. Als ob wir, mein selbstloser Vater und meine eigene unschuldige Person, ein tückisches schwarzes Tier seien, das es zu überlisten galt. Als er dann sicher in der Höhlung hinter uns saß, seufzte er und sagte – mit einer kleinen, eitrigen Stimme, wie es sie oft gibt und die sich immer so anhört, als wolle sie mitten im Satz plötzlich alles widerrufen –: „Ein Scheißtag. Friert einem glatt die Eier ab.“

Mein Vater trat auf die Kupplung und machte etwas Schlimmes: er wandte den Kopf, um mit dem Fremden zu sprechen, und schaltete mein Radio ab. Das Spiritual mit seiner ganzen Traumfracht stürzte über eine Klippe. Die üppige Klarheit meiner Zukunft schrumpfte zur mageren Wirrnis meiner Gegenwart zusammen. „Solange es nicht schneit, geht alles“, sagte mein Vater. „Davor hab ich verdammt am meisten Angst. Jeden Morgen bete ich: ‚Lieber Gott, keinen Schnee.‘“ Der Stromer schniefte in meinem Rücken und vergrößerte sich fließend wie ein vorsintflutliches Ungeheuer, das aus einem Gletscher wieder ins Leben steigt. „Wie ist es mit dir, Kleiner?“ fragte er, und in den Nackenhaaren konnte ich spüren, wie er sich vorbuckelte. „Dir macht der Schnee nichts aus, was?“

„Der arme Junge“, sagte mein Vater, „er hat nie mehr Gelegenheit zum Rodeln. Wir haben ihn aus der Stadt weggenommen, wo er so gern gewesen ist, und geben ihm immerfort etwas zu tun."

„Ich wette, er findet Schnee prima", sagte der Stromer. „Ich wette, er mag ihn." Er schien mit Schnee irgend etwas zu meinen; sicher war er doch schwul. Ich war mehr wütend als erschreckt; mein Vater war ja bei mir.

Auch er war anscheinend beunruhigt von der Hartnäckigkeit des Fahrgastes. „Wie ist es, Peter", fragte er, „bedeutet er dir noch etwas?"

„Nein", sagte ich.

Der Mann schnaufte feucht. Mein Vater rief ihm zu: „Von wo kommen Sie, Mister?"

„Norden."

„Und wollen nach Alton."

„Wahrscheinlich."

„Kennen Sie Alton?"

„War schon mal da."

„Was für einen Beruf haben Sie?"

„Äääh – ich bin Koch."

„*Koch* sind Sie! Das ist eine wunderbare Fertigkeit, und ich weiß, daß Sie mich nicht anschwindeln. Was für Pläne haben Sie? Wollen Sie in Alton bleiben?"

„Aah – nur um mir so viel zusammenzukratzen, daß ich nach Süden kann."

„Wissen Sie, Mister", sagte mein Vater, „daß Sie das tun, was ich immer hab tun wollen? Von einem Ort zum andern ziehn, leben wie die Vögel. Wenn die kalte Zeit kommt, einfach die Flügel ausspannen und nach Süden fliegen."

Der Stromer kicherte verlegen.

Mein Vater fuhr fort: „Ich hab immer nach Florida gewollt, und nie bin ich auch nur annähernd in die Gegend gekommen. Das Südlichste, was ich in meinem Leben je erreicht habe, ist der große Staat Maryland."

„Nicht viel los mit Maryland."

„Ich weiß noch", sagte mein Vater, „wie uns damals in Passaic in der Grammar School immer von den weißen Haustürstufen in Baltimore erzählt wurde. Jeden Morgen, hieß es, treten die Hausfrauen mit Wassereimern und Scheuerbesen hinaus und schrubben diese weißen Marmorstufen, bis sie leuchten. Haben Sie das schon mal gesehn?"

„War zwar in Baltimore, aber das hab ich nie gesehn."

„Das habe ich mir gedacht. Wir sind belogen worden. Warum zum Kuckuck sollte auch jemand sein Leben damit hinbringen, weiße Marmorstufen zu scheuern, und während man noch dabei ist, kommt irgendein Schwachkopf mit schmutzigen Schuhen daher und macht wieder Fußtapfen darauf. Mir ist das nie glaubhaft erschienen."

„Nie gesehn", sagte der Stromer, als bedaure er, eine so radikale Entzauberung verursacht zu haben. Mein Vater brachte für Unterhaltungen eine höhlentiefe Bereitschaft zur Genauigkeit mit, die Fremde verzagt machte. Sie fanden sich, ob sie wollten oder nicht, in eine vergebliche, aber dringliche Suche nach Wahrheit einbezogen. An diesem Morgen schien meines Vaters Suche ganz besonders dringlich, als sei die Zeit knapp bemessen. Seine nächste Frage schrie er förmlich: „Wie kommt es, daß Sie überhaupt in dieser Gegend sind? Wenn ich in Ihrer Haut steckte, Mister, dann wäre ich so schnell in Florida, daß Sie nicht mal mehr meine Staubwolke sehn würden."

„Ich hab mit einem Kumpel oben in Albany zusammen gewohnt", sagte der Stromer zögernd.

Das Herz zog sich mir zusammen, meine Befürchtungen bestätigt zu bekommen. Aber mein Vater schien blind zu sein gegenüber dem fürchterlichen Gelände, auf das wir uns begeben hatten.

„Ein Freund?“ fragte er.

„Hm, so ’ne Art.“

„Und was ist passiert? Hat Sie beschubst, was?“

Der Stromer taumelte in seiner Freude von hinten gegen mich.

„Du sagst es, Mann“, bestätigte er meinem Vater. „Genau das hat das Hurenschwein gemacht. Tut mir leid, Kleiner.“

„Ist schon gut“, sagte mein Vater. „Dieser arme Junge hört an einem Tag mehr übles Zeug als ich im ganzen Leben. Das hat er von seiner Mutter; sie sieht und hört alles und kann nichts dagegen tun. Gott sei Dank, daß ich halbblind und zu drei Vierteln taub bin. Der Himmel beschützt die Armen im Geiste.“

Irgendwie gefiel es mir, daß mein Vater den Himmel und meine Mutter mir zum Schutz beschworen, sie als Damm eingesetzt hatte gegen die Flut lasterhafter Bekenntnisse, von denen der Fahrgast überquoll; aber lebhaft verabscheute ich es, daß er mit diesem Menschen über mich sprach, daß er auch nur den Schatten meiner Persönlichkeit in diesen Schleimtümpel tauchte. Daß meine Existenz am einen Ende mit Vermeer verknüpft sein sollte und am andern mit diesem Landstreicher, schien mir eine unerträgliche Zumutung.

Aber Rettung nahte. Wir erreichten die Kuppe des Coughdrop Hill, des zweiten und steileren der beiden Hügel auf dem Weg nach Alton. An seinem Fuß ging links die Straße nach Olinger ab, und da würden wir den Stromer an die Luft setzen.

Wir fuhren den Hügel hinunter. Wir fuhren an einem Lastzug vorbei, der sich so langsam bergauf quälte, daß man meinen konnte, seine abblätternde Farbe habe auf diesem Wegstück ihre Wetterkrankheit davongetragen. Weit abseits von der Straße tauchte Rudy Essicks große braune Villa träge zwischen den abwärts sich reihenden Bäumen auf.

Der Coughdrop Hill hatte seinen Namen von seinem Besitzer, dessen Hustenbonbons zu Millionen in einer Fabrik in Alton gerannen und ganze Straßenzüge mit Mentholschwaden überzogen. In ihren kleinen, orangeroten Schachteln wurden sie allerorts im Osten verkauft: das einzige Mal in meinem Leben, das ich in Manhattan war, hatte ich zu meinem Erstaunen mitten in der Kehle des Paradieses, auf einem Ladentisch im Grand Central Station, eine anheimelnde rote Reihe von ihnen gesehen. Ungläubig kaufte ich eine Schachtel. Und tatsächlich, auf der Rückseite stand, unter einer eindrucksvollen Miniaturabbildung der Fabrik, in feinen Druckbuchstaben: MADE IN ALTON, PA. Ich öffnete die Schachtel, und ihr entstieg der frostige, ektoplasmische Geruch aus der Brubaker Street. Die beiden Städte meines Lebens, die imaginäre und die wirkliche, überlagerten sich; nie hätte ich mir träumen lassen, daß Alton mit New York in Berührung kommen könnte. Ich schob mir einen Hustenbonbon in den Mund, um diese köstliche Konfusion, diese konzentrische Durchdringung vollkommen zu machen; meine Zähne wurden süß, und in Höhe meiner Augen, eine hohle Meile unterm Plafond, einem wasserblauen Himmel, auf dem seichte, elektrische Sterne zu den alten Konstellationen geordnet waren, rang mein Vater nervös die gelbknöcheligen Hände über meine Säumigkeit. Ich hörte auf, unduldsam gegen ihn zu sein, und war ebenso ängstlich wie er, wir könnten den Zug nach Haus verpassen. Bis zu diesem Augenblick hatte mein Vater mich enttäuscht. Während der ganzen Reise, einem zweitägigen Besuch bei seiner Schwester, war er verschreckt und enttäuscht gewesen. Die Stadt war zu groß für ihn, sie ging über seine Begriffe. Das Geld in seiner Tasche schmolz dahin, ohne daß wir irgend etwas gekauft hätten. Wir gingen und gingen, straßauf, straßab, aber wir kamen nie an eines der Museen, von denen ich gelesen hatte. In dem einen, Frick mit Namen, hing der Vermeer mit dem Mann im breitkrempigen Hut und der lachenden Frau, deren lässig aufwärts gekehrte Handfläche unbewußt das Licht auffängt, und das andere, das Metropolitan, beherbergte das Mädchen mit dem gestärkten Kopfputz, das sich ehrfürchtig über den Silberkrug beugt, diesen Krug mit dem vertikalen, blauen Schimmer, der der Heilige Geist meiner Jünglingstage war. Daß diese Gemälde, die ich in Reproduktionen angebetet hatte, tatsächlich physisch vorhanden waren, erschien mir wie ein unauslotbares Mysterium: ihnen so nah zu kommen, daß ich ihre Flächen würde berühren können, mit meinen Augen die Wahrheit ihrer Farben zu sehen, das Netz der Risse, mit denen sich die Zeit in sie eingegraben hatte, als Geheimnis in ein Geheimnis, das alles hätte bedeutet, daß ich unwiderruflich in die wahre Gegenwart eingetreten wäre, so unwiderruflich, daß es mich nicht gewundert hätte, wenn ich bei der Begegnung gestorben wäre. Durch die Ungeschicklichkeit meines Vaters wurde alles zunichte gemacht. Wir haben kein Museum betreten, ich habe nie die Bilder gesehen. Statt dessen sah ich das Hotelzimmer der Schwester meines Vaters. Es hing zwar zwanzig Stockwerke über der Straße, aber es roch doch merkwürdig nach dem Futter des dicken, grünkarierten, mit einem Pelzkragen verzierten Wintermantels meiner Mutter. Tante Alma nippte an einem gelben Getränk und stieß in feinen Fäden den Rauch einer Zigarette aus den Winkeln ihres sehr dünnen, roten Mundes. Sie hatte eine weiße, weiße Haut, und ihre Augen waren ganz durchsichtig vor lauter Intelligenz. All die Zeit über lagen sie in traurig gerunzelte Falten gebettet, während sie meinen Vater anblickten; Tante Alma war drei Jahre älter als er. Die beiden redeten den ganzen Abend von Streichen und Krisen in einem Pfarrhaus in Passaic, das längst kein Pfarrhaus mehr war, und die bloße Erwähnung dieses Hauses machte mich krank und schwindlig, als schwebte ich über einer Zeitschlucht. Unten auf der Straße, zwanzig Stockwerke tief, schlängelten Taxilichter hin und her, und das fesselte mich auf eine abstrakte Weise. Tagsüber ließ Tante Alma, die auf Geschäftsreise hier war, als Einkäuferin für Kinderbekleidung, uns allein. Die Passanten, die mein Vater auf der Straße anhielt, weigerten sich, auf seine ernsthaften, umschweifigen Fragen einzugehen. Ihre Grobheit und seine Unerfahrenheit demütigten mich, und meine Verlegenheit hatte sich zur allerfinstersten Laune aufgestapelt, die der Hustenbonbon dann ganz abtrug. Ich verzieh ihm. In einem Tempel aus blaßbraunem Marmor verzieh ich ihm, und ich war ihm dankbar dafür, daß er es so weise eingerichtet hatte, mich in einer Gegend zur Welt kommen zu lassen, deren Bonbons sogar in die Kehle des Paradieses gelangten. Wir nahmen die Subway bis zur Pennsylvania Station, und da bestiegen wir einen Zug und saßen einträchtig wie Zwillinge nebeneinander, während der ganzen Fahrt, und sogar später noch, zwei Jahre danach, wann immer wir auf unserer täglichen Autoreise den Coughdrop Hill hinauf- oder herunterfuhren, stiegen New York und die Sternbilder in mir auf, die, so wollte es mir scheinen, uns im Raum schweben ließen, befreit von unserer Erde.

Anstatt zu bremsen, brauste mein Vater, vermutlich aus Versehen, an der Abbiegung nach Olinger vorbei. „He!“ rief ich. „Schon gut, Peter“, sagte er sanft. „Es ist zu kalt.“ Sein Gesicht unter der kretinösen, blauen Strickmütze war ganz ausdruckslos. Er wollte den Stromer nicht in Verlegenheit bringen damit, daß wir von unserem Weg abwichen, um ihn nach Alton zu bringen.

Ich war so wütend, daß ich es wagte, mich umzudrehen und ihn anzufunkeln. Sein Gesicht, durchaus nicht verfroren, war gräßlich: ein Pfuhl; es mißverstand mein Motiv und bewegte sich mit einem schmierigen Grinsen und einem Ausfluß schleimfreundlicher Regungen auf mich zu. Ich zuckte zurück und kringelte mich ostentativ zusammen; die Teile des Armaturenbretts sprangen mir glitzernd entgegen. Ich schloß die Augen, um zu verhindern, daß noch ein Strahl dieses widerlichen, unausdenkbaren Saftes, den ich ausgepreßt hatte, in sie spritzte. Das Entsetzlichste war gewesen, daß ich etwas Scheues, Dankbares, Mädchenhaftes entdeckt hatte.

Mein Vater schwang seinen großen Kopf nach hinten und rief: „Was haben Sie gelernt?“

Seine Stimme klang angestrengt und schmerzdurchzittert, und das verwirrte den andern. Es blieb still auf dem Rücksitz. Mein Vater wartete. „Ich weiß nicht, was Sie meinen", sagte der Stromer. Mein Vater holte weiter aus. „Wie ist Ihr Urteil? Sie sind ein Mann, wie ich ihn bewundere. Sie haben den Mut, etwas zu tun, was ich immer hab tun wollen: umherziehn, die großen Städte sehn. Glauben Sie, daß ich etwas verpaßt habe?"

„Sie ham kein bißchen verpaßt." Die Worte zogen sich in sich zusammen wie angetippte Fühler.

„Haben Sie irgendwas getan, woran Sie sich gern erinnern? Ich hab die ganze letzte Nacht wach gelegen und versucht, mich an etwas Angenehmes zu erinnern, es gelang mir nicht. Elend und Schrekken, das sind meine Erinnerungen." Meine Gefühle waren verletzt, schließlich hatte er mich.

Der Stromer hatte ein Kritzeln in der Stimme, vielleicht sollte das ein Lachen sein. „Letzten Monat hab ich einen gottverdammten Köter umgebracht", sagte er. „Was halten Sie *da*von? Das verfluchte Biest kommt aus dem Gebüsch raus und will mir tatsächlich ans Bein, da grabsche ich mir einen schönen dicken Knüppel, ja wirklich, ich geh da so lang, und dies Sauvieh springt mich an, da hab ich ihm eins zwischen die Augen gegeben. Er fällt um, und ich hau ihm noch ganz schön welche über. Junge, Junge, versucht doch so 'n Köter, einem ins Bein zu beißen, bloß weil man kein Auto hat, in das man seinen Arsch placieren kann. Jawohl, zwischen die Augen, gleich mit dem ersten Schlag."

Mein Vater hatte recht bekümmert zugehört. „Die meisten Hunde tun einem nichts", sagte er dann. „Sie sind so wie ich: neugierig. Ich weiß genau, was sie denken. Wir haben auch einen Hund zu Haus, und ich halte allergrößte Stücke auf ihn. Meine Frau verehrt das Tier richtig."

„Na, ich hab dem Vieh ordentlich eins gegeben, kann ich Ihnen sagen", fing der Stromer wieder an und sog sich Spucke in die Kehle. „Magst du Hunde, Kleiner?" fragte er mich.

„Peter mag jeden", sagte mein Vater. „Ich würde meine Augen dafür geben, wenn ich die Gutmütigkeit von diesem Jungen hätte. Aber ich verstehe Sie, Mister, schließlich, wenn ein Hund auf einen zukommt im Dunkeln, auf einer fremden Straße."

„Mm, und dann kommt noch dazu niemand, der einen mitnimmt", sagte der Stromer. „Steht man da den ganzen Tag und friert sich die Eier ab. Ihrer ist der erste Wagen seit einer Stunde, der anhält."

„Ich nehme immer alle mit", sagte mein Vater. „Wenn der Himmel nicht ein Auge hätte auf die Verrückten, dann steckte ich jetzt in Ihrer Haut. Sie haben gesagt, Sie sind Koch?"

„Ääh – ich war's mal."

„Hut ab vor Ihnen. Sie sind ein Künstler."

Ich krümmte mich innerlich wie ein Wurm, denn der Stromer fing offensichtlich zu zweifeln an, ob mein Vater klar im Kopf sei. Ich dürstete danach, für meinen Vater um Entschuldigung zu bitten, vor diesem Fremden zu kriechen, mich anzutragen mit Erklärungen. *Das ist nun mal seine Art, er liebt fremde Leute, er leidet gerade unter irgend etwas.*

„Da ist nichts dabei, man muß nur aufpassen, daß die Pfanne gut geschmiert ist." Diese Erwiderung kam sehr vorsichtig.

„Sie lügen, Mister!" rief mein Vater. „Es ist eine hohe Kunst, für andere Leute zu kochen. Ich würde es nie lernen, und wenn Sie mir hundert Jahre Zeit gäben."

„Mann, das ist leicht wie 'n Pups", sagte der Stromer und wurde ganz intim, „die Leute übers Ohr hauen, nur darauf kommt's den Scheißkerlen an, die all diese Mistläden in Gang halten. Sie können Gift nehmen darauf. Gib ihnen das Fette und spar am Fleisch. Wenn ich nur einem von diesen Scheißkerlen an den Hals könnte, ich kann Ihnen flüstern, das wär schon was. Der große Gott Dollar, nur der ist ihnen wichtig. Lieber Gott, ich möchte diese Negerpisse nicht trinken, die sie Kaffee nennen."

Ich zitterte, und die Haut zog sich mir zusammen, je weiter der Stromer sich ausbreitete; mein Körper juckte mich über und über.

„Ich wollte Apotheker werden", erzählte mein Vater ihm, „aber als ich aus dem College kam, war diese Zukunftsmusik ausgespielt. Der alte Herr hatte uns eine Bibel und einen Schreibtisch voller Schulden hinterlassen. Aber ich bin ihm nicht böse, der arme Teufel wollte schon das Rechte tun. Ein paar von meinen Jungs – ich bin Lehrer – gehen jetzt auf die Pharmazeutenschule, und nach dem, was sie mir erzählen, hätte ich ohnehin nicht genug Grips dazu gehabt. Apotheker müssen nämlich intelligent sein."

„Was willst du denn werden, Kleiner?"

Mein Verlangen, Maler zu werden, beunruhigte meinen Vater.

„Für den armen Jungen ist alles ebenso ungeklärt wie für mich", setzte er dem Stromer auseinander. „Er müßte raus aus dieser Gegend und irgendwohin, wo die Sonne scheint. Er hat schreckliche Schwierigkeiten mit seiner Haut."

Ebensogut hätte mein Vater mir die Kleider vom Leib reißen und meine juckenden Flecken zur

Schau stellen können. In meiner grellen, blendenden Wut kam sein Profil mir wie der Umriß eines unbehauenen Steins vor.

„Is wahr, Kleiner? Was ist denn damit?"

„Meine Haut ist blau", sagte ich mit erstickter Stimme.

„Er macht nur Unsinn", sagte mein Vater. „Er nimmt es wirklich fabelhaft hin. Das Beste für ihn wäre, wenn er nach Florida runter könnte; wenn Sie sein Vater wären und nicht ich, dann wäre er schon da."

„Ich werde in zwei, drei Wochen wohl wieder unten sein", sagte der Stromer.

„Nehmen Sie ihn mit!" rief mein Vater aus. „Wenn je ein Mensch Abwechslung nötig hatte, dann ist es dieser Junge hier. Mein Pulver ist verschossen. Zeit, daß er sich um einen neuen alten Herrn kümmert; ich bin ein wandelnder Kehrichthaufen."

Er nahm das Bild von Altons großem Schuttabladeplatz, der neben der Straße aufgetaucht war. Ein paar Feuer glommen hier und da auf der zerlumpten, fröhlichen Fläche. Die Dinge wandeln sich, auf dem Weg über Rost und Verrottung, zu hoffnungsvollem Braun zurück und heben sich aus der Asche mit phantastischen, farnartig zerfransten, fedrigen Silhouetten. Eine unablässig vom Fluß herwehende Brise preßte bunte Papierfetzen gegen aufrechtstarrendes Unkraut, wo sie wie ein Heer steifer Fahnen stehenblieben. Der Running Horse River dahinter spiegelte in seinem schwarzpolierten Band die kobaltblaue Kuppel, die sich oben wölbte. Zylindrische, elefantengraue Gastanks bewachten in steigender, fallender Linie den Ziegelhorizont der Stadt: krapprotes Alton, geheimnisvolle Stadt, an den Fuß seiner purpurgrünen Hügel geschmiegt. Die immergrüne Kuppe des Mount Alton war eine schwarze Schramme. Meine Hand kribbelte, als stecke eine Bürste in ihr. Eisenbahnschienen gossen einen Silberstreifen über die Straße; Fabrikparkplätze blitzten überfüllt; und die Straße wurde vorortlich, wand sich zwischen Autovertretungen, schäbigen Eßlokalen und Wohnhäusern mit gemusterten Schindelverkleidungen entlang.

„Da sind wir", sagte mein Vater zum Stromer, „das große, prächtige Alton. Als ich noch ein Junge war, wenn mir da jemand gesagt hätte, daß ich in Alton, Pennsylvania, sterben würde, ich hätte ihm ins Gesicht gelacht. Ich hatte noch nie den Namen gehört."

„Eine dreckige Stadt", sagte der Stromer.

Und mir erschien sie so schön.

Mein Vater hielt an der Kreuzung Route 122 und Lancaster-Chaussee; die Ampel stand auf Rot. Die Chaussee zur Rechten ging in eine Betonbrücke über, die Running Horse Bridge, und auf der anderen Seite fing Alton dann wirklich an. Nach links waren es fünf Kilometer bis Olinger und noch einmal vier bis Ely. „Da wären wir", sagte mein Vater. „Wir müssen Sie jetzt in die Kälte hinausjagen."

Der Stromer öffnete seinen Schlag. Seit mein Vater meine Haut ins Spiel gebracht hatte, waren die Flirtwellen im Wagen ein wenig verebbt. Nichtsdestoweniger fühlte ich mich auf einmal – vielleicht war es ein Versehen – im Nacken berührt. Draußen an der Luft schloß der Landstreicher das Paket wieder fest ans Herz. Sein matschiges Gesicht gefror. „Es war mir ein Vergnügen, mich mit Ihnen zu unterhalten!" rief mein Vater ihm zu.

Der Stromer grinste. „Mmmjaah." Die Wagentür knallte zu. Die Ampel wechselte auf Grün. Mein Herz verlangsamte seinen Gang. Wir steuerten auf die Chaussee und trieben dem Verkehrsstrom in Richtung Alton entgegen. Durchs staubige Rückfenster beobachtete ich unsern Fahrgast, er sah wie ein Bote aus mit seinem geheimnisvollen Paket und wurde kleiner und kleiner. Wurde zu einer braunen Strähne, die vor den Mund der Brücke wehte, die abfallende Straße hob ihn jählings hoch, dann verschwand er. Im sachlichsten Ton der Welt sagte mein Vater: „Dieser Mann war ein Gentleman."

Heillose Wut türmte sich dick und stachlig in mir auf; ich nahm mir fest vor, ihn auf dem ganzen Weg zur Schule gehörig zusammenzustauchen. „Das ist wahrhaftig die Höhe", sagte ich, „wahrhaftig die Höhe. Du hetzt mich so, daß ich nicht mal mein blödes Frühstück runterschlingen kann, und dann sammelst du so einen vergammelten Landstreicher auf, machst einen Umweg von fünf Kilometern für ihn, und der Kerl sagt nicht einmal danke. Jetzt kommen wir *allerdings* zu spät. Ich seh schon Zimmerman vor mir, wie er auf die Uhr guckt, in den Korridoren auf und ab stampft und sich wundert, wo du steckst. *Wirklich,* Papa, ich hätte gedacht, du würdest manchmal doch ein bißchen mehr Verstand aufbringen. Was findest du bloß an solchen Herumtreibern? Ist es denn *meine* Schuld, daß ich auf die Welt gekommen bin und du kein Landstreicher werden konntest? Florida! Und dann erzählst du ihm noch von meiner Haut, das war reizend, ich danke dir sehr. Warum sollte ich mir nicht gleich das Hemd ausziehen, wo du doch so schön im Zuge warst? Vielleicht hätte ich ihm auch meine verkrusteten Beine zeigen sollen. Warum sagst du eigentlich jedem alles, was es zu sagen gibt? Wer will das schon? Niemand will das, alles, was dieser Idiot gewollt hat, war Hunde umbringen und mir gegen den Hals atmen. Die weißen Stufen von Baltimore, lieber Himmel! Wahrhaftig, Papa, was *denkst* du dir eigentlich, wenn du so ein Zeug quatschst?"

Aber man kann nicht immer weiterschimpfen, wenn der andere stumm ist. Nach zwei Kilometern saßen wir schweigend nebeneinander. Er beeilte sich, die Furcht trieb ihn jetzt, daß er zu spät kommen könnte: er raste an langen Autokolonnen vorbei, okkupierte die Straßenmitte. Der Volant schlitterte in seinen Händen, wenn die Räder in die Busschienen gerieten. Er hatte Glück, wir holten allerhand auf. Als wir an der großen Reklametafel vorbeikamen, auf der Lions und Rotary und Kiwanis und Elks uns in Olinger willkommen hießen, sagte mein Vater: „Mach dir keine Gedanken darüber, daß er über deine Haut Bescheid weiß, Peter. Er wird es vergessen. Das eine lernt man beim Unterrichten: die Menschen vergessen alles, was man ihnen erzählt. Ich sehe jeden Tag in diese stumpfen, leeren Gesichter, und das erinnert mich an den Tod. Man durchquert die Köpfe dieser Gören, ohne eine Spur zu hinterlassen. Ich weiß noch, als mein alter Herr merkte, daß es zu Ende ging, öffnete er die Augen in seinem Bett und sah meine Mutter und Alma und mich an und sagte: ‚Glaubt ihr, daß ich auf ewig vergessen werde?' Ich denke oft daran. Auf ewig vergessen. Daß ein Geistlicher so etwas sagte, war ganz schrecklich. Es hat mir alle Lebensgeister verscheucht damals."

Die letzten Schüler stopften sich durch die Türen, als wir den Parkplatz erreichten. Die Glocke mußte gerade geläutet haben. Als ich mich halb umdrehte, um meine Bücher aufzunehmen und auszusteigen, warf ich einen Blick auf den Rücksitz. „Papa!" schrie ich, „deine Handschuhe sind weg!"

Er war schon ein paar Schritte vom Wagen entfernt. Er drehte sich um und fuhr sich mit der warzenfleckigen Hand über den Kopf und streifte sich dabei die blaue Mütze ab. Sein Haar sträubte sich wie elektrisiert. „Häh? Hat dieser Kerl sie mitgenommen?"

„Muß er wohl. Sie sind nicht mehr da. Nur die Schnur und die Karte."

Nur ein Blinzeln hatte er übrig für diese Eröffnung. „Na schön", sagte er, „er braucht sie nötiger als ich. Der arme Teufel ist noch nicht draufgekommen, was mit ihm los ist."

Und schon ging er weiter und legte den Zementpfad mit ausladenden Schritten zurück.

Die Bücher rutschten mir immerfort weg, so blieb ich hinter ihm zurück, und während ich ihm in wachsender Entfernung folgte, wuchs mir ein schweres Gewicht im Leib, dort, wo ich die Bücher an mich preßte: der Verlust der Handschuhe, die Art, wie er mein kostspieliges und sorgfältig überlegtes Geschenk wegrinnen ließ wie durch ein Sieb. Von meinem Vater kam alles; er las sich Dinge zusammen und ließ sie auf die Welt niederfallen: meine Kleider, meine Nahrung, meine üppigen Hoffnungen waren von ihm auf mich gefallen, und zum erstenmal war sein Tod mir, auch wenn er in sternenweiter Unmöglichkeit lag, eine tiefe, furchtbare Drohung.

III

Chiron hetzte, ein wenig verspätet, durch Flure aus Tamariske, Eibe, Lorbeer und Kermeseiche. Unter den Zedern und Silbertannen mit den sanft wehenden Wipfeln, einem Schattendach, das von olympischem Blau durchlöchert war, verströmte ein üppig gedeihendes Unterholz aus Erdbeerbäumen, wilden Birnen, Buchs und Andrachne Düfte nach Blüte, Saft und jungem Gezweig in Mannshöhe durch den Wald. Blühende Äste warfen hier und da Farbe in die wechselnden Waldhöhlen, die seinen eiligen Galopp umschlossen. Er fiel in eine langsamere Gangart. Die zerfetzten, stummen Gefährten aus Luft, die seinen hohen Kopf begleiteten, wurden auch langsamer. Diese Intervalle freien Raums – überwölbt von suchenden jungen Schößlingen, erfüllt von raschem Vogelschlag, der wie von einer überladen verzierten Decke tröpfelte (manche Lieder waren Wasser, manche Kupfer, einige Silber, andere polierte Holzleisten, wieder andere kaltes, geriffeltes Feuer) – erinnerten ihn an Felshöhlen und wirkten beschwichtigend auf ihn und seiner Natur angemessen. Seine Schüleraugen – denn was ist ein Lehrer anderes als ein alt gewordener Schüler? – stöberten im Unterholzversteck Basilium und Nieswurz auf, Fieberwurz,

Wolfsmilch, Engelsüß, Zaunrübe, Eisenhut und Blaustern. Ixie, Fingerkraut, süßen Majoran und Levkoje erkannte er an ihren Blüten, Blättern, Stengeln und Dornen und hob sie aus der Namenlosigkeit des ununterscheidbaren Grüns. Es war, als reckten die Pflanzen, solchermaßen erkannt, sich fröhlich zum Gruß, als jubelten sie dem Weg eines Helden zu. *Schwarze Nieswurz ist schädlich für Pferde. Krokusse blühen, damit man auf sie trete.* Ohne daß er es wollte, rekapitulierte Chiron sein vor langen Jahren erworbenes Apothekerwissen. *Von den Strychnospflanzen bringen die einen Schlaf, die anderen Wahnsinn. Die Wurzeln der ersteren sind, wenn sie ausgegraben werden, weiß und werden blutrot, wenn sie trocknen. Die andern werden Thryoron oder Peritton genannt; drei Zwanzigstel einer Unze regen den Patienten an, das Doppelte dieser Dosis führt zu Wahnvorstellungen, das Dreifache macht den Menschen auf immer wahnsinnig. Und mehr tötet ihn.*

Thymian kann nicht gedeihen, wo kein Seewind weht. Wenn man seine Wurzeln schneidet, soll man dem Wind zugekehrt sein. Die alten Pflanzensammler haben behauptet, daß man die Päonienwurzel bei Nacht ausgraben müsse, denn wenn ein Specht einen dabei beobachte, erleide man einen *prolapsus ani.* Chiron hatte solchem Aberglauben die Stirn geboten; er hatte die Menschheit aus der Finsternis führen wollen. Apollo und Artemis hatten versprochen, ihn zu geleiten. *Um die Alraune ziehe man drei Kreise mit einem Schwert, und man schneide sie mit westwärts gekehrtem Gesicht.* Chirons weißer Mund im bronzenen Bartvlies lächelte, als er sich all dieser verwikkelten Hindernisse erinnerte, die er einst verschmäht hatte auf seiner Suche nach wahren

Heilungsmöglichkeiten. Ausschlaggebend an der Alraune war, daß sie, vermischt mit Mehl, lindernd wirkte auf Gicht, Schlaflosigkeit, Wundrose und Impotenz. *Die Wurzel der wilden Gurke mildert weißen Aussatz und Schafsräude. Vom Gamander die Blätter zerstößele man in Olivenöl, dann heilen sie Brüche und sich ausbreitende Wundstellen; die Frucht reinigt die Galle, Engelsüß entleert den Darm; ein scharfes Kraut, das seine Wirksamkeit über zweihundert Jahre behält, purgiert den Körper in beiden Richtungen, nach oben und nach unten. Die besten Heilmittel stammen von Plätzen, die winterlich sind, dem Norden zugewandt und trocken: Auf Euböa haben die Arzneien von Aigai und Telethrion die meiste Wirkkraft. Alle Duftstoffe, außer Iris, kommen aus Asien: Kassie, Zimt, Kardamome, Indische Narde, Storax, Myrrhe, Dill. Die Giftstoffe sind bei uns zu Haus: Nieswurz, Schierling, Herbstzeitlose, Mohn, Eisenhut. Chamäleon ist schädlich für Hunde und für Schweine; und wenn man wissen will, ob ein Kranker überleben wird, so muß er drei Tage lang mit einer Paste aus Chamäleon, Öl und Wasser gewaschen werden. Übersteht er diesen Versuch, so wird er am Leben bleiben.* Ein Vogel über ihm schmetterte ein rasches, metallisches Lied, das wie ein Signal war. „Chiron! Chiron!" Der Ruf sprang hinter ihm auf, holte ihn ein, flog an seinem Ohr vorbei und eilte ihm in körperloser, fröhlicher Geschwindigkeit voraus, der zweigzerklüfteten Öffnung sonnenerfüllter blauer Luft zu, die am Ende des Waldwegs auf ihn wartete.

Er trat auf die Lichtung, und die Schüler waren alle versammelt: Jason, Achilles, Asklepios, seine Tochter Ozyrhoe und das Dutzend anderer fürstlicher Sprößlinge vom Olymp, die seiner Obhut anvertraut waren. Ihre Stimmen waren es gewesen. Sie saßen im Halbkreis im warmen Gras und begrüßten ihn freudig. Achilles sah von einem Faunsknochen auf, dem er das Mark aussaugte; sein Kinn war verschmiert vom Wachs einer Honigwabe. Eine kaum merkliche Neigung zum Fettansatz zeigte sich im feingemeißelten Körper des Knaben. Um seine breiten, blonden Schultern lag wie ein transparenter Umhang ein Hauch femininer Rundlichkeit, die seinen ausgebildeten Formen etwas leicht Passives gab und seinen Augen eine gewisse Schwäche. Ihr Blau war zu beryllen, ihr Blick fragend und zugleich ausweichend. Von allen Schülern bereitete Achilles seinem Lehrer Chiron am meisten Mühe, doch brauchte er Lob und Zustimmung am nötigsten und liebte ihn mit der geringsten Scheu. Jason dagegen, der weniger Begünstigte, zierlich gewachsen und jünger aussehend, als er war, gab sich mit eckiger Sicherheit, er fühlte sich unabhängig, und aus seinen dunklen Augen sprach die gelassene Absicht zu überleben. Asklepios, der beste Schüler, war ruhig und von gesetzter Entschlossenheit; in mancherlei Hinsicht hatte er seinen Lehrer schon überflügelt. Dem Schoß der treulosen, erschlagenen Koronis entrissen, hatte auch er eine mutterlose Kindheit erfahren und den fernen Schutz eines göttlichen Vaters; Chiron behandelte ihn nicht eigentlich als Schüler, sondern vielmehr als Kollegen, und während der Pausen, wenn die andern umhertobten, versenkten sie sich beide, alt im Herzen, in die Geheimnisse des Wissens.

Aber am zärtlichsten ruhten Chirons Augen auf dem rötlich-goldenen Haar seiner Tochter. Wie reich an Leben dies Mädchen war! Ihr Haar wob und wogte: Rudel von Pferden, von oben gesehen. Sein Leben, von oben gesehen. Sein Plasma war in *ihr* unsterblich. Sein Blick zerschellte an ihrem Kopf, der schon ein Frauenkopf war mit seiner üppigen Last. Seine Saat – er sah durch sie hindurch auf das stampfende, zornige Kind mit den langen Beinen und der weiten Stirn, zu dem der Säugling emporgewachsen war, den Chariklo an seiner, Chirons, Seite auf dem Moos genährt hatte, damals in jenen Tagen, als die Sterne an der Höhlenöffnung flüsterten. Sie war zu intelligent gewesen, um ihre Kindheit leichtzunehmen; ihre Zornesausbrüche hatten ihrer beider Stolz auf sie getrübt. Schlimmer als ihr Vater war Ozyrhoe von Voraussicht gequält, eine Heimsuchung, von der alle seine Heilmittel sie nicht erlösen konnten, nicht einmal Baldrian, das er um Mitternacht in der kürzesten Nacht des Jahres dem felsigen Grund von Psophis entrissen hatte; und wenn sie ihre Schmähungen über ihn ausgoß, wie schrill und grausam sie auch waren, empfand er keinen Zorn, sondern ergab sich kleinlaut und hoffte, sie möge ihm irgendwann verzeihen, daß er ihr keine Linderung verschaffen konnte.

Eines jeden Schülers Stimme im Begrüßungschor hatte ihre eigene Farbe in seinen Ohren. Ihr polyphoner Zusammenklang bildete einen Regenbogen. Seine Augen schwammen in Tränen. Die Kinder begannen jeden Studientag mit einer Hymne an Zeus. So wie sie dastanden in ihren leichten Kleidern, waren sie noch nicht in die entgegengesetzten Formen von Keil und Vase gegossen, griffen nicht an, fingen nicht auf, waren noch keine Werkzeuge für Ares und Hestia, sie hatten die gleichen Umrisse, wenn auch verschiedene Größen; schlanke helle Rohre einer Hirtenpfeife, die melodisch den Gott des reinen Seins pries.

Herrscher des Himmels,
Walter des Wetters,
Helle des Glanzes,
Zeus, hör unser Lied!

Erfüll uns mit Herrlichkeit,
Krone des Donnerhaupts,
forme uns stufenweis,
Quelle des Regens!

Die leichte, mutwillige Brise ließ das Lied flattern, so wie junge Mädchen Tücher schwenken.

Strahl jenseits der Strahlen,
Sonne über Apoll,
Erde unter dem Hades,
Meer auf Meer,

schenke uns Gleichmaß,
Bogen des Firmaments,
Schweifung des Goldlacks:
Zeus, laß uns blühen!

Des Zentauren ernste, des Singens ungewohnte Stimme fiel in das letzte Gebet ein:

Helle des Glanzes,
Stern unsrer Sterblichkeit,
Heimstatt der Hoffnung,
Gipfel unsrer Furcht,

schick uns ein Zeichen,
ein Zeichen der Gnade,
bezeug dich regierend:
Erhör unser Lied!

Sie schwiegen, und über den Baumkronen links von der Lichtung pfeilte ein schwarzer Adler durch die Sonne. Chiron hatte eine Sekunde Angst, dann fiel ihm ein, daß etwas, was links von *ihm* geschah, für die Kinder auf der rechten Seite war. Rechts von ihnen und aufsteigend: zwiefach günstig. (Aber von *ihm* aus gesehen links.) Die Klasse seufzte in heiliger Furcht, und als der Adler eingetaucht war in die irisierenden Strahlen der Sonnenaureole, schwatzte sie aufgeregt durcheinander. Sogar Ozyrhoe war beeindruckt, wie ihr Vater mit Wohlgefallen sah. Die Ängstlichkeit wich in diesem Augenblick von ihrer Stirn, ihr schimmerndes Haar verschmolz mit ihrem leuchtenden Blick, und sie war ein unbeschwertes, sorgloses Mädchen wie die andern auch. Sie war keinesfalls instinktiv ehrerbietig, im Gegenteil, sie behauptete, den Tag vorauszusehen, da Zeus von den Menschen als das armselige Spielzeug erkannt werde, das sie selbst sich erfunden hatten, da man ihn erbärmlich beschimpfen, des Olymps verweisen, ihn über die kiesigen Halden jagen und als Verbrecher brandmarken werde.

Die arkadische Sonne stieg höher. Die Vogelmusik, die die Lichtung umschloß, wurde träge. Chiron spürte im Blut, wie die Olivenbäume in der Ebene sich freuten. Den Menschen in den Städten würde, wenn sie die weißen Tempelstufen hinaufstiegen, der Marmor heiß unter den nackten Sohlen brennen. Er führte die Klasse zum Unterricht in den Schatten eines großen Kastanienbaums, von dem es hieß, daß Pelasgos selbst ihn gepflanzt habe. Die Kate eines Schäfers hätte Platz gehabt in dem Stamm. Die Knaben ließen sich großspurig zwischen den Wurzeln nieder wie zwischen den Leibern erschlagener Feinde; die sittsameren Mädchen suchten sich bequeme Moospolster. Chiron atmete tief, honigweiche Luft dehnte sich in seiner Brust; seine Schüler ergänzten ihn, den Zentauren. Sie befriedigten seine Weisheit mit ihrer Erwartung. Das winterliche Chaos des Wissens in ihm wurde, ans Sonnenlicht gelockt, von den jungen Farben des Optimismus durchschossen. Der Winter kehrte sich zum Frühling. „Unser Thema heute", begann er, und rings die Gesichter, verstreut im tiefen, grünen Schatten wie Blütenblätter nach einem Regen, waren einmütig still und aufmerksam ihm zugewandt, „ist die Genesis aller Dinge. Zu Anfang", fuhr der Zentaur fort, „war der Wind und warb um die schwarzgeflügelte Nacht; sie senkte ein silbernes Ei in den Schoß der Finsternis. Diesem Ei entschlüpfte Eros, das bedeutet –?"

„Liebe", antwortete eine Kinderstimme aus dem Gras.

„Und Liebe setzte das Universum in Gang. Alle Dinge, die existieren, sind ihre Kinder – Sonne, Mond, Sterne, die Erde mit ihren Bergen und Flüssen, ihren Bäumen, Gräsern und lebendigen Geschöpfen. Eros war doppelgeschlechtig und hatte goldene Flügel, und da er vier Köpfe besaß, brüllte er zuweilen wie ein Stier oder ein Löwe, manchmal zischte er wie eine Schlange oder blökte wie ein Widder; unter seiner Herrschaft ging es auf der Erde so harmonisch zu wie in einem Bienenkorb. Die Menschen lebten ohne Sorgen und Mühsal, sie ernährten sich nur von Eicheln, wilden Früchten und Honig, der von den Bäumen tropfte, sie tranken die Milch von Schafen und Ziegen, wurden nicht alt, tanzten und lachten viel. Der Tod war ihnen nicht schrecklicher als der Schlaf. *Dann* ging sein Szepter an Uranos ..."

IV

Nach dem Unterricht ging ich zum Zimmer meines Vaters hinauf, Zimmer 204. Zwei Schüler waren bei ihm. Ich sah sie beide durchdringend an und durchquerte in meinem knallig roten Hemd das Zimmer und sah durchs Fenster nach Alton hinüber.

Ich hatte mir im Lauf des Tags geschworen, meinen Vater zu beschützen, und diese beiden Schüler, die ihm hier die Zeit stahlen, waren die ersten Feinde, mit denen ich es aufnehmen mußte. Der eine war Deifendorf, die andere Judy Lengel. Deifendorf redete gerade.

„Handelskunde und Tippen und so was sehe ich ein, Mr. Caldwell", sagte er, „aber bei so einem wie mir, der nicht weiter aufs College gehn will oder etwas Derartiges, begreife ich nicht, warum man ganze Listen von Tieren auswendig können soll, die schon eine Million Jahre tot sind."

„Da ist nichts zu begreifen", sagte mein Vater. „Du hast zweihundertprozentig recht: wer will schon was von toten Tieren wissen. Wenn sie tot sind, laß sie liegen, das ist meine Meinung. Sie deprimieren mich ekelhaft. Aber mir ist nun mal aufgetragen worden, euch das beizubringen, und ich werde es euch beibringen, wenn's mich auch umbringt. Entweder du oder ich, Deifendorf, und wenn du mit deiner Bockigkeit nicht aufhörst, dann werde ich mein Bestes tun, dich umzubringen, bevor du mich umbringst. Ich werde dich mit meinen bloßen Händen erwürgen, wenn's sein muß. Ich kämpfe hier um mein Leben, ich habe eine Frau und ein Kind und einen alten Mann zu ernähren. Es geht mir genau wie dir: ich wäre lieber draußen und bummelte durch die Straßen. Du tust mir leid, ich weiß, wie sehr du leidest."

Ich lachte an meinem Fensterplatz; das war mein Angriff auf Deifendorf. Ich spürte, wie er sich an meinen Vater klammerte und ihm alle Kraft aussaugte. Das war die Art dieser grausamen Schüler. Eine Stunde, nachdem sie ihn bis zum Wahnsinn gereizt hatten (Schaum stand ihm wahrhaftig in den Mundwinkeln, und seine Augen wurden zu winzigen, spitzigen Diamanten), erschienen sie in seinem Zimmer, suchten ängstlich Trost und Rat, wollten Geständnisse ablegen und in Sicherheit gewiegt werden. Und sobald sie von ihm gegangen waren, fielen sie wieder mit ihren Schandmäulern über ihn her. Ich kehrte diesem übelkeiterregenden Dialog beharrlich den Rücken.

Von meines Vaters Fenster aus überblickte ich den Seitenrasen, wo im Herbst die Kapelle und die Cheerleaders probierten, und die Tennisplätze und den Roßkastaniensaum, der das Gelände des Armenhauses abgrenzte, und über allem den Mount Alton, eine bucklige, blaue Horizontlinie, ausgekerbt von einer Kiesgrube. Ein Trolleybus, vollgepfropft mit Leuten, die in Alton eingekauft hatten, schwankte funkensprühend die Straße herauf. Einige der Schüler, die auf dem Weg nach Alton wohnten, klüngelten sich an der Haltestelle zusammen und warteten auf den Gegenbus. Unten auf den zementierten Wegen, die vom Mädchenausgang an der Seite des Gebäudes entlangführten – ich mußte die Nase gegen die eisige Scheibe pressen, um so senkrecht hinuntersehen zu können –, strebten die Mädchen, zu Knäueln aus kariertem Stoff, Pelz, Büchern und Wolle verkürzt, in Paaren und Dreiergruppen nach Haus. Gefrorener Atem wehte von ihren Mündern. Was sie redeten, konnte ich nicht hören. Ich hielt nach Penny Ausschau. Ich war ihr den ganzen Tag aus dem Weg gegangen, weil es mir wie eine Abkehr von meinen Eltern vorgekommen wäre, wenn ich ihre Nähe gesucht hätte, denn die Gewißheit, daß meine Eltern mich brauchten, hatte sich auf geheimnisvolle, feierliche Weise verstärkt.

„... der einzige", sagte Deifendorf gerade zu meinem Vater. Seine Stimme klang kratzig, sie war sonderbar schwach und hatte keinerlei Zusammenhang mehr mit seinem emphatischen, athletischen Körper. Ich hatte Deifendorf im Umkleideraum oft nackt gesehen. Er hatte stämmige Beine, die mit sandfarbenem Gewöll bedeckt waren, einen gewaltigen, elastischen Rumpf, abfallende glänzende Schultern und sehr lange Arme, die in rote, schaufelförmige Hände ausliefen. Er war ein Schwimmer.

„Das stimmt, das bist du nicht, du bist nicht der einzige", stimmte mein Vater ihm zu, „aber insgesamt, Deifendorf, würde ich sagen, bist du der Schlimmste. Ich würde sagen, du bist der kitzligste Schüler, den ich dies Jahr unter den Händen habe." Ganz kühl gab er dies Urteil ab. Es gab Eigenschaften – „Kitzligkeit", Intelligenz, sportliche Fähigkeiten –, für die er im Lauf seiner Lehrerjahre ein sicheres Gespür bekommen hatte.

Keine Penny war unter den Mädchen aufgetaucht. Deifendorfs Schweigen in meinem Rücken strömte etwas Verlegenes, ja sogar Verletztes aus. Er hatte eine verwundbare Stelle. Er liebte meinen Vater. Es ist mir eine Pein, das zuzugeben, aber zwischen diesem obszönen Tier und meinem Vater bestand so etwas wie wahre Zuneigung. Ich verabscheute das. Ich verabscheute es, wenn mein Vater sich so verschwenderisch vor diesem Jungen ausschüttete, als ob von irgendwoher aus diesem Unsinnswust der heilende Funke überspringen könnte. „Unsere Vorfahren", führte er aus, „sind in ihrer Weisheit zu dem Ergebnis gekommen, daß Kinder eine unnatürliche Belastung für die Eltern sind. So richteten sie Gefängnisse ein, die sie Schulen nannten, und rüsteten sie mit Foltern aus, genannt Erziehung. Schule, das ist das Quartier, das du zwischenzeitlich beziehen mußt, wenn deine Eltern dich nicht mehr wollen und die Industrie dich noch nicht will. Ich bin ein bezahlter Wärter der Unnützen der Gesellschaft: der Lahmen, der Langsamen, der Schwachköpfigen, der Ungebildeten. Der einzige Ansporn, mein Junge, den ich dir geben kann, damit du dich benimmst, ist dieser: Wenn du deinen Buckel nicht krumm machst und etwas lernst, dann wirst du so dumm bleiben wie ich und wirst in der Schule unterrichten müssen, um dein Brot zu verdienen. Einunddreißig, als die Depression mich erwischte, besaß ich nichts. Und wußte nichts. Der liebe Gott hatte mein ganzes Leben lang für mich gesorgt, und daher war ich arbeitsuntauglich. Aus lauter Herzensgüte hat der Neffe meines Schwiegervaters, Al Hummel, mir einen Lehrerposten verschafft. Ich wünsch ihn dir nicht, Junge. Obwohl du mein ärgster Feind bist, wünsch ich ihn dir nicht." Ich starrte mit heißen Ohren auf den Mount Alton. Wie durch eine schadhafte Stelle in der Scheibe sah ich um eine Zeitecke herum, sah mit phantastischer Deutlichkeit, daß Deifendorf Lehrer werden würde. Und so kam es. Vierzehn Jahre später, als ich einmal auf dem Heimweg war, traf ich auf einer Seitenstraße in Alton Deifendorf; er trug einen sackigen, braunen Anzug, und aus der Brusttasche ragten ihm Bleistifte und Federhalter wie in den alten, längst vergessenen Tagen aus der Tasche meines Vaters. Deifendorf hatte Fett angesetzt, und das Haar war ihm aus der Stirn gewichen, aber er war's. Er fragte mich, er wagte es, mich in allem Ernst zu fragen, mich, einen urkundlich beglaubigten abstrakten Expressionisten zweiten Ranges, der in der East Twenty-third Street unterm Dach wohnte, zusammen mit einer schwarzen Geliebten, *mich*, ob ich je vorhätte zu unterrichten. Ich sagte ihm, nein. Er sagte mir, und seine blassen stumpfen Augen zersprangen schier vor Ernsthaftigkeit: „Peter, ich denke oft an das, was dein Papa mir immer über den Lehrerberuf gesagt hat. ‚Er ist hart', sagte er immer, ‚aber es gibt nichts Besseres als die Befriedigung, die er verschafft.' Nun bin ich selber Lehrer und weiß, was er gemeint hat. Ein fabelhafter Mensch, dein Papa. Hast du das gewußt?"

Mit seiner piepsigen, kratzigen Stimme redete er meinem Vater jetzt etwas vor wie: „Ich bin kein Feind, Mr. Caldwell. Ich mag Sie. Alle in der Klasse mögen Sie."

„Das ist es ja gerade, Deifendorf. Was Schlimmeres kann einem Lehrer im öffentlichen Schuldienst gar nicht passieren. Ich *will* nicht, daß ihr mich mögt. Alles, was ich will, ist, daß ihr fünfundfünfzig Minuten am Tag, fünf Tage in der Woche stillhaltet unter mir. Wenn du zu mir ins Zimmer kommst, Deifendorf, dann wünsche ich mir, daß du starr bist vor Angst. Caldwell, der Kinderkiller – das sollt ihr von mir denken. Brrr!"

Ich drehte mich vom Fenster fort und lachte, fest entschlossen, die Unterhaltung zu stören. Die beiden krümmten sich zueinander über das gelbe, zerschnitzte Katheder hinweg wie Verschwörer. Mein Vater sah eingefallen und angeekelt aus, seine Schläfen waren glasig und hohl; sein Schreibtisch war überhäuft mit Papieren, blechmäuligen Aktenordnern und Briefbeschwerern, die wie halbmetamorphisierte Kröten dahockten. Deifendorf hatte ihm alle Kraft genommen. Das Unterrichten laugte ihn aus. Hilflos sah ich mir das an. Hilflos las ich aus Deifys grinsendem Gesicht, daß er aus dem Wortstrudel meines Vaters für sich ein Gefühl der Überlegenheit bezogen hatte, das Gefühl, im Vergleich mit diesem verschrobenen, ungestümen Wrack von einem Mann jung, gepflegt, geschmeidig, klaren Kopfes, kurz: in gutem Zustand und unbesieglich zu sein.

Mein Vater, verwirrt durch meine wütende Zuhörerschaft, wechselte das Thema. „Komm um halb sieben in den Verein", sagte er barsch zu Deifendorf. Am Abend sollte ein Schwimmwettkampf stattfinden, und Zimmerman wollte kommen.

„Denen werden wir's zeigen, Ihnen zu Ehren, Mr. Caldwell", gelobte Deifendorf. „Die werden jetzt frech und sind reif für eine Abreibung." Unser Team hatte in dieser Saison noch nicht einen einzigen Wettkampf gewonnen: Olinger war eine echte Landrattenstadt. Sie besaß kein öffentliches

Schwimmbad, und der Boden des Armenhausstausees war mit Flaschenscherben übersät. Mein Vater war auf Grund einer von Zimmermans absonderlichen Maßnahmen, mit denen er den Lehrkörper in schmiedbarem Verwirrungsfluß hielt, Trainer des Teams, wennschon er wegen seines Bruchleidens nie einen Fuß ins Wasser setzte.

„Wir können nicht mehr als unser Bestes tun", sagte mein Vater. „Schließlich können wir nicht auf dem Wasser wandeln."

Ich glaube heute, daß mein Vater damals wünschte, irgendeiner möchte dieser letzten Behauptung widersprechen, aber keiner von uns dreien sah die Notwendigkeit dazu ein.

Judy Lengel war die vierte im Zimmer. Mein Vater war der Meinung, daß ihr Vater ihr höhere Leistungen abverlangte, als sie mit ihren geistigen Fähigkeiten aufbringen konnte. Ich bezweifelte das; in meinen Augen war Judy einfach ein Mädchen, das weder hübsch noch intelligent geraten war und darum tückischerweise einen kleinformatigen Ehrgeiz entwickelt hatte, mit dem sie so leichtgläubige Lehrer wie meinen Vater quälte. Sie machte sich die Pause zunutze und sagte: „Mr. Caldwell, ich wollte noch wegen der Klassenprüfung morgen fragen ..."

„Moment noch, Judy." Deifendorf wollte gern weg, er hatte die Nase voll. Er rülpste, als er sich von seinem Stuhl erhob. Mein Vater fragte ihn: „Deify, wie steht es bei dir mit den Zigaretten? Wenn du noch mal beim Rauchen erwischt wirst, fliegst du aus dem Team."

Die schwächliche, primitive Stimme jammerte von der Tür her: „Noch keinen Krümel Tabak hab ich angerührt in dieser Saison, Mr. Caldwell!"

„Lüg mich nicht an, Junge. Das Leben ist zu kurz zum Lügen. An die siebenundfünfzig verschiedene Leute haben mir gesteckt, daß du rauchst, und wenn rauskommt, daß ich dich decke, bringt Zimmerman mich um."

„Okay, Mr. Caldwell, hab verstanden."

„Ich möchte, daß du heute abend am Brustschwimmen und am Zweihundertzwanzig-Yards-Freistil teilnimmst."

„Wird gemacht, Mr. Caldwell."

Ich schloß die Augen. Es quälte mich, meinen Vater wie einen Trainer reden zu hören, es kam mir so unter unserm Niveau vor. Das war unfair, denn war es schließlich nicht genau das, was ich von ihm hören wollte: die zuversichtlichen, lebenssicheren Allerweltstöne, wie ich sie von anderen Männern kannte? Vielleicht kränkte es mich, daß Deifendorf meinem Vater etwas Konkretes zu geben hatte – das Brustschwimmen und den Zweihundertzwanzig-Yards-Freistil –, während ich nichts hatte. Ich habe nie meine Haut entblößen wollen, habe also nie schwimmen gelernt. Die Welt des Wassers war mir verschlossen, darum hatte ich mich in die Luft verliebt; in großen, erregenden Ballungen konnte ich sie in meine Brust schließen, und ich etikettierte sie mit „Zukunft": in jenem kommenden Königreich, so hoffte ich, würde ich meinen Vater entlohnen für all sein Leiden.

„Jetzt zu dir, Judy", sagte er.

„Ich weiß nicht, worum es in der Prüfung morgen geht."

„Um die Kapitel acht, neun und zehn, wie ich vorhin im Unterricht gesagt habe."

„Aber das ist zuviel."

„Lies nach, Judy, du bist nicht auf den Kopf gefallen. Du verstehst zu lernen.“ Mein Vater schlug das Buch auf, das graue Lehrbuch mit dem Mikroskop, dem Atom und dem Dinosaurier auf dem Deckel. „Such nach schräggedruckten Wörtern“, sagte er. „Hier: Magma. Was bedeutet Magma?“

„Ist das eine von den Fragen?“

„Ich kann dir nicht die Fragen verraten, Judy. Das wäre nicht anständig den andern gegenüber. Aber zu deiner Information: Was bedeutet Magma?“

„Ist das das, was aus Vulkanen rauskommt?“

„Ich würde das akzeptieren. Magma ist das Eruptivgestein in geschmolzenem Zustand. Und hier: Nenne die drei Gesteinsarten.“

„Fragen Sie das morgen?“

„Ich sag es dir nicht, Judy. Du verstehst das. Also was sind die drei Arten?“

„Sentiment ...“

„Eruptiv, Sediment und Metamorph. Gib mir ein Beispiel für jede Art.“

„Granit, Kalkstein und Marmor“, sagte ich. Judy sah entsetzt zu mir herüber.

„Oder Basalt, Brandschiefer und Dachschiefer“, sagte mein Vater. Das stumpfsinnige Mädchen sah von mir zu ihm und wieder zu mir, als hätten wir uns gegen sie zusammengerottet. In diesem Augenblick hatten wir es auch getan. Es waren glückliche Momente, wenn mein Vater und ich eine Einheit wurden, ein kleines Zweiergespann. „Soll ich dir etwas Interessantes erzählen, Judy?“ fragte mein Vater. „Das reichste Schiefervorkommen auf diesem Kontinent ist gleich bei uns um die Ecke, hier in Pennsylvania, in den Counties Lehigh und Northampton.“ Er klopfte mit dem Knöchel gegen die Wandtafel in seinem Rücken. „Jede Tafel von einer Küste bis zur andern kommt aus dieser Gegend."

„Das müssen wir aber nicht wissen, oder doch?"

„Es steht nicht im Buch, nein. Aber ich dachte, es würde dich interessieren. Versuch, Interesse aufzubringen. Vergiß deine Zensuren, dein Vater wird es überleben. Mach dich nicht selber fertig, Judy. Als ich so alt war wie du, habe ich nicht gewußt, was es bedeutet, jung zu sein. Und ich habe es nie erfahren seither. Jetzt hör mir gut zu, Judy. Bei manchen funktioniert's, bei andern nicht. Aber jeder hat irgend etwas vorzuweisen, sei es nur, daß er lebt. Der liebe Gott hat uns nicht an unsern Platz gestellt, damit wir uns Gedanken machen über das, was wir nicht haben. Menschen mit zwei Talenten sollen nicht böse sein auf Menschen mit fünf. Sieh mich und Peter an, ich habe kein einziges Talent, er hat zehn. Aber ich bin deswegen nicht wütend auf ihn, ich mag ihn gern, er ist mein Sohn."

Sie klappte den Mund auf, und ich erwartete, daß sie fragte: „Kommt das in der Prüfung vor?", aber nichts kam. Mein Vater durchblätterte eilig das Buch. „Nenne mir ein paar Erosionsfaktoren", sagte er.

„Die Zeit?" schlug sie aufs Geratewohl vor.

Mein Vater hob den Kopf, er sah aus, als habe er einen Schlag ins Gesicht bekommen. Die Haut unter seinen Augen war bauchweiß, und unnatürlich rote Streifen zogen sich in deutlichen Parallelen über seine Wangen wie die Spuren wutentbrannter Finger. „Das müßte ich mir noch überlegen", sagte er, „ich dachte eher an fließendes Gewässer, Gletscher und Wind."

Sie schrieb in ihrem Kladdeheft.

„Diastrophismus“, sagte er, „Isostasie. Erkläre diese beiden Begriffe. Zeichne einen Seismographen. Was ist ein Batholith?“

„Sie fragen doch nicht das alles zusammen, nicht?“ wollte sie wissen.

„Kann sein, daß ich nicht eine von diesen Fragen stelle“, sagte er. „Denk nicht an die Prüfung. Denk an die Erde. Liebst du sie nicht? Willst du nicht Bescheid wissen über sie? Isostasie ist wie eine dicke, fette Frau, die ihr Korsett reguliert.“

Judys Gesicht entbehrte aller Gelöstheit. Ihre Wangen waren zu fest gegen die Nase gepackt und bildeten dort tiefe, scharfe Linien, und auf ihrer Nasenspitze war eine dritte vertikale Falte. Auch ihr Mund bestand aus vielen, vielen Falten, und wenn sie sprach, bewegte er sich straff auf und nieder wie eine Löwenmaulblüte.

„Fragen Sie auch nach den Protozonen, oder wie diese Dinger heißen?“

„Nach dem Proterozoikum. Ja, meine Gnädigste, eine Frage könnte lauten: Nenne in richtiger Reihenfolge die sechs geologischen Epochen und gib ungefähre Daten an. Wann war das Zenozoikum?“

„Vor einer Milliarde Jahren?“

„Du lebst darin, Mädchen. Wir alle. Es begann vor siebzig Millionen Jahren. Ich könnte auch fragen: Führe einige ausgestorbene Lebensformen auf und bestimme sie näher, gib die Art an, die Epoche und die Periode. Für jedes gibt es einen Punkt. Zum Beispiel: Brontosaurier: Säugetier, Zenozoikum, Tertiär, Eozän, aber ich erwarte nicht, daß du das weißt. Es interessiert dich vielleicht ganz zu deinem eigenen Besten, daß der Brontosaurier ziemlich so aussah wie William Howard Taft, der Präsident war, als er so alt war wie du jetzt.“

Ich sah, wie sie „Keine Äpochen“ in ihre Kladde schrieb und einen Kasten drum herummalte. Während mein Vater weiterredete, verzierte sie den Kasten mit Dreiecken. „Oder Lepidodendron“, sagte er, „Riesenfarn, Paläozoikum, Pennsylvanisch. Oder Eryops, was könnte das sein, Peter?“

Ich wußte es wirklich nicht. „Ein Reptil?“ vermutete ich, „Mesozoikum.“

„Eine Amphibie“, stellte er richtig, „früher. Oder Archäopteryx.“ Er sprach schneller, war ganz sicher, daß wir es wüßten. „Was ist das, Judy?“

„Arche was?“ fragte Judy.

„Archäopteryx.“ Er seufzte. „Der erste Vogel. Er war ungefähr so groß wie eine Krähe. Seine Federn haben sich aus Schuppen entwickelt. Sieh dir die Tabelle auf den Seiten zwei null drei bis zwei null neun an. Verkrampf dich nicht. Sieh dir die Tabelle an und lerne auswendig, was du dir alles aufgeschrieben hast, dann wird's schon schiefgehn.“

„Mir wird so schlecht und schwindlig, wenn ich bloß versuche, Ordnung reinzubringen!“ brach es aus ihr heraus, und es sah aus, als werde sie gleich weinen. Ihr Gesicht war eine zerknautschte Knospe, die trotz ihres kurzen Lebens schon zu welken begann. Sie war blaß, und diese Blässe schwamm eine Sekunde lang durchs Zimmer, dessen gefirnißte Schatten wie leichte Honigschwaden waren, die sich in einem süß faulenden Wald sammeln.

„Das geht uns *allen* so“, sagte mein Vater, und die Dinge bekamen ihre festen Umrisse zurück. „Wissen macht einen krank. Tu einfach dein Bestes und vergiß nicht, dein Schönheitsschläfchen zu halten. Laß dich nicht ins Bockshorn jagen. Nach Mittwoch kannst du alles vergessen, und im Handumdrehen bist du verheiratet und hast sechs Gören!" Und mir dämmerte – zu meinem beträchtlichen Ärger –, daß mein Vater sie aus Mitleid auf sämtliche Prüfungsfragen vorbereitet hatte.

Als sie aus dem Zimmer war, stand er auf und schloß die Tür und sagte zu mir: „Das arme Mädchen, ihr Vater wird mal eine alte Jungfer am Hals haben." Wir waren allein miteinander.

Ich hatte nun lange genug am Fensterbrett gelehnt und sagte: „Vielleicht ist das gerade seine Absicht." Keinen Augenblick ging mir aus dem Bewußtsein, daß ich ein rotes Hemd trug. Sein Flakkern auf dem Grund meines Gesichtsfelds, während ich mich durchs Zimmer bewegte, schien meinen Worten eine geheimnisvolle Urbanität einzuträufeln.

„Glaub doch das nicht", sagte mein Vater. „Das Schlimmste auf der Welt ist eine verbitterte Frau. Das ist eine der guten Eigenschaften deiner Mutter, sie ist nie verbittert gewesen. Du wirst es nicht verstehn, Peter, aber deine Mutter und ich, wir haben eine Menge Spaß miteinander gehabt."

Ich bezweifelte das, aber die Art, wie er es sagte, machte mich still. Nach und nach, so kam es mir vor, sagte mein Vater allem Lebewohl, was er auf dieser Welt kannte. Er nahm einen blauen Bogen Papier vom Pult und reichte ihn mir. „Lies das und weine", sagte er. Mein erster Gedanke war, daß es sich um ein verhängnisvolles medizinisches Gutachten handle. Der Magen drehte sich mir um. Ich überlegte, wie er es so schnell bekommen haben könnte.

Aber es war nur einer von Zimmermans allmonatlichen Visitationsberichten.

PUBLIC SCHOOLS OLINGER
Büro des Leitenden Direktors

10. 1. 47
Lehrer: G. W. Caldwell
Klasse: 10te Klasse, Allgemeine Naturwissenschaften, Abt. C
Zeit des Besuchs: 8. 1. 47, 11.05

Der Lehrer erschien zwölf Minuten zu spät zum Unterricht. Sein Erstaunen, den Leitenden Direktor im Klassenzimmer vorzufinden, war evident und wurde von der Klasse mit Bemerkungen registriert. Der Lehrer ignorierte die Schüler und versuchte, den Leitenden Direktor in ein Gespräch zu verwickeln, was dieser aber ablehnte. Der Lehrer diskutierte dann mit den Schülern das Alter des Universums, die Ausmaße der Sterne, die Ursprünge der Erde und in Umrissen die organische Evolution. Seitens des Lehrers waren keinerlei Bemühungen erkennbar, etwaige religiöse Gefühle bei den Schülern zu schonen. Die humanistischen Werte, die der Wissenschaft von der Physik innewohnen, wurden nicht hervorgehoben. Der Lehrer konnte sich einmal gerade noch davor zurückhalten, das Wort „Teufel“ auszusprechen. Disziplinlosigkeit und Lärm herrschten von Anfang an und nahmen an Umfang zu. Die Schüler machten einen schlecht präparierten Eindruck, und der Lehrer griff infolgedessen zur Vortragsmethode. Eine Minute vor dem letzten Läuten schlug er einen Jungen mit einem Metallstab auf den Rücken. Solch eine körperliche Züchtigung verletzt natürlich das pennsylvanische Recht und könnte im Falle eines elterlichen Protests Entlassung zur Folge haben.

Der Lehrer verfügte jedoch über gute Kenntnisse seines Lehrstoffes, und einige seiner Ausführungen, die das Unterrichtsthema in Beziehung setzten zum täglichen Leben der Schüler, waren wirkungsvoll.

Gezeichnet:
Louis M. Zimmerman

Mein Vater zog die Jalousien herunter, und das Zimmer wurde auf einmal von Dämmer durchspült, während ich las.

„Na bitte", sagte ich, „er findet dich wirkungsvoll."

„Ist das nicht der gottverfluchteste Bericht, der je verfaßt worden ist? Er muß die ganze Nacht über diesem Meisterwerk gebrütet haben. Wenn der Elternbeirat das Ding in die Hände bekommt, dann fliege, *fliege* ich, einerlei, ob feste Anstellung oder keine."

„Wer war der Junge, den du geschlagen hast?" fragte ich.

„Deifendorf. Die Davis, dies Flittchen, hat den armen Hund völlig außer Rand und Band gebracht."

„Wieso ist er arm? Er hat unsern Kühlerrost kaputtgemacht, und jetzt sorgt er dafür, daß du rausgeschmissen wirst. Und vor zwei Minuten hat er hier gestanden, und du hast ihm deine Lebensgeschichte erzählt."

„Er ist dumm, Peter. Er tut mir leid. Und der Lahme muß eben den Blinden führen."

Ich schluckte die Eifersucht hinunter, die in mir aufstieg, und sagte: „Papa, der Bericht ist gar nicht so schlimm."

„Er könnte nicht schlimmer sein", erwiderte er und ging, die Fensterstange in der Hand, mit langen Schritten durch den Mittelgang. „Er ist glatter

Mord. Und ich verdiene ihn. Fünfzehn Jahre unterrichten, und dies ist nun das Ende. Fünfzehn Jahre Hölle." Er nahm einen Lappen vom Bücherschrank und ging zur Tür hinaus. Ich überflog den Bericht noch einmal und versuchte, mir ein Bild zu machen von Zimmermans wahrer Meinung. Es gelang mir nicht. Mein Vater kam zurück, er hatte den Lappen draußen im Korridor unterm Trinkwasserhahn eingeweicht. Mit langen rhythmischen Bewegungen, wie seitwärts sich neigende Achten, wischte er die Wandtafel sauber. Sein ernstes Putzen unterstrich die Stille; hoch oben an der Wand klickte die Uhr, die von der Kontrolluhr in Zimmermans Büros reguliert wurde, sie sprang von siebzehn nach vier auf achtzehn nach vier.

„Was meint er damit", fragte ich, „die humanistischen Werte, die der Wissenschaft von der Physik innewohnen?"

„Frag ihn doch", sagte mein Vater, „vielleicht weiß er's. Vielleicht sitzt tief innen im Atom ein kleiner Mann auf einem Schaukelstuhl und liest die Abendzeitung."

„Glaubst du wirklich, daß der Schulausschuß den Wisch zu Gesicht bekommt?"

„Bete, daß es nicht geschieht, Junge. Er kommt zu den Akten. Ich habe drei Feinde in diesem Rat, einen Freund, und einen kenne ich nicht. Bei Mrs. Herzog bin ich nicht sicher, auf welche Seite sie gehört. Alle würden mich liebend gern hier raushaben. Ein toter Ast gehört abgesägt. Eine Menge ehemaliger Soldaten studieren mit GI-Stipendium und brauchen dann alle eine Stellung." Er grunzte, während er immer weiterscheuerte.

„Vielleicht solltest du *wirklich* raus aus dem Schuldienst", sagte ich. Meine Mutter und ich hatten oft darüber gesprochen, aber diese Diskussionen fanden immer ein rasches Ende, denn wir stießen mit den Köpfen gegen das Faktum, daß der Lehrerberuf meines Vaters unser Schutz und Schirm war, uns leben ließ.

„Zu spät, zu spät", sagte mein Vater. „Zu spät, zu spät." Er sah auf die Uhr. „Lieber Himmel, das ist kein Spaß mehr, ich komme zu spät. Ich hab Doc Appleton gesagt, daß ich um halb fünf bei ihm bin."

Das Gesicht verkrampfte sich mir vor Angst, mein Vater ging nie zum Arzt. Zum erstenmal hatte ich einen Beweis dafür, daß seine Krankheit nicht eingebildet war; sie dehnte sich in die Welt hinaus wie ein Fleck. „Wirklich? Du gehst wirklich zu ihm?" Ich bettelte ihn im stillen an, er möge nein sagen.

Er wußte, was ich dachte, und als wir einander ansahen, dröhnte durch den vibrierenden Dämmer des Zimmers eine zuschlagende Schranktür, ein Kind pfiff, die Uhr klickte. „Heute mittag hab ich mit ihm telefoniert", sagte mein Vater, als gestehe er mir eine Sünde. „Ich wollte nur hin, um mir anzuhören, wie fabelhaft er auf der Uni war." Er hängte den nassen Lappen zum Trocknen über die Lehne seines Stuhls, ging zum Fensterbrett und schraubte den Bleistiftanspitzer auf und ließ einen rosigen Schnitzelfaden in den Papierkorb rinnen. Ein Duft nach Zedernholz füllte das Zimmer wie nach einem Opfer.

„Kann ich mit dir kommen?" fragte ich.

„Tu das nicht, Peter. Setz dich in die Imbißstube und schlag dir die Zeit mit deinen Freunden um die Ohren. Ich hole dich in einer Stunde ab, und dann fahren wir nach Alton."

„Nein, ich möchte mitkommen. Ich habe keine Freunde."

Er nahm den kümmerlichen kurzen Mantel aus seinem Schrank. Ich ging hinter ihm hinaus. Er schloß die Tür zu Zimmer 204 hinter uns zu, und wir gingen die Treppe hinunter, durch den Korridor des ersten Stocks, am glitzernden Trophäenschrank vorbei. Dieser Glaskasten deprimierte mich. Ich hatte ihn zum erstenmal als ganz kleines Kind gesehen, und seither war mir das abergläubische Gefühl nicht vergangen, daß jede dieser Silberurnen die Asche eines Hingeschiedenen barg. Heller, der oberste Hausdiener, spritzte rote Bohnerwachsklumpen auf den Boden und wischte sie uns mit einem breiten Besen entgegen. „Wieder ein Tag um und ein Dollar verdient!" rief mein Vater ihm zu.

„Ach ja!" rief der Hausdiener zurück, „zu früh alt und zu spät klug." Heller war ein stämmiger, kleiner, dunkelhäutiger Pennsylvania-Deutscher und hatte pechschwarzes Haar, obwohl er sechzig war. Er trug eine randlose Brille, mit der er gelehrter aussah als die meisten Lehrer im Haus. Seine Stimme hallte der meines Vaters durch die hohle Länge des Korridors nach, dessen Wände da, wo Licht durch eine Tür oder ein Fenster einfiel, naß aussahen. Ich war beruhigt, sicher, daß etwas so Entschiedenes und Erhabenes wie der Tod nicht in eine Welt treten könne, in der erwachsene Männer solche Banalitäten austauschten. Mein Vater wartete, und ich lief zu meinem Schrankfach im Nebenflur und holte meine Seemannsjacke und die Bücher; ich glaubte irrigerweise, daß in den nächsten Stunden irgendwelche freie Zeit sein werde, die ich mit Hausaufgaben stopfen konnte.

Als ich zurückkam, hörte ich, wie mein Vater sich bei Heller für Fußspuren entschuldigte, die er offenbar auf dem Boden hinterlassen hatte. „Nein", sagte er, „es ist unrecht, die wunderbare Arbeit, die Sie tun, schwerer zu machen, als sie schon ist. Glauben Sie nicht, ich könnte nicht ermessen, was für eine Mühe es ist, diesen Viehhof sauberzuhalten. Es ist der Stall des Augias, jeden Tag in der Woche."

„Na ja", sagte Heller und zuckte die Achseln. Als ich näher kam, bückte die schwarze Gestalt sich, und der Besenstiel schien sie zu durchbohren. Er richtete sich wieder auf und hielt meinem Vater und mir auf ausgestrecktem Handteller ein paar trockene, längliche Bröckchen zur Besichtigung hin, die größer waren als gewöhnliche Schmutzflocken und nicht recht zu definieren. „Samenkörner", sagte er.

„Welches Kind sollte denn Samenkörner haben?" fragte mein Vater.

„Vielleicht von einer Apfelsine?" vermutete Heller.

„Wieder so ein gottverdammtes Mysterium", sagte mein Vater, und mir war, als scheue er; wir gingen hinaus ins Winterwetter.

Der Nachmittag war klar und kalt, und die Sonne über dem westlichen Teil der Stadt warf unsere Schatten lang vor uns hin. Sie sahen so aus, als seien wir ein tänzelndes einköpfiges Wesen mit vier Beinen. Ein Bus fuhr die Chaussee hinunter ins westlich gelegene Alton, das Rädchen zischte und sprühte an der Oberleitung entlang. Wohin er fuhr, wollten auch wir. Schweigend, mit ausholenden Schritten – ich legte in dreien zurück, wozu er nur zwei brauchte – überquerten wir den Seitenrasen der Schule. Ein paar Meter vom Pflasterweg entfernt stand ein Anschlagkasten, der eine Glasfront hatte. Miss Schracks oberste Kunstklasse stellte die Aushängeschilder her; im Augenblick war eines ausgestellt, das ein großes B in den Schulfarben trug, Kastanienbraun und Gold, und meldete:

Basketball
Dienstag
7 Uhr

Wir gingen über die kleine, unregelmäßige Asphaltgasse, die das Schulgelände von Hummels Werkstatt trennte. Das Pflaster war hier mit kleinen Landkarten aus Öltropfen gefleckt, Inseln und Archipelagoi und Kontinenten, die noch nicht entdeckt sind auf unserm Globus. Wir gingen an den Benzinpumpen vorbei und an dem reinlichen, weißen Haus, neben dessen kleiner Veranda ein Spalier das gekreuzigte braune Skelett eines Rosenstocks trug. Im Juni blühte dieser Rosenstock und gab jedem Jungen, der diesen Weg nahm, ambrosische Gedanken ein, wie es sein müsse, Vera Hummel auszuziehen. Zwei Türen weiter war Minors Imbißstube. Sie teilte das Backsteingebäude mit dem Postamt von Olinger. Zwei große Fenster lagen da nebeneinander: hinter dem einen saß die fette Mrs. Passify, die Postdame, umgeben von Fahndungsanzeigen und Listen mit postalischen Statuten, und teilte knickerig Briefmarken und Geldanweisungen aus; hinter dem andern stand Minor Kretz, ebenfalls fett, gehüllt in Rauch und halbwüchsiges Gelächter, schöpfte Eiskrem und braute Zitronenpepsies. Die beiden Institutionen waren symmetrisch angeordnet. Minors sahnebonbonfarbene Marmortheke spiegelte, durch die trennende Wand hindurch, Mrs. Passifys Gitterfenster und linoleumbelegten Zahltisch. Als Kind habe ich immer durch den Briefschlitz für Ortssendungen in den Hinterraum der Post gesehen und Stapel sortierter Briefe erspäht, aufgeschichtete, graue Säcke und ein paar Postangestellte in blauen Hosen ohne Mütze und Jacke, die einen amtlich scheinenden Radau veranstalteten. Ähnlich erging es mir als Kind mit den älteren Teenagern in der Imbißstube: sie versanken in den Nischen hinter einer Wand aus Rauch, und dort, wo sie einen Spaltbreit aufriß, gewährte sie mir Einblicke von so geheimnisvoller Verschwiegenheit, daß sie mir als überaus verboten erschienen, wie durch ein Bundesgesetz. Der Spielautomat und die Briefstempelmaschine waren Zwillinge, was ihre Geräusche betraf; wo im Postamt ein kleines Bord war, das einen schmutzigen, ausgefransten Tintenlöscher trug, ein paar gespreizte Federn und zwei ausgetrocknete Flaschen mit mechanisch aufklappbaren Mündern, stand in der Imbißstube ein kleiner Tisch, der Zigarettenschachteln aus Plast feilhielt, klitzekleine, vergoldete Bilderrahmen, in denen verwaschene Fotografien von June Allyson und Yvonne de Carlo staken, Spielkarten mit Kätzchen und Hündchen und Villen und Lagunen auf der Rückseite, schlimme Sachen zu neunundzwanzig Cent, zum Beispiel offensichtlich falsche Würfel, Glotzaugen und vorstehende Zähne aus Zelluloid, tropfende Gläser und Hundekot aus bemaltem Gips. Hier konnte man auch, zwei Stück fünf Cent, Sepiapostkarten vom Olinger-Rathaus kaufen oder vom Verkehrsstrom auf der weihnachtlich geschmückten Straße nach Alton, Bögen mit Lampen und Sperrholzkerzen spannten sich über sie hinweg, es gab auch den Blick vom Shale Hill, die neue Wasserverchlorungsanstalt oberhalb des Cedar Top und die Ehrentafel der Stadt Olinger, wie sie während des Krieges beschaffen war – aus Holz und immer frisch beschriftet –, bis man dann die kleine Steintafel errichtete, auf der nur die Namen der Gestorbenen standen. Hier konnte man die Karten kaufen, und eine Tür weiter konnte man sie für einen zusätzlichen Penny frankieren lassen. Die Symmetrie, die sich auch in den abgewetzten Stellen auf den Fußböden und in den Heizungsrohren ausdrückte, die an den einander gegenüberliegenden Wänden entlangliefen, war so vollkommen, daß ich mir als Kind vorgestellt hatte, Mrs. Passify und Minor Kretz seien heimlich miteinander verheiratet. Nachts und am Sonntagmorgen, wenn die beiden Fenster dunkel waren, löste sich die spiegelnde Membran zwischen den beiden Etablissements auf, ein fettes, verstaubtes Ächzen ging durch die Backsteinschale, und sie verbanden sich miteinander.

Hier blieb mein Vater stehen. Seine Schuhe kratzten auf dem Zement bei der spröden Luft, und sein Mund bewegte sich wie ein Puppenmund. „Also dann, Peter“, sagte er, „du gehst jetzt zu Minor, und ich hole dich hier ab, wenn Doc Appleton fertig ist mit mir.“

„Was denkst du, wird er dir sagen?“ Ich war in Versuchung geraten. Vielleicht, daß Penny in der Imbißstube war.

„Er wird mir erzählen, daß ich so gesund bin wie ein dämlicher alter Gaul“, sagte mein Vater, „und er ist so gescheit wie eine blöde alte Eule.“

„Du willst nicht, daß ich mit dir komme?“

„Was kannst du schon tun, du armes Kind? Bleib

hier und mach dir keine Gedanken. Geh zu deinen Freunden, für was auch immer sie sich halten. Ich hab nie Freunde gehabt, ich weiß also nicht, wie das ist.“

Mein Gewissen und mein Vater standen selten auf verschiedenen Seiten; ich versuchte einen Kompromiß. „Ich gehe rein“, sagte ich, „auf eine Minute, dann komme ich dir nach.“

„Laß dir Zeit“, antwortete er, und er machte mit der Hand eine jähe, wischende Bewegung, als falle ihm das unsichtbare Publikum ein, vor dem er agierte. „Du hast genug Zeit totzuschlagen: Als ich so alt war wie du, hab ich so viel Zeit totgeschlagen, daß meine Hände noch immer blutig davon sind.“ Sein Geschwätz spulte sich weiter und weiter, mich fror.

Als er dann allein weiterging, wirkte er erleichtert und sah dünner aus. Vielleicht sehen alle Männer von hinten dünner aus. Ich wünschte, daß er sich um meinetwillen einen anständigen Mantel kaufen würde. Während ich ihm nachsah, zog er die Strickmütze aus der Tasche und stülpte sie sich über den Kopf; aufgespießt von Verlegenheit, rannte ich die Stufen hinauf, stieß durch die Tür und stürzte mich in die Imbißstube.

Es war ein Labyrinth, Minors Lokal. So viele Leiber, und doch kam nur ein winziger Teil der Schülerschaft hierher. Andere hatten andere Treffpunkte. Das Publikum bei Minor war das kriminellste, und es kitzelte mich ungeheuer, dazuzugehören, wenn auch nur am Rande. In dem durchwölkten Raum schien mir ein mächtiges Geheimnis auf der Lauer zu liegen, dessen Nüstern den Rauch ausatmeten und aus dessen Fell die Wärme dünstete. Es kam mir vor, als redeten all die Stimmen, die gegeneinander rempelten in dieser Stallwärme, über ein und dieselbe Sache, über ein Ereignis, das eine Minute, bevor ich hereingekommen war, sich zugetragen haben mußte; in dem Alter damals verfolgte mich der Argwohn, daß eine total andere Welt, eine prunkvolle, bedeutsame, unmittelbar außerhalb meines Blickfelds ihre Mythen inszenierte.

Ich bahnte mir einen Weg zwischen den Leibern wie durch die Schranken mehrerer dicht aufeinanderfolgender Sperren. Ich pflügte mich an einer der nächsten, der übernächsten Nische vorbei, und da, ja, da war sie. Sie.

Wie kommt es, Liebste, daß Gesichter, die wir lieben, bei jedem Wiedersehen so neu wirken, als hätten unsere Herzen sie in diesem Augenblick abermals geprägt? Wie kann ich sie dir richtig beschreiben? Sie war klein und gewiß nicht ungewöhnlich. Ihre Lippen waren zu wulstig, und die Selbstzufriedenheit, die sie ausdrückten, verdroß. Ihre Nase wirkte ziemlich kursorisch und nervös. Ihre Lider hatten etwas unbestimmt Negroides, waren schwer, dicklich, bläulich und kamen einem unpassend weltklug vor im Gegensatz zur verdutzten, grasgrünen Unschuld ihrer Augen. Ich glaube, diese Unstimmigkeiten waren es – zwischen Mund und Nase, zwischen Augen und Lidern –, diese sanften, stillen Kollisionen wie die verästelten Riffelungen an der Oberfläche eines ungleichmäßig tiefen Flusses, die für mich ihre Schönheit ausmachten. Diese delikate Unschlüssigkeit des Gesichts barg die Möglichkeit, daß ich ihrer würdig war. Und ließ sie immer ein wenig unverhofft erscheinen.

Sie hatte die eine Seite in der Nische besetzt,

und es war noch Platz neben ihr. Auf der andern Seite des Tisches saßen ein Mädchen und ein Junge aus der neunten Klasse, die sie flüchtig kannte und die, blind gegen ihre Umgebung, einander an den Knöpfen zerrten. Sie starrte die beiden an und sah mich nicht, bis mein Körper gegen den ihren stieß. „Peter!"

Ich knöpfte die Seemannsjacke auf, so daß die protzige rote Flamme meines Hemds aufloderte. „Gib mir eine Zigarette."

„Wo bist du den ganzen Tag gewesen?"

„Überall und nirgends. Ich hab dich gesehn."

Zierlich klopfte sie eine Lucky aus ihrer rotgelben Plastikschachtel, die eine kleine Schiebevorrichtung zum Öffnen und Schließen hatte. Mit gesprenkelten, grünen Augen sah sie mich an, und die makellosen, schwarzen Kreise um die Iris wirkten geweitet. Ich begriff nicht, wieso ich sie aus der Ruhe bringen konnte, und muß zu meiner Ehre sagen, daß ich mir in meinem Herzen keinen Punkt dafür gab. Aber ihre Verwirrung war mir höchst angenehm, sie senkte eine Ruhe in mich, die ich bislang nicht gekannt hatte. Wie ein kleines Kind zu Bett gebracht werden möchte, so wollte meine Hand zwischen ihren Schenkeln sein. Ich zog an der Zigarette und atmete den Rauch ein. „Ich hab von dir geträumt letzte Nacht."

Sie sah weg, als wolle sie sich Gelegenheit geben zu erröten: „Was hast du denn geträumt?"

„Nicht ganz, was du denkst", sagte ich. „Ich hab geträumt, du hättest dich in einen Baum verwandelt, und ich rief ‚Penny, Penny, komm zurück!', aber du kamst nicht zurück, und ich lehnte mein Gesicht gegen die Baumrinde."

Sie nahm es trocken hin und sagte: „Gott, wie traurig."

„Es *war* traurig. Alles um mich herum ist dieser Tage traurig."

„Was denn noch?"

„Mein Vater glaubt, daß er krank ist."

„Was glaubt er denn, hat er?"

„Ich weiß nicht – Krebs?"

„Wirklich?"

Meine Zigarette rührte in mir ihren Brei aus Übelkeit und Zittrigkeit an; ich hätte sie gern ausgedrückt, aber statt dessen atmete ich, Penny zuliebe, weiter den Rauch ein. Die gegenüberliegende Nischenseite sprang einen Fußbreit näher heran, und das Mädchen und der Junge waren dazu übergegangen, mit den Köpfen gegeneinanderzustoßen, wie zwei betäubte Widder.

„Schätzchen", sagte Penny zu mir, „dein Vater ist wahrscheinlich ganz in Ordnung. Er ist noch nicht allzu alt."

„Er ist fünfzig", sagte ich. „Gerade letzten Monat ist er fünfzig geworden. Er hat immer gesagt, er würde keine fünfzig."

Sie runzelte gedankenvoll die Stirn, mein armes, dummes, kleines Mädchen, und mühte sich, ein paar Trostworte für mich aufzutreiben, für mich, der ich so unendlich erfinderisch war, wenn's darauf ankam, Tröstungen zu entgehen. Endlich versicherte sie mir: „Dein Vater ist einfach zu komisch, um zu sterben." Sie war in der neunten Klasse und hatte ihn nur als Aufsichtslehrer, wenn sie ihre Hausaufgaben machten; aber natürlich kannte die ganze Schule meinen Vater.

„Jeder stirbt", belehrte ich sie.

„Ja, aber bis dahin ist noch lange Zeit."

„Ja, aber an irgendeinem Punkt tritt diese Zeit ein."

Und damit hatten wir das Geheimnis an den äußersten Rand getrieben und konnten nur noch kehrtmachen.

„Ist er beim Arzt gewesen?" fragte sie, und so unpersönlich wie eine Handlung des Wetters draußen hatte sich ihr Schenkel unterm Tisch gegen den meinen gelehnt.

„Da ist er jetzt gerade." Ich nahm die Zigarette in die rechte Hand und legte die freie Linke beiläufig, als wolle ich mir einen Mückenstich kratzen, auf meinen Schenkel. „Ich hätte mit ihm gehen sollen", unterrichtete ich Penny und überlegte, ob mein Profil so elegant aussah, wie es sich anfühlte mit den vorstehenden Lippen unter einem Helmbusch aus Rauch.

„Warum? Was sollst du dabei machen?"

„Ich weiß nicht. Zum Trost. Einfach dasein." So selbstverständlich, wie Wasser von einer höheren Ebene zur tieferen niederfällt, glitten meine Finger von meinem Schenkel auf den ihren. Ihr Rock war aus faunischem Gewebe.

Obwohl sie tat, als bemerke sie diese Berührung nicht, war der Fluß ihrer Gedanken unversehens unterbrochen. Abgehackt stieß sie hervor: „Wie kannst du das? Du bist doch nur sein Kind."

„Ich weiß", sagte ich, ich sprach schnell, aus Furcht, sie könne denken, meine Berührung sei mehr als ein Zufall, ein Zusammentreffen unschuldiger Umstände. Nachdem ich meinen Platz behauptet hatte, machte ich es mir bequem, fächerte die Finger auseinander und flachte die Handflächen gegen das nachgiebig feste Fleisch. „Aber ich bin sein *einziger* Junge." Ich hatte „Junge" gesagt, meines Vaters Wort für mich, und ich hatte ihn zu nah herangeholt damit: sein runzeliges Augenblinzeln, die ängstlich vorgebeugten Schultern – er stand vor mir in dem unruhigen Raum. „Ich bin der einzige Mensch auf der Welt, mit dem er sprechen kann."

„Das kann nicht sein", sagte sie sehr sanft, ihre Stimme war intimer als ihre Worte. „Dein Vater hat ...zig Freunde."

„*Nein*", antwortete ich, „er hat *keine* Freunde, niemand hilft ihm, er hat es mir gerade gesagt." Und so wie mein Vater in seiner suchenden Angst sich bei Unterhaltungen mit Fremden tiefer bohrte, als nach den Regeln der Höflichkeit üblich war, umspannte meine riesenhaft gewordene Hand Pennys kuschelig strotzenden Schenkel so vollständig, daß meine Fingerspitzen in den Spalt zwischen beiden Beinen gerieten und mein kleiner Finger womöglich durchs Polster des faunischen Stoffs das Dreieck berührte, in dem sie sich trafen, die seidige Gabelung, das Heiligtum.

„Peter, nein", sagte sie, noch immer sanft, und mit kühlen Fingerspitzen faßte sie mich beim Handgelenk und legte meine Hand auf mein eigenes Knie zurück. Ich klatschte mir auf den Schenkel und seufzte befriedigt. Ich hatte mehr gewagt, als ich mir hatte träumen lassen. Es überraschte mich daher und schien mir überflüssig und auf schüchterne Weise unzüchtig, als sie murmelnd hinzusetzte: „Vor all den Leuten." Als ob Keuschheit einer äußeren Erklärung bedürfe; als ob, wären wir allein, die Erde sich heben und meine Arme fesseln würde.

Ich drückte die Zigarette aus und sagte bittend: „Ich muß ihm nachgehn. Betest du?"

„Ob ich bete?"
„Hm."
„Ja."
„Würdest du für ihn beten – für meinen Vater?"
„Geht in Ordnung."
„Danke. Du bist gut." Verdutzt sahen wir beide auf das, was wir geredet hatten. Ich fragte mich, ob ich mich einer lästerlichen Handlung schuldig gemacht hätte, weil ich Gott als Werkzeug benutzte, mich tiefer ins Herz dieses Mädchens zu graben. Aber nein, entschied ich, ihr Versprechen zu beten machte mir meine Last entschieden leichter. Ich stand auf und fragte: „Kommst du morgen abend zum Basketball?"
„Möglich."
„Soll ich dir einen Platz frei halten?"
„Wenn du magst."
„Oder du reservierst mir einen."
„In Ordnung. – Peter."
„Hm?"
„Mach dir nicht soviel Gedanken. Nicht alles ist deine Schuld."
Das Pärchen uns gegenüber, Klassenkameraden von Penny, Bonnie Leonard und Richie Lorah mit Namen, tauchten jetzt auf aus ihrer beziehungsvollen Trance. Richie brach in spöttisches Triumphgeheul aus: „Der Kürbisesser!" Bonnie lachte schwachsinnig, und die Luft in diesem Raum, worin ich mich eben noch so sicher gefühlt, lud sich mit Gefahr, mit Rufen, die in mein Gesicht zielten. Ältere Jungen, die angaben, mit Schatten unter den Augen, wie sie Erwachsene haben, riefen mir zu: „Hallo, Kürbisesser, wie geht's deinem alten Herrn? Wie steht's mit dem guten Georgie Porgie?" Hatte ein Schüler meinen Vater mal ge-

habt, vergaß er es nie, und die Erinnerung schlug sich in Spötteleien nieder. Sie entsprangen einem Gefühl fermentierter Schuld und Anhänglichkeit, das sie bei mir, dem unbedeutenden Träger der Legende, abladen wollten. Ich haßte das, aber es verlieh mir eine gewisse Wichtigkeit; Caldwells Sohn zu sein hob mich aus der gesichtslosen Masse der jüngeren Schüler heraus und ließ mich, nur weil ich der Sohn meines Vaters war, in den Augen dieser Titanen existieren. Ich brauchte nur zuzuhören und ein Lächeln vorzutäuschen, während süß-grausame Erinnerungen aus ihnen purzelten:

„Er legte sich manchmal quer in den Mittelgang und brüllte: ‚Na los, kommt doch, trampelt auf mir rum, eines Tages tut ihr es sowieso.'"

„... ungefähr sechs von uns füllten sich die Taschen mit Roßkastanien ..."

„... sieben Minuten vor Schluß der Stunde standen alle auf und starrten auf seinen Hosenschlitz, als ob er offenstünde ..."

„Himmel, ich werde *nie* vergessen ..."

„... und ein Mädchen aus der hintersten Reihe sagte, sie könne den Dezimalpunkt nicht sehn ... er ging zum Fenster und kratzte ein bißchen Schnee vom Sims und machte einen Ball ... knallhart gegen diese Scheißtafel ..."

„‚Kannst du ihn jetzt sehn?' hat er gefragt."

„Gott, was für eine Type."

„Du hast Glück mit deinem Alten, Peter."

Alle diese Zerreißproben endeten für gewöhnlich mit so einem salbungsvollen Lobspruch. Er erregte mich, weil er von diesen großen Verbrechern kam, die auf den Toiletten rauchten, Fusel tranken, in Alton und in Philadelphia Bordelle besuchten, in denen man von Negerinnen bedient wurde.

Mein pflichtschuldiges Lachen verdorrte mir steif auf dem Gesicht, und von plötzlicher Verachtung erfüllt, kehrten sie mir den Rücken zu.

Ich fädelte mir wieder einen Weg zurück in den vorderen Teil der Imbißstube. In irgendeiner Nische imitierte jemand einen Hahn. Aus der Jukebox tönte Doris Day mit „Sentimental Journey". Im hintersten Winkel stieg ein rhythmischer Jubelchor auf, weil der Spielautomat unter heftigem Protestgeläut eine Gratisrunde nach der andern freigab. Ich drehte mich um, und durchs dichte Gewühl sah ich, daß Johnny Dedman den Automaten bediente; ein Irrtum war ausgeschlossen: das waren die breiten, leicht verfetteten Schultern, der hochgeklappte Kragen des kanariengelben Kordhemdes, der barocke Kopf mit dem welligen Haar, das nach dem Friseur schrie und hinten zu einem nassen Entenschwanz gekniffft war. Johnny Dedman war eines meiner Idole. Er war sitzengeblieben und führte ganz hervorragend all die sinnlosen Gesellschaftsspiele aus: tanzte Jitterbug, kurbelte am Spielautomaten, warf sich Salznüsse in den Mund. Eine alphabetische Sitzordnung fügte es, daß er im Aufgabensaal mein Nachbar war, und dort lehrte er mich ein paar Tricks, zum Beispiel, wie man ein hölzern knallendes Geräusch erzeugt, indem man den Finger aus dem Mund schnalzen läßt; aber so laut wie er habe ich's nie hinbekommen. Er war unnachahmlich, und zweifellos war es töricht, zu versuchen, ihn nachzuahmen. Er hatte ein rosiges Babygesicht und einen flaumigen Schnurrbart aus blassen, unrasierten Borsten und war absolut bar jeden Ehrgeizes: sogar seine Ungezogenheiten gingen ohne Anstrengung und Hektik vonstatten. Er war bereits vorbestraft: als er sechzehn war, hatte er in Alton, im Bierrausch, einen Polizisten verhauen. Aber ich fühlte, daß er das nicht forciert hatte, sondern kühl zu dieser Tat geschritten war, so wie er auf dem Tanzparkett den Bewegungen seiner Partnerin antwortete und sie, fliegenden Haars, glühenden Gesichts, zuckenden Hinterteils, sich drehen ließ. Der Spielautomat ließ ihm seine Mogeleien immer durchgehen; Johnny behauptete, er könne fühlen, wie das Quecksilber in der Sicherungsmechanik sich bewege. Er spielte auf diesen Maschinen, als habe er sie erfunden. In der Tat, seine einzige Beziehung zur Welt der harten Fakten war ein allseits anerkanntes Talent für alles Technische. Außer im Werkunterricht bekam er beharrlich Fünfen. Die Note hatte etwas so Hehres für mich, daß es mir den Atem benahm. Wenn ich mir in jenem Jahr, als ich fünfzehn war, nicht so heiß gewünscht hätte, Vermeer zu sein, dann hätte ich sicher danach gestrebt, so wie Johnny Dedman zu sein. Aber natürlich hatte ich damals schon die leise Ahnung, daß man Johnny Dedman nicht einfach „sein wollen“ konnte; man fällt bei der Geburt in diese Rolle, man ist von Anfang an dafür geschaffen.

Draußen klappte ich die Spitzen meines breiten Jackenkragens gegen den Hals und ging ein Stück die Alton-Chaussee entlang, bis zur übernächsten Ecke, wo Doc Appletons Praxis war. Der Bus, der auf der Ausweichbahn hatte warten müssen, bis der andere vorbei war, der in westlicher Richtung fuhr, nach Alton, als mein Vater und ich aus dem Schulgebäude traten, schwankte jetzt die Straße hinauf, vollbeladen mit grauen Arbeitern und stehenden Passagieren, die eingekauft hatten und nun nach Hause wollten, nach Ely, der winzigen

Stadt am Ende der Buslinie. Ich hatte vielleicht zehn Minuten verloren. Ich rannte, und da ich Penny nun schon aufgefordert hatte zu beten, betete ich selbst auch: *Laß ihn leben, laß ihn leben, laß meinen Vater nicht krank sein.* Das Gebet war an alle gerichtet, die zuhören wollten; es breitete sich in konzentrischen Kreisen aus, erst bis zur Stadt, von da in die Kuppel des Himmels und dann in die Zonen jenseits davon. Der Himmel hinter den Häusern im Osten war schon purpurrot; gerade über mir stand er noch in taghellem Blau; und jenseits der Häuser hinter mir brannte er lichterloh. Die Himmelsbläue war eine optische Täuschung, und obwohl mein Vater sie mir im naturwissenschaftlichen Unterricht erklärt hatte, konnte ich sie mir nur als mehrere übereinandergestülpte zartgetönte Kristallglocken vorstellen: so wie zwei unsichtbar rosa gefärbte Zellophanplättchen, wenn sie aufeinandergelegt werden, ein deutliches Rosa ergeben; fügt man dann ein drittes Blättchen hinzu, so erhält man Rot, bei einem vierten knisterndes Karmesin und bei einem fünften eine solche Flammenfarbe, wie sie nur im glühendsten Ofen entstehen kann. Wenn das blaue Gewölbe über der Stadt eine Illusion war, wieviel mehr mußte dann das eine Täuschung sein, was hinter diesem Gewölbe war. *Bitte,* hängte ich meinem Gebet an wie ein ermahntes Kind.

Doc Appletons Haus, in dessen vorderem Teil Praxis und Wartezimmer lagen, war ein vanillesoßenfarbener Stuckbau weit oben auf einer erhöhten Rasenfläche, um die sich, wie zur Abstützung, eine Sandsteinmauer in meiner Augenhöhe zog. Zu beiden Seiten der Stufen, die zum Rasen hinaufführten, standen Steinpfosten, auf denen große

Zementkugeln ruhten, ein Mittel zum äußeren Schmuck der Häuser, wie es in Olinger sehr gebräuchlich ist, aber anderswo, wie ich seither festgestellt habe, selten. Als ich den ansteigenden Gartenweg zur Tür des Arztes entlanglief, flammten auf einmal sämtliche Lichter der Stadt auf – so wie auf einem Gemälde eine Verschattung die angrenzende Farbe leuchten läßt. Die breite Trennungslinie zwischen Tag und Nacht war in diesem Augenblick durchbrochen worden.

Bitte läuten und eintreten. Weil ich ja kein Patient war, läutete ich nicht. Ich stellte mir vor, daß, wenn ich's täte, Doc Appletons Bücher in Unordnung gerieten wie ein Scheckbuch, aus dem ein Scheck nicht eingelöst worden ist. Im Vestibül lag eine Kokosmatte, und in der Ecke stand ein immenser, gipserner Schirmständer, der kunterbunt und über und über mit farbigen Glasscherben beklebt war. Über dem Schirmständer hing ein kleiner dunkler Druck, der gräßlich anzusehen war: irgendeine klassische, bös gewaltsame Handlung spielte sich da ab. Das Entsetzen der Zuschauer war so gewissenhaft dargestellt, der Wirrwarr ihrer emporgeworfenen Arme und weitklaffenden Münder mit so nachdrücklicher Schaurigkeit inszeniert, die Wirkung des Ganzen so niederschmetternd und mörderisch, daß ich es nie hatte über mich bringen können, den eigentlichen Vorfall zu ergründen; aber ich glaubte, so etwas wie eine Auspeitschung wahrgenommen zu haben. Im einen Winkel des Drucks entdeckte ich – bevor ich ruckhaft den Kopf abwandte wie vorm ersten Zusammenstoß mit einer Obszönität – eine dicke Linie (eine Peitsche?), die sich um einen winzigen Tempel züngelte, welcher mit spinnwebzarter Delikatesse radiert war, wohl um Entfernung anzudeuten. Daß irgendein vergessener Maler eine unwiederbringliche Folge von Stunden daran gewandt hatte und zweifellos all seine verbürgte Kunst und Liebe, dieses abscheuliche, verstaubte, vergilbte und total unbeachtete Werk herzustellen – mir war, als liege eine Botschaft für mich darin, aber ich wollte sie nicht wissen. Rechts von mir war Doc Appletons Wartezimmer, und ich ging hinein. Alte Eichenstühle mit krakelierten schwarzen Lederpolstern standen an den Wänden und um einen Mitteltisch, der überhäuft war mit zerlesenen Nummern der *Liberty* und der *Saturday Evening Post.* Ein dreibeiniger Mantelständer stand unheimlich wie eine ausgemergelte Hexe in der einen Ecke, und auf dem Bord über seiner Schulter hockte eine ausgestopfte Krähe, die vor Staub grau geworden war. Das Wartezimmer war leer; die Tür zum Ordinationszimmer stand angelehnt, und ich hörte meinen Vater fragen: „Könnte es Schlangengift sein?"

„Sekunde mal, George. Ist da jemand gekommen?"

Doc Appletons breites, kahles, gelbliches Eulengesicht schaute ins Wartezimmer. „Peter", sagte er, und wie ein Sonnenstrahl durchbrach die Güte und die Weisheit des alten Mannes die morbide Atmosphäre seines Hauses. Er hatte mich zwar zur Welt gebracht, aber meine erste Erinnerung an ihn rührt von meinem dritten Schuljahr her: ich ängstigte mich wegen der Kämpfe zwischen meinen Eltern, wurde auf dem Heimweg nach der Schule von älteren Jungen geärgert und gequält, in den Pausen wegen meiner Haut verhöhnt, denn die Flecken hatten sich unter dem seelischen Druck bis ins Gesicht ausgebreitet, und als die Ferien anfingen, bekam ich eine Erkältung, die nicht heilen wollte. Wir waren arm und zögerten darum, einen Arzt zu rufen. Am dritten Fiebertag riefen sie ihn doch. Ich weiß noch, ich lag, auf zwei Kopfkissen gebahrt, im großen Doppelbett meiner Eltern. Die Tapete und die Bettpfosten und die Bilderbücher auf meiner Decke, alles hatte diese wohltuende leise Ferne, die das Fieber mit sich bringt. Wie sehr ich auch schluckte und wischte, mein Mund blieb trocken, und meine Augen blieben feucht. Scharfe Tritte züchtigten die Treppe, und ein fetter Mann mit brauner Weste und einer dicken braunen Tasche kam herein, gefolgt von meiner Mutter. Er warf einen Blick auf mich, drehte sich zu meiner Mutter und fragte mit ätzender, rustikaler Stimme: „Was haben Sie mit diesem Kind angestellt?" Es gab zwei Merkwürdigkeiten an Doc Appleton: er war ein Zwilling, und er hatte, wie ich, Psoriasis. Sein Zwillingsgeschwister war Hester Appleton, Lehrerin für Latein und Französisch an der High School. Sie war eine schüchterne, grobhüftige alte Jungfer, kleiner als ihr Bruder und grauhaarig, indes er eine Glatze hatte. Aber ihre kurzen Hakennasen waren identisch, und auch sonst lag die enge Verwandtschaft auf der Hand. Der Gedanke, daß diese beiden würdigen älteren Leute zur selben Zeit aus ein und derselben Mutter hervorgegangen waren, hatte für mich, als ich noch ein Kind war, eine unerschöpfliche Unwahrscheinlichkeit und ließ sie mir immer noch, zum Teil wenigstens, wie Kinder vorkommen. Hester lebte bei ihrem Bruder im Haus. Er hatte zwar geheiratet, aber seine Frau war vor Jahren unter geheimnisvollen Umständen gestorben oder verschwunden. Er hatte einen Sohn, Skippy, der viele Jahre älter war als ich, aber auch ein Einzelkind. Mein Vater hatte ihn in der Schule gehabt, und der Junge war dann weggegangen und Chirurg geworden irgendwo im Mittelwesten: in Chicago, St. Louis oder Omaha. Über dem mysteriösen Schicksal von Skippys Mutter lag noch ein anderer Schatten: Doc Appleton gehörte keiner Kirche an, weder der reformierten noch der lutherischen, und er glaubte, so hieß es, an nichts. Diesen dritten, sonderbaren Umstand hatte ich irgendwo aufgeschnappt, den zweiten, seine Psoriasis, hatte meine Mutter mir offenbart. Bis ich zur Welt kam, waren er und sie die einzigen in der Stadt gewesen, die von diesem Übel befallen waren. Es hatte ihn, so sagte meine Mutter, davon abgehalten, Chirurg zu werden, denn wenn es Zeit gewesen wäre, die Ärmel aufzukrempeln, würden die rosa Flecken sichtbar geworden sein, und der Patient auf dem Tisch hätte entsetzt geschrien: „Arzt, heile dich selbst!" Es war ein Jammer, fand meine Mutter, denn ihrer Meinung nach lag Doc Appletons große Kunst in seinen Händen, sie war mehr manueller als diagnostischer Natur. Sie schilderte oft, wie er mit einem einzigen kräftigen, meisterhaften Strich eines langen watteumwickelten Stäbchens ihren chronisch wehen Hals kuriert hatte. Zu einer bestimmten Zeit in ihrem Leben schien sie eine Menge von Doc Appleton gehalten zu haben.

Jetzt beugte er sich zu mir im Dämmer seines Wartezimmers, sein blasses, rundes Gesicht konzentrierte sich auf meine Stirn. Er sagte: „Deine Haut sieht sauber aus."

„Es ist nicht so schlimm jetzt", erwiderte ich. „Am schlimmsten ist es im März und April."

„Im Gesicht nur ganz wenig“, sagte er. Ich hatte gedacht, im Gesicht hätte ich nichts. Er ergriff meine Hände – ich spürte die sichere Kraft, die meine Mutter einst gespürt hatte – und prüfte im Lichtschein, der vom helleren Zimmer einfiel, meine Fingernägel. „Ja“, sagte er, „gepünktelt. Deine Brust?“

„Nicht gut“, sagte ich und hatte Angst, ich müßte sie ihm zeigen. Er blinzelte schwerlidrig und ließ meine Hände fallen. Er trug eine Weste, aber keinen Rock, und seine Hemdsärmel waren oberhalb der Ellenbogen von schwarzen Gummibändern gehalten, die wie schmale Trauerstreifen aussahen. Eine goldene Uhrkette hing in pendelndem Bogen vor seinem braunen Westenbauch. Er trug ein Stethoskop um den Hals. Er knipste an einem Schalter, und ein Kronleuchter aus braunen und orangefarbenen Glasteilen, die von schwarzen Bleifassungen gehalten waren, goß Lichtseen über den Zeitschriftenhaufen auf dem Mitteltisch. „Lies ein bißchen, Peter, bis ich mit deinem Papa fertig bin.“

Aus dem Ordinationszimmer kam ernst die Stimme meines Vaters: „Lassen Sie den Jungen reinkommen, Doc. Ich will, daß er mit anhört, was Sie mir zu sagen haben. Was mir geschieht, geschieht auch ihm.“

Ich hatte Hemmungen einzutreten, weil ich fürchtete, mein Vater könnte ausgezogen sein. Aber er war ganz angekleidet und saß auf der Kante eines kleinen, harten Stuhls mit einem schablonierten pennsylvania-deutschen Muster. Sein Gesicht wirkte in dem hellen Raum wie von Entsetzen gebleicht. Seine Haut sah aus, als hänge sie lose; er lächelte, aber in seinen Mundwinkeln stand Speichel. „Was auch immer dir im Leben zustoßen mag, Junge", sagte er zu mir, „ich hoffe, daß du nie mit dem Sigmoidoskop zu tun bekommst. *Brrr!*"

„Tja", knurrte Doc Appleton und ließ seine Masse in den Schreibtischsessel fallen, ein sich drehendes und kippendes Möbel, das für ihn nach Maß entworfen zu sein schien. Seine kurzen, runden Arme mit den tüchtigen, weißen Händen ließen sich behäbig auf den vertrauten Kurven der geschnitzten Holzlehnen nieder, die in nach innen gerollten Schnörkeln ausliefen. „Der Kummer mit Ihnen, George, ist", sagte er, „daß Sie nie mit Ihrem eigenen Körper ins reine gekommen sind." Um ihnen aus dem Weg zu sein, hatte ich mich auf einen hohen, weißen Metallhocker neben einem Tisch mit Operationsinstrumenten gesetzt.

„Sie haben recht", antwortete mein Vater. „Ich hasse dieses verdammte, häßliche Gebilde. Ich begreife nicht, wie zum Teufel es mich durch fünfzig Jahre gebracht hat."

Doc Appleton nahm sich das Stethoskop vom Hals und legte es auf den Schreibtisch, wo es sich zusammenkringelte und dann streckte wie eine erschlagene Gummischlange. Sein Schreibtisch war ein breites, altes Rollpult, auf dem sich Rechnungen, Pillenschachteln, Rezeptblöcke und aus Zeitungen ausgeschnittene Zeichnungen stauten, leere Röhrchen, ein Brieföffner aus Messing, eine blaue Schachtel mit Watte und eine omegaförmige Silberklammer. Sein Heiligtum bestand aus zwei Teilen: zum einen gehörten der Schreibtisch, die Stühle, der Tisch mit den Operationsinstrumenten, die Waage, die Augenprüftafel und die Topfpflanzen, und auf der andern Seite des Schreibtisches, hinter einer Trennwand aus Milchglas, begann der andere Teil, das heiligste Heiligtum, wo die Arzneien auf Regalen standen wie Flaschen voll Wein und Tiegel voll Juwelen. Hierhin pflegte er sich zurückzuziehen am Ende einer Untersuchung, und nach gewisser Zeit tauchte er wieder hervor mit ein paar etikettierten Fläschchen, und zu jeder Stunde strömte aus der Ecke ein ausgeprägter, heilkräftiger Duft nach Kandis, Menthol, Ammoniak und getrockneten Kräutern. Diese Heilduftwolke wehte einen schon im Vestibül an, wo die Matte, der Druck und der gipserne Schirmständer waren. Der Doktor drehte sich in seinem Drehsessel um und sah uns an; sein kahler Kopf war nicht mit dem von Minor Kretz zu vergleichen, der in seinen blanken Höckern die Knochenplatten und -nuten seines Schädels offenbarte. Doc Appletons Glatze war ein sanfter, glattheller Hauthügel mit zartrosa Flecken, die wahrscheinlich niemand außer mir als Psoriasis deutete.

Er zeigte mit dem Daumen auf meinen Vater. „Wissen Sie, George", sagte er, „Sie glauben an die Seele. Und Sie glauben, Ihr Körper ist ein Pferd, das Sie besteigen und eine Weile reiten und von dem Sie dann wieder runterklettern. Sie reiten Ihren Körper zu heftig. Sie erweisen ihm keine Liebe. Das ist nicht natürlich. Das schafft nervöse Spannungen."

Mein Schemel war unbequem, und Doc Appletons Philosophierereien waren mir immer peinlich. Ich folgerte, daß der Spruch schon gefällt war, und ich folgerte weiter – aus dem Umstand nämlich, daß der Doktor Muße fand, uns zu langweilen –, daß der Spruch günstig gewesen war. Trotzdem blieb ich noch in meiner Ungewißheit und studierte die Werkzeuge auf dem Tisch, die schlängeligen Sonden und winkligen Scheren, als seien sie ein Alphabet, aus dem ich das Wort entziffern könnte. AI AI, sagten sie. Inmitten dieser silbernen Ausrufe – der Nadeln und Pfeile und glänzenden Klammern – lag der merkwürdige Hammer, mit dem einem aufs Knie geklopft wird, damit das Bein zuckt. Es war ein dickes Dreieck aus rotem Gummi mit einem Silberschaft, der ausgekehlt war, damit der Doktor besser zugreifen konnte. Bei meinen ersten Besuchen in diesem Arztzimmer war dieser Hammer immer der Mittelpunkt für mich gewesen, diese stumpf orangefarbene Pfeilspitze, die etwas Uraltes hatte und das Kernstück des Instrumententisches war. Während ich den Hammer betrachtete, war es, als sinke er, als sinke er mit all seinen unendlich kleinen Runzeln und Altersabrundungen tief in die Zeit hinab und als liege er dann dort auf dem Grund, einfach und gewichtig genug, um einen Angelpunkt für alles abzugeben.

„... erkenne dich selbst, George“, sagte Doc Appleton gerade. Seine feste, rosa Hand, rund wie die eines Kindes, war mahnend erhoben. „Wie lange sind Sie eigentlich schon im Schuldienst?“

„Vierzehn Jahre“, sagte mein Vater. „Einunddreißig bin ich entlassen worden, und dann habe ich das ganze Jahr über, in dem der Junge geboren wurde, nicht gearbeitet. Im Sommer dreiunddreißig kam Al Hummel, der, wie Sie ja wissen, Pop Kramers Neffe ist, zu uns ins Haus und schlug vor ...“

„Ist dein Vater gern Lehrer, Peter?“

Es dauerte eine Sekunde, bis ich begriff, daß ich angeredet worden war. „Ich weiß nicht“, sagte ich, „manchmal glaub ich schon.“ Dann dachte ich nach und fügte hinzu: „Nein, ich glaube, überhaupt nicht.“

„Es wäre alles gut", sagte mein Vater, „wenn ich dächte, daß ich etwas tauge. Aber ich habe nicht die Gabe, Disziplin zu schaffen. Mein Vater, der arme Teufel, konnte das auch nicht."

„Sie sind kein Lehrer", instruierte Doc Appleton ihn, „sondern ein Lerner. Das schafft Spannung. Spannung erzeugt übermäßige Magensäfte. Also, George, die Symptome, die Sie beschreiben, mögen nur auf mucinöser Kolitis beruhen. Konstante Irritation der Verdauungswege kann Schmerz erzeugen und dies Gefühl analer Überfülltheit, das Sie beschreiben. Bis wir die Röntgenaufnahmen haben, wollen wir annehmen, daß es das ist."

„Es würde mir ja nichts machen, mich mit einer Sache abzugeben, zu der ich nicht tauge", sagte mein Vater, „wenn ich nur wüßte, was zum Teufel der Sinn dabei wäre. Ich frage und frage, und niemand kann's mir sagen."

„Was sagt Zimmerman denn?"

„Der sagt kein Wort. Der lebt ja vom Durcheinander. Er hat die Gabe, Disziplin zu halten, und wir armen Teufel unter ihm, die das nicht können, uns lacht er einfach aus. Ich höre ihn lachen, jedesmal wenn die Uhr tick macht."

„Zimmerman und ich", sagte Doc Appleton und seufzte, „wir haben uns nie verstanden. Ich ging mit ihm zur Schule, Sie wissen ja."

„Ich wußte es nicht."

Mein Vater log. Sogar ich wußte es, Doc Appleton sagte es ständig. Zimmerman war ein trauriges Kapitel für ihn, ein lebenslänglicher wunder Punkt. Ich war wütend, daß mein Vater so willfährig war und uns abermals dieser langen, oft durchgekauten Geschichte aussetzte.

„Nun ja", sagte Doc Appleton und blinzelte erstaunt, daß mein Vater über eine so bekannte Tatsache im dunklen geblieben war. „Wir gingen ja alle in die Olinger-Schulen." Er lehnte sich in dem Stuhl zurück, der ihm so ausgezeichnet paßte. „Freilich, als wir geboren wurden, hieß der Ort nicht Olinger, sondern Tilden, zu Ehren des Mannes, der bei den Wahlen so schändlich betrogen worden ist. Der alte Pappy Olinger bebaute damals noch all das Land nördlich der Chaussee und östlich von der Stelle, wo heute die Kartonfabrik steht. Ich sehe ihn noch, wie er einmal seine Nachkommenschaft nach Alton brachte, ein kleiner alter Kerl, keine eins fünfzig hoch, mit schwarzem Hut und einem Schnauzbart, an dem man sein Tafelsilber hätten putzen können. Er hatte drei Söhne: Cot, der eines Nachts den Verstand verlor und drei Bullen umbrachte mit einer Hacke, Brian, der ein Kind hatte von der Negerin, die bei ihnen in der Küche arbeitete, und Guy, der Jüngste, der den Landbesitz an eine Siedlungsgenossenschaft verkaufte und beim Versuch, das Geld aufzuessen, zugrunde ging. Cot, Brian und Guy: sie liegen alle drei unter der Erde jetzt. Ja, was wollte ich eigentlich sagen?"

„Sie wollten von sich und Mr. Zimmerman erzählen", sagte ich.

Meine freche Ungeduld entging ihm nicht; er sah mich über meines Vaters Schulter hinweg an, und seine Unterlippe schob sich nachdenklich erst zur einen Seite, dann zur andern. „Ach ja", rief er, er sprach zu meinem Vater, „ja, Louis und ich durchliefen alle Klassen zusammen, als sie noch über den ganzen Ort verstreut waren. Die erste und zweite Klasse waren drüben am Pebble Creek, wo sie später den Parkplatz für das neue Eßlokal gebaut haben; die dritte und vierte waren in Mrs. Eberhardts Scheune, die sie der Stadt für einen Dollar im Jahr vermietete; die fünfte und sechste waren in einem Steingebäude auf den Black Acres, wie die Gegend damals genannt wurde, weil der Lehm so tief war – das war da drüben, wo früher die Rennbahn war. Wenn an Alltagen Rennen veranstaltet wurden, meistens an Dienstagen, kriegten wir gewöhnlich schulfrei, weil die Jungen zum Halten und Striegeln der Pferde benötigt wurden. Und für die, die über die sechste Klasse hinausgehn wollten, ich zum Beispiel, ich kam gerade in das Alter damals, für die wurde dann die High School an der Ecke Elm Street gebaut. Mein Gott, erschien uns das fabelhaft damals! Das ist das Gebäude, Peter, wo du zur Grundschule gegangen bist."

„Das wußte ich nicht", sagte ich, ich wollte meine Grobheit von vorhin gutmachen.

Doc Appleton schien erfreut. Er lehnte sich so tief in seinen quietschenden Sessel zurück, daß seine runzligen Schuhe mit den aufwärts geknickten Spitzen in der Luft hingen und nur die Zehen den abgeschabten Teppich berührten. „Louis M. Zimmerman war allerdings ein Jahr älter als ich und hatte eine wunderbare Hand mit jungen Mädchen und alten Frauen. Mrs. Mettzler, das war unsere Lehrerin in der ersten und zweiten Klasse, eine Frau, die nicht einen Zoll weniger maß als ein Meter achtzig und Beine hatte wie die Balken eines Tabakschuppens, hatte einen Narren gefressen an Louis, und Miß Leet und Mrs. Habry taten es ihr nach; während seiner ganzen Schulzeit genoß Louis also die größte Aufmerksamkeit und

Liebe, wohingegen natürlich keiner einen zweiten Gedanken an so ein häßliches Entlein wie Harry Appleton vergeudete. Louis hatte immer den Bogen raus. Ihr seht: er war schnell."

„Wem sagen Sie das", sagte mein Vater. „Er ist mir immer einen Sprung voraus, ich kann ein Lied davon singen."

„Er hat nie, verstehen Sie", fuhr Doc Appleton fort und machte dabei sonderbar mehrdeutige Bewegungen mit seinen runden, geschrubbten Händen, preßte die Innenflächen gegeneinander, rubbelte sacht mit der Kante der einen Hand die Knöchel der anderen, „Widerstand gehabt. Er hat immer nur Erfolg gekannt und entwickelte nie seinen Charakter. So breitet er sich aus, verstehn Sie", und seine weißen Finger krabbelten durch die Luft, „wie ein Krebsgeschwür. Er ist keiner, auf den man bauen kann, obwohl er jeden Sonntag in der Reformiertenkirche Bibelstunden gibt. Tja. Wenn er ein Tumor wäre, George, dann würde ich mein Messer nehmen" – er drehte seine Hand und hob den Daumen hoch, und der sah tatsächlich sehr steif und scharf aus – „und ihn herausschneiden." Sein Daumen sichelte nachdrücklich nach hinten und trennte ein zackiges Stück aus der Luft heraus.

„Ich weiß es zu schätzen, daß Sie offen mit mir reden, Doc", sagte mein Vater, „aber ich und die andern armen Teufel drüben in der High School müssen es für immer mit ihm aushalten, soweit ich das beurteilen kann. Drei von vier Menschen in dieser Stadt schwören auf ihn – sie beten diesen Mann an."

„Die Leute sind töricht", sagte Doc Appleton und rutschte vor auf seinem Stuhl, so daß seine Füße sacht auf den Teppich schlugen. „Das ist etwas, was man lernt während der Arztpraxis. Die Leute sind im großen und ganzen ziemlich töricht." Er klopfte meinem Vater einmal, zweimal, dreimal aufs Knie, bevor er weiterredete. Er fiel in vertrauliches Schnaufen. „Als ich auf unserer Universität die medizinische Fakultät besuchte, da dachten die: Ein Junge vom Land, dumm natürlich. Nach dem ersten Jahr sagten sie: Doch gar nicht so dumm. Mag sein, daß ich ein bißchen langsamer war als andere, aber ich hatte Charakter. Ich nahm mir Zeit und lernte, was in meinen Büchern stand. Als das Semester ins Examen ging, wer, glaubt ihr, stand an der Spitze? He, Peter, du bist ein heller Junge. Wer, glaubst du?"

„Sie", sagte ich. Ich wollte es nicht sagen, aber das Wort zwang sich mir auf die Lippen. So war das eben mit den großen Tieren in Olinger.

Doc Appleton sah mich an, ohne zu nicken oder zu lächeln oder sonstwie zu zeigen, daß er gehört habe. Dann sah er meinem Vater ins Gesicht, nickte und sagte: „Ich war zwar nicht an der Spitze, aber ich war ganz schön weit vorn. Ich habe meine Sache gut gemacht für einen Jungen vom Lande, der für dumm gehalten worden war. George, haben Sie gehört, was ich eben gesagt habe?" Und ohne Warnung, auf die abrupte Art, mit der Dauerredner ihren Strom unterbrechen, als sei *ihre* Zeit verschwendet worden, stand er auf, ging ins heiligste Heiligtum und machte außer Sichtweite scheppernde Geräusche. Er kehrte mit einer kleinen Flasche voller kirschroter Flüssigkeit zurück, die tanzte und glitzerte und mehr aus Quecksilber denn aus etwas anderem zu bestehen schien. Er drückte das Fläschchen meinem Vater in die warzenfleckige Hand und sagte: „Alle drei Stunden einen Teelöffel voll. Bis wir die Röntgenaufnahmen haben, werden wir nicht mehr erfahren, als wir jetzt wissen. Ruhen Sie sich aus und denken Sie nicht zuviel nach. Ohne den Tod könnte es übrigens kein Leben geben. Gesundheit“, sagte er mit lächelnd sich verschiebender Unterlippe, „ist ein animalischer Zustand. Der Hauptteil unserer Krankheiten rührt von zwei Gegenden her: dem Gehirn und dem Rücken. Wir haben zwei Fehler gemacht: der eine war, daß wir uns aufgerichtet haben, der andere, daß wir anfingen zu denken. Das strengt die Wirbelsäule und die Nerven an. Es erzeugt Spannung, und das Gehirn regiert den Körper.“ Rabiat kam er auf mich zu, strich mir ruppig das Haar zurück und starrte angestrengt auf meine Stirn. „Dein Schädel sieht nicht so schlimm aus wie der deiner Mutter“, sagte er und gab mich wieder frei. Ich zog mir das Haar nach vorn und fühlte mich gedemütigt und betäubt.

„Hören Sie manchmal von Skippy?“ erkundigte mein Vater sich.

Alle Energie und Brillanz verließen den Doktor; er wurde ein massiger, alter Mann in Weste und festgezurrten Hemdsärmeln. „Er ist in einem Krankenhaus in St. Louis“, sagte er.

„Sie sind zu bescheiden, um es zuzugeben“, versicherte mein Vater ihm, „aber ich wette, Sie sind verdammt stolz auf ihn. Ich jedenfalls bin es. Abgesehen von meinem eigenen Sohn, war er der beste Schüler, den ich je hatte, und meine Begriffsstutzigkeit scheint ja nicht allzusehr auf ihn abgefärbt zu haben, Gott sei Dank.“

„Er hat die guten Eigenschaften seiner Mutter“, sagte Doc Appleton nach einer Pause, und eine

Wolke hatte sich auf uns gesenkt. Das Wartezimmer sah aus, als stünde es seit langer Zeit verlassen, und die schwarzen Lederstühle wirkten eingedrückt und ausgebeult von den Schatten Trauernder. Unsere Stimmen und Schritte verloren sich im Staub, und ich fühlte mich angestarrt von tausend zukünftigen Jahren.

Mein Vater wollte bezahlen. Der Doktor wischte die Dollarscheine beiseite und sagte: „Wir wollen das Ende der Geschichte abwarten."

„Sie nehmen wirklich kein Blatt vor den Mund, und ich bin Ihnen dankbar dafür", sagte mein Vater.

Draußen in der knirschenden, schwarzen, glänzend lebendigen Kälte sagte mein Vater zu mir: „Siehst du, Peter, er hat mir nicht gesagt, was ich wissen will. Nie tun sie das."

„Was war los, bevor ich kam?"

„Er hat mich durch die Mühle gedreht und mich für heute abend sechs Uhr in der homöopathischen Klinik in Alton zum Röntgen angemeldet."

„Was soll das heißen?"

„Das weiß man nie, was so etwas bei Doc Appleton heißt. Damit hält er seine Reputation aufrecht."

„Er scheint Zimmerman nicht zu mögen, aber ich konnte nicht ganz rauskriegen, warum nicht."

„Die Sache ist die, Peter, daß Zimmerman – ich denke, du bist alt genug, daß man's dir sagen kann – daß Zimmerman vermutlich mit Doc Appletons Frau geschlafen hat. Das geschah, wenn's überhaupt geschah, bevor du auf die Welt kamst. Es ging sogar soweit, daß es Zweifel gibt, wer Skippys Vater ist."

„Aber wo ist Mrs. Appleton jetzt?"

„Niemand weiß, wohin sie gegangen ist. Entweder lebt sie, oder sie ist tot."

„Wie hieß sie?"

„Corinna."

Lebendig oder tot, mit ihr geschlafen, bevor du auf die Welt kamst – diese Satzfetzen, reich mit Geheimnissen befrachtet, machten die Nacht um uns entsetzlich tief, und um ihren fernen Rand ringelte sich die Schlange von meines Vaters Tod und zog ihre erdrückende Umarmung immer enger. Die Dunkelheit, die über den Hausfirsten zu den Sternen hinaufspülte und sie wie Glimmerbröckchen in ein Meer bettete, war weit genug, auch noch dies mächtigste aller unmöglichen Geschehnisse zu bergen. Ich hastete hinter ihm drein, sein Profil war blaß und grimmig im Straßenlicht, und wie ein Geist hielt er sich immer einen Schritt vor mir. Er setzte sich die Mütze auf, und mein Kopf wurde kalt.

„Was machen wir jetzt?" rief ich ihm nach.

„Wir fahren nach Alton", sagte er. „Ich laß mich in der Homöopathischen röntgen, und dann gehe ich über die Straße in den christlichen Jungmännerverein. Ich möchte gern, daß du ins Kino gehst. Geh irgendwohin, wo's warm ist, und komm dann in den Verein. Das müßte so um halb acht, Viertel vor acht sein. Der Wettkampf soll um acht sein. Jetzt ist es Viertel nach fünf. Hast du genug Geld für einen Hamburger?"

„Ja klar, ich denke schon. He, Papa, wie geht es deinen Schmerzen?"

„Besser, Peter. Sorg dich nicht um mich. Wenigstens *etwas* Angenehmes am schlichten Gemüt: man kann nur an einen Schmerz zur Zeit denken."

„Es müßte Mittel und Wege geben, dich zu kurieren", sagte ich.

„Bring mich um", antwortete mein Vater. Der Ausspruch klang seltsam hier draußen in der Finsternis und Kälte, er kam von oben auf mich, während Gesicht und Körper meines Vaters vorwärts strebten.

„Das ist das Allheilmittel. Bring mich um."

Wir gingen in westlicher Richtung, zum Schulparkplatz, wo wir das Auto hatten stehenlassen, stiegen ein und fuhren nach Alton. Lichter; während der ganzen fünf Kilometer leiteten uns zuverlässig die Lichter zu beiden Seiten der Straße, nur an zwei Stellen nicht, einmal zur Rechten, wo die Maisfelder des Armenhauses sich erstreckten, und das andere Mal nicht, als wir den Running Horse River überquerten, auf der Brücke, wo der Stromer sich so merkwürdig in die Luft gehoben hatte auf seinen hochhackigen Schuhen. Wir schnitten uns durch das muntere Herz der Stadt, über den Riverside Drive, die Pechawnee Avenue hinauf, in die Weiser Street und über den Conrad Weiser Square, die Sixth hinauf, über den Parkplatz am Bahnhof und dann eine kleine Gasse entlang, die, glaube ich, nur mein Vater kannte. Die Gasse führte zu einer Stelle, wo die Eisenbahnböschung sich zu einer schwarzen, mit funkelnder Schlacke bedeckten Schulter verbreiterte; Essicks Hustenbonbonfabrik lag ganz in der Nähe, die das umliegende trostlose Gebiet mit widerlich süßen Schwaden überzog. Essicks Angestellte benutzten dies abfallende Stück Land, das noch zur Eisenbahn gehörte, als Parkplatz, und mein Vater tat das jetzt auch. Wir stiegen aus. Das Zuknallen unserer Türen hallte wider. Das Auto hockte auf seinem Schatten wie ein Frosch, der in den Spiegel sieht. Es stand allein auf dem Platz. Ein blaues Licht hielt von oben Wache wie ein kalter Engel.

Mein Vater und ich schieden am Bahnhof voneinander. Er ging nach links, zur Klinik. Ich ging geradeaus weiter, in die Weiser Street, wo fünf Kinos ihre Programme feilboten. Aus der Innenstadt strömten die Menschen heimwärts. Die Nachmittagsvorstellungen waren zu Ende; vor die Türen der Warenhäuser, deren Fenster Winterschlußverkauf verkündeten und von tiefen Bettuchverwehungen überschüttet waren, wurden Ketten mit Vorhängeschlössern gelegt; in den Restaurants deckte man mit träger Ruhe die Tische zum Abendessen. Die alten Brezelverkäufer warfen Segeltücher über ihre Karren und schoben sie davon. Die Stadt fesselte mich am meisten zu dieser Stunde, wenn mein Vater mich allein gelassen hatte und ich, eine einzelne Gegenwelle im großen Gezeitenstrom, ziellos umherstreifte, in Juwelierauslagen sah, an den Mündern von Zigarettenläden hing, den Atem von Konditoreigeschäften einsog, in denen fette Damen mit randlosen Brillen und weißen Kitteln hinter großen Tabletts voll Bärentatzen, klebrigen Korinthenbrötchen, glasierten Krapfen, Pekannußrollen und Apfelkuchen seufzten. Um diese Stunde, wenn die Arbeiter und die Kauflustigen zu Fuß, mit dem Bus, dem Auto oder dem Trolleybus nach Hause eilten zu ihren Pflichten, war ich für eine Weile von den meinen befreit, hatte ich von meinem Vater nicht nur die Erlaubnis, sondern die Anweisung, ins Kino zu gehen und zwei Stunden außerhalb dieser Welt zu verbringen. Die Welt, meine Welt mit all ihren bedrückenden Sorgen und Inkonsequenzen lag hinter mir; ich wanderte zwischen Fässern voller Kleinodien, die eines Tages mir gehören würden. Oft dachte ich in diesem Augenblick, da die üppige Spanne meiner Freiheit noch vor mir lag, mit Schuldgefühlen an meine Mutter, die weit entfernt von mir war und mich nicht kontrollieren, mich nicht beschützen konnte, meine Mutter mit ihrer Farm, ihrem Vater, ihrer Unzufriedenheit, ihrem zermürbenden Hin und Her zwischen Leichtsinn und Besonnenheit, Witz und Beschränktheit, Transparenz und Undurchsichtigkeit, meine Mutter mit ihrem weiten, angespannten Gesicht und dem seltsamen unschuldigen Duft nach Erde und Cornflakes, meine Mutter, deren Blut ich befleckte in der kiesigen Trunkenheit von Altons Innenstadt. Dann war mir, als ersticke ich in fauligem Glanz, und ich bekam große Angst. Aber meine Schuldgefühle waren nicht zu zerstreuen, denn sie hatte aus eigenem Entschluß fünfzehn Kilometer zwischen uns gelegt, und diese Zurückweisung von ihr machte mich rachsüchtig, hochmütig und gleichgültig.

Die fünf Kinos in der Weiser Street in Alton waren das Loew, das Embassy, das Warner, das Astor und das Ritz. Ich ging ins Warner und sah „Young Man with a Horn" mit Kirk Douglas, Doris Day und Patricia Neal. Wie mein Vater mir verheißen hatte, war es warm im Kino. Mein glücklichster Moment an diesem Tag: ich kam gerade, als der Zeichentrickfilm anfing. Es war am Dreizehnten des Monats, und ich erwartete also dies Glück nicht. Der Trickfilm war natürlich eine Bugs Bunny Show. Im Loew gab es Tom und Jerry, im Embassy Popeye, im Astor entweder Disney, bestenfalls, oder Paul Terry, schlimmstenfalls. Ich kaufte eine Tüte Puffmais und eine Schachtel Jordanmandeln, obgleich beides schlecht für meine Haut war. Die Lampen an den Seitenwänden leuchteten sanft gelb, und die Zeit schmolz dahin. Zum Schluß, als der Held, der Trompeter, der an Bix Beiderbecke angelehnt war, sich endlich freigekämpft hatte von der reichen Frau (Patricia Neal), die mit ihrem schmeichlerischen, falschen Lächeln seine Kunst verdorben hatte, und die gute, künstlerische Frau (Doris Day), nachdem sie ihren Geliebten zurückerobert hatte, sang und hinter ihrer transparenten Stimme Harry James' Trompete, die vorgab, Kirk Douglas zu gehören, wie eine Silberfontäne höher und höher stieg mit „With a Song in My Heart" – erst dann, beim letzten Ton, als die Ekstase einen absoluten Höhepunkt erreicht hatte, dachte ich an meinen Vater. Ein dringliches Gefühl, daß es *höchste Zeit* sei, packte mich.

Die Seitenlampen wurden hell. Ich stand auf und stürzte hinaus. In den hohen, vom Fußboden bis zur Decke reichenden Spiegeln, die die abfallende, gleißende Halle flankierten, sah ich mich in ganzer Länge: erhitzt, mit roten Augen, die Schultern meines flammenden Hemds mit den weißen Flocken überrieselt, die ich mir im Dunkeln vom Schädel gekratzt hatte. Es war eine Angewohnheit von mir, mich zu kratzen, wenn niemand mich sah. Ich bürstete mir heftig die Schultern ab und war draußen auf der kalten Straße verblüfft über die wirklichen Gesichter, die mir mager und geisterhaft vorkamen nach den großen, glühenden, planetarischen Visionen, die ich eben gesehen hatte und die sich langsam überschnitten, miteinander verschmolzen, auseinanderfielen und sich wieder von neuem formten. Ich lief zum Christlichen Verein Junger Männer. Er war zwei Häuserblocks von der

Weiser Street entfernt, bei Perkiomen and Beech. Ich lief die Eisenbahnschienen entlang. Die enge Straße war von kleinen Bars und geschlossenen Friseurläden gesäumt. Der Himmel spannte sich in unruhigem Gelb über die Mietshäuser, und sogar im Zenit trocknete eine helle Blässe die Sterne aus der Nacht. Der Geruch nach Hustenbonbons, der von weit her wehte, spottete meiner Angst. Die perfekte Stadt, die Stadt der Zukunft, schien fern und irrelevant und in Grausamkeit ersonnen.

Im Verein roch es nach Turnschuhen, und der Fußboden war grau abgetreten. Am Empfangstisch saß ein Negerjunge und las in einem Comic-Heft; über ihm hing ein Anschlagbrett, das geschuppt war mit überholten Meldungen und den Ergebnissen längst vergangener Sportwettkämpfe. Am hintersten Ende eines merkwürdig grünen Korridors, der so grün war, als werde er von Birnen erleuchtet, die durch Weinblätter scheinen, klickten emsige Billardkugeln. Aus der anderen Richtung kam das geduldige *ga-glokka, ga-glokka* eines Pingpongspiels. Der Junge hinter dem Tisch sah von seinem Buch auf und erschreckte mich; es gab keine Neger in Olinger, ich hatte eine abergläubische Scheu vor ihnen. Ich hielt sie für Magier, die das schwarze Geheimnis der Liebe und der Lieder kannten. Aber sein Gesicht war die schiere Unschuld, die schiere Unschuld und gemalzte Milch. „Hallo", sagte ich, und den Atem anhaltend, lief ich eilends durch den Durchgang, der zur Zementtreppe führte, die ihrerseits durch den Umkleideraum zum Bassin führte. Während ich diese Treppe hinunterging, verdichteten sich die Gerüche nach Wasser und Chlor und nach etwas Drittem, nach Haut, immer mehr um mich.

In der großen, gekachelten Halle, in der das Bassin schwappte, brach ein bellendes Echo jeden Laut in kleine Stücke. Auf der Holztribüne am Rand des Bassins saß mein Vater mit einem nassen und nackten Jungen: Deifendorf. Deifendorf trug nur die offiziellen, knappen schwarzen Schwimmhosen; deutlich und schlaff hingen ihm die Genitalien zwischen den gespreizten Schenkeln. Haar floß ihm an der Brust, den Unterarmen und Beinen nieder, und ein Wasserrinnsal sammelte sich auf den Holzplanken, wo seine bloßen Füße standen. Die Schwünge und Flächen seines zusammengebuckelten Körpers waren harmonisch bis auf seine hornigen roten Hände. Beide, er und mein Vater, begrüßten mich mit einem Grinsen, das beinah gleich war: zahnig, einfältig, verschwörerisch. Ich wollte Deifendorf ärgern und fragte ihn: „Na, Bruststil und die Zweihundertzwanzig gewonnen?"

„Jedenfalls mehr gewonnen als du", antwortete er.

„Er hat im Bruststil gewonnen", sagte mein Vater. „Ich bin stolz auf dich, Deify. Du hast dein Versprechen gehalten, so gut du nur konntest. Das macht dich zum Mann."

„Scheiße, wenn ich den Kerl in der letzten Bahn gesehen hätte, dann hätte ich die Zweihundertzwanzig auch noch geschafft. Mistkerl, überholte mich heimlich, ich dachte, ich hätte es schon, ich war schon fast an der Wand."

„Der andere Junge da ist eine gute Zeit geschwommen", sagte mein Vater. „Er hat ehrlich gewonnen. Er hat sich's eingeteilt. Foley ist ein guter Trainer. Wenn ich nur die kleinste Spur von einem Trainer in mir hätte, Deify, dann wärst du König im County, du bist ein Naturtalent. Wenn ich die Spur von einem Trainer in mir hätte und du das Rauchen aufgäbest."

„Scheiße, ich kann meinen Atem auch jetzt achtzig Sekunden lang anhalten", sagte Deifendorf.

Ihre Unterhaltung war gespickt mit gegenseitigen Schmeicheleien, und das ärgerte mich. Ich saß auf meines Vaters anderer Seite und starrte angestrengt ins Bassin: es war der Held hier. Es füllte seinen großen untergründigen Käfig mit Stakkatogeglitzer und augenpeitschendem Chlorgestank. Das Spiegelbild der Tribüne auf der andern Seite, wo das gegnerische Team und die Punktrichter saßen, sah für einen Sekundenbruchteil wie ein bärtiges Gesicht aus im bewegten Wasser. Immer wieder zersprang die Oberfläche in tausend Splitter, und immer wieder versuchte sie, sich zusammenzufügen, so rasch wie bei einem Kristallisationsprozeß. Rufe und Spritzer, von Echos und Widerspritzern zerhackt, setzten sich neu zusammen und ergaben neue Wörter, eine Sprache, die ich nicht kannte, ein verstümmeltes Gebell, das wie eine Antwort auf Fragen war, die ich unwissentlich gestellt haben muß. Nein, nicht ich hatte gefragt, sondern mein Vater neben mir.

„Was für ein Gefühl ist es, wenn man gewinnt?" hatte er laut gefragt, er hatte geradeaus gesprochen und so Deifendorf und mich gleichzeitig gemeint. „Lieber Gott, ich werde das nie wissen."

Flecken und Höcker glitten hin und her auf der volatilen blaugrünen Haut. Die Bahnmarkierungen auf dem Bassingrund hüpften und wellten gebrochen an die Oberfläche; das bärtige Gesicht formte sich jedesmal von neuem, wenn ein Junge hineintauchte. Bis aufs Kunstspringen war schon alles vorbei. Einer unserer Springer, Danny Horst, ein Rüpel aus den oberen Klassen mit einer gewaltigen schwarzen Mähne, die er zum Tauchen immer hochband wie ein griechisches Mädchen, trat vor auf dem Sprungbrett, seine Muskeln spielten, und mit einem kleinen Anlauf sprang er einen Salto, Knie angezogen, Zehen straff gestreckt, er sprang so perfekt, daß er sich unter sanftem Spritzen symmetrisch ins Wasser entrollte wie die Henkel einer Amphore und einer der Schiedsrichter die Karte mit der Zehn hochriß.

„In all meinen fünfzehn Jahren", sagte mein Vater, „habe ich nicht erlebt, daß einer die Zehn hochgehalten hat. Das ist, als sage man, Gott sei auf die Erde gekommen. Aber es gibt ja nichts Vollendetes."

„Donnerwetter, Danny, Mensch!" bellte Deifendorf, und prasselnder Applaus von beiden Teams begrüßte den Kunstspringer, als er an die Oberfläche kam, mit stolzem Ruck sein aufgelöstes triefendes Haar zurückwarf und die wenigen Meter bis zum Bassinrand schwamm. Beim nächsten Sprung aber, wissend, daß wir alle eine neue Wundertat erwarteten, verkrampfte Danny sich, geriet aus dem Rhythmus, als er sich dem Wasser näherte, rollte eine Idee zu früh aus der anderthalbfachen Drehung und schlug mit dem Rücken auf. Der eine Richter gab ihm drei Punkte. Die anderen beiden gaben ihm vier. „Ach was", sagte mein Vater, „der arme Junge tat, was er konnte." Und als Danny diesmal auftauchte, klatschte niemand, nur mein Vater.

Das Endergebnis des Kampfes war: West-Alton siebenunddreißigeinhalb, Olinger achtzehn. Mein Vater stand am Bassinrand und sagte zu seiner

Mannschaft: „Ich bin stolz auf euch. Ihr seid verdammt gute Sportler, daß ihr bei so was überhaupt mitmacht, ihr erntet keinen Ruhm dabei, und ihr verdient kein Geld. Ich begreife nicht, wie ihr so fabelhaft sein könnt, bei einer Stadt, die noch nicht mal ein Freiluftbad hat. Wenn die High School ein eigenes Bassin hätte so wie West-Alton – und ich will denen keineswegs die Leistung schmälern –, dann wärt ihr alle Johnny Weismüllers. Für mich seid ihr's schon. Danny, du bist wundervoll gesprungen. Ich bin überzeugt, ich werde in meinem ganzen Leben nicht mehr einen solchen Sprung sehn."

Mein Vater sah seltsam aus, während er diese Rede hielt; er stand so aufrecht in Anzug und Krawatte inmitten der nackten Torsi. Von meinem Platz auf der Tribüne aus bildeten das zitternde, türkisfarbene Wasser und die aufgereihten kremgelben Kacheln einen Rahmen um seinen dunklen, ernsten Kopf. Über die lauschende Haut der Jungen lief dann und wann ein nervöses Zucken, leicht und schnell wie ein Windschauer überm Wasser oder wie ein Beben in der Flanke eines Pferds. Zwar hatten sie verloren, aber in jeder Pore waren sie stolz und übermütig, und wir verließen sie, als sie im Duschraum schwätzten und schäumten wie ein kleines Rudel, das in seiner Ausgelassenheit in ein Unwetter geraten ist.

„Training am Mittwoch wie gewöhnlich", rief mein Vater ihnen im Hinausgehen zu, „trinkt keine Milch-Shakes und eßt nicht mehr als vier Hamburger, bevor ihr euch sehn laßt!" Alle lachten, und sogar ich lächelte, obwohl mein Vater wie ein Gewicht auf mich drückte. Während all der Ereignisse, die dieser Abend und die Nacht noch bringen sollten, blockierte und vereitelte diese träge Last, die er war, meinen simplen Plan, ihn nach Hause zu schaffen, wo er nicht mehr meiner Obhut unterstanden hätte.

Als wir den Korridor entlanggingen, der von der Zementtreppe fortführte, holte uns der Trainer der West-Alton-Mannschaft ein, und die beiden Männer unterhielten sich fast eine Stunde lang, so kam es mir vor. Die feuchte Luft in der Bassinhalle hatte ihre Anzüge aus der Form gebracht; die Männer sahen im trüben Licht des grünen Korridors wie zwei Schafhirten aus, die in Tau getränkt waren. „Sie haben übermenschliche Arbeit geleistet mit diesen Jungen", sagte mein Vater zu Foley. „Wenn ich nur zu einem Zehntel ein so guter Trainer wäre wie Sie, dann hätten wir euch was geboten fürs Geld. Ich habe in diesem Jahr ein paar Naturbegabungen darunter."

„Ach, George, bloß keine großen Worte", sagte Foley, ein dicker rotblonder Mensch, ganz zuckersüße Höflichkeit, „Sie wissen so gut wie ich, daß mit Training nicht viel auszurichten ist. Man muß die Kaulquappen schwimmen lassen, das ist alles. In jedem von uns steckt ein Fisch, man muß sich bloß ins Wasser tauchen, damit er rauskommt."

„Das ist gut", sagte mein Vater, „das habe ich noch nie gehört. Bud, wie fanden Sie meine Kanone im Bruststil?"

„Er hätte die Zweihundertzwanzig auch gewinnen müssen, ich hoffe, Sie haben ihm gehörig die Leviten gelesen, daß er sich so hat gehenlassen."

„Er ist dumm, Bud. D-U-M-M. Der arme Teufel hat nicht mehr Gehirn als ich, und es ist mir gräßlich, ihn anzuschnauzen." Es raspelte mir im Hals vor lauter Ungeduld.

„Sie kennen doch meinen Sohn, Bud? Peter, komm her und gib diesem Herrn die Hand. Das ist die Sorte Mann, die ich dir zum Papa gewünscht hätte."

„Na, ich werd doch wohl Peter kennen", sagte Mr. Foley, und an seinem Händedruck war tatsächlich etwas ungemein Angenehmes: er fühlte sich knirschend rauh, warm und unbekümmert an. „Caldwells Sohn kennt man im ganzen County."

In ihrer Dämmerwelt, die von christlichen Jungmännervereinen, Freizeitprogrammen und Sportfesten ausgefüllt war, galten diese zügellosen Süßholzraspeleien als Gespräch; bei Mr. Foley machte mir das nicht soviel aus wie bei meinem Vater, dessen übermäßige Vorliebe für diese Art von Unterhaltung mir immer als Ausdruck einer großen Verlegenheit erschien.

Mein Vater war trotz all seinen Geschwätzes im Grunde ein schweigsamer Mensch. Er durchschritt die Ereignisse dieser Nacht in einem Zustand, der mir in der Erinnerung als Schweigen haftengeblieben ist. Sobald wir draußen waren, schloß sein Mund sich zu einem schmalen Schlitz, und seine Absätze schlugen mit verhaltener Gier aufs Pflaster. Ich frage mich, ob je ein Mensch mit solcher Lust durch die kleinen, häßlichen Straßen in den Städten an der Ostküste gegangen ist wie mein Vater. Trenton, Bridgeport, Binghamton, Johnstown, Elmira, Altoona: das waren die Städte, in die sein Beruf als Kabelleger der Telefongesellschaft ihn geführt hatte, in den Jahren vor und gleich nach der Heirat mit meiner Mutter, in der Zeit, bevor meine Geburt und Hoovers Depression ihn zwangen, seßhaft zu werden. Er fürchtete sich vor Firetown und fühlte sich in Olinger unbehaglich, aber

Alton liebte er; der Asphalt und die Straßenlampen und die aneinanderstoßenden Fassaden redeten zu ihm in der Sprache der großen mittelatlantischen Zivilisation, die im Norden von New Haven, im Süden von Hagerstown und von Wheeling im Westen begrenzt wurde, dies Gebiet, das seine Heimat war im unendlichen Raum. Neben meinem Vater durch die Sixth Street zu gehen, das war, als höre man den Asphalt singen.

Ich fragte ihn, wie es beim Röntgen gewesen sei, und als Antwort fragte er mich, ob ich Hunger hätte. Mir fiel ein, daß ich tatsächlich hungrig war, der Puffmais und die Jordanmandeln waren zu einem sauren Nachgeschmack gegoren. Wir machten am omnibusförmigen Lokal halt, das neben dem Parkplatz des Acme-Supermarkts lag. Mein Vater bewegte sich in der Stadt mit einer Selbstverständlichkeit, die etwas Beschwichtigendes hatte. Meine Mutter machte aus allem immer eine große Entscheidung, als versuche sie, sich in einer fremden Sprache auszudrücken. So ging es meinem Vater auf dem Land: dort war er verwirrt in seinen Handlungen und umschweifig im Denken. Aber hier in Alton, um Viertel nach acht am Abend, gab er sich mit der Gewandtheit und Kundigkeit, die wir uns schließlich von Vätern erhoffen; die Tür ging auf, die neugierigen Blicke senkten sich gelassen, die beiden Hocker standen richtig Seite an Seite, die Speisekarte wurde sachgerecht von ihrem Platz zwischen Serviettenständer und Ketchupflasche genommen, der Kellner ohne Umstand und Krampf angesprochen, die Sandwiches – seines ein Spiegelei, meines gebackener Schinken – wurden in männlichem Schweigen verzehrt. Ruhig leckte mein Vater sich die drei Mittelfinger der Rechten ab und trocknete sich die Unterlippe mit einer Papierserviette. „Zum erstenmal seit Wochen, daß ich das Gefühl hatte zu essen“, sagte er. Zum Abschluß bestellten wir Applepie für mich und Kaffee für ihn. Die Rechnung war ein steifer, grüner Kontrollstreifen, der kryptisch eingestanzt war von einem dreieckigen Lochstempel. Er bezahlte mit einem der beiden Dollarscheine aus der gekrümmten Brieftasche, die er auf der Hüfte trug und die sich im Lauf der Jahre seinem Körper angepaßt hatte. Als wir aufstanden, schob mein Vater unbeteiligten Gesichts, mit geübtem Schnippen seiner warzengefleckten Finger zwei Zehncentstücke neben seine leere Tasse. Und nachträglich kam ihm der Gedanke, für fünfundsechzig Cent ein fertiges italienisches Sandwich zu kaufen. Es sollte eine Überraschung für meine Mutter sein. Das war ein kleiner vulgärer Zug an meiner Mutter, sie liebte stinkende, glitschige italienische Sandwiches, und eifersüchtig stellte ich fest, daß mein Vater sich besser auf diese Vorliebe verstand als ich. Er bezahlte das Sandwich von seinem letzten Dollarschein und sagte: „Das macht mich bankrott, Junge. Wir sind jetzt arme Waisen ohne einen Pfennig.“ Und die kleine braune Tüte schwenkend, ging er mir voran zum Wagen.

Der Buick war noch immer allein, brütete auf seinem Schatten. Er stand mit der Schnauze zur Böschung, zu den unsichtbaren Schienen. Menthol waberte in der eisigen Luft wie ein verdunsteter Mond. Die Mauer des Fabrikgebäudes war ein steiles Kliff aus Ziegeln und schwarzem Glas. Dann und wann wurden die Flächen aus Glas geheimnisvoll abgelöst von einer Fläche aus Pappe oder Blech. Die Ziegel gaben ihre wahre Farbe nicht der

Straßenlaterne preis, die die Gegend erhellte, sondern wirkten statt dessen wie eine Abschwächung von Schwarz, wie ein verschrumpftes, totes Grau. Dieselbe Laterne ließ den sonderbaren Kies unter unseren Füßen glitzern. Er bestand aus Kohlenbröckchen und Schlacke und machte den Boden laut und ruhelos, nie war er still, immer knisterte und rutschte er, als sei es sein Schicksal, unablässig geharkt zu werden.

Schweigen umgab uns. Nicht eines von den Fenstern, die auf uns herabsahen, war hell, nur tief im Innern der Fabrik hielt ein blaues Glühen Wache. Mein Vater und ich, wir hätten hier auf diesem Platz ermordet werden können, und bis zum Morgengrauen würde niemand das erfahren haben. Unsere Leichen würden in den Pfützen an der Fabrikmauer liegen, und Hände und Haar würden uns einfrieren im Eis.

Das Auto sträubte sich, bei dieser Kälte anzuspringen. *Unh-uh, unh-uh,* knurrte der Motor, zuerst schroff, dann immer leiser, immer mutloser. „Himmel, laß mich jetzt nicht im Stich", hauchte mein Vater in eine tanzende Dampfwolke hinein, „spring noch dies eine Mal an, und morgen laß ich deine Batterie aufladen."

Unnh-uh, unnnnh-uh.

Mein Vater schaltete die Zündung aus, und wir saßen im Dunkeln. Er legte die Hände zu einer losen Faust zusammen und blies hinein. „Siehst du", sagte ich, „wenn du deine Handschuhe getragen hättest, dann würdest du sie noch haben."

„Du mußt dich ja zu Tode frieren", war seine Antwort. „Noch mal", sagte er dann, drehte den Zündschlüssel wieder um und drückte mit dem Daumen auf den Starterknopf. Die Batterie war in der Zwischenzeit ein wenig zu Kräften gekommen. Der Anfang klang hoffnungsvoll.

Ih-huh, ih-huh, uh-uh, unnh-uh, unnnnh-ah, uhhhh. Wir kratzten auf dem Boden der Batterie herum.

Mein Vater zog die Handbremse eine Kerbe fester und sagte: „Wir sitzen in der Tinte. Wir müssen ein Verzweiflungsmanöver versuchen. Du setzt dich hinters Steuer, Peter, und ich steige aus und schiebe. Wir haben hier einen kleinen Abhang, aber wir stehn in der verkehrten Richtung. Schalte in den Rückwärtsgang. Wenn ich rufe, laß die Kupplung kommen. Nicht langsam, sondern plötzlich."

„Vielleicht sollten wir jemanden aus einer Werkstatt holen, bevor alle zumachen", sagte ich. Ich hatte Angst, ihn zu enttäuschen.

„Laß es uns erst mal so versuchen", sagte er, „du schaffst es schon."

Er stieg aus, und ich rutschte auf seinen Platz und setzte mich aus Versehen auf meine Bücher und auf die Tüte mit dem italienischen Sandwich für meine Mutter. Mein Vater trat vor den Kühler, und als er sich bückte, um sich mit seinem Gewicht dagegen zu stemmen, leuchtete sein verzerrtes Gesicht gelb auf, und er sah wie ein böser Zwerg aus. Das Scheinwerferlicht schnitt so scharf über sein Gesicht, daß seine Stirn wie aus lauter Höckern zusammengesetzt war und es deutlich wurde, wie oft seine Nase gebrochen war, als er auf dem College Fußball gespielt hatte, vor dreißig Jahren. Der Magen krampfte sich mir kalt zusammen, als ich die Stellung des Ganghebels, des Zündschlüssels und des Starterknopfes prüfte. Auf ein Nicken meines Vaters löste ich die Handbremse. Nur das Oval der idiotischen blauen Mütze war über der Motorhaube zu sehen, als er sich mit ganzer Kraft gegen das Auto stemmte. Es bewegte sich tatsächlich rückwärts. Die Reifen knirschten in hohen Tönen auf dem Schotter; und während wir rückwärts krochen, schob sich uns plötzlich eine kleine Abschüssigkeit unter die Räder, die einen kostbaren winzigen Schwung erzeugte; der Buick befreite sich einen Augenblick lang aus seiner Unbeweglichkeit. In durchdringendem, schluchzendem Ton rief mein Vater: „Jetzt!" Ich ließ die Kupplung jäh herausspringen, wie mir aufgetragen war. Das Auto blieb ruckhaft stehen, aber seine Bewegung war durch harsche Schrauben und starre Achsen auf den Motor übertragen worden, der wie ein gezüchtigter Säugling hustete. Der Motor keuchte und rüttelte in seinem Gehäuse, als die Zylinder planlos explodierten; ich schob den Starterknopf halb hinein, paßte auf, daß ich den Motor nicht ersticken ließ, und wippte mit dem Fuß auf dem Gaspedal. Das war der Fehler. Der Motor geriet aus dem Takt, ließ ein, zwei Schläge aus und starb.

Wir waren aufgeschmissen. Weit weg, noch hinter der Fabrikmauer, ging die Tür einer Kneipe auf, und ein Lichtstab schlug quer über die Straße.

Mein Vater stürzte zu meiner Tür, und ich rutschte wieder auf den alten Platz; mir war elend vor Scham. Sie brannte mich am ganzen Körper; ich mußte dringend urinieren. „Scheißdreck", sagte ich, um mit meiner Männlichkeit den Vater von meinem Versagen abzulenken.

„Du hast's schon gut gemacht, Junge", sagte er und keuchte vor Aufregung und setzte sich hinterm Steuer zurecht. „Der Motor ist kalt, vielleicht hat ihm das jetzt ein bißchen angewärmt." Vorsichtig wie ein Safeknacker beugte seine schwarze Silhouette sich vor und fingerte am Armaturenbrett, indes sein Fuß sich auf dem Gaspedal versuchte. Wenn überhaupt, dann mußte das Auto beim ersten Versuch anspringen, und es sprang an. Mein Vater hatte den Funken wiedergefunden, und er päppelte ihn zu brüllendem Leben auf. Dankerfüllt schloß ich die Augen und entspannte mich: gleich würde das Auto rollen.

Es rollte nicht. Statt dessen war aus dem hinteren Teil des Chassis ein leises, abgehacktes Surren zu vernehmen, es kam von da, wo, wie ich mir vorstellte, die Leichen untergebracht waren, als das Auto noch dem Beerdigungsunternehmer gehört hatte. Der Schatten meines Vaters probierte es fieberhaft mit sämtlichen Gängen; jedesmal antwortete dieses leise, bewegungslose Surren. Ungläubig probierte er sämtliche Gänge noch einmal durch. Der Motor heulte, aber das Auto rührte sich nicht. Die Fabrikmauer warf das unbändige, anhaltende Crescendo der Zylinder zurück, und ich hatte Angst, in der Kneipe dort hinten würden Männer aufmerksam werden und zu uns kommen.

Mein Vater legte die Arme aufs Lenkrad und stützte den Kopf auf sie. Nur bei meiner Mutter hatte ich diese Haltung bisher gesehen. Auf dem Höhepunkt irgendeines Zanks oder Kummers pflegte sie die Arme auf dem Tisch zu verschränken und den Kopf darauf zu legen; das erschreckte mich mehr als aller Zorn, denn im Zorn konnte man doch ihr Gesicht sehen.

„Papa?"

Mein Vater antwortete nicht. Die Straßenlaterne betupfte mit einer regelmäßigen Fleckenreihe die Wölbung seiner Strickmütze: so umriß Vermeer einen Brotlaib.

„Was ist passiert?"

Da kam mir plötzlich der Gedanke, daß er einen „Anfall" gehabt haben könnte und das unbegreifliche Benehmen des Autos in Wahrheit nur die trügerische Widerspiegelung eines Zusammenbruchs in ihm selbst sei. Ich wollte ihn gerade anfassen – nie berührte ich meinen Vater –, als er mit einem sonderbaren Lächeln auf seinem holprigen, verwitterten Gassenbubengesicht aufsah. „Genau das", sagte er, „passiert mir mein ganzes Leben lang. Es tut mir leid, daß auch du diesmal betroffen bist. Ich weiß nicht, warum der verdammte Wagen sich nicht rührt. Aus demselben Grund wahrscheinlich, warum das Schwimmteam nicht gewinnt."

Er ließ den Motor noch einmal an und schielte zwischen seinen Knien hindurch aufs Kupplungspedal, das er unentwegt niedertrat und wieder kommen ließ.

„Hörst du dies leise Rütteln hinten?" fragte ich.

Er sah auf und lachte. „Du armer Teufel. Du hast einen Sieger verdient und hast einen Verlierer gekriegt. Wir wollen gehn. Wann auch immer ich diesen Schrotthaufen wiedersehe, auf jeden Fall wird es zu früh sein."

Er stieg aus und schlug seine Tür so heftig zu, daß ich dachte, die Scheibe müsse zerspringen. Der schwarze Rumpf schwankte nörgelig auf seinen obstinaten Rädern, dann beruhigte er sich und warf seinen papierdünnen Schatten, als habe er irgendeinen unbestreitbaren Punkt gewonnen. Wir gingen weg. „Das ist der Grund, weshalb ich nie auf diese Farm ziehen wollte", sagte mein Vater. „Sobald man das tut, aufs Land ziehen, wird man abhängig von Automobilen. Alles, was ich je gewollt habe, war, zu Fuß gehn zu können, wohin ich wollte. Mein Ideal ist, zu meiner eigenen Beerdigung zu gehn. Wenn man erst mal seine Beine verkauft hat, hat man auch sein Leben verkauft."

Wir überquerten den Parkplatz vorm Bahnhof und wandten uns dann links zur Esso-Tankstelle in der Boone Street. Um die Pumpen draußen war es dunkel, aber in dem kleinen Büroraum brannte ein funzliges, goldenes Licht. Mein Vater sah durchs Fenster und klopfte an die Scheibe. Drinnen lagen aufgetürmt krude neue Reifen, und in einem grünen Metallgestell staken, mehr oder minder geordnet, Ersatzteile in numerierten Kästen. Ein großer, aufrechter Coca-Cola-Automat vibrierte hörbar, bebte und erstarrte jäh, als habe ein in ihm gefangenes Wesen soeben seinen letzten Atemzug getan. Die elektrische Uhr an der Wand stand auf neun Uhr sechs; der Sekundenzeiger wischte übers gesamte Zifferblatt, während wir warteten. Mein Vater klopfte noch einmal, wieder kam keine Antwort. Alles, was sich da drinnen bewegte, war der wischende Sekundenzeiger.

Ich fragte: „Hat die an der Seventh Street nicht die ganze Nacht auf?"

Er fragte zurück: „Wie hältst du das bloß aus, Junge? Eine verdammt üble Geschichte, nicht? Ich müßte deine Mutter anrufen."

Wir gingen die Boone Street hinauf, über die Eisenbahnschienen, an den kleinen Veranden der Reihenziegelhäuser vorbei, dann durch die Seventh, über die Weiser hinweg, die auf dieser Höhe nicht so prächtig war, bis wir an der großen Garage angelangt waren, die tatsächlich geöffnet hatte. Ihr weißer Rachen trank die Nacht in sich hinein. Zwei Männer in grauen Overalls mit Handschuhen ohne Finger an den Händen wuschen gerade ein Auto und schöpften schaumiges Wasser aus Kübeln. Sie arbeiteten rasch, denn das Wasser wäre sonst zu einer dünnen Eisschicht auf dem Metall gefroren. Auf der einen Seite, zur Straße hin, war die Garage offen, auf der anderen Seite verlief sie sich in unbestimmbare Höhlen und Gänge zwischen geparkten Autos. Eine kleine Bude an der einen Wand, wie eine größere Telefonzelle oder wie einer von diesen Unterständen, in denen man früher auf die Trolleybusse wartete – in Ely gab's noch einen davon –, schien das Herz des Ganzen zu sein. Vor ihrem Eingang, an einem kleinen Zementkantstein, auf den die Worte: VORSICHT STUFE gemalt waren, wartete ein Mann in Smoking und weißem Halstuch und sah in regelmäßigen Abständen auf seine Platinarmbanduhr mit schwarzem Zifferblatt, die er an der Innenseite des Handgelenks trug. Seine Bewegungen waren so ruckhaft und stetig, daß ich ihn anfänglich, als ich ihn nur in den Augenwinkeln wahrnahm, für eine lebensgroße Reklamefigur hielt. Das Auto, das gerade gewaschen wurde, ein perlgrauer Lincoln, gehörte offenbar ihm. Mein Vater stand einen Augenblick lang vor ihm, und am perlgrauen Blick des Mannes sah ich, daß mein Vater buchstäblich Luft für ihn war.

Mein Vater ging zur Tür der Bude und öffnete sie. Ich mußte ihm folgen. Ein kurzer, dicker Mann wühlte hier geschäftig in dem Papierwust, der sich auf dem Tisch gehäuft hatte. Er stand; es war zwar ein Schreibtischstuhl da, aber auch der war bis über die Lehnen mit Papieren, Broschüren und Katalogen beladen. Der Mann hielt eine Schreibunterlage und eine brennende Zigarette in derselben Hand und lutschte an den Zähnen, während er in seinen Papieren stöberte.

Mein Vater sagte: „Verzeihen Sie bitte, lieber Freund."

„Sekunde bitte, eins nach dem andern, ja?" sagte der Geschäftsführer, schwenkte erbittert einen Bogen blauen Papiers in der Faust und stürzte an uns vorbei zur Tür hinaus.

Es verging wahrhaftig mehr als eine Sekunde, bis er wiederkam.

Um die Zeit hinzubringen und meine Verlegenheit zu verbergen, steckte ich einen Penny in den Kaugummiautomaten, der vom Kiwanisklub in Alton hier installiert war. Ich bekam das feinste Bällchen, das große Los, das schwarze. Lakritze war mein Schönstes. Meinem Vater ging es genauso. Damals, als wir in New York waren, hatte meine Tante Alma mir erzählt, daß die Kinder, die mit ihnen in Passaic in derselben Straße wohnten, meinen Vater Lakritzstange genannt hatten, weil er immer welche aß.

„Möchtest du?" fragte ich ihn.

„O Gott", sagte er, als ob ich ihm auf der Handfläche eine Giftpille hinhielte, „nein, vielen Dank, Peter. Das würde meinen Zähnen auf der Stelle den letzten Rest geben." Und er begann, es ist kaum zu beschreiben, hin und her zu traben in dem begrenzten Raum der Kabine, sich gleichsam aufzubäumen, bald vor einem Stapel Straßenkarten, bald vor einer Tabelle mit Ersatzteilnummern zu verharren, dann sich wieder einem Kalender zuzuwenden, auf dem ein Mädchen zu sehen war, das nur eine Häschenkappe mit spitzen, rosa Ohren trug, Fäustlinge und Stiefelchen aus weißem Pelz und ein pludriges, rundes Schwänzchen. Ihr

Hintern war unverschämt uns entgegengestreckt. Mein Vater stöhnte und preßte die Stirn gegen das absperrende Glas; der Mann im Smoking fuhr erschrocken herum bei dem Bums. Die Männer mit den fingerlosen Handschuhen waren in den Lincoln gekrochen und putzten die Fenster mit eifrigem Wischen, wie Bienengeräusch klang es. Die gefleckten Fäuste meines Vaters stöberten blind zwischen den Papieren auf dem Tisch umher, als er sich reckte, um zu sehen, wohin der Geschäftsführer verschwunden war. Ich fürchtete, er könnte irgendeine geheimnisvolle Ordnung zerstören, und sagte scharf: „*Papa.* Nimm dich zusammen."

„Ich bin gräßlich nervös, Junge", erwiderte er laut, „päng, päng, ich könnte jetzt was zerschmeißen. Zeit und Ewigkeit warten auf niemanden. Dabei fällt mir der Tod ein."

„Beruhige dich", sagte ich. „Nimm deine Mütze ab. Er muß ja denken, du bist ein Lumpensammler."

Er ließ sich nicht anmerken, ob er gehört hatte, er war vollauf und ausschließlich mit sich selbst beschäftigt. Seine Augen hatten sich ins Gelbliche verfärbt; meine Mutter kreischte manchmal auf, wenn dieser Bernsteinglanz in seine Augen kam. Er sah mich aus kreisrunder Iris mit geisterhaft glimmendem Blick an. Seine pergamentenen Lippen bewegten sich. „Allein kann ich alles durchstehn", teilte er mir mit, „aber ich hab ja dich am Hals."

„Mir fehlt *nichts*", schnappte ich zurück, obwohl in Wahrheit der Zementboden der Kabine bemerkenswert kalt durch die Sohlen meiner drückenden Mokassins zu spüren war.

Ich konnte es kaum glauben, aber der Geschäftsführer kam tatsächlich zurück und hörte sich höflich meines Vaters Geschichte an. Er war, wie gesagt, kurz und dick, und jede seiner beiden Wangen war gefurcht von drei oder vier parallellaufenden Falten. Er machte den Eindruck – es lag an der Art, wie sein Hals zwischen die Schultern eingelassen war –, als sei er früher einmal Sportler gewesen. Jetzt war er abgearbeitet und hohl vom Bürodienst. Am Hinterkopf ging ihm das Haar aus, über der Stirn war ein graumeliertes Büschel stehengeblieben, das er, während er sprach, fortwährend grob zurückstrich, als gelte es, sich einen neuen Gesichtspunkt in den Schädel zu reiben. Sein Name, Mr. Rhodes, war mit fettem, orangefarbenem Faden auf die Tasche seines olivgrünen Overalls gestickt. Er stieß die Worte in hastigen Portionen zwischen übertriebenen Atemzügen aus: „Das klingt nicht gut. Nach dem, was Sie sagen – der Motor läuft, und das Auto rührt sich nicht –, muß es irgendwie an der Übersetzung liegen oder an der Kardanwelle. Wenn es nur die Maschinne wäre“ – er sagte „Maschinne“, und er sagte es, als handle es sich um etwas Pulsendes, Lebendiges, Liebenswürdiges –, „dann würde ich den Jeep hinschicken, aber so weiß ich nicht, was wir ausrichten können. Mein Abschlepper ist unterwegs zu einem Wrack auf der Route 9. Zu welcher Werkstatt gehn Sie denn sonst immer?“

„Wir gehn immer zu Al Hummel in Olinger“, sagte mein Vater.

„Wenn Sie wollen, daß ich morgen früh nach Ihrem Wagen sehe“, sagte Mr. Rhodes, „tu ich's. Aber vorher kann ich nichts tun. Diese beiden“ – er zeigte auf die Mechaniker vor uns, die jetzt mit Wildlederlappen die serene graue Haut des Lincoln bearbeiteten, indes der Mann im Smoking mit einer Alligatorbrieftasche sich rhythmisch auf die Handfläche klatschte – „gehn um zehn, und ich bin dann mit den zwei andern, die jetzt beim Zusammenstoß auf der Route 9 sind, allein. Es würde für Sie also ungefähr aufs gleiche rauskommen, wenn Sie Ihrer Werkstatt draußen in Olinger Bescheid sagen, daß die gleich morgen früh als erstes sich drum kümmern."

Mein Vater fragte: „Ihrer Meinung nach ist also, was heute abend angeht, der Ofen aus?"

Und Mr. Rhodes bekannte: „Was Sie beschreiben, klingt nicht gut."

„Hinten rattert es ein bißchen", sagte ich, „wie zwei Zahnräder, die sich drehn, aber nur gegeneinander schaben."

Mr. Rhodes sah mich blinzelnd an und strich sein Stirnbüschel zurück. „Es könnte an der Achse liegen. Ich müßte es hochkurbeln und den gesamten Hinterbau abmontieren. Wohnen Sie weit von hier?"

„Verdammt gutes Stück nach Firetown rein", sagte mein Vater.

Mr. Rhodes seufzte. „Tja, nun. Tut mir leid, daß ich Ihnen nicht helfen kann." Ein langer Buick, scharlachfarben, ein wirbelnder Kosmos von Lichtspiegelungen, stieß schnuppernd von der Straße herein, und seine Hupe trompetete; der Schall füllte die niedrige Betonhöhle, und Mr. Rhodes' Aufmerksamkeit wurde von uns abgelenkt.

Mein Vater sagte hastig: „Kein Grund zu Entschuldigungen, Mister. Sie haben mir gesagt, was Sie denken und daß das die Wahrheit ist, und das ist der größte Gefallen, den ein Mensch dem andern erweisen kann." Aber als wir die Garage verlassen hatten und wieder durch die Nacht gingen, sagte er zu mir: „Der arme Teufel hat überhaupt nicht gewußt, wovon er redete, Peter. Ich bin mein ganzes Leben lang ein Bluffer gewesen, und darum kann ich einen anderen leicht erkennen. Er hat, wie man so sagt, Kohl geredet. Ich frage mich, wie er's geschafft hat, Geschäftsführer bei einem so wichtigen Unternehmen zu werden, ich wette, er weiß es selbst nicht. Er benahm sich ganz so, wie ich mich meistens fühle."

„Wohin gehn wir jetzt?"

„Zurück zum Auto."

„Aber es fährt nicht! Du weißt es doch."

„Ich weiß es und weiß es auch wieder nicht. Ich habe das Gefühl, daß es jetzt funktioniert. Es brauchte vielleicht nur eine Ruhepause."

„Es liegt nicht nur daran, daß nur der Motor kalt ist, es liegt am Getriebe!"

„Das hat mir ja auch der Mann erzählen wollen, aber es will mir nicht in meinen Dickschädel."

„Aber es ist fast zehn. Solltest du nicht Mutter anrufen?"

„Was kann sie dabei machen? Wir sind auf uns selbst angewiesen, Junge. Den letzten beißen die Hunde."

„Ich weiß aber doch ganz genau, daß, wenn das Auto vor einer Stunde nicht funktioniert hat, es sich jetzt auch nicht vom Fleck bewegen wird. Und außerdem friere ich."

Als wir die Seventh Street hinuntergingen und ich wie immer mich abmühte, es aber nie schaffte, den Zwischenraum von einem Schritt aufzuholen, der uns trennte, drückte sich ein Betrunkener aus einer dunklen Einfahrt und trollte neben uns her. Einen Augenblick lang dachte ich, es sei der Stromer, aber dieser hier war kleiner und schon weiter vorgeschritten bei seinem Abstieg. Sein Haar war struppig wie eine verdreckte Löwenmähne, und es stachelte waagerecht von seinem Kopf weg wie die Strahlen von der Sonne. Seine Kleider waren unglaublich zerlumpt; er hatte sich einen ausgefransten Mantel um die Schultern gehängt, wie ein Cape, so daß die leeren Ärmel bei seinen Hopsern und Sprüngen um ihn schlenkerten. „Wohin gehn Sie mit diesem Jungen?" fragte er meinen Vater.

Mein Vater verlangsamte zuvorkommend seinen Gang, so daß der Betrunkene, der bisher stolpernd sich angestrengt hatte, auf gleicher Höhe mit uns zu bleiben, nun leicht Schritt halten konnte. „Entschuldigen Sie bitte, Mister", sagte mein Vater, „ich habe Ihre Frage nicht verstanden."

Der Betrunkene gewann plötzlich Herrschaft über seine Zunge, es war eine kunstvolle Leistung, und er gefiel sich damit wie ein Schauspieler, der über seine eigene Darstellung staunt. „Ohoho", dröhnte er sacht, aber bestimmt, „Sie schmutziger Schmutzfink." Er wedelte mit dem Finger vor seiner Nase hin und her und warf uns durch diese Scheibenwischerbewegung hindurch schalkhafte Blicke zu. Trotz all seiner Abgerissenheit in dieser bitterkalten Nacht war viel Lustiges an ihm: sein Gesicht war flach und hart und hell, und die Zähne staken ihm im Grinsen wie eine Reihe kleiner Samenkörner.

Zu mir sagte er: „Geh nach Haus, Junge, nach Haus zu deiner Mutter."

Wir mußten stehenbleiben, sonst wären wir in ihn hineingelaufen. „Das ist mein Sohn", sagte mein Vater.

Der Betrunkene drehte sich so geschwind von mir zu ihm, daß all seine Kleider aufstoben wie Federn. Er war nicht so sehr in Lumpen gekleidet als vielmehr mit ihnen geschindelt: Schicht auf Schicht vielgewebiger Fetzen. Seine Stimme war genauso: heiser, gebrochen und von unnennbarer Sanftheit. „Wie können Sie so lügen?“ sagte er traurig zu meinem Vater. „Wie können Sie bei einer so ernsten Sache lügen? Lassen Sie diesen Jungen doch jetzt nach Haus gehn zu seiner Mutter.“

„Genau da will ich ihn hinbringen“, sagte mein Vater, „aber der verdammte Wagen will ja nicht anspringen.“

„Er ist mein *Vater*“, sagte ich, ich hoffte, der Betrunkene würde sich dann endlich davontrollen. Aber er kam nur noch näher. Sein Gesicht schien unter dem blauen Laternenlicht wie mit Purpur überspritzt. „Lüge nicht für ihn“, sagte er mit exquisiter Milde, „er ist es nicht wert. Wieviel gibt er dir denn? Aber es interessiert mich nicht, wieviel es ist, es ist doch nie genug. Wenn er einen neuen hübschen Jungen findet, dann wirft er dich auf die Straße wie ein ausgedientes Möbel.“

„Papa, laß uns gehn“, sagte ich, ich hatte Angst bekommen und war bis auf die Knochen durchfroren. Die Nacht strömte auf der einen Seite in mich ein und auf der andern wieder aus und traf auf kein Hindernis.

Mein Vater wollte am Betrunkenen vorbeimanövrieren, und der Mann hob die Hand, und mein Vater hob zur Antwort die seine. Darauf tat der Betrunkene einen Schritt rückwärts und fiel beinahe. „Schlagen Sie mich nieder“, sagte er und grinste so breit, daß seine Backen leuchteten,

„schlagen Sie mich nieder, wenn ich versuche, Ihre Seele zu retten. Sind Sie bereit zu sterben?" Mein Vater erstarrte ruckhaft wie ein angehaltener Filmstreifen. Der Betrunkene, der seinen Triumph erkannte, wiederholte: *Sind Sie bereit zu sterben?"*

Er sprang hurtig auf mich zu, legte den Arm um meine Hüfte und drückte mich an sich. Sein Atem war wie der Geruch, den die Oberklassen nach dem Chemieunterricht manchmal in Zimmer 107 hinterlassen hatten, donnerstags, wenn wir hereinkamen, um Aufgaben zu machen: ein komplexer Gestank, schweflig und süß. „Ah", sagte er, „ein guter warmer Körper. Aber nur Haut und Knochen. Gibt der alte Schuft dir nichts zu essen? He, Sie!" rief er meinen Vater an, „was für 'ne Art Wollüstling sind Sie eigentlich, wenn Sie diese armen Jungs mit leerem Magen von der Straße mitnehmen?"

„Ich dachte, ich sei bereit zu sterben", sagte mein Vater, „aber jetzt frage ich mich, ob man es jemals ist. Jetzt frage ich mich, ob ein neunundneunzigjähriger Chinese mit Tuberkulose, Gonorrhoe, Syphilis und Zahnschmerzen bereit ist zu sterben."

Der Betrunkene fing an, mir unterhalb der Rippen am Leib zu fingern, und ich riß mich aus seiner Umklammerung. „Papa, laß uns *gehn.*"

„Nein, Peter", sagte mein Vater, „dieser Herr redet mit Verstand. Sind *Sie* bereit zu sterben?" wandte er sich an den Betrunkenen. „Was für eine Antwort haben *Sie* darauf?"

Schielend, Schultern gestrafft, Brust gebläht, trat er würdig wie eine Taube in meines Vaters langen Schatten, hob den Kopf und erklärte ihm sorgfältig: „Ich werde bereit sein zu sterben, wenn Sie und Ihresgleichen ins Gefängnis gesperrt sind und der Schlüssel weggeworfen wird. Nicht einmal in einer Nacht wie dieser können Sie die armen Kinder in Frieden lassen.“ Er sah mich an unter gerunzelten Brauen und sagte: „Wollen wir die Polizei rufen, Kind? Was meinst du, sollen wir die alte Tunte zur Strecke bringen?“ Und zu meinem Vater: „Na, wie ist es, Boß? Wieviel ist es Ihnen wert, daß ich nicht die Polizei rufe und Sie mitsamt diesem Früchtchen einbuchten lasse?“ Er blähte die Brust noch mehr, als ob er laut rufen wollte, aber die Straße spann sich endlos nordwärts, ohne daß eine einzige weitere Menschenseele sich gezeigt hätte, nur die gestrichenen Häuserfassaden mit den kleinen Geländerveranden waren zu sehen, die so charakteristisch waren für Alton, auf den Steinstufen standen hier und da verzierte Blumenschalen aus Zement, die blattlosen Kantsteinbäume zu beiden Seiten standen auf Lücke und verschmolzen ganz hinten mit den Telegrafenmasten. Geparkte Autos säumten diese Straße, aber nur wenige waren in Bewegung, denn zwei Häuserblocks weiter, bei Essicks Fabrikmauer, mündete eine Sackgasse. Wir standen vor der langen, niedrigen Zementquaderrückwand eines Brauereilagers; die verwitterten, grünen Türen waren fest verrammelt, und der Knall, mit dem sie zugefallen waren, schien die Luft rings zu verhärten. Der Betrunkene zupfte jetzt an meines Vaters Mantelkragen herum, und nach jedem Zupfer rieb er Daumen und Fingerspitzen gegeneinander, als müsse er eine Laus oder einen Fussel loswerden. „Zehn Dollar“, sagte er, „zehn Dollar, und mein Mund ist ...“ Er preßte drei blaue Finger gegen seine geschwollenen, violetten Lippen und hörte nicht auf zu pressen, als wolle er feststellen, wie lange er den Atem anhalten könne. Endlich nahm er die Hand weg, stieß eine gewaltige Dampfwolke aus, lächelte und sagte: „So. Zehn Dollar, und ich bin stumm wie ein Stockfisch." Er blinzelte mir zu: „Ist das ein Geschäft, Kleiner, oder nicht? Was zahlt er dir?"

„Er ist mein *Vater*", beharrte ich, außer mir. Mein Vater rang die gefleckten Hände unterm Laternenlicht, und seine Haltung war so unnatürlich starr, als sei er erschlagen worden und werde im nächsten Moment hinstürzen.

„Fünf Dollar", sagte der Betrunkene schnell, „fünf lumpige Dollar", und ohne eine Antwort abzuwarten, ging er noch weiter herunter: „Einen. Einen kleinwinzigen Dollar, damit ich mir was zu trinken kaufen kann und mich nicht mehr zu Tode friere. Na los, Boß, geben Sie mir eine Chance. Ich sag Ihnen dann sogar ein Hotel, wo sie keine Fragen stellen."

„Ich weiß Bescheid mit Hotels", sagte mein Vater. „Während der Depression habe ich als Nachtportier im alten Osiris gearbeitet, das war, bevor es geschlossen wurde. Die Wanzen waren da so groß wie die Prostituierten, die Kunden konnten sie gar nicht mehr voneinander unterscheiden. Ich nehme an, das Osiris war vor Ihrer Zeit."

Der Betrunkene gab sein Lächeln auf. „Ich stamme eigentlich aus Easton", sagte er. Entsetzt merkte ich auf einmal, daß er viel jünger war als mein Vater, ja, daß er genaugenommen ein Junge war wie ich.

Mein Vater grub in seiner Tasche und förderte ein bißchen Kleingeld zutage und gab es dem jungen Mann. „Ich würde Ihnen gern mehr geben, mein Freund, aber ich habe einfach nicht mehr.

Das hier sind meine letzten fünfunddreißig Cent. Ich bin Lehrer im öffentlichen Schuldienst, und unsere Gehälter liegen wesentlich niedriger als bei der Industrie. Ich habe mich gern mit Ihnen unterhalten, und ich möchte Ihnen die Hand schütteln." Er tat es. „Sie haben Klarheit in mein Denken gebracht", erläuterte er dem Betrunkenen.

Mein Vater machte kehrt und ging den Weg zurück, auf dem wir gekommen waren; ich beeilte mich, ihm zu folgen. Die Ziele, die wir uns vorhin gesetzt hatten – das schwarze Auto, das Sandsteinhaus, meine ferne und mittlerweile sicher ernstlich beunruhigte Mutter –, hängten sich wie Gewichte in meine Haut, die, so kam es mir vor, bis zur Durchsichtigkeit gedehnt war von Sternenlicht und Erregung. Wir gingen jetzt dem Wind entgegen, der aufgekommen war, und eine Glasmaske aus Kälte stülpte sich über mein Gesicht. Hinter uns krächzte unentwegt der Betrunkene wie ein Adler, der gegen den Sturm kämpft: „Sie sind prima, Sie sind prima!"

„Wohin gehn wir?" fragte ich.

„Zu einem Hotel", sagte mein Vater. „Dieser Mann hat mich zur Vernunft gebracht. Wir müssen dich irgendwohin stecken, wo es warm ist. Du bist mein Stolz und meine Freude, Junge, wir sollen unsere Schätze hüten. Du brauchst Schlaf."

„Wir müssen Mutter anrufen", sagte ich.

„Recht hast du, recht hast du." Die Wiederholung gab mir die Gewißheit, daß er es nicht tun werde.

Wir bogen nach links ab, in die Weiser Street. Der Neonreichtum hier machte die Luft wärmer, so schien es mir. In einem Kneipenfenster wurden Würstchen gegrillt. Gestalten, flüssig im Licht, fluteten vorüber, Schultern eingezogen, Gesichter verborgen. Aber es waren Menschen, und daß es sie gab, freute mich inbrünstig, war wie ein Segen und eine Genehmigung für mich, selbst zu leben. Mein Vater trat in einen schmalen Eingang, den ich nie bemerkt hatte. Drinnen, wenn man sechs Stufen hoch und durch eine blanke Doppeltür gegangen war, befand man sich in einem erstaunlich hohen, offenen Raum mit einem Empfangstisch, einem Fahrstuhlkäfig, einigen massiven Treppenstufen und wenigen Polsterstühlen, die abgewetzt, zerknautscht und in sich selbst versunken dastanden. Linker Hand dämmte eine Art Schirmwand aus Topfpflanzen Stimmen und ein systematisches Klirren von Glas gegen Glas ein, das wie flaches Glockengeläut klang. Ein Geruch lag in der Luft, den ich nie mehr gerochen hatte, seit ich Kind war und manchmal am Sonntagabend ausgeschickt wurde, bei Mohnie, einem Etablissement, das halb Eßlokal, halb Kramladen war, einen Pappeimer voll Austern zu holen. Mohnie war ein großer, langsamer Pennsylvania-Deutscher, der immer einen geknöpften schwarzen Sweater trug und ein Geschäft in einem weißgetünchten Steinhaus führte, das schon an der Chaussee gestanden hatte, als die Stadt noch Tilden hieß. Eine Glocke bimmelte, wenn man die Tür aufstieß, und wenn man sie hinter sich schloß, bimmelte sie wieder. Düsterfarbene Verkaufstische mit exotischen Süßigkeiten und Tabakwaren zogen sich an der einen Wand entlang, und der übrige Raum stand voll mit viereckigen Tischen, die mit Wachstuch bespannt waren und auf Abendessengäste warteten. Es saßen schon ein paar alte Männer auf den Stühlen, und ich hatte anfangs gedacht, daß sie den Geruch, der hier waberte, mitgebracht hätten. Ein Aroma von

Kautabak schwang mit, von runzligem Schuhleder, staubgepökeltem Holz und von den Austern selbst. Als ich dann den glitschigen kleinen Papiereimer nach Haus trug – oben war er geschickt gefaltet wie eine Serviette auf dem sonntäglichen Mittagstisch –, war mir, als stähle ich ein Stückchen von Mohnies Luft, als zöge ich hinter mir durch den blauen Abend einen dünnen, bräunlichen Schweif, den Austernduft, der die Bäume und Häuser an der Chaussee zu Unterwasserwesen machte. Und dieser Geruch war jetzt hier, ganz frisch.

Der Portier, ein Buckliger mit Papierhaut und gichtknotigen, dickknöchligen Händen, ließ sein *Collier's* sinken und sah und hörte mit schiefgelegtem, runzligem Kopf zu, wie mein Vater seine Brieftasche aufklappte, Ausweispapiere hervorkramte und erklärte, daß er George W. Caldwell sei, Lehrer an der High School von Olinger, und ich sein Sohn Peter und daß unser Auto bei Essicks Fabrik eine Panne habe und unser Zuhause ein verdammt gutes Stück nach Firetown rein liege und daß wir gern ein Zimmer hätten, allerdings kein Geld besäßen. Eine hohe, rote Wand stand vorn in meinem Kopf, und ich wollte mich gerade an ihrem Fuß niederlegen und weinen.

Der Bucklige wedelte meines Vaters Ausweise beiseite und sagte: „Ich kenne Sie. Ich habe eine Nichte, Gloria Davis, die geht bei Ihnen zur Schule. Sie hält riesige Stücke von Mr. Caldwell."

„Gloria ist ein verdammt nettes Mädchen", erwiderte mein Vater lahm.

„Ein bißchen wild, findet ihre Mutter."

„Das habe ich nie bemerkt."

„Ein bißchen zu sehr hinter Jungs her."

„In meiner Gegenwart hat sie sich immer wie eine perfekte Dame benommen."

Der andere drehte sich um und suchte einen Schlüssel aus, an dem eine große Holzscheibe baumelte. „Ich gebe Ihnen ein Zimmer im dritten Stock, da wird der Lärm aus der Bar Sie nicht stören."

„Da bin ich Ihnen aber dankbar", sagte mein Vater. „Soll ich Ihnen jetzt einen Scheck schreiben?"

„Warum warten Sie nicht bis morgen?" fragte der kleine gebeugte Mann, und die trockene Haut in seinem Gesicht zuckte, als er sie zu einem Lächeln verzog. „Ich denke, wir sind dann alle noch da." Und er führte uns eine schmale Treppe mit zierlich gedrechseltem Geländer hinauf, dessen polierte Oberfläche sich wellte unter meiner Hand wie eine Katze, die sich ekstatisch unter streichelnden Fingern windet. Die Treppe schlängelte sich um den vergitterten Fahrstuhlschacht, und auf jedem Absatz öffneten sich Ausblicke in Flure, die sporadisch mit Teppichen belegt waren. Wir gingen einen Korridor entlang, und unsere Fußtritte polterten in den Lücken zwischen den Teppichen. Am Ende des Korridors, neben einer Heizung und einem Fenster, das auf den Weiser Square hinausging, steckte der Portier den Schlüssel in ein Schlüsselloch, und die Tür ging auf. Hier war unser Bestimmungsort: den ganzen Abend lang hatten wir uns blind auf dieses Zimmer zubewegt mit seinen beiden Betten, seinem einen Fenster, seinen zwei Schreibtischen, seiner einen nackten Glühbirne an der Decke. Der Portier knipste das Licht an. Mein Vater gab ihm die Hand und versicherte ihm: „Sie sind ein Gentleman und ein gebildeter Mann. Wir litten Durst, und Sie labten uns."

Der Portier machte eine Bewegung mit glänzender, krüppliger Hand. „Das Badezimmer ist hinter der Tür da", sagte er, „ich denke, es wird ein sauberes Glas dasein."

„Ich meine, Sie sind ein guter Samariter", sagte mein Vater. „Dieser arme Junge hier fällt gleich um."

„Nicht die Spur", sagte ich. Ich war noch irritiert, als der Portier schon weg war, und fragte meinen Vater: „Wie heißt denn dieser abscheuliche Kasten?"

„Das New-Yorker", sagte mein Vater. „Eine richtig altmodische Mottenkiste, findest du nicht?"

Jetzt wollte ich also mit ihm zanken, das kam mir so undankbar vor. „Na ja, er war ja wirklich nett, uns reinzulassen, wo wir keinen Pfennig Geld hatten."

„Man weiß nie, wen man wahrhaftig zum Freund hat", sagte er. „Ich wette, wenn dies Flittchen, die Davis, wüßte, daß sie mir einen Gefallen getan hat, dann würde sie schreien im Schlaf."

„Warum *haben* wir kein Geld?" wollte ich wissen.

„Das habe ich mich selber gefragt seit fünfzig Jahren. Das Schlimmste ist, wenn ich einen Scheck ausschreibe, dann gibt es ein Malheur, ich habe nämlich nur zweiundzwanzig Cent auf der Bank."

„Wann kriegst du dein Gehalt? Wir haben doch jetzt Monatsmitte?"

„So wie meine Lage ist, kriege ich nie mein Gehalt. Wenn der Elternbeirat den Bericht liest, den Zimmerman verfaßt hat, dann verlangt man von *mir* Geld."

„Ach, wer liest denn schon seine Berichte!" schnappte ich, ich war böse, weil ich nicht wußte, ob ich mich vor ihm ausziehen sollte oder nicht.

Ich genierte mich vor ihm wegen meines Ausschlags, der Anblick bekümmerte ihn immer so. Aber schließlich war er mein Vater. Ich drapierte meine Jacke über einen wackligen, mit Draht zusammengebundenen Stuhl und schickte mich an, mein rotes Hemd aufzuknöpfen.

Er wandte sich um und griff nach dem Türknauf. „Ich mach mich noch ein bißchen auf die Socken", sagte er.

„Wo willst du jetzt noch hin? Warum kannst du dich nicht mal ruhig verhalten?"

„Ich muß deine Mutter anrufen und den Wagen abschließen. Leg dich schlafen, Peter. Wir haben dich heute morgen zu früh geweckt. Es ist mir gräßlich, das zu tun, seit meinem vierten Jahr versuche ich, Schlaf nachzuholen. Kannst du schon schlafen? Soll ich deine Bücher aus dem Auto mitbringen, damit du noch ein bißchen Hausaufgaben machen kannst?"

„Nein."

Er sah mich an und war anscheinend drauf und dran, eine Entschuldigungsrede zu halten, ein Geständnis oder ein definitives Angebot zu machen. Ein Wort stand zwischen uns – ich wußte es nicht, aber ich glaubte, er wisse es –, das darauf wartete, ausgesprochen zu werden. Aber er sagte nur: „Ich denke, du kannst jetzt schlafen. Du scheinst nicht die Unruhe zu spüren wie ich, als ich so alt war wie du." Eine Spur zu ungeduldig zog er an der Tür, so daß der nur halb eingezogene Schnapper übers Holz ratschte, und ging hinaus.

Die Wände eines leeren Zimmers sind Spiegel, die das Bewußtsein unser selbst verdoppeln und vervielfachen. Ich fühlte mich aufs äußerste erregt, als ich allein war, so als sei ich jählings in eine Gesellschaft von Strahlenden, Berühmten, Schönen eingeführt worden. Ich stellte mich ans einzige Fenster des Zimmers und sah auf das leuchtende Gewirr des Weiser Square hinunter. Er war ein Gewebe, ein dichtes Geflecht von Fäden, ein See, in dem Autolichter sich stauten, die aus allen Teilen der Stadt hereintröpfelten. Zwei Häuserblocks lang war die Weiser Street die breiteste Straße im Osten; Conrad Weiser selbst hatte die Vermessungsstäbe gesetzt, im achtzehnten Jahrhundert; er hatte eine Stadt der Weite, der Klarheit, der Ausgewogenheit geplant. Jetzt schwammen hier Autoscheinwerfer wie in einem violetten See, dessen Fluten bis an meinen Fenstersims stiegen. Die Ladenfassaden und Kneipenschilder wuchsen wie grünes und rotes Gras an den Ufern. Die Fenster von Foy, Altons großem Kaufhaus, waren in sechs Reihen gesetzte viereckige Sterne; oder man konnte auch Crackers in ihnen sehen, die aus zweierlei Getreidesorten gebacken waren: die untere Hälfte war aus hellgelbem Weizen und die obere, da, wo bräunliche Rolläden heruntergelassen waren, aus Gerste oder Roggen. Auf der andern Seite thronte hoch über allem eine große Neoneule, die mittels eines elektrischen Mechanismus die Augen auf- und zuklappte und sich dabei mit einem Flügel, unter dreimaligem Aufleuchten, eine weißglühende Brezel zum Schnabel führte. Zu ihren Füßen verkündeten mehrfarbene, eine ums andere Mal aufleuchtende Lettern:

EULENBREZELN
„Die Besten"
EULENBREZELN
„Die Besten"

Diese Reklamezeichen und die geringeren – ein Pfeil, eine Trompete, eine Erdnuß, eine Tulpe – schienen Spiegelbilder in die Luft zu werfen, schienen widerzuschimmern auf dem transparenten Plan, der sich in Höhe meines Hotelzimmers über den Platz spannte. Autos, Ampellichter, zuckende Schatten, die Menschen waren, alles verquirlte sich unter meinen Augen zu einer optischen Lauge, deren Dämpfe die Zukunft waren. Großstadt. Dies war Großstadt: auf den Tapeten des Zimmers, in dem ich stand, zitterte der Glorienschein der Reklame. Ich trat weit genug vom Fenster zurück, daß mich niemand, ich aber alles sehen konnte, und zog mich weiter aus, und die schuppigen Hautstellen, die ich dabei berührte, kamen mir wie die rauheren, gefleckten Deckblätter eines zarten, köstlichen, silbrigen Fruchtherzens vor, dem ich mich entgegenpellte. Ich stand in Unterhosen, bereit, mich in die Fluten zu werfen; Ried und Schlamm trugen den Abdruck meiner bloßen Füße. Alton schwamm schon im See der Nacht. Die Makel im Fensterglas riffelten die nassen Lichter draußen. Ein jungfräuliches Gespür fürs Verbotene wallte über mich wie ein Wind, und ich empfand mich als ein Einhorn.

Alton dehnte sich. Seine weißen Verkehrsarme streckten sich flußwärts. Sein glänzendes Haar fächerte sich auf dem Spiegel des Sees. Das Bewußtsein meiner selbst wuchs, bis ich, Liebender und Geliebter, Sehender und Gesehener, in mehreren akzentuierten Erweiterungen mein Ego, die Stadt und die Zukunft vereinigte, und während dieser Sekunden drang ich wahrhaft bis zum Mittelpunkt der Sphäre vor und bezwang Zeit und Ewigkeit. Ich würde triumphieren. Aber die Stadt wob und weste ungerührt fort hinterm Fenster, meine Durchdringungsversuche prallten ab, und diese Zurückweisung ließ mich unsäglich erlahmen. Eilig, als bestünde meine Winzigkeit aus vielen schmelzenden Kristallen, die sich ganz auflösen würden, wenn ich sie nicht rasch zusammenhielte, zog ich mich zum Teil wieder an und legte mich ins Bett, das der Wand am nächsten stand. Die kalten Laken teilten sich wie Marmorblätter, und ich kam mir wie ein trockenes Samenkorn in den Furchen der Erde vor. *Lieber Gott, vergib mir, vergib mir, segne meinen Vater, meine Mutter, meinen Großvater und laß mich jetzt einschlafen.*

Als die Bettücher sich erwärmten, wuchs ich wieder zu menschlicher Größe, und dann, als die Zersetzung durch Schläfrigkeit fortschritt, erfüllte eine zugleich lebhafte und betäubte Unermeßlichkeit meine Zellen, es war, als sei ich ein Riese, der in seinem Fingernagel alle Sternsysteme faßte, die es gab. Diese Empfindung spielte sich nicht nur im Raum ab, sondern auch in der Zeit; es schien – so buchstäblich, wie man „eine Minute" sagt – eine Ewigkeit her, daß ich aufgestanden war, mein knallrotes Hemd angezogen, vor meiner Mutter mit dem Fuß gestampft, den Hund durch den vereisten Maschendraht gestreichelt und Orangensaft getrunken hatte. All diese Handlungen schienen nur auf Fotografien stattgefunden zu haben, die auf eine Nebelwand in Sternenferne projiziert waren. Sie verschmolzen mit Patricia Neal und Doris Day, und die Vorstellung dieser Gesichter stellte mich wieder auf die stärkende Ebene des Alltags. Details fielen mir auf: ein fernes Stimmengewirr, eine Drahtspirale, die ein, zwei Meter weg von mir ein Stuhlbein zusammenhielt, das ärgerliche Lichtgeflacker an den Wänden. Ich stieg aus dem Bett, zog den Rolladen tiefer und legte mich wieder hin. Wie warm das Zimmer war im Vergleich zu meiner Kammer in Firetown! Ich dachte an meine Mutter, und zum erstenmal vermißte ich sie; ich sehnte mich danach, ihren Getreideduft zu atmen und ihr selbstvergessen zuzuschauen, wie sie hin und her stapfte in unserer Küche. Wenn ich sie wiedersah, wollte ich ihr gleich sagen, daß ich verstände, warum sie mit uns auf die Farm gezogen war, und daß ich es ihr nicht übelnähme. Und ich wollte meinem Großvater mehr Achtung erweisen und hinhören, wenn er redete, denn – denn – er würde nicht immer bei uns sein.

Mein Vater schien in diesem Augenblick ins Zimmer gekommen zu sein, ich muß also schon geschlafen haben. Meine Lippen fühlten sich geschwollen an, meine nackten Beine lang und knochenlos. Sein großer Schatten schnitt durch den rosa Lichtstreifen, den der heruntergezogene Rollladen auf der Wand in der Ecke stehengelassen hatte. Ich hörte, wie er meine Bücher auf den Tisch legte. „Schläfst du, Peter?"

„Nein. Wo warst du?"

„Ich habe deine Mutter angerufen und Al Hummel. Deine Mutter sagt, ich soll dir sagen, du brauchst dich wegen nichts zu beunruhigen, und All schickt morgen früh seinen Abschlepper zum Auto. Er glaubt, es liegt an der Kardanwelle, und er will versuchen, gebrauchte Ersatzteile für mich aufzutreiben."

„Wie fühlst du dich?"

„Gut. Ich habe mich mit einem furchtbar netten Herrn unten in der Halle unterhalten. Er bereist den ganzen Osten und berät die großen Kaufhäuser und Gesellschaften bei ihren Werbeprogrammen und macht damit zwanzigtausend im Jahr plus zwei Monate Urlaub. Ich habe ihm gesagt, daß genau das die Art freier schöpferischer Tätigkeit sei, die dich interessierte, und er sagte, er würde dich gern kennenlernen. Ich dachte schon daran, raufzukommen und dich zu holen, aber dann stellte ich mir vor, daß du wahrscheinlich ganz gut ein bißchen Schlaf brauchen könntest."

„Vielen Dank", sagte ich. Sein Schatten wischte hin und her über den Lichtstreifen, als er sein Jakkett, den Schlips und das Hemd auszog.

Ich hörte ihn glucksen. „Zum Teufel mit ihm, wie? So wie der, so müßte man's machen. Ein Kerl wie der würde über deine Leiche gehn, um sich noch einen Penny zu ergattern. Mit solchen Halunken hab ich mein ganzes Leben lang zu tun gehabt; sie sind zu gewitzt für mich."

Als er im Bett lag und seine Gliedmaßen zur Ruhe gekommen waren, nicht mehr in den Laken raschelten, entstand ein Schweigen, und dann sagte er: „Mach dir keine Sorgen wegen deinem Alten, Peter. Wir sind in Gottes Hand."

„Ich mach mir keine Sorgen", sagte ich. „Gute Nacht."

Wieder ein Schweigen, dann redete die Dunkelheit: „Träum süß, wie Pop sagen würde." Als er so unerwartet meinen Großvater beschwor, wurde dies fremde Zimmer auf einmal so sicher, daß ich beruhigt darin schlafen konnte, obgleich eine Frau am andern Ende des Korridors kicherte und über und unter uns mit Türen geschlagen wurde.

Mein Schlaf war einfach und tief, meine Träume spärlich. Alles, woran ich mich erinnerte, als ich aufwachte, war, daß ich mich in einem endlosen chemischen Laboratorium aufgehalten hatte, das wie eine durch Spiegel bewirkte Vervielfältigung der Becken und Reagenzgläser und Bunsenbrenner in Zimmer 107 in der Schule war. Auf dem Tisch stand ein kleiner Einmachtopf, so einer, wie meine Großmutter ihn immer zum Apfelmuseinkochen benutzte. Das Glas war trüb. Ich nahm es in die Hand, hielt mein Ohr an den Deckel und hörte eine winzige, hohe Stimme – so hoch wie die Stimme, die bei einem Gehörtest die Nummern nennt – mit mikroskopischer Bestimmtheit sagen: „Ich möchte sterben. Ich möchte sterben."

Mein Vater war schon auf und angekleidet. Er stand am Fenster, hatte den Rolladen hochgezogen und sah auf die Stadt nieder, die sich in den grauen Morgen rekelte. Der Himmel war nicht klar: Wolken, die wie die Unterseiten von langen, schmalen Brötchen aussahen, stiegen am Ziegelhorizont der Stadt herauf. Mein Vater öffnete einen Fensterflügel, um Alton zu schnuppern, und die Luft schmeckte anders als gestern: weicher, vorbereitend, aufgerührt. Irgend etwas war näher gerückt.

Unten am Empfang stand statt unseres Portiers ein junger Mann, stramm und ohne Lächeln. „Hat der alte Herr heute frei?" fragte mein Vater.

„Es ist sehr komisch", sagte der neue Portier, ohne auch nur im mindesten zu lächeln, „Charlie ist letzte Nacht gestorben."

„Was? Wie konnte er das tun?"

„Ich weiß nicht. Es war ungefähr um zwei heute früh, hab ich gehört. Ich sollte ja erst um acht kommen. Er ist nur vom Tisch aufgestanden und in die Herrentoilette gegangen, da ist er dann auf dem Fußboden gestorben. Muß das Herz gewesen sein. Hat der Krankenwagen Sie nicht aufgeweckt?“

„Die Sirene ging also wegen meinem Freund? Ich kann nicht glauben, was Sie sagen. Er hat sich wunderbar christlich gegen uns benommen.“

„Ich kannte ihn persönlich gar nicht so gut.“ Er nahm meines Vaters Scheck nur nach langen Erklärungen und mit zweifelnder Grimasse an.

Mein Vater und ich klaubten sämtliche Münzen in unseren Taschen zusammen und fanden genug für ein Frühstück in irgendeiner Imbißstube. Ich hatte einen Dollar in der Brieftasche, sagte es ihm aber nicht, weil ich das Geld als Überraschung aufheben wollte für den Fall, daß wir in eine noch mißlichere Lage gerieten. Die Theke im Lokal war mit verschwiemelt und verdrießlich dreinsehenden Arbeitern gesäumt, die noch halb schliefen. Ich war erleichtert, zu sehen, daß der Mensch, der mit den Pfannen umging, nicht unser Stromer war. Ich bestellte Pfannkuchen und Speck, und es war das beste Frühstück, das ich seit Monaten gegessen hatte. Mein Vater bestellte Weizenflocken, vermuste sie in der Milch, aß ein paar Happen und schob den Teller weg. Er sah auf die Uhr. Es war fünf vor halb acht. Er unterdrückte ein Aufstoßen; sein Gesicht wurde weiß, und die Haut unter den Augen schien aufs Jochbein zu sacken. Er sah, daß ich ihn erschreckt anstarrte, und sagte: „Ich weiß, ich sehe wie der Leibhaftige aus. Ich werd mich in der Schule im Kesselraum rasieren. Heller hat einen elektrischen Apparat.“ Der blaßblaue Schleier eines vierundzwanzig Stunden alten Bartes bedeckte wie Rauhreif sein Kinn und seine Wangen.

Wir verließen das Lokal und wandten uns nach

Süden, auf die hohe, finstere Eule aus toten elektrischen Röhren zu. Ein dünner Winternebel, der durch die steigende Temperatur entstanden war, leckte über den feuchten Zement und Asphalt. Wir bestiegen einen Trolleybus an der Ecke Fifth und Weiser Street. Die hellen Korbsitze machten den Wagen fröhlich, er war warm und fast leer. Nur vereinzelt schwammen Leute dem Sog der Innenstadt entgegen. Alton ging zu Ende; die Reihenhäuser standen verstreut wie Eisschollen; ein Hügel in der Ferne war zur einen Hälfte mit benommenem Grün bedeckt, zur andern mit neuen pastellfarbenen Häusern; und als wir die lange, sanft gleitende Strecke hinter der Eisbude, auf der die wuchtige Gipsnachbildung einer Waffeltüte thronte, entlangfuhren, scharten sich die kunterbunten Häuser von Olinger um uns. Das Schulgebäude und dann auch das lachsrote Ziegelgebäude der Schule selber tauchten zur Linken auf; der Schornstein des Kesselraums stieg mahnend wie ein Kirchturm in den Himmel. Vor Hummels Werkstatt stiegen wir aus. Unser Buick war noch nicht da. Wir kamen nicht spät heute; noch immer krochen Autos auf ihre Parkplätze. Ein orangeroter Omnibus bog rasend um die Straßenkrümmung und kam schwankend zum Stehen; Schüler, so groß wie Vögel, leuchtend bunt, nicht zweimal dieselbe Farbe, stolperten paarweise aus den Türen. Mein Vater und ich gingen eilig über den schmalen Pflasterweg, der den Seitenrasen der Schule von Hummels Gelände trennte, und ein kleiner Wirbelwind sprang vor uns auf und führte uns. Blätter, die lange, lange tot waren und spröde wie alte Schmetterlingsflügel, ein himmelblaues Bonbonpapier, Staubflocken und samenkorngroße

Schmutzklümpchen, alles wirbelte in raschelndem Aufruhr unter unseren Augen: eine deutlich im Kreis sich bewegende, unsichtbare Gegenwart formierte sich auf dem Weg. Sie tanzte von einem Grasrand zum andern und seufzte ihr sinnloses Wort; ich wollte meinem Instinkt folgen und stehenbleiben, aber mein Vater hastete weiter. Seine Hosenbeine flatterten, irgend etwas klammerte sich mir an die Knöchel, ich schloß die Augen. Als ich mich umsah, war der Wirbelwind nirgends mehr zu sehen.

In der Schule trennten wir uns. Als Schüler hatte ich laut Statuten keinen Zugang zum Gebiet jenseits der Drahtglastüren. Mein Vater stieß sich durch die Schwingflügel und ging den langen Flur entlang, sein Kopf war hochgereckt, sein Haar aufgestöbert vom Herunterziehen der blauen Strickmütze, seine Absätze dröhnten auf den gebohnerten Dielen. Kleiner, immer kleiner wurde er auf den sich verjüngenden Brettern; an der entferntesten Tür wurde er zum Schatten, zu einer Motte, durchbohrt vom Licht, auf das er sich zubewegte. Die Tür verschluckte ihn, er war verschwunden. Schweiß brach mir aus, Entsetzen faßte mich.

V

George W. Caldwell, Lehrer, 50.

Mr. Caldwell wurde am 21. Dezember 1896 in Staten Island, New York City, geboren. Sein Vater war der Reverend John Wesley Caldwell, er hatte auf der Princeton University und dem Union Theological Seminary in New York studiert. Nach dem Abschlußexamen in letzterem trat er in den presbyterianischen Pfarrdienst ein und gab so die fünfte Generation von Geistlichen ab, die die Familie Caldwell dieser Konfession stellte. Seine Ehefrau Phyllis, geborene Harthorne, war südstaatlicher Herkunft, sie stammte aus der näheren Umgebung von Nashville, Tennessee. Sie brachte nicht nur ihre außerordentliche Schönheit und Anmut in die Ehe, sondern auch ihre tatkräftige Frömmigkeit, die bezeichnend ist für die Frauen aus guten Südstaatenfamilien. Unzählige Gemeindemitglieder waren ihrem Beispiel an Demut und christlicher Lebensführung verpflichtet. Als ihr Mann im tragisch jungen Alter von neunundvierzig Jahren, im Vollbesitz seiner Kräfte, in den höheren Dienst abberufen wurde, in jenem schweren Jahr seiner schleichenden Krankheit, da war sie es, die die Kirchenarbeit fortführte und an etlichen Sonntagen sogar selber auf die Kanzel stieg.

Das Paar war mit zwei Nachkommen gesegnet, von denen George der zweite war. Im März 1900, als George drei Jahre alt war, gab sein Vater das Pastorat in Staten Island auf und folgte einem Ruf an die Erste Presbyterianische Kirche in Passaic, New Jersey, an der Ecke Grove Street und Passaic Avenue, ein prächtiger Bau aus gelbem Kalkstein, der noch immer steht und erst kürzlich erweitert worden ist. Dies sollte der Ort sein, an dem John Caldwell zwei Jahrzehnte lang sein gelehrtes Wissen, seinen verschrobenen Witz und standhaften Glauben über die aufwärts gewandten Gesichter seiner Gemeinde ausgoß. So kam es, daß Passaic, in alter Zeit Acquackanonk genannt, ein sanftes Flußstädtchen, dessen ländliche Schönheiten damals weit davon entfernt waren, von der gewaltig aufstrebenden Industrie überschattet zu werden, zum Schauplatz von George Caldwells Kindheit und Jugend wurde.

Manch einer, der heute noch in dieser Stadt lebt, erinnert sich seiner als eines aufgeweckten Jungen, der in allen Sportarten zu Hause war und es ebensogut verstand, sich seine Freundc zu erhalten wie sie zu gewinnen. Sein Spitzname war „Latte", vermutlich eine Anspielung auf seine ungewöhnliche physische Magerkeit. In die intellektuellen Fußstapfen seines Vaters tretend, zeigte er früh ein Interesse für die exakten Wissenschaften, wiewohl er in späteren Jahren mit der scherzenden Bescheidenheit, die diesem Menschen zutiefst zu eigen war, behauptete, daß der kühnste seiner Träume auf den Beruf des Apothekers ziele. Zum Glück für eine Schülergeneration in Olinger verfügte das Schicksal anders.

Mr. Caldwells Jünglingszeit wurde getrübt durch

den frühen Tod seines Vaters und durch Amerikas Teilnahme am ersten Weltkrieg. Als geborener spontaner Patriot trat er gegen Ende des Jahres 1917 in die Stabstruppe der achtundsiebzigsten Division ein und überlebte mit knapper Not im Fort Dix die Influenzawelle, die damals die Feldlager überspülte. Als Nummer 2414792 hielt er sich bereit, in Europa Dienst zu tun, als der Waffenstillstand verkündet wurde; nie wieder sollte George Caldwell der Möglichkeit so nahe sein, die kontinentalen Grenzen seiner Nation zu verlassen, der er als Handwerker, Lehrer, Kirchenmann, Bürgerschaftsvorstand, Sohn, Gatte und Vater Bereicherung brachte.

In den Jahren nach seiner Entlassung aus dem Militärdienst befaßte sich George Caldwell, der nun – zusammen mit seiner verheirateten Schwester – der einzige Trost seiner Mutter war, mit mannigfaltigen Berufen: er ging von Haus zu Haus als Vertreter für Nachschlagewerke, arbeitete in Atlantic City als Fahrer eines Stadtrundfahrtenbusses, als Sportbetreuer im Paterson-Jungmännerverein, als Lokheizer bei der New-York-, Susquehanna- und Western-Bahnlinie, ja sogar als Hotelpage und Tellerwäscher in einem Restaurant. Im Jahre 1920 immatrikulierte er sich im Lake College in der Nähe von Philadelphia, und ohne jede finanzielle Unterstützung, außer den Mitteln, die er sich durch eigene Bemühungen erwarb, bestand er 1924 sein Abschlußexamen mit Auszeichnung; sein Hauptfach war die Chemie. Während er beim Studium Vorzügliches leistete und einem anstrengenden Programm von Nebenbeschäftigungen nachging, errang er auch noch ein Sportstipendium, das seine Studiengebühren um die Hälfte ermäßigte.

Drei Jahre lang war er Torwart in der Fußballmannschaft des Lake College; er erlitt insgesamt siebzehn Nasenbrüche, verrenkte sich zweimal höchst schmerzhaft die Kniescheibe und brach sich je einmal ein Bein und ein Schlüsselbein. Dort war es auch, auf dem lieblichen College-Gelände, dessen Hauptkleinod ein leuchtender, eichengesäumter See ist, den die Lenni Lenape, die „Eingeborenen", für heilig erachteten, wo er Miß Catherine Kramer begegnete und von ihr bezaubert wurde; sie entstammte einer Familie, die im Städtchen Firetown im Alton County ansässig war. 1926 heiratete das Paar in Hagerstown, Maryland, und unternahm während des folgenden halben Jahrzehnts ausgedehnte Reisen durch die mittelatlantischen Staaten einschließlich Ohio und West-Virginia, denn George war als Kabelleger bei der Telefon- und Telegrafengesellschaft angestellt.

„Das Gute kommt oft in seltsamer Verkleidung." 1931 zwang das Schicksal der Nation sich wieder dem einzelnen auf; auf Grund der wirtschaftlichen Unruhen, die die Vereinigten Staaten heimsuchten, wurde George Caldwell von den Gehaltsempfängerlisten des Industrieriesen gestrichen, dem er so gewissenhaft gedient hatte. Er und seine Frau, die in Kürze seine, Georges, Verantwortung auf ein weiteres Menschenkind ziehen sollte, zogen zu Catherines Eltern in Olinger, wo Mr. Kramer einige Jahre zuvor das hübsche, weißgetünchte Ziegelhaus an der Buchanan Road erworben hatte, das heute von Dr. Potter bewohnt wird. Im Herbst 1933 übernahm Mr. Caldwell ein Lehramt an der High School in Olinger, ein Amt, zu dem er immer treu gestanden hat.

Wie soll man seine Fähigkeiten als Lehrer in

Worte fassen? Souveräne Beherrschung seiner Fächer, ein unausschöpfbares Mitgefühl mit dem unterlegenen Schüler, eine einzigartige Begabung, unvermutete Beziehungen herzustellen und in immer frischer, augenöffnender Weise den Lehrstoff mit dem wahren Leben zu verknüpfen, ein spielerischer Humor, ein durchaus nicht überflüssiger Hang zum Dramatisieren, ein ruheloses und skeptisches Temperament, das ihn unablässig vorwärtsdrängte zu immer höheren Leistungen im pädagogischen Dienst – das sind nur Teile des Ganzen. Am unauslöschlichsten aber bleibt vielleicht in den Gemütern seiner ehemaligen Schüler (zu denen der Schreiber dieser Zeilen sich zählt) seine übermenschliche Selbstlosigkeit haften, eine umfassende Anteilnahme an der Welt im allgemeinen, die ihm vielleicht zuwenig Raum ließ für Nachgiebigkeit gegen sich selbst und zufriedene Beschaulichkeit. Unter Mr. Caldwells Augen zu sitzen, das bedeutete, voll Hoffnung den Kopf zu heben. Wenngleich es zuweilen Konfusionen gab – eben weil er so unorthodox, so feinmaschig mit der Klasse verwoben war –, so gab es doch nie Konfusionen bei der Ansicht, daß man es mit einem „einzig richtigen Mann“ zu tun hatte.

Zusätzlich noch zur vielfältigen Bürde seiner außerlehrplanmäßigen Betätigungen wie dem Trainieren mit unserm tapferen Schwimmteam, dem Verkauf sämtlicher Fußball-, Basketball-, Leichtathletik- und Baseballbilletts und der Leitung des Gemeinschaftsklubs spielte Mr. Caldwell eine gigantische Rolle im Gemeindewesen. Er war Sekretär des Vereins der Förderer der Stadt Olinger, Studienberater der Pfadfindermeute 12, Mitglied des Ausschusses zur Beantragung eines Gemeindeparks, Vizepräsident der Lions und Vorsitzender der alljährlichen Glühbirnenverkaufsaktion dieses Wohltätigkeitsvereins zugunsten blinder Kinder. Während des letzten Krieges war er Blockwart und in mancherlei anderer Hinsicht ein williges Werkzeug zum Gelingen des Ganzen. Als Republikaner und Presbyterianer geboren, wurde er ein Demokrat und Lutheraner und in beiden Fällen ein unerschütterlicher Mitstreiter. Während vieler Jahre war er als Dekan und Kirchenratsmitglied der lutherischen Erlöserkirche in Olinger tätig und wurde unmittelbar nach seinem Umzug in ein bezauberndes Landhaus in Firetown, der Heimat der Familie seiner Frau, Dekan und Kirchenratsmitglied an der evangelisch-lutherischen Kirche zu Firetown. Diese Aufstellung kann schon ihrer Natur nach nicht die zahllosen, namenlosen Werke der Nächstenliebe und Güte enthalten, durch die er sich, ursprünglich ein Fremder in der Stadt Olinger, so unlöslich in das Gewebe ihres Bürger- und Gemeinsinnes verwoben hat.

Er hinterläßt eine Schwester, Alma Terrio, in Troy, New York, und seinen Schwiegervater, seine Frau und seinen Sohn, alle drei wohnhaft in Firetown.

VI

Während ich auf meinem Felsen lag, wurde ich von mehreren Personen aufgesucht. Als erster kam Mr. Phillips, ein Kollege und Freund meines Vaters, seine Frisur war gekerbt von der Erinnerung an seine Shortstop-Mütze. Aufmerksamkeit heischend hob er die Hand und ließ mich das Spiel spielen, von dem er meinte, es versehe einen mit raschem Geist. „Zwei", sagte er geschwind, „plus vier, mal drei, minus sechs, geteilt durch zwei, plus vier, gibt?"

„Fünf?" sagte ich, denn ich hatte mich faszinieren lassen von der Behendigkeit seiner Lippen und so die Spur verloren.

„Zehn", sagte er und schüttelte ein wenig vorwurfsvoll seinen stocksteif gekämmten Kopf. Er war ein reinlicher Mensch, in allen Stücken, und jegliches Anzeichen mangelnder Akkuratesse verdroß ihn. „Jetzt sechs", sagte er, „geteilt durch drei, plus zehn, mal drei, plus vier, geteilt durch vier, ist?"

„Ich weiß nicht", sagte ich kläglich. Mein Hemd biß mir wie Feuer in die Haut.

„Zehn", sagte er und schob traurig seine Gummilippen vor. „Wir wollen lieber zu unserm Thema kommen." Er gab Sozialkunde. „Nenne mir die

Mitglieder von Trumans Kabinett. Denk an die Zauberformel ST. WAPNICAL."

„State Department", sagte ich, „Dean Acheson", und an mehr konnte ich mich nicht erinnern. „Ehrlich, Mr. Phillips", rief ich, „Sie sind sein Freund. Ist es möglich? Wo kommen die Seelen hin?"

„T", sagte er, „Thanatos. Thanatos, der Todesdämon, trägt die Toten fort. Zwei und drei, Billyboy, puppenleicht." Er machte einen flinken Schritt zur Seite, bückte sich und fing etwas auf. Er straffte sich, drehte sich langsam um seine Achse und floppte es von unten herüber. Es war ein Volleyball, und hinter mir fingen alle Berggipfel zu schreien an. Ich strengte mich an, ihn übers Netz zurückzuschlagen, aber meine Handgelenke waren mit Eis und Erz gefesselt. Dem Ball wuchsen Augen und eine Haarmähne wie der Fadenschopf, der aus der berstenden Ähre fließt. Deifendorfs Gesicht kam so nah, daß ich den Unschlitt in seinem Atem riechen konnte. Er hielt die Hände so zusammen, daß sich zwischen den Ballen ein kleiner, rautenförmiger Spalt bildete. „Das ist das, was sie wollen, verstehst du", sagte er, „dich hier drin haben. Egal, wer sie sind, das ist alles, was sie wollen, du sollst hier rein und hin und her scheuern."

„Es kommt mir so brutal vor", sagte ich.

„Es ist widerlich", stimmte er mir zu, „aber es ist so. Hin und her, hin und her, nichts sonst, Peter. Küssen, umarmen, schöne Worte, das rührt sie überhaupt nicht. Du mußt es schon so machen." Er nahm einen Bleistift in den Mund und zeigte mir, wie, indem er das Gesicht über seine Hände neigte und den Bleistift, Radiergummiende voran, mit seinen Tatarenlippen in den Spalt zwischen den Daumenballen führte. In diesem Augenblick sanfter Konzentration schien eine ganz heimliche Welt in dem Bereich seines Atems aufzublühen. Dann richtete er sich auf, nahm die Hände auseinander und streichelte die beiden Fettpolster seiner linken Handfläche. „Wenn hier zuviel Fett ist", sagte er, „hier, an der Innenseite der Schenkel, dann bist du blockiert, verstehst du?"

„Ich denke schon", sagte ich, gierig, mir die juckenden Arme zu kratzen, da, wo das rote Hemd schupperte.

„Verschmäh also die mageren Dinger nicht", ermahnte Deifendorf mich, und die gestraffte Ernsthaftigkeit seines Gesichts stieß mich ab, weil ich wußte, daß sie meinen Vater einnahm. „Nimm ein so knochiges Stück wie Gloria Davis oder eine von diesen langgliedrigen, schlaksigen Typen wie Mrs. Hummel – ich meine, wenn so eine dich aufnimmt, dann fühlst du dich nicht so verloren. He, Peter?"

„Was? *Was?*"

„Willste wissen, woran man erkennt, ob sie leidenschaftlich sind?"

„Ja, wirklich gern."

Er streichelte zärtlich seinen Daumenballen. „Gleich hier vorne. Venusberg. Je mehr da ist, desto mehr sind sie's."

„Desto mehr was?"

„Sei nicht blöd." Er knuffte mich in die Rippen, daß ich nach Luft schnappte. „Und noch was. Warum ziehste dir nicht mal 'ne Hose an, die keinen gelben Fleck am Schlitz hat?"

Er lachte, und hinter mir hörte ich den ganzen Kaukasus lachen und mit Handtüchern klatschen und mit silbrigen Genitalien flappen.

Dann kam die Stadt, mich zu besuchen, sie war

mit maisgelber Farbe verputzt, und ihr Gesicht war verwaschen von müßigem Weinen. „Du erinnerst dich an uns", sagte ich. „Wie wir immer die Straße entlanggingen, an den Trolleybussen vorbei, und ich mich ein bißchen anstrengen mußte, um Schritt zu halten?"

„Erinnern?" Sie faßte sich verwirrt an die Wange, und an ihren Fingerspitzen blieben kleine, nasse Lehmklumpen haften. „Es gibt so viele ..."

„Caldwell", sagte ich, „George und Peter. Er unterrichtete an der High School, und als der Krieg zu Ende war, da war er Onkel Sam und führte die Parade an von der Feuerwehr bis ans untere Ende der Straße, da wo früher die Straßenbahnschienen liefen."

„Da *war* doch jemand", sagte sie, und ihre Augenlider zitterten dabei in nachtwandlerischer Konzentration, „ein gedrungener Mann ..."

„Nein, ein *großer* Mann!"

„Ihr bildet euch alle ein", sagte sie in jähem Ärger, „wenn ihr ein oder zwei Jahre hier seid, daß ich ... daß ich ... Es gibt Tausende. Es hat Tausende gegeben, und es wird wieder Tausende geben ... Zuerst die Einheimischen. Dann die Waliser, die Quäker, die Deutschen aus dem Tulpenhocken Valley ... und alle denken, daß ich mich an sie erinnern soll. Und dabei", sagte sie, „ist mein Gedächtnis so schlecht." Und bei diesem Geständnis wurde ihr Gesicht von einem geschwinden Lächeln erhellt, welches so verquer zu den irdenen Farbspuren über ihre Züge knitterte, daß ich sie einen Augenblick lang lieben mußte, trotz ihrer Schwäche. „Und je älter ich werde", fuhr sie fort, „je weiter sie mich ausdehnen, mit Straßen den Shale Hill hinauf, mit neuen Siedlungen auf Alton zu, desto mehr ... Ich weiß nicht. Desto weniger fällt ins Gewicht."

„Er war bei den Lions", versuchte ich zu helfen. „Aber sie haben ihn nie zum Präsidenten gemacht. Er war im Ausschuß zur Gründung eines Gemeindeparks. Er hat unentwegt gute Taten vollbracht. Er liebte es, in kleinen Gassen zu gehn, und er brachte viel Zeit damit hin, in Hummels Garage zu lungern, dort an der Ecke."

Ihre Augen waren geschlossen, sie folgten dem Muster der Lider, und ihr ganzes Gesicht wirkte membranös und gedehnt, es pulste mit vielen feinen Äderchen, war aber versunken wie eine Totenmaske. Der Verputz glänzte, wo er noch nicht trokken war. „Wann haben sie Hummels Durchgang planiert?" murmelte sie zu sich selbst. „Da war früher ein Holzbearbeitungsgeschäft und der Mann in der kleinen Hütte, der im Schützengraben blind geworden war durch Gas, und jetzt sehe ich einen Mann in den Durchgang treten ... seine Jackentasche ist voll von alten Federn, die nicht schreiben ..."

„Das ist mein Vater!" rief ich.

Sie schüttelte verdrossen den Kopf und zog langsam die Lider hoch. „Nein", belehrte sie mich, „es ist niemand. Es ist der Schatten eines Baumes." Sie grinste und holte ein geflügeltes Ahornsamenkorn aus der Tasche, spaltete es kunstgerecht mit dem Daumennagel und setzte es sich auf die Nase, wie wir es als Kinder taten, und da saß es und bildete ein kleines grünes Nashornhorn. Die Wirkung war, im Zusammenspiel mit der Ockerfarbe, widrig; sie sah mich zum erstenmal voll an, ihre Augen waren so schwarz wie Öl oder Ton. „Schließlich", artikulierte sie deutlich, „bist du ja weggezogen. Du hättest nicht wegziehen sollen."

„Es war nicht meine Schuld, meine Mutter ..."

Die Glocke tönte. Es war Zeit zum Mittagessen, aber niemand brachte mir etwas. Ich saß Johnny Dedman gegenüber, und es waren noch zwei andere bei uns. Johnny teilte Karten aus. Weil ich meine nicht aufnehmen konnte, hielt er mir jede dicht vors Gesicht, und ich sah, daß es keine gewöhnlichen Karten waren. An Stelle der Augen trug jede von ihnen eine schmutzige Fotografie.

Karo-As: Frau, weiß, nicht mehr jung, lächelnd, nackt auf einem Stuhl sitzend, Beine gespreizt.

Herz-Bube: Weiße mit Neger, den Akt gegenseitiger Anbetung ausübend, der gemeinhin unter dem Zeichen 69 bekannt ist.

Treff-Zehn: Vier Personen, zum Karree geordnet, abwechselnd Mann und Frau, ein Neger, drei Weiße, mündliche Liebe zelebrierend. Das Bild war bei dem billigen Druckverfahren natürlich beträchtlich unscharf geraten, so daß etliche Details nicht so herauskamen, wie ich mir gierig wünschte. Um meine Verlegenheit zu bemänteln, fragte ich kühl: „Wo hast du die her?"

„Zigarrengeschäft in Alton", sagte Johnny. „Man muß allerdings den Mann kennen."

„Gibt es wirklich zweiundfünfzig verschiedene davon? Das ist ja phantastisch."

„Alle bis auf diese hier", sagte er und zeigte mir Pik-As. Es war schlicht Pik-As.

„Wie enttäuschend."

„Aber nicht mehr, wenn du's umdrehst", sagte er; und es war ein Apfel mit einem dicken, schwarzen Stiel. Ich verstand nicht.

Ich bettelte: „Laß mich die andern Karten sehn."

Johnny sah mich an mit seinem weisen Blick, seine flaumigen Wangen glühten sacht. „Nicht so hastig, mein kleiner Lehrerssohn. Du mußt zahlen. Ich mußte schließlich auch."

„Ich hab kein Geld. Letzte Nacht mußten wir im Hotel übernachten, und mein Vater mußte dem Mann da schon einen Scheck geben."

„Du hast einen Dollar. Du hast ihn dem alten Knacker verschwiegen. Du hast einen Dollar im Portemonnaie in deiner Hüfttasche."

„Aber ich kann nicht ran, meine Arme sind festgebunden.".

„Na bitte", sagte er, „kauf dir deine Karten doch selber, du blöde Pfeife." Und er steckte die seinen in die Tasche seines Hemdes, das waldgrün war und von einem schönen, groben Gewebe, den Kragen hatte er hochgeschlagen, so daß er sich am Saum des naßgekämmten Haars rieb.

Ich versuchte, ans Portemonnaie zu kommen; meine Schultermuskeln schmerzten in ihren erstarrten Gelenken; mein Rücken war wie festgeschweißt an den Felsen. Penny – sie war neben mir, von ihr ging der taubensanfte Parfümhauch aus – streichelte meinen Nacken mit ihrem Gesicht, als sie mir mein Portemonnaie holen wollte. „Laß sein, Penny", sagte ich, „es ist nicht wichtig. Ich brauche das Geld, weil wir heute abend in der Stadt essen müssen wegen des Basketballspiels."

„Warum seid ihr bloß aufs Land gezogen?" fragte sie. „Davon kommen all diese Unbequemlichkeiten."

„Stimmt", sagte ich, „aber dadurch habe ich auch die Möglichkeit, an dich ranzukommen."

„Du machst nie Gebrauch davon", sagte sie.

„Einmal doch", sagte ich und wurde rot zu meiner Rechtfertigung.

„Ach, Scheiße, Peter, hier", seufzte Johnny. „Sag

jetzt aber nicht, ich hätte dir nie einen Gefallen getan.“ Er blätterte den Kartensatz durch und zeigte mir noch einmal den Herzbuben. Es war sehr schön, ein vollkommener Kreis, eine endgültige Symmetrie, ein dunkler Strudel aus Leibern, die Gesichter verborgen von den weißen Schenkeln und den langen offenen Haaren der Frau. Aber diese Schönheit brachte, wie ein schwarzer Bleistift, den man über Papier reibt, um die verwischten Initialen und Inschriften zu heben, die vor langer Zeit auf den Pultdeckel geritzt worden sind, wieder meine Sorge und meine Angst um meinen Vater an den Tag. „Was, glaubst du, werden die Röntgenaufnahmen bringen?“ fragte ich, wie ich hoffte, beiläufig.

Er zuckte die Achseln, und nach einem kleinen, wägenden Summton sagte er: „Fifty-fifty. Es kann nach beiden Seiten ausschlagen.“

„Ach du *lieber* Gott!“ kreischte Penny auf und fuhr sich mit den Fingerspitzen an die Lippen. „Ich hab vergessen, für ihn zu beten.“

„Ist schon gut“, sagte ich, „Schwamm drüber. Vergiß, daß ich dich darum gebeten habe. Laß mich nur mal von deinem Hamburger abbeißen. Nur einen kleinen Happen.“

Der Zigarettenqualm rings schlug mir ins Gesicht; wenn ich den Mund aufmachte, war es, als ob ich Schwefel schluckte.

„Sachte, sachte“, sagte Penny, „das ist mein ganzes Mittagbrot.“

„Du bist gut zu mir“, sagte ich. „Warum?“ Das sollte keine richtige Frage sein, nur ein Versuch, sie aus dem Hinterhalt zu locken.

„Was hast du nächste Stunde?“ fragte Kegerise mit seiner häßlichen flachen Stimme. Er war der vierte.

„Latein, und ich hab kein Fitzelchen von den Scheißaufgaben gemacht. Wie sollte ich auch, bin ja die ganze beschissene Nacht mit meinem Vater in Alton die Straßen rauf- und runterstrawanzt."

„Miß Appleton wird sich freuen, das zu hören", sagte Kegerise. Er war neidisch auf meinen Grips.

„Ach, ich denke, sie verzeiht alles, was ein Caldwell tut", sagte Penny. Manchmal hatte sie eine durchtriebene Art, die ich verabscheute; Penny war nicht sehr gescheit, und Durchtriebenheit stand ihr nicht.

„Das klingt sonderbar", sagte ich. „Was willst du damit sagen?"

„Hast du's nicht gemerkt?" Ihre grünen Augen wurden ganz rund. „Wie dein Vater und Hester immer miteinander im Korridor stehn und reden? Sie findet ihn wunderbar."

„Du bist verrückt", sagte ich, „du hast bloß Sex im Kopf."

Ich wollte schick sein, aber zu meinem Erstaunen hatte ich sie verletzt. „Du merkst überhaupt nichts, nicht, Peter? Du bist so in deine eigene Haut eingewickelt, daß du keine Ahnung hast, was andere Leute fühlen."

„Haut" war ein Schock, aber ich war sicher, daß sie nichts wußte von meiner Haut. Mein Gesicht und meine Hände waren sauber, und mehr hatte sie nie gesehen. Das beunruhigte mich, und ihre Liebe bekam etwas Erschreckendes; denn wenn sie mich liebte, würden wir irgendwann gezwungen sein, die Liebe auch auszuführen, und dann würde der peinvolle Augenblick kommen, da ich ihr meinen Körper enthüllen müßte ... *Vergib mir,* fing mein Gehirn plötzlich zu murmeln an, *vergib mir, vergib mir.*

Johnny Dedman ärgerte sich, daß er von der Unterhaltung ausgeschlossen war; schließlich war er einer aus den oberen Klassen und wir nur kleine Anfänger, und daß er sich mit uns abgab, zeugte also von beträchtlicher Leutseligkeit. Er riffelte abermals den schmutzigen Kartenstoß auf und kicherte ostentativ. „Die, die mich wirklich vom Stuhl haut", sagte er, „ist die Herz-Vier. Eine Frau und ein Bulle."

Minor rückte gegen unsere Nische vor. Zorn sprühte von seiner kahlen Schädelkuppel und dampfte aus seinen geblähten Nüstern. „Auf der Stelle weg damit!" schnaubte er. „Untersteht euch, noch einmal mit so was hier anzukommen!"

Dedman sah mit gütigem Flattern seiner langen, gebogenen Wimpern zu ihm auf, die seinem Blick sternige Erwartung gaben. Er sprach, ohne die Lippen zu bewegen. „Geh schon und mansch dein Pferdefleisch."

Miß Appleton wirkte ziemlich aufgescheucht und außer Atem, wahrscheinlich vom langen Klettern. „Peter, übersetze", sagte sie, und dann las sie laut mit ihrem untadeligen Metrum:

„Dixit, et avertens rosae cervice refulsit,
ambrosiaeque comae divinum vertice odorem
spiravere, pedes vestis defluxit ad imos,
et vera incessu patuit dea."

Und während sie diese Worte tönen ließ, machte sie ihr lateinisches Gesicht: Mundwinkel entschlossen heruntergezogen, Augenbrauen streng gewölbt, Wangen grau vor Würde. Beim Französischunterricht war ihr Gesicht ganz anders: Wangen wie Äpfel, Augenbrauen hüpfend, Mund trokken zusammengezogen, Mundwinkel mutwillig nach innen gestülpt.

„Sie sagte“, sagte ich.

„Sie sprach, so sprach sie“, sagte Miß Appleton.

„Sie sprach und ... und ... glühte.“

„Was glühte? Nicht *sie* glühte. *Cervice* glühte.“

„Sie sprach und wendend ihren – äh – rosigen ...“ Die andern lachten. Ich wurde rot.

„*Cervice, cervice.* Hals. Du hast doch schon mal vom Zervix gehört und sicher auch von den Zervikalvertebrae.“

„Sie sprach und wendend ...“

„Als sie sich umwandte.“

„Als sie sich umwandte, errötete ihr rosiger Nakken.“

„Sehr gut.“

„Und, und *coma, coma* – Schlaf?“

„Haar, Peter, Haar. Gewiß hast du schon das derivative Wort komös gehört? Und denk an den Kamm, an den Hahnenkamm.“

„Und, äh, als sie sich wieder umwandte ...“

„O nein, liebes Kind, nein. *Vertice* ist ein Substantiv, *vertex, verticis.* Ein Strudel, ein Wirbel, eine *Krone* von Haar, von was für welchem Haar? Was gehört dazu?“

„Ambrosisch.“

„Ja, ambrosisch, das heißt eigentlich unsterblich. Wird meistens von der Speise der Götter gesagt, und in diesem Sinne kommt es wieder zurück auf uns als süß, köstlich, honiggleich. Aber die Götter benutzten Ambrosia auch als Öl, als Duftstoff.“ Sie sprach von den Göttern mit einer gewissen Kennerschaft, ja, das tat Miß Appleton.

„Und ihr Wirbel, ihr Gewirr ...“

„*Krone*, Peter. Götterhaar ist niemals wirr.“

„Und ihre Krone ambrosischen Haars verströmte einen göttlichen Geruch."

„Ja, gut. Wir wollen sagen: Duft. Bei Geruch fallen einem eher Leitungsrohre ein."

„... einen göttlichen Duft, ihr Gewand, ihr Kleid ..."

„Ja, ein fließendes Gewand. Alle Göttinnen, außer Artemis, trugen lose, fließende Gewänder. Artemis, die himmliche Jägerin, trug natürlich eine vernünftige Tunika, vielleicht mit gewickelten Gamaschen, vermutlich aus schwerem grünem oder braunem Stoff, ähnlich dem, den ich trage. Ihr Gewand floß nieder ..."

„Ich weiß nicht, was *ad imos* heißt."

„*Imus,* ein ziemlich archaisches Wort. Der Superlativ von *inferus*, unten, ganz tief unten. *Ad imos,* bis an die unterste Grenze. Wörtlich heißt es hier, bis an die unterste Grenze ihrer Füße, das ergibt aber wenig Sinn in der Übersetzung. Es ist emphatisch gebraucht, der Dichter ist erstaunt, verblüfft. Wenn man's ungefähr so übersetzte: ‚Ihr Gewand glitt nieder, ja, nieder bis zu ihren Füßen', das wäre angemessen. Der Sinn ist, es glitt ganz herunter. Sie war vollkommen nackt. Bitte, fahre fort, Peter. Es dauert wirklich viel zu lange."

„Nieder, nieder bis zu ihren Füßen und öffnete sich in Wahrheit ..."

„War geöffnet, *war* entblößt, offenbarte sie als *vera. Vera dea.*"

„Als wahre Göttin."

„Sehr richtig. Und was hat *incessu* mit dem Satz zu tun?"

„Ich weiß nicht."

„Also wirklich, Peter, das ist enttäuschend. Bei deiner College-Qualifikation! *Incessu,* im Schreiten, im Gehen. Sie war in ihrem Gang eine wahre Göttin. Gang im Sinne von Haltung, von körperlichem Stil. Es braucht einen *Stil* zum Göttlichsein. Diese Zeilen bersten von der Ahnung des Glanzes, wie sie über den bisher ahnungslosen Äneas hereinbricht. *Ille ubi matrem agnovit;* er erkannte seine Mutter. Aphrodite, Aphrodite mit ihrem ambrosischen Duft, ihrem wogenden Haar, ihrem gleitenden Gewand, ihrer rosigen Haut. Aber er erkennt sie erst in dem Augenblick, da sie *avertens* ist, da sie sich abwendet. Der Sinn des Absatzes ist also, daß er erst, als sie sich abwendet, um ihn zu verlassen, ihren wahren Glanz erfaßt, ihren eigentlichen Wert und ihre nahe Verknüpfung mit ihm erkennt. So geht es oft im Leben. Wir lieben zu spät. In den nächsten Zeilen ruft er ihr höchst ergreifend nach, als sie in die Ferne schwindet: ‚Oh, warum nur, warum dürfen wir niemals Hand in Hand uns halten, niemals wahrhaft den andern hören und zu ihm reden?‘“

Iris Osgood löste sie ab, sie weinte. Tränen strömten ihr über die Wangen, die sanft und mild waren wie die Flanken einer Guernseykuh, und sie hatte nicht soviel Verstand, diese Tränen wegzuwischen. Sie gehörte zu den dumpfsinnigen, simplen Mädchen, die nichts galten in der Klasse, zu denen ich aber eine verstohlene Neigung hatte. Die unfertige Üppigkeit ihres Körpers erregte heimlich meine Schwellkörperchen; ich verriet mich, indem ich schnell und herausfordernd mit dem Mundwerk war. Aber heute war ich müde, ich wollte nichts weiter, als mein Haupt auf ihre bescheidene Intelligenz betten. „Warum die Tränen, Iris?“

Ein Schluchzen stak ihr in der Kehle, und sie preßte hervor: „Meine Bluse, er hat sie zerrissen.

Sie ist hin, und was soll ich meiner Mutter sagen?"

Und jetzt sah ich, daß das silbrige Gefälle ihrer einen Brust bis zur rötlichen gerunzelten Spitze bloßlag; ich konnte die Augen nicht abwenden, es sah so verletzlich aus.

„Halb so schlimm", sagte ich liebenswürdig, „sieh *mich* an. Mein Hemd ist völlig aufgelöst."

Und das war die Wahrheit: Abgesehen von den Flecken und klebrigen roten Streifen war meine Brust nackt. Die Psoriasis war offenbar geworden. Eine Schlange hatte sich formiert, und einer nach dem andern defilierte an mir vorbei: Betty Jean Shilling, Fats Frymoyer, Gloria Davis, ein Lächeln unterdrückend, Billy Schupp, der Diabetiker, alle meine Klassengefährten. Offensichtlich waren sie alle zusammen in einem Bus gekommen. Jeder studierte einen Augenblick lang meine Schuppen und ging dann schweigend weiter. Einige schüttelten traurig den Kopf; ein Mädchen preßte die Lippen zusammen und schloß die Augen; etliche Augen waren geschwollen und tränenrosa. Der Wind, die Berggipfel hinter mir waren verstummt. Mein Felsen fühlte sich gepolstert an, und ein ätzender, chemikalischer Geruch wehte, der aber beinahe ganz vom künstlichen Blumenparfüm aufgesogen wurde. Als letzter kam Arnie Werner, der Primus der oberen Klassen und Schulsprecher, Captain der Fußball- und Baseballteams. Er war ein hohläugiger Bursche mit der Kehle eines Gottes und mächtigen, abfallenden Schultern, die noch vom Duschen glänzten. Er beugte sich zu mir, starrte auf die Schuppen auf meiner Brust und berührte eine mit zierlich angeekeltem Zeigefinger. „Himmel, Kleiner", sagte er, „was hast du dir da geholt? Die Syphilis?"

Ich versuchte, es zu erklären: „Nein, es ist eine Allergie, nicht ansteckend, hab keine Angst ..."

„Bist du damit mal zum Arzt gegangen?"

„Du wirst es nicht glauben, aber der Arzt hat selber ..."

„Blutet es?" fragte er.

„Nur, wenn ich zu heftig kratze", stand ich ihm Rede und Antwort, ängstlich beflissen, mich bei ihm einzuschmeicheln, seine Vergebung zu erlangen. „Ist 'ne Art Entspannung, weißt du, wenn man liest oder im Kino sitzt ..."

„Mann", sagte er, „das ist das Häßlichste, was mir je vorgekommen ist." Nachdenklich sog er an seinem Zeigefinger. „Jetzt hab ich es berührt, und nun krieg ich es auch. Wo ist das Mercurochrom?"

„Ehrlich, ich schwör's dir, es ist nicht anstekkend ..."

„Offen gestanden", sagte er, und an dem feierlich-dumpfen Ton, mit dem er dies eine Wort aussprach, konnte ich erkennen, daß er ein wirklich guter Schulsprecher war, „ich bin erstaunt, daß man dich so etwas hat in die Schule tragen lassen. Wenn es Syphilis ist, verstehst du, dann sind die Toilettensitze ..."

Ich schrie: „Ich will meinen Vater!"

Er trat vor mich und schrieb an die Tafel:

$$C_6H_{12}O_6 + 6O_2 = 6CO_2 + 6H_2O + E.$$

Es war die letzte, die siebente Stunde an diesem Tag. Wir waren erschöpft. Er zog einen Kreis um das E und sagte: „Energie. Das ist Leben. Dies kleine einzelne E ist Leben. Wir nehmen Kohlehydrate und Sauerstoff in uns hinein und verbrennen sie, wie ihr alte Zeitungen in der Mülltonne verbrennt, und geben Kohlendioxid und Wasser und Energie ab. Wenn dieser Prozeß aufhört" – er strich die Gleichung durch –, „wenn *dies* aufhört" – er zog einen Doppelstrich durchs E –, „dann ist man, wie der Begriff heißt, tot. Man wird zu einem wertlosen Klotz alter Chemikalien."

„Aber kann der Prozeß nie umgekehrt werden?" fragte ich.

„Danke, daß du das fragst, Peter. Ja. Lies die Gleichung von hinten, und du hast die Fotosynthese, das Leben der grünen Pflanzen. Sie nehmen Feuchtigkeit auf und das Kohlendioxid, das wir ausatmen, und die Energie des Sonnenlichtes, dann stellen sie Zucker und Sauerstoff her, und wir essen die Pflanzen und bekommen den Zucker zurück; so dreht sich die Welt im Kreis." Er malte mit der Hand einen Strudel in die Luft. „Immer rundherum, und wo sie aufhört, weiß niemand."

„Aber wo haben sie die Energie her?" fragte ich.

„Eine gute Frage", sagte mein Vater. „Du hast den Verstand deiner Mutter geerbt, ich hoffe zu Gott, daß du nicht mein häßliches Gesicht bekommst. Die Energie, die für die Fotosynthese notwendig ist, kommt von der atomaren Energie der Sonne. Jedesmal, wenn wir denken, uns bewegen oder atmen, verbrauchen wir ein Stückchen goldenen Sonnenschein. Wenn der alle ist in fünf Milliarden Jahren oder so, dann können wir uns sämtlich zur Ruhe legen."

„Aber warum willst du dich zur Ruhe legen?" Sein Gesicht war auf einmal ganz blutleer; eine Haut war zwischen uns gespannt; mein Vater war flach in eine gläserne Scheibe gepreßt, und ich strengte meine Stimme an, ihn zu erreichen. Er drehte sich zu mir, langsam, ganz langsam, und seine Stirn wellte und dehnte sich, als breche sie sich im Wasser. Seine Lippen bewegten sich, und Sekunden später drang der Schall zu mir. „Hä?" Er sah mich nicht an, er war, so schien es, nicht imstande, mich zu finden.

„Leg dich nicht zur Ruhe!" schrie ich, froh, daß die Tränen gekommen waren, froh, meine Stimme zerschellen zu hören an den Riffen des Schmerzes. Ich schleuderte meine Worte wie im Triumph zu ihm hin, begeisterte mich an meinen Tränen, die sanft auf mein Gesicht schlugen wie das zerfranste Ende eines verwitterten Seils. „Papa, leg dich nicht zur Ruhe! Was würdest du dann tun? Kannst du uns nicht verzeihen und weitermachen?"

Seine obere Hälfte war gekrümmt durch eine Verwerfung in der Scheibe, in der er gefangen war; Schlips, Hemdbrust und Jackettaufschläge krümmten sich aufwärts in die Kurve hinein, und sein Kopf am Ende des Bogens wurde in den Winkel zwischen Wand und Plafond über der Tafel gepreßt, ein spinnwebiger Platz, den nie ein Besen streifte. Von dort oben starrte sein verzerrtes Gesicht auf mich nieder, voll Trauer, gedankenverloren. Aber ein mikroskopisch winziger Funke von Interesse in seinen Augenwinkeln ließ mich weiterschreien: „*Warte!* Kannst du denn nicht auf mich warten?"

„Hm? Geh ich zu schnell?"

„Ich muß dir etwas sagen!"

„Hä?"

Seine Stimme klang so erstickt und von weit, daß ich entschlossen war, näher zu ihm zu gelangen, und ich merkte, daß ich zu ihm hinaufschwamm mit geübten Zügen: meine Ellenbogen hoben sich hoch empor, meine Füße flatterten wie knochenlose Flossen. Diese Entdeckung erregte mich so sehr, daß ich beinah zu sprechen vergaß. Keuchend zog ich an seiner Seite herauf und sagte: „Ich habe Hoffnung."

„Tatsächlich? Ich bin furchtbar stolz, das zu hören, Peter, ich hatte nie welche. Du mußt das von deiner Mutter haben, sie ist ganz und gar Frau."

„Von *dir*", antwortete ich.

„Mach dir keine Sorgen meinetwegen, Peter. Fünfzig Jahre sind eine lange Zeit; wenn du in fünfzig Jahren nichts gelernt hast, dann wirst du's nie tun. Mein alter Herr hat nie erfahren, was ihn getroffen hat, er hinterließ uns eine Bibel und eine Kiepe voll Schulden."

„Fünfzig Jahre sind keine lange Zeit", sagte ich. „Es ist nicht *genug.*"

„Du hast tatsächlich Hoffnung, hm?"

Ich machte die Augen zu; zwischen dem tonlosen „Ich" in meinem Kopf und der zitternden Scheibe der Finsternis, die auch da war, klaffte eine Lücke von ungewisser Breite, aber sicher nicht mehr als von einem Zoll. Mit einer kleinen Lüge sprang ich drüber weg. „Ja", sagte ich. „Nun hör auf mit den Dummheiten."

VII

Caldwell dreht sich um und schließt die Tür hinter sich. Ein neuer Tag, ein neuer Dollar. Er ist erschöpft, aber er seufzt nicht. Es ist spät am Tag, nach fünf. Er hat in seinem Zimmer gesessen und die Basketballbücher aufs laufende gebracht und versucht, das Eintrittskartenproblem zu lösen. Ein Kartenblock fehlt, und als er seine Schubladen danach durchwühlt hat, ist er auf Zimmermans Bericht gestoßen und hat ihn noch einmal gelesen. Er ist über alles Maß deprimiert dadurch. Der Bericht ist auf blauem Papier abgefaßt, und schon, als er draufgeschaut hat, war ihm, als falle er aufwärts in den Himmel. Außerdem hat er die Klassenarbeit korrigiert, die er die vierte Klasse heute hat schreiben lassen. Arme Judy Lengel, sie schafft es nicht. Sie bemüht sich zu sehr, und vielleicht ist das auch *sein* Fehler gewesen sein Leben lang. Als er auf den Treppenschacht zugeht, lebt der Schmerz unten in seinem Körper wieder auf und schlägt sich um ihn wie ein gefalteter Flügel. Manche haben die fünf Pfunde, manche die zwei, manche nur das eine. Aber ob man den ganzen Tag im Weinberg gearbeitet hat oder nur eine Stunde lang: wenn sie dich heimrufen, bleibt der Lohn sich gleich. Er hört seines Vaters Stimme, als ihm diese Gleichnisse einfallen, und seine Niedergeschlagenheit nimmt zu.

„George." Ein Schatten schiebt sich in seinen Augenwinkel.

„Hm? Ach Sie. Was machen Sie denn hier so spät?"

„Kleinkram. Was alte Jungfern eben tun. Kleinkram." Hester Appleton steht, die Arme vor den Rüschen ihrer jungfräulichen Bluse gekreuzt, draußen im Gang. Ihr Zimmer hat die Nummer 202 und liegt Tür an Tür mit Zimmer 204.

„Harry erwähnte, daß Sie gestern bei ihm waren."

„Ich schäme mich, zugeben zu müssen, daß er recht hat. Hat er sonst noch etwas gesagt? Wir warten jetzt auf die Röntgenaufnahmen oder so was ähnlich Blödsinniges."

„Machen Sie sich keine Sorgen." Der kleine Vorwärtssatz in ihrer Stimme, als sie dies heraussprechen läßt, zwingt Caldwells langen Schädel schief zur Seite.

„Warum nicht?"

„Es führt zu nichts. Peter ist sehr beunruhigt, das habe ich heut im Unterricht ganz deutlich gemerkt."

„Der arme Junge, er hat letzte Nacht nicht viel Schlaf gekriegt. Unser Auto hat in Alton schlappgemacht."

Hester nimmt eine Haarsträhne zurück und schiebt mit einem eleganten Stoß ihres Mittelfingers den Bleistift tiefer in ihren Knoten hinein. Ihr Haar schimmert und zeigt nicht das geringste Grau im Dämmerlicht. Sie ist klein, vollbusig, ausladend im Knochenbau und hat, von vorn gesehen, eine plumpe, dicke Taille. Aber wenn man sie von der Seite betrachtet, dann ist sie auffallend schmal und eingezogen um die Mitte durch ihre trutzige, aufrechte Haltung. So, wie sie sich trägt, könnte man meinen, sie sei permanent im Einatmen begriffen. Auf ihrer Bluse steckt eine goldene Nadel, die wie ein Pfeil geformt ist. „Er war nicht", sagt sie, nachdem sie einmal mehr in ihrem Leben das Gesicht dieses Mannes durchforscht hat, das im trüben Korridorlicht über ihr hängt, ein sonderbar verknotetes Gesicht, dessen Geheimnis, in bezug auf sie, immer anhält, „er war nicht, wie er sonst ist."

„Er hat eine Erkältung weg, bevor ich ihn in Sicherheit bringen kann", sagt Caldwell. „Ich weiß es, und ich kann's nicht ändern. Ich mache den Jungen krank, aber ich kann's nicht aufhalten."

„Er ist kein so zerbrechlicher Junge, George." Sie macht eine Pause. „In mancher Hinsicht ist er robuster als sein Vater."

Caldwell hört das von fern, aber immerhin gut genug, um ein wenig abzuschwächen, was er ohnehin sagen wollte. „Als ich ein Junge war, damals in Passaic, hab ich mich nie mit einer Erkältung hingelegt, daran kann ich mich erinnern. Man wischte sich die Nase am Ärmel ab, und wenn's einen in der Kehle kratzte, dann hustete man. Das erstemal in meinem Leben, daß ich mich ins Bett legte, das war neunzehnhundertachtzehn mit der Grippe. Wenn *das* keine Sauerei war, brrr!"

Hester spürt den Schmerz des Mannes, und sie preßt die Hand auf den goldenen Pfeil, um das verwirrende Flattern zu beruhigen, das ihr im Busen aufgestiegen ist. Sie hat seit so vielen Jahren im Klassenzimmer neben dem dieses Menschen gesessen, daß ihr im Herzen so ist, als habe sie oft mit ihm geschlafen. Es ist, als seien sie einmal ein

Liebespaar gewesen und als hätten sie vor langer Zeit, aus Gründen, die nie genügend erforscht worden sind, damit aufgehört.

Caldwell fühlt das, und das äußert sich darin, daß er in ihrer Gegenwart eine Spur ungezwungener ist als irgendwann sonst. Sie sind beide genau fünfzig, eine List der Daten, die bei beiden in den unbewußten Untergründen sonderbare Bedeutung hat. Er zögert, sie zu verlassen und die Treppe hinunterzugehen; seine Krankheit, sein Sohn, seine Schulden, die mühevolle Last des Landbesitzes, die seine Frau ihm aufgebürdet hat – all diese Probleme drängen sich in seinem Kopf und suchen nach einem Ausdruck. Hester will ihn; sie will, daß er ihr alles sagt. Ihr ganzes Betragen stellt sich auf dies Verlangen ein; so, als befreie sie sich von Jahrzehnten einsamen Lebens, stößt sie den Atem aus: ein Seufzen. Und dann sagt sie: „Peter ist wie Cassie. Er hat diese Art, alles zu bekommen, was er will."

„Ich hätte sie auf die Komische Bühne schicken sollen, sie wäre da glücklicher geworden", gesteht Caldwell Miß Appleton in einer jähen Anwandlung, laut und ernst. „Ich hätte sie nicht heiraten sollen, ich hätte einfach nur ihr Manager werden sollen. Aber dazu hatte ich nicht den Mumm. Ich bin anders erzogen; sowie man ein Mädchen traf, das einem halbwegs gefiel, war das einzige, was einem einfiel, sie zu fragen, ob sie einen heiraten wollte. Das heißt: *Ich hätte eine Frau heiraten sollen wie dich. Dich.*"

Zwar hat Hester darauf gewartet, aber nun, da es kommt, stößt es sie ab und beunruhigt sie. Der Männerschatten vor ihr bläht sich geradezu vor Angst und droht, sie physisch zu überwältigen.

Es ist zu spät: sie ist nicht geschmeidig genug. Sie lacht, als sei das, was er gesagt hat, ganz ohne Bedeutung. Der Hall ihres Lachens breitet über die sich verjüngende Reihe von grünen Wandschließfächern eine Miene des Schreckens. Die Luftschlitze scheinen starr über das, was sie auf der gegenüberliegenden Wand sehen müssen: gerahmte Fotografien von längst zerstobenen Baseball- und Leichtathletikmannschaften.

Hester strafft sich, atmet tief ein, schiebt abermals den Bleistift tiefer in ihren Knoten und fragt: „Was für Pläne haben Sie für Peters weitere Erziehung?"

„Gar keine. Mein einziger Einfall dazu ist, daß alles mehr Geld kosten wird, als ich habe."

„Soll er auf eine Kunstschule oder auf ein umfassenderes College?"

„Das liegt ganz bei ihm und seiner Mutter. Solche Dinge besprechen sie unter sich, mir vergehen sämtliche Lebensgeister dabei. Soviel ich sehn kann, weiß der Junge noch viel weniger als ich in seinem Alter, worauf es ankommt. Wenn ich jetzt abkratzte, würden er und seine Mutter dasitzen im Schlamassel und sich wahrscheinlich von den Blumen auf der Tapete ernähren müssen. Ich kann's mir nicht leisten zu sterben."

„Es *ist* auch ein Luxus", sagte Hester. Die Appletonsche Galligkeit ist bei ihr leicht abgewandelt zu gelegentlicher, unerwarteter Bissigkeit oder Ironie. Noch einmal durchforscht sie das rätselhafte Gesicht über ihr, runzelt die Stirn wegen des Murmelns in ihrer Brust, das nachgerade krankhaft wird, und wendet sich zum Gehen, freilich flüchtet sie weniger vor Caldwell als vor ihrem eigenen Geheimnis.

„Hester."

„Ja, George?" Ihr Kopf mit dem strammen runden Knoten wird wie ein Halbmond beschienen vom Licht, das aus ihrem Zimmer fällt. Ein unbeteiligter Beobachter würde aus dem leichten, frohen, bedauernden Lächeln, mit dem sie aufsieht, schließen, daß Caldwell einst ihr Liebhaber gewesen ist.

„Danke, daß Sie mich weiterschwatzen lassen", sagt er. Und er setzt hinzu: „Ich möchte etwas beichten. Morgen könnte es zu spät sein. Es hat Zeiten gegeben während all meiner Jahre hier, da haben die Gören mich so fertiggemacht, daß ich das Klassenzimmer verlassen habe und hierhergegangen bin, an den Trinkbrunnen, nur, um Sie französisch sprechen zu hören. Es hat mir wohler getan als ein Schluck Wasser, Sie französisch sprechen zu hören. Es hat mich allemal wiederaufgerichtet."

Zart fragt sie: „Sind Sie jetzt bedrückt?"

„Jawohl, bedrückt. Ich bin fast ganz erfroren."

„Soll ich irgend etwas sprechen?"

„Auf Gottes Ehre und Gewissen, Hester, ich wäre Ihnen dankbar."

Ihr Gesicht nimmt den gallischen Ausdruck an – Apfelwangen und Backpflaumenlippen –, und sie spricht, langsam Wort für Wort, den Anfangsdiphthong und den Endnasallaut wie zwei edle Schnäpse genießend: *„Dieu est très fin."*

Eine Sekunde des Schweigens senkt sich auf sie beide.

„Sagen Sie es noch einmal", bittet Caldwell.

„Dieu – est – très – fin. Von diesem Satz habe ich gelebt."

„Gott ist sehr – sehr fein?"

„*Oui.* Sehr fein, sehr elegant, *sehr* schmal, *sehr* exquisit. *Dieu est très fin.*“

„Das ist wahr. Das ist er sicher. Er ist ein wundervoller alter Herr. Ich weiß nicht, wo zum Teufel wir wohl ohne ihn wären.“

Als hätten sie es miteinander vereinbart, wenden sie sich beide weg.

Caldwell dreht sich rechtzeitig wieder um, bevor sie ihm entschwinden kann. „Sie waren so gut, für mich etwas zu sprechen“, sagt er, „jetzt möchte *ich* etwas für *Sie* rezitieren. Ich glaube, ich habe seit dreißig Jahren nicht mehr an dies Gedicht gedacht. Wir mußten es immer aufsagen damals in Passaic, ich denke, ich kann den Anfang noch. Soll ich's versuchen?“

„Versuchen Sie.“

„Ich weiß nicht, warum zum Teufel ich Sie so mißbrauche.“ Wie ein Schuljunge nimmt Caldwell Haltung an, ballt vor lauter Konzentration die Fäuste zu beiden Seiten, kramt mit blinzelnden Augen in seinem Gedächtnis und meldet: „‚Lied vom Passaic.‘ Von John Alleyne MacNab.“ Er räuspert sich.

„Jehovas Größe plant seit alt
der irdischen Dinge Gottesgestalt;
und ihm zum Ruhme fügt im stillen
Natur sich Gottes Zweck und Willen.

Die Flüsse strömen; wer kann wissen,
wie lang noch Wasser sich ergießen;
wir lesen nur Vergangenheit,
das Künft'ge ruht im Mund der Zeit.“

Er denkt nach, scheitert und lächelt. „Das ist wohl ziemlich alles. Ich dachte, ich könnte noch weiter.“

„Sehr wenig Leute würden sich an so viel erinnert haben. Es ist kein sehr fröhliches Gedicht, nicht?"

„Für mich doch; ist das nicht komisch? Ich nehme an, man muß dazu an einem Fluß aufgewachsen sein."

„Mm. Vermutlich ist es mit allem so. Danke, George, daß Sie es mir aufgesagt haben." Und dann geht sie endgültig in ihr Zimmer zurück. Der Goldpfeil an ihrer Bluse preßt sich einen Augenblick lang gegen ihre Kehle, als wolle er sie erstikken. Sie streicht sich ungewiß über die Stirn, schluckt, und das Gefühl geht vorbei.

Caldwell geht auf die Treppe, von Sorgen ausgelaugt. Peter. Seine Erziehung ist ein Rätsel, dessen Lösung, wie immer man es auch angeht, von Geld abhängt, und davon ist nicht genügend da. Und dann seine Haut und überhaupt seine Gesundheit. Dadurch, daß er jetzt die Klassenarbeit korrigiert hat, kann er den Jungen morgen früh zehn Minuten länger schlafen lassen. Es ist ihm zuwider, den Jungen aus dem Bett zu reißen. Es wird elf werden heute abend, bis sie nach Haus kommen vom Basketballspiel, und das, zusammen mit der scheußlichen Nacht in der Mottenkiste gestern, wird ihn für eine neue Erkältung reif machen. Jeden Monat eine Erkältung, pünktlich wie mit dem Glockenschlag, angeblich soll die Haut nichts damit zu tun haben, aber Caldwell bezweifelt das. Alles hängt zusammen. Bei Cassie hatte er nichts davon gemerkt, bis sie verheiratet waren, gerade ein kleiner Fleck auf dem Bauch, aber bei dem Jungen war es eine richtige Heimsuchung: Arme, Beine, Brust, sogar im Gesicht mehr, als er wußte, Krüstchen in den Ohren wie getrockneter Seifenschaum, und der arme Junge hatte keine Ahnung davon. Ahnungslosigkeit ist ein Segen. Zur Zeit der Depression, als er den Jungen immer in seinem Spielwägelchen mit der gegabelten Deichsel schob, hatte er Angst gehabt, am Ende der Welt angelangt zu sein, und das kleine Gesicht seines Sohnes, das sich umdrehte und ihn ansah, mit den soliden Sommersprossen unter den Augen, gab der Welt wieder ein wenig Stabilität. Und jetzt, schorfig, mit femininen Lippen und Wimpern, schmal wie ein Adlerschnabel, ängstlich und spöttisch, jetzt nagt es an Caldwells Seele wie ein Stück ungetaner Arbeit, das Gesicht seines Sohnes.

Wenn er eine Spur Charakter gehabt hätte, dann hätte er sich Pluderhosen angezogen und wäre mit ihr zum Vaudeville-Theater gegangen. Aber andererseits, die Vaudevilles sind genauso zusammengebrochen wie die Telefongesellschaft. Alles bricht zusammen. Wer hätte gedacht, daß der Buick so schlappmachen würde, gerade, als sie ihn brauchten, damit er sie nach Hause brächte? Daß Dinge fehllaufen, daran fehlt's nie. Die Religion seines Vaters auf dem Totenbett: „für immer vergessen?"

Nr. 18001–18145: Das sind die fehlenden Basketballbilletts. Alle Schrank- und Schubfächer, sämtliche Papiere durchgewühlt, und das einzige, was er fand: den blauen Wisch mit Zimmermans Bericht, blau wie der Himmel; sein Magen wurde eingeklemmt wie ein Finger in einer zuschlagenden Tür. Päng! O ja, er hat mit seinem Pfund gewuchert, er hat sein Licht hinterm Scheffel hervorgeholt und allen gezeigt, wie eine abgebrannte Kerze aussieht.

Ein Gedanke, der ihm vor einer Minute durch den Kopf gegangen ist, hat ihm gefallen. Aber welcher? Er klaubt sich einen Weg zurück durch die braunen Kiesel seines Gehirns, um das Juwel wiederzufinden. Da, Segen. Ahnungslosigkeit ist ein Segen.

Amen.

Die stählernen Fensterpfosten auf dem Absatz in halber Höhe der Treppe mit ihren kleinen, schwarzen Schmutzverwehungen, die mittlerweile so fest wie Stahl geworden sind, fallen seltsam in sein Bewußtsein. Als ob die Wand beim Fensterwerden mit lauter Stimme ein Wort aus einer fremden Sprache spreche. Seit fünf Tagen, seit dem Augenblick, da Caldwell die Möglichkeit erkannt hat, daß er sterben könnte, sie in sich genommen hat, gleichsam wie einen Schmetterling, den man verschluckt hat, ist eine merkwürdig unbeständige Feierlichkeit allen Dingen ins Gewebe gezogen, die einmal alle Oberflächen bleiern undurchdringlich macht mit achtloser Dauerhaftigkeit und ein andermal sie inkonsequent, flatterhaft wie wehende Bänder, tanzen läßt. Trotzdem, zwischen zerfließenden Oberflächen versucht er, seinen Kurs zu halten.

<table>
<tr><td>Hummel
Cassie anrufen
Zum Zahnarzt gehn
Um sechs Uhr fünfzehn zum
Spiel zurück sein
Ins Auto steigen, Peter nach
Haus bringen</td><td>Das ist sein Programm.</td></tr>
</table>

Er drückt sich durch die Tür aus drahtverstärktem Glas und geht den leeren Korridor hinunter. Zu Hummel gehn, Cassie anrufen. Um Mittag hatte Hummel noch immer keine gebrauchte Kardanwelle aufgetrieben, um sie gegen diejenige auszuwechseln, die auf dem kleinen, kurios geformten Parkplatz zwischen der Hustenbonbonfabrik und den Eisenbahnschienen ihr letztes Stündlein hatte; per Telefon hat er sämtliche Schrotthaufen und Ersatzteillager in Alton und West-Alton abgegrast. Caldwell schätzt, daß die Rechnung sich auf zwanzig bis fünfundzwanzig Dollar belaufen wird, er will es Cassie sagen, und irgendwie wird es ihr gelingen, die Summe geringfügiger erscheinen zu lassen, was sie angeht, ist's ja nur wieder ein Tropfen auf den heißen Stein, ein Tropfen mehr oder weniger, den ihr undankbares Land aufsaugt, achtzig Morgen auf seinen Schultern, Land, totes, kaltes Land, sein Blut sickert wie Regen in dies undankbare Land. Und Pop Kramer kann eine ganze Scheibe Brot auf einmal in den Mund stecken. Cassie anrufen. Sie macht sich gewiß Sorgen; er sieht förmlich, wie ihrer beider Sorgen sich übers Telefon miteinander verflechten wie zwei Kabel. Geht es Peter gut? Ist Pop Kramer schon die Treppe heruntergefallen? Was haben die Röntgenaufnahmen ergeben? Er weiß es nicht. Den ganzen Tag hat er mit sich gekämpft, ob er Doc Appleton anrufen soll oder nicht; irgend etwas in ihm sträubt sich, dem alten Aufschneider diese Genugtuung zu verschaffen. Ahnungslosigkeit ist ein Segen. Auf jeden Fall muß er zum Zahnarzt. Als ihm das einfällt, muß er an dem empfindlichen Zahn saugen. Wenn er in seinem Körper stöbert, kann er jede Tönung, jede Form von Schmerz aufspüren, die er nur will: die Sacharinnadel des Zahnschmerzes, das dumpfe, tröstliche Zwicken seines Bruchbands, das ruhelose Gift, das ihm die Eingeweide zerreißt, das ferne Unbehagen, das ein verwachsener Zehennagel verursacht, indem er sich in den Nachbarzeh bohrt, weil der Schuh so eng ist, das kleine Pochen oberhalb der Nase, eine Folge zu großer Augenstrapazen während der letzten Stunde, und der damit verbundene, aber andersartige Schmerz unter der Schädeldecke, der wie die Wundstelle schmeckt, die früher manchmal von seinem alten, ledernen Fußballhelm zurückblieb nach einem anstrengenden Kampfgetümmel im Lake-Stadion. Cassie, Peter, Pop Kramer, Judy Lengel, Deifendorf: er trägt sie alle auf seiner Seele. Bei Hummel vorbeigehn, Cassie anrufen, zum Zahnarzt gehn, um sechs Uhr fünfzehn zurück sein. Er stellt sich vor, von allen lästigen Pflichten gehäutet, gereinigt zu sein. Etwas, was er in seinem Leben geliebt hat: den Anblick der Kupferdrähte beim Kabelspleißen, wenn sie nackt und roh und schimmernd und aufgefächert sich darboten, nachdem man sie vom schmutzigen alten Gummi befreit hatte. Des Kabels vermittelndes Herz. Es hat ihn immer erschreckt, etwas so Lebendiges in der tiefen Erde zu begraben. Der Flügelschatten zieht sich zusammen, so daß seine Eingeweide sich verkrampfen: eine Spinne lebt da. Brrr. Im Wirrwarr seiner Gedanken knäuelt sich unaufhaltsam sein Tod in den Vordergrund. Sein Gesicht brennt. Seine Beine werden wässerig, Herz und Kopf schwellen an vor Angst. Tod, diese weiße Weite – für *ihn*? Sein Gesicht ist von Wärme überflutet, eine Blindheit ergreift seinen Körper; stumm bittet er, ein Gesicht möge ihm in der Luft erscheinen. Der lange, glänzend gestrichene Korridor, der beleuchtet ist von runden, in regelmäßigen Abständen aufgehängten Glaskuppeln voll eingesiegelten Lichts, schimmert in Honig-, Bernstein- und Talgtönen. So vertraut, so altvertraut, eigentlich sonderbar, daß seine Füße in fünfzehn Jahren nicht ihre Spur in diese Dielen gegraben haben, und doch kommt der Flur ihm neu und fremd vor, ebenso fremd wie an jenem Tag, da er als junger Ehemann und frisch gebackener Vater, noch mit dem weichnäselnden, verwischten New-Jersey-Akzent, an einem heißen Sommernachmittag hierhergekommen ist, zu seiner ersten Unterredung mit Zimmerman. Er hat ihn gemocht. Caldwell hat Zimmerman auf den ersten Blick gern gehabt, sein massives, ungefüg doppeldeutiges Verhalten erinnerte ihn an einen lange vergessenen Freund, einen Zimmergenossen im Seminar, an dessen Vater, der hin und wieder sonntags zu Besuch kam und nie versäumte, eine kleine Tüte voll Lakritze für den „jungen Caldwell" mitzubringen. Lakritze für George und eine Haarschleife für Alma. Jedesmal. So daß nach kurzer Zeit das bedruckte Kästchen, das auf Almas Schreibtisch stand, von Haarschleifen überquoll. Er hat Zimmerman gemocht, und er fühlte, daß seine Sympathie erwidert wurde. Sie haben sich gemeinsam an einem Scherz über Pop Kramer gefreut. Er kann sich nicht auf den Scherz besinnen, aber er lächelt in der Erinnerung daran, daß es einen gegeben hat, vor fünfzehn Jahren. Caldwell geht mit immer weiter ausholenden Schritten. Wie in einer unvorhergesehenen Laune des Wetters erhebt sich eine kleine Brise und kühlt seine Wangen mit der Zuversicht, daß ein Sterbender wohl nicht die Kraft hätte, so aufrecht einherzuschreiten. Zimmermans Tür schräg gegenüber vom Sporttrophäenschrank mit seinen hundert Glanzlichtern ist geschlossen. Als Caldwell gerade vorbeigeht, springt sie auf, und Mrs. Herzog platzt heraus, ihm direkt unter die Nase. Sie ist genauso verblüfft wie er; ihre Augen werden rund hinter den schielenden, karamelbraun gerahmten Brillengläsern, und ihr pfauengefiederter Hut sitzt schief vor Schreck. Von Caldwells Warte der Jahre aus gesehen, ist sie eine junge Frau; ihr ältestes Kind ist gerade in die siebente Klasse gekommen. Im Lehrkörper macht sich bereits die Protektion bemerkbar, die dies Kind genießt: Mrs. Herzog hat sich nämlich in den Schulausschuß wählen lassen, um persönlich die Erziehung ihrer Kinder zu sichern. Caldwell verachtet diese sich einmischenden Mütter aus seinem Berufsethos heraus; sie haben keinen Schimmer, was Pädagogik bedeutet: ein Dschungel, ein heilloses Durcheinander. Ihr Mund unter seinem verwischten lilaroten Anstrich weigert sich blasiert, in einem Lächeln Überraschung zu gestehen, statt dessen klafft er unverhohlen verdutzt auseinander, wie ein festgeklemmter Briefkastenschlitz.

Caldwell bricht das Schweigen. Gassenjungenfreche Grübchen bilden sich in seinen Wangen, zum erstenmal seit seiner Kindheit fühlt er wieder, wie es war, fast eins auf die Nase bekommen zu haben. Er sagt zu ihr, zu Mrs. Herzog vom Schulausschuß: „Junge, Junge, wie Sie da eben aus der Tür gekommen sind – wie aus einer Kuckucksuhr!"

Ihr Gehabe beleidigter Würde – lächerlich bei einer Frau, die noch nicht aus den Dreißigern heraus ist und sich jetzt schwer auf den Türknauf stützt – gefriert noch mehr bei dieser Begrüßung. Starren Blicks nimmt er seinen Weg durch den Flur wieder auf. Erst als er die drahtverstärkten Doppeltüren aufgestoßen hat und die Stufen längs der gelben Wand hinuntergeht, von der seit gestern das Wort *ficken* weggeschrubbt ist, gräbt sich ihm eine Faust in den Magen. Sein Ofen ist also aus. Was zum Teufel hat dies penetrante Weibsstück da drinnen zu suchen gehabt? Wie eine dunkle Wolke hat er Zimmermans Gegenwart hinter ihr im Büro gespürt; er könnte durch ein Schlüsselloch Zimmermans Witterung wahrnehmen. Sie hat die Tür aufgestoßen wie eine Frau, die hinter sich einen Sieg errungen hat, aber nicht im Traum daran denkt, daß sie nach vorn ganz ungeschützt ist. Caldwell kann sich in seiner gegenwärtigen Lage keinen weiteren Feind leisten. Eintrittskarten 18001 bis 18145, Zimmermans Bericht, der schwarz auf blau besagt, er habe während des Unterrichts einen Schüler geschlagen, und nun dies: Er rennt Mim Herzog beinahe über den Haufen, deren Lippenstift verschmiert ist. Ein Knoten knäuelt sich ihm in der Kehle, er tritt ins Freie und zieht keuchend die frische Luft in sich ein, daß es wie ein Schluchzen klingt. Zerfledderte, kräuselige Wolken hängen tief auf den Schieferdächern der Stadt. Die Dächer schimmern ölig, als wohne düsteres Wissen unter ihnen. Die Luft ist geschwängert von hastendem Schicksal. Er hebt den Kopf und wittert und spürt einen lebhaften Drang, schneller zu laufen, an Hummels Haus vorbeizugaloppieren, wiehernd durch jedes Haus von Olinger zu preschen, das ihm im Weg steht, zur Vordertür hinein, zur Hintertür heraus, die struppige braune, wintergeätzte Flanke des Shale Hill hinaufzutraben und immer weiter und weiter über die Hügel, die glatt und blau werden in der Ferne, weiter und immer weiter auf einem südöstlichen Kurs, quer über die Landstraße hinweg und über die Flüsse, die in ihrer eisigen Erstarrung auch wie Landstraßen sind, bis er endlich stürzt, den Kopf im Tod gen Baltimore gereckt.

Die Meute hat Minors Imbißstube verlassen. Nur drei Personen sind noch da: Minor selbst, Johnny Dedman und dies gräßliche Individuum Peter Caldwell, der Sohn des Physiklehrers. Alle bis auf die Ruhe- und Heimatlosen sitzen an ihren eigenen Tischen um diese Stunde. Zwanzig vor sechs. Das Postamt nebenan ist geschlossen. Mrs. Passify bewegt sich sacht auf abgenützten Beinen umher, läßt die Gitter vor den Fenstern herunter, schließt die Fächer, in denen es bunt wimmelt von Briefmarken, und verwahrt das abgezählte Geld im korinthisch nachempfundenen Safe. Der Hinterraum in ihrem Rücken wirkt wie ein Frontlazarett: graue Postsäcke liegen bewußtlos umher, stapeln sich in einer Anästhesie von Schatten, schlaff, mißförmig, ausgeweidet. Sie seufzt und tritt ans Fenster. Einem Vorübergehenden auf dem Fußsteig muß ihr großes, rundes Gesicht wie ein grotesk gedunsenes Kindergesicht vorkommen, das aus einer winzigen Luke zu lugen sich abmüht, nämlich aus dem blattgoldenen O im Zenit des Bogens, der durch die Buchstaben POSTOFFICE gebildet wird.

Ein Fenster weiter schraubt Minor methodisch jedem Coca-Cola-Glas ein grobes weißes Tuch in den dampfenden Hals und stellt es dann auf dem Handtuch ab, das er neben dem Spülbecken ausgebreitet hat. Ein Weilchen noch steigen zarte Nebelschwaden von den Gläsern auf, als die kalte Luft sie bestreicht. Die Straße vor seinem mählich zudunstenden Fenster ist reif von Autos, die heimwärts streben: ein beladener Ast, dessen Ernte funkelt. Die Imbißstube ist leergefegt wie eine Bühne.

Ein Streit findet statt. Minor ist ein wutschäumender Kessel, seine haarigen Nüstern sind wie zwei siedende Krateröffnungen.

„Minor", ruft Peter aus seiner Ecke, „Sie sind altmodisch. Es ist nichts einzuwenden gegen den Kommunismus. In zwanzig Jahren haben wir ihn in diesem Land, und Sie werden sich freuen wie ein Stint."

Minor dreht sich vom Fenster weg, aus seinem Schädel stieben Blitze. „Wenn der alte Roosevelt noch lebte, dann ja", sagt er und lacht zornig, so daß seine Nüstern sich dehnen unter dem Luftdruck, „aber er hat sich ja umgebracht oder ist an Syphilis krepiert. Gottesurteil, darauf kannst du Gift nehmen."

„Minor, das glauben Sie ja selber nicht. Wenn Sie Ihre fünf Sinne beisammen haben, können Sie so was nicht glauben."

„Ich glaube es aber", sagt Minor. „Er war gammelig im Kopf, als er nach Jalta fuhr, sonst säßen wir jetzt nicht in dieser Patsche."

„Welche Patsche, welche Patsche, Minor? Dies Land steht an der Spitze der Welt. Wir haben die große Bombe und die großen Bomber dazu."

„Achchch." Minor wendet sich ab.

„Was für eine Patsche, was für eine Patsche, Minor, was für eine Patsche?"

Er dreht sich wieder um und sagt: „Die Iwans sitzen in Frankreich und Italien, bevor das Jahr zu Ende ist."

„Na und? Na und, Minor? Der Kommunismus *muß* kommen, so oder so, es ist die einzige Möglichkeit, der Armut zu Leibe zu gehn."

Johnny Dedman in der andern Ecke raucht seine achte Camel in einer Stunde und versucht, einen

Rauchring durch den anderen zu blasen. Ohne Vorwarnung schreit er jetzt das Wort „Krieg“ und trommelt mit dem Finger gegen die große braune Holztroddel, die über seinem Kopf ans Ende der Lampenschnur geknotet ist.

Minor kommt ein Stück vor auf seinem schmalen Laufsteg hinterm Tresen, um besser sprechen zu können zu den Jungen in den dämmerigen Nischen. „Wir hätten weitermarschieren sollen, als wir an die Elbe stießen, und wir hätten Moskau nehmen sollen, als wir die Gelegenheit dazu hatten. Die waren fix und fertig, der russische Soldat ist der feigste von der ganzen Welt. Die Landbevölkerung wäre aufgestanden und hätte uns willkommen geheißen. Genau das hat der alte Churchill von uns gewollt, und er hatte recht. Er war ein Gauner, aber clever, clever. Er konnte den alten Josef nicht riechen, niemand auf der Welt konnte das, nur König Franklin.“

Peter sagt: „Minor, Sie sind tatsächlich meschugge. Und was war mit Leningrad? Da waren sie ganz gewiß nicht feige.“

„*Sie* haben aber nicht gewonnen, sie haben nicht gewonnen. *Unsere Ausrüstung* hat gewonnen. Unsere Panzer. Unsere Kanonen. Dein wackerer Freund Roosevelt hat sie ihnen geschickt, als Geschenksendung, ganz gratis. Er hat das amerikanische Volk ausgeplündert, um die Russen zu retten, und jetzt kann man jede Minute darauf gefaßt sein, daß sie über die Alpen nach Italien einmarschieren.“

„Er hat versucht, Hitler zu schlagen, Minor. Erinnern Sie sich nicht? Adolf H-I-T-L-E-R.“

„Ich liebe Hitler“, verkündet Johnny Dedman. „Er lebt, und zwar in Argentinien.“

„Minor hat ihn auch geliebt“, sagt Peter, seine Stimme ist belegt vor Wut, und sein ganzer Körper ist heiß. „Nicht wahr, Minor? Sie haben Hitler doch für einen netten Kerl gehalten?“

„Das habe ich nie getan“, sagt Minor, „aber ich will dir eines sagen: Mir wär's lieber, Hitler wäre am Leben und nicht der alte Stalin. Er ist der Teufel in Menschengestalt. Darauf kannst du Gift nehmen.“

„Minor, was haben Sie gegen die Kommunisten? Sie würden Sie schon nicht zum Arbeiten bewegen wollen. Sie sind zu alt dazu. Zu krank.“

„Ta*tam*!“ brüllt Johnny Dedman. „Wir hätten je eine Atombombe werfen sollen auf Moskau, auf Berlin, auf Paris, auf Frankreich, Italien, Mexico City und Afrika. Ta*ram*! Ich liebe diese pilzförmige Wolke!“

„Minor“, sagt Peter, „Minor, warum beuten Sie uns arme Teenager so schamlos aus? Warum sind Sie so grausam? Sie haben das Brett vom Spielautomaten so steil eingestellt, daß außer Dedman nie jemand etwas gewinnen kann, und Dedman ist ein Genie.“

„Ich bin ein Genie“, sagt Dedman.

„Sie glauben nicht mal an einen göttlichen Schöpfer“, sagt Minor mit Betonung.

„Ach mein Gott, wer tut das schon?“ ruft Peter aus, er wird rot über sich selbst, aber er kann nicht einhalten, er lechzt danach, diesen Menschen festzunageln, der mit seiner schwarzen, republikanischen Borniertheit und seiner stieren, animalischen Vitalität all das auf der Welt verkörpert, was seinen, Peters, Vater umbringt. Er muß Minor davon abhalten, sich wieder wegzuwenden, er muß die Welt offenhalten, gewissermaßen. „Sie nicht, ich nicht, niemand. Wirklich!" Kaum ist diese Großspurigkeit heraus, kommt es Peter wie ein bodenloser Verrat an seinem Vater vor. Im Geist sieht er ihn betäubt in eine tiefe Grube stürzen. So gierig, daß sein Mund ganz ausgedörrt ist, wartet er auf Minors Erwiderung, wie immer sie ausfallen möge; er hofft, in den Windungen des Argumentierens einen Rückzugsweg zu finden. Mit aller Kraft wünscht er, er könnte das Gesagte zurücknehmen.

„Das glaub ich dir", sagt Minor schlicht und dreht sich um. Der Rückweg ist verschlossen.

„In zwei Jahren", schätzt Johnny Dedman mit lauter Stimme, „gibt es Krieg. Ich bin dann Major. Minor ist First Sergeant. Peter sitzt hinten in der Küche, hinter den Mülltonnen, und schält Kartoffeln." Sacht stößt er einen schwellenden Rauchring aus, und dann – das Wunder! – macht er den Mund so winzig und stramm wie ein Schlüsselloch und bläst einen kleineren Ring, der rasch kreiselnd durch den größeren zieht. Im Augenblick, da die Ringe einander durchdringen, zerfledern beide, und eine fedrige Rauchwolke dehnt und reckt sich wie ein Arm zur Lampenkordel hin. Dedman seufzt, ein überdrüssiger Schöpfer.

„Gammelig im Kopf in Jalta!" ruft Minor vom untern Ende des Tresens, „und Truman in Potsdam genauso dämlich. Der Mann war so blöd, daß sein Krawattengeschäft pleite ging, aber im Moment drauf kriegt er die Vereinigten Staaten von Amerika in die Finger."

Die Tür rumpelt auf, und die Dunkelheit draußen auf der Veranda verdichtet sich zu einer Person mit runder Mütze.

„Ist Peter hier?" fragt die Person.

„Mr. Caldwell", sagt Minor in dem Baßton, den er sich für die Begrüßung Erwachsener vorbehält, „ja, er ist hier. Er setzt mir soeben auseinander, daß er ein atheistischer Kommunist ist."

„Das macht er nur, um Sie zu ärgern, das wissen Sie doch. Es gibt in der ganzen Stadt keinen Menschen, von dem er so viel hält wie von Minor Kretz. Sie sind wie ein Vater zu dem Jungen, glauben Sie nicht, daß seine Mutter und ich das nicht würdigen."

„Hallo, Papa!" ruft Peter, er geniert sich für ihn.

Caldwell geht blinzelnd auf die Sitznischen zu, anscheinend kann er seinen Sohn nicht finden. Vor Dedmans Nische bleibt er stehen. „Wer ist das? Oh, Dedman. Haben sie dir noch immer nicht das Abschlußzeugnis gegeben?"

„Sieh an, George", sagt Dedman. Caldwell erwartet nicht viel von seinen Schülern, aber eine geziemende Anrede erwartet er doch. Natürlich spüren sie das. Grausamkeit ist geschickt, wo Güte unbeholfen ist. „Ich höre, Ihr Schwimmteam hat wieder verloren. Was gibt das? Achtzig Niederlagen hintereinander?"

„Sie haben ihr möglichstes getan", sagt Caldwell, „aber wenn man die Trümpfe nicht hat, kann man nicht gewinnen."

„Na, ich habe sie jedenfalls", sagt Dedman, seine Wangen glühen apfelig unter den langen gebogenen Wimpern. „Sehn Sie sich *meine* Karten an, George." Er langt in die Tasche seines laubgrünen Hemdes und will den pornographischen Kartensatz hervorholen.

„Steck sie weg!" ruft Minor von weit hinten hinter seinem Tresen hervor. Das elektrische Licht bleicht seinen nackten Schädel und schlägt kalte

Funken aus den abgetropften Coca-Cola-Gläsern.

Caldwell scheint nicht zu hören. Er geht weiter bis zur Nische, in der sein Sohn sitzt und eine Zigarette raucht. Ohne sich anmerken zu lassen, daß er die Zigarette sieht, rutscht er auf die Sitzbank gegenüber von Peter und sagt: „Himmel, mir ist eben vielleicht etwas Merkwürdiges passiert."

„Was denn? Was ist mit dem Wagen?"

„Der Wagen ist wieder in Ordnung, ob du's glaubst oder nicht. Ich weiß nicht, wie Hummel das fertiggebracht hat, er ist, was man einen Meister seines Fachs nennt. Mein ganzes Leben lang hat er sich fabelhaft gegen mich benommen." Eine neue Idee schießt ihm durch den Kopf, und er wendet den Blick. „Dedman, bist du noch da?"

Dedman hält gerade seine Karten im Maul und blättert sie durch. Mit glänzenden Augen schaut er auf. „Hä?"

„Warum gehst du nicht ab von der Schule und zu Hummel? Soweit ich mich erinnere, bist du ein geborener Mechaniker."

Der Junge windet sich unbehaglich unter diesem überraschenden Ansturm von Beachtung. „Ich warte auf den Krieg", sagt er.

„Du wirst noch bis zum Jüngsten Tag warten, Junge", warnt der Lehrer ihn. „Vergrab dein Pfund nicht in der Erde, laß dein Licht leuchten. Wenn ich dein Mechanikertalent hätte, dann könnte dieser arme Junge hier Kaviar essen."

„Ich bin vorbestraft."

„Das war Bing Crosby auch und Paulus auch. Sie haben sich dadurch nicht aufhalten lassen. Benutz das nicht als Freibrief. Sprich mit Al Hummel. Ich habe nie einen besseren Freund in dieser Stadt gehabt, und meine Lage war schlimmer als deine. Du bist gerade achtzehn, ich war fünfunddreißig."

Aufgebracht tut Peter einen Zug an der Zigarette, der aber hoffnungslos mißlingt in des Vaters Gegenwart, und so drückt er die Kool halbgeraucht aus. Sein einziger Gedanke ist, wie er seinen Vater von dieser Unterhaltung abbringen könnte, er weiß, daß Dedman einen Witz daraus machen wird, wenn er sie weitergibt. „Papa, was ist so Merkwürdiges passiert?" Während der Rauch mit seinem milden Gift seine Lungen durchtränkt, spült eine Welle des Ekels über ihn, Ekel vor all diesen mediokren, fruchtlosen, klebrigen Vertangelungen. Irgendwo steht eine Stadt, in der er frei sein wird.

Sein Vater spricht so, daß nur er ihn hören kann. „Vor zehn Minuten ging ich durch den Flur, da bumst Zimmermans Tür auf, und wer kommt raus? Mrs. Herzog."

„Aber was ist denn so merkwürdig daran? Sie ist im Schulausschuß."

„Ich weiß nicht, ob ich dir's sagen sollte, aber ich denke, du bist jetzt alt genug: Sie sah vollständig zerliebt aus."

Peter gluckst überrascht. „Zerliebt?" Er lacht wieder und bedauert es, daß er seine Zigarette ausgedrückt hat, das kommt ihm jetzt albern vor.

„Frauen bekommen dann so einen gewissen Ausdruck im Gesicht. Sie hatte den. Bis sie mich sah."

„Aber wieso? Hatte sie alle Kleider am Leibe?"

„Natürlich, aber ihr Hut war verrutscht, und ihr Lippenstift war verschmiert."

„Oho!"

„Oho ist richtig. Für meine Augen war das alles nicht bestimmt."

„Jedenfalls ist es nicht deine Schuld, du gingst ja nur über den Flur."

„Darauf kommt es nicht an, daß es nicht meine Schuld war. Wenn so die Spielregeln wären, da hätte nie jemand schuld. Tatsache ist, Junge, daß ich mitten in ein Intrigennetz geraten bin; Zimmerman hat fünfzehn Jahre lang Katz und Maus mit mir gespielt, und dies ist jetzt das Ende."

„O Papa. Du hast eine blühende Phantasie. Wahrscheinlich ist sie zu irgendeiner Besprechung da gewesen, du weißt, daß Zimmerman sich zu jeder beliebigen Zeit Leute bestellt."

„Du hast nicht den Blick in ihren Augen gesehen, als sie mich sah."

„Was hast du denn gemacht?"

„Ich habe sie einfach süß angelächelt und bin weitergegangen. Aber die Katze ist aus dem Sack, und sie weiß es."

„Papa, laß uns jetzt vernünftig sein. Ist sie denn überhaupt imstande, was mit Zimmerman zu haben? Sie ist eine Frau in mittleren Jahren, nicht wahr?"

Peter wundert sich, warum sein Vater lächelt. Caldwell sagt: „Sie hat einen gewissen Ruf in der Stadt. Sie ist gut zehn Jahre jünger als Herzog, sie hat ihn nicht eher geheiratet, als bis er sein Schäfchen im trocknen hatte."

„Aber Papa, sie hat ein Kind in der siebten Klasse!" Peter ist verzweifelt darüber, daß sein Vater sowenig die Tatsachen zu erkennen vermag: Frauen, die dem Schulausschuß angehören, sind jenseits von allem Geschlechtlichen, das ist nur etwas für Junge. Er weiß nicht, wie er's seinem Vater schonend beibringen soll. Es herrscht ein solches Mißverhältnis zwischen seinem Vater und diesem Thema, daß ihm das Wort im Mund gefriert.

Sein Vater verknotet so heftig die braunfleckigen Hände ineinander, daß die Knöchel gelb hervortreten. Er stöhnt: „Ich konnte spüren, wie Zimmerman dasaß, wie eine dicke, schwere Gewitterwolke; sogar jetzt habe ich das Gefühl, daß er mir auf der Brust hockt."

„O *Papa*!" schnappt Peter. „Du machst dich ja lächerlich. Warum machst du einen solchen Elefanten aus der Mücke? Es *gibt* den Zimmerman überhaupt nicht, den du siehst. Er ist einfach ein glitschiger alter Fettwanst, der gern Mädchen tätschelt."

Caldwell sieht beunruhigt auf, seine Wangen hängen schlaff. „Ich wünschte, ich hätte dein Selbstvertrauen, Peter", sagt er. „Wenn ich dein Selbstvertrauen hätte, dann würde ich deine Mutter zur Komödie gebracht haben, und du wärest nie geboren." Dies kommt einem Vorwurf gegen den Sohn näher denn je. Das Gesicht des Jungen brennt. „Ich rufe sie wohl besser an", sagt Caldwell und wuchtet sich aus der Nische. „Es geht mir nicht aus dem Schädel, daß Pop Kramer womöglich doch noch die Treppe runterfällt. Wenn ich am Leben bleibe, muß ich unbedingt ein Geländer anbringen."

Peter geht hinter ihm drein in den vorderen Teil des Imbißlokals. „Minor", sagt Caldwell, „würde es Ihnen das Herz brechen, wenn ich Sie bäte, einen Zehndollarschein zu wechseln?" Als Minor den Schein nimmt, fragt Caldwell ihn: „Wann, glauben Sie, werden die Russen in Olinger eintreffen? Höchstwahrscheinlich besteigen sie gerade den Trolleybus in Ely."

„Der Apfel fällt nicht weit vom Stamm, was, Minor?" ruft Johnny Dedman aus seiner Ecke herüber.

„Wollen Sie's irgendwie besonders haben?" fragt Minor mürrisch.

„Einen Fünfer, vier Einer, dreimal fünfundzwanzig Cents, zweimal zehn und ein Fünfcentstück." Dann fährt er fort: „Ich hoffe, sie kommen wirklich. Das wäre das Beste, was dieser Stadt passieren könnte, seit die Indianer weg sind."

Minor will das nicht hören. Er schnaubt so wütend, daß Caldwell mit hoher, angestrengter Stimme fragt, seiner forschenden Stimme: „Was glauben denn *Sie*, ist die Antwort?" Wie gewöhnlich bekommt er keine Erwiderung. Schweigend nimmt er das Wechselgeld entgegen und gibt Peter den Fünfer.

„Wofür ist das?"

„Fürs Essen. Der Mensch ist ein Säugetier und muß essen. Wir können Minor nicht bitten, daß er dich umsonst durchfüttert, obwohl er der Gentleman wäre, es zu tun, dessen bin ich sicher."

„Aber woher hast du's?"

„Es ist schon in Ordnung."

Peter schließt daraus, daß sein Vater sich schon wieder Geld geliehen hat aus der Sportkasse, die seiner Obhut anvertraut ist. Er versteht nichts von seines Vaters finanziellen Angelegenheiten, außer daß sie verstrickt und prekär sind. Vor vier Jahren, als er noch ein Kind war, hatte er einen Traum, in dem sein Vater zur Abrechnung aufgerufen wurde. Mit aschgrauem Gesicht, bekleidet nur mit einem Pappkarton, unter dem seine nackten Beine spinnig und gelblich hervorstaken, stolperte sein Vater die Stufen des Rathauses hinunter, und eine Horde Olingeraner schimpfte und lachte hinter ihm drein und warf matschige, dunkle Gegenstände nach ihm, die mit dumpfen Schlägen gegen den Karton prasselten. So wie es uns in Träumen widerfährt, wenn wir beides zugleich sind, Schöpfer und Geschöpf, Gott und Adam, wußte Peter, daß drinnen im Rathaus ein Gerichtsverfahren stattgefunden hatte. Sein Vater war für schuldig befunden worden, man hatte ihm alles genommen, was er besaß, ihn ausgepeitscht und als einen Geringeren in die Welt gejagt, als es die Landstreicher und Wanderarbeiter hier sind. Nach seinem bleichen Gesicht zu urteilen, würde allein schon die Schande ihn umbringen. Im Traum schrie Peter: „Nein! Ihr versteht nicht! Hört auf!" Die Worte kamen in einer Kinderstimme. Er gab sich Mühe, der aufgebrachten Menge laut zu erklären, wie unschuldig sein Vater war, wie überarbeitet, verhärmt, gewissenhaft und ängstlich, aber die Menge scharrte mit den Füßen und übertönte ihn, seine Stimme drang nicht durch. Er wachte auf und hatte nichts erklärt.

Hier in der Imbißstube ist ihm nun zumute, als nehme er ein Stück von seines Vaters geschundener Haut entgegen und verwahre es in seiner Brieftasche, um es für Hamburger, Zitronenpepsies, Spielautomaten und Reeses Peanut Butter Cups auszugeben, deren Schokoladenglasur gefährlich ist für seine Psoriasis.

Das Münztelefon hängt an der Wand hinter dem Ständer mit den Comic-Heften. Mit einem Fünf- und einem Zehncentstück bringt Caldwell die Verbindung mit Firetown zuwege. „Cassie? Wir sind in der Imbißstube … Er läuft wieder. Es war die Kardanwelle … Er glaubt, zwanzig Dollar etwa, er hat die Arbeitsstunden noch nicht ausgerechnet.

Sag Pop, Al hat sich nach ihm erkundigt. Er ist noch nicht die Treppe runtergefallen, nicht? … Du weißt, ich hab's nicht so gemeint, ich hoffe doch selber, daß es nicht passiert … Nein, nein, noch nicht, ich hatte keine Sekunde Zeit, und in fünf Minuten muß ich beim Zahnarzt sein … Um die Wahrheit zu sagen, Cassie, mir schaudert davor, zu hören, was er sagen wird … Ich weiß das … Ich weiß das ja … Ich schätze, gegen elf. Hast du kein Brot mehr im Haus? Gestern abend hab ich dir ein italienisches Sandwich gekauft, das liegt noch im Auto … Hm? Dem geht's gut, ich habe ihm gerade fünf Dollar gegeben, damit er essen kann … Ich geb ihn dir."

Caldwell hält Peter den Hörer hin. „Deine Mutter will dich sprechen."

Peter sträubt sich dagegen, daß sie sich auf diesem Wege in das Imbißlokal drängt, dem Mittelpunkt seines Lebens außerhalb ihrer Reichweite. Ihre Stimme klingt winzig und barsch, als habe die Telefongesellschaft, indem sie sie in diesen Metallkasten zwängte, sie in ihren Gefühlen verletzt. Der magnetische Sog, den sie auf ihn übt, wird ihm durch den Draht vermittelt, und so fühlt auch er sich in seinen Maßen reduziert.

„Hallo!" sagt er.

„Was für einen Eindruck macht er auf dich, Peter?"

„Wer?"

„*Wer?* Papa natürlich, wer sonst."

„Ein bißchen müde und aufgeregt, ich kann's nicht sagen. Du weißt ja, was für ein Rätsel er ist."

„Bist du auch so besorgt wie ich?"

„Ich denke schon, sicher."

„Warum hat er Doc Appleton noch nicht angerufen?"

„Vielleicht denkt er, die Röntgenaufnahmen sind noch nicht entwickelt.“ Peter sieht zu seinem Vater hinüber, als könne ihm von da eine Bestätigung kommen. Caldwell verheddert sich gerade in verzweifelten Selbstrechtfertigungen Minor gegenüber: „... wollte vorhin wirklich nicht sarkastisch sein wegen der Kommunisten, ich mag sie ebensowenig wie Sie, Minor ...“

Das Telefon hört etwas und fragt: „Mit wem redet er?“

„Mit Minor Kretz.“

„Er ist richtiggehend fasziniert von dieser Art Leute, nicht?“ stellt die miniaturhafte Frauenstimme in seinem Ohr voll Bitterkeit fest.

„Sie reden über die Russen.“

Ein Laut klickt im Hörer wie Husten, und Peter weiß, daß seine Mutter zu weinen angefangen hat. Der Magen verkrampft sich ihm. Er sucht nach etwas, was er sagen könnte, und sein Auge bleibt wie eine Fliege auf einem der gipsernen Kothaufen kleben, die zwischen Minors neuesten Errungenschaften liegen. „Wie geht es dem Hund?“ fragt er.

Seine Mutter schnieft und ringt um Fassung. In den Pausen zwischen ihrem abgehackten Schluchzen wird ihre Stimme merkwürdig starr und steinern. „Sie war den ganzen Vormittag über im Haus, nach dem Mittagessen hab ich sie schließlich rausgelassen. Als sie zurückkam, roch sie wieder nach Skunk. Pop ist so böse mit mir, daß er nicht aus seinem Zimmer kommt. Wenn kein Brot im Haus ist, wird er immer ganz fuchtig.“

„Glaubst du, Lady hat den Skunk umgebracht?“

„Ich denke schon.“ Sie lacht.

„Papa sagt, er will zum Zahnarzt.“

„Ja. Jetzt, wo es zu spät ist.“ Abermals ergießt

sich eine Welle stiller Tränen in Peters Ohr; er fühlt sich überschwemmt von der Vorstellung, wie die Augen seiner Mutter jetzt aussehen: rotgerändert und triefend. Ein leiser, körniger Geruch nach Gras oder Mais steigt ihm in die Nase.

„Ich finde nicht, daß es unbedingt zu spät ist", sagt er. Es klingt aufgeblasen und falsch, aber er ist gezwungen, etwas zu sagen. All die Rufnummern, die die Teenager auf die Wand über dem Telefon gekritzelt haben, wimmeln und wirbeln ihm plötzlich vor den Augen.

Seine Mutter seufzt. „Ja, vielleicht. Peter."

„Hm?"

„Gib jetzt acht auf deinen Vater."

„Ich will's versuchen. Es ist nicht leicht."

„Ja. Aber er liebt dich so sehr."

„Gut, ich versuch's. Willst du, daß er nach Haus kommt?"

„Nein." Sie macht eine Pause, und dann – mit diesem theatralischen Talent, die Szene zu beherrschen, das seinem Vater vielleicht den Grund gibt für seine Idee, er hätte sie zum Vaudeville-Theater bringen sollen – wiederholt sie mit bebendem Nachdruck: „Nein."

„Also gut, wir sind dann so gegen elf da." Losgelöst von ihrem tröstlichen Körper, geht ihm die Art seiner Mutter zermürbend auf die Nerven.

Sie spürt das, und ihre Stimme klingt noch verletzter, noch ferner, noch winziger und versteinerter: „Das Wettermännchen zeigt Schnee an."

„Mhm, die Luft fühlt sich auch so an."

„Schon gut, schon gut, Peter. Häng deine arme alte Mutter nur ab. Du bist ein guter Junge. Mach dir keine Sorgen."

„Geht in Ordnung, du auch nicht. Du bist eine gute Frau."

Wie unmöglich, das zur eigenen Mutter zu sagen! Er legt den Hörer auf, höchst erstaunt über sich selbst. Seine Flecken fangen an zu jucken, so sonderbar ist es ihm, mit ihr am Telefon gesprochen zu haben; im Hörer ist sie inzestuöserweise nichts weiter gewesen als eine weibliche Stimme, mit der er Geheimnisse gehabt hat.

„War sie aufgeregt?" fragt sein Vater ihn.

„Ein bißchen. Ich glaube, Pop macht gerade einen Wirbel."

„*Der* Mensch versteht das." Caldwell dreht sich um und erklärt es Minor: „Das ist mein Schwiegervater. Er ist vierundachtzig und kann einen Wirbel veranstalten, daß man aus den Schuhen kippt. Der Wirbel, den der macht, geht durch jedes Schlüsselloch. Der Mann hat in seinem kleinen Finger mehr Kraft als Sie und ich vom Bauch an aufwärts."

„Achchch", grunzt Minor sanft und stellt ein Glas voll schäumender Milch auf den Tresen. Caldwell stürzt es in zwei Schlucken hinunter, stellt das Glas zurück, zuckt, wird um eine Schattierung blasser und unterdrückt ein Aufstoßen. „Junge, Junge", sagt er, „die Milch ist da irgendwie den falschen Weg runtergelaufen." Er fährt sich mit der Zunge hin und her über die Schneidezähne, als wolle er sie säubern. „Jetzt muß ich zu Dr. Zahnbrecher."

Peter fragt: „Soll ich mit dir gehn?" Der richtige Name des Zahnarztes ist Kenneth Schreuer, und seine Praxis ist zwei Häuserblocks weit entfernt, hinter der High School, auf der andern Seite, gegenüber von den Tennisplätzen. Schreuer hat jeden Tag von neun Uhr morgens bis sechs Uhr abends das Radio an und hört Schnulzen. Mittwochs und sonntags, vom Frühling bis zum

Herbst, überquert er in weißen Leinenhosen die Trolleybusfahrbahn und wird zu einem der besseren Tennisspieler des County. Er ist wirklich ein besserer Tennisspieler als Zahnarzt. Seine Mutter arbeitet in der Selbstbedienungskantine der Schule.

„Behüte Gott", sagt Caldwell, „was kannst *du* dabei tun, Peter. Der Schaden ist nun mal angerichtet. Kümmere dich nicht um diesen alten Abfallhaufen. Bleib hier, wo es warm ist und du Freunde hast."

So ist nun das erste, was Peter tut, um den Befehl seiner Mutter auszuführen, nämlich achtzugeben auf den Vater: daß er dem leidenden Mann zusieht, wie er mit zu kurzem, offenem Mantel, die Wollmütze tief über die Ohren gezogen, allein hinaustritt durch die dunkle Tür, einem neuen Verhängnis entgegen.

Johnny Dedman ruft ohne Arg aus seiner Nische: „He, Peter, als du da mit deinem Vater gegen das Licht standest, konnte ich einen Augenblick lang nicht unterscheiden, wer wer war."

„Er ist größer", sagt Peter barsch. Dedman als argloser guter Junge interessiert ihn nicht. Mit dem Einbruch der Nacht fühlt er große süße Bestände an Verruchtheit in sich reifen. Er dreht sich um, getragen von den fünf Dollar in seiner Hüfttasche, und weist Minor triumphierend an: „Zwei Hamburger. Kein Ketchup. Und ein Glas von Ihrer verwässerten Milch und fünf Fünfcentstücke für Ihren Schwindelautomaten." Er geht zu seiner Nische zurück und zündet sich wieder die Kool an, die er halbgeraucht ausgedrückt hatte. Polareis kitzelt seine stolzgeschwellte Kehle; er spreizt sich auf der leeren Bühne, die Minors Lokal jetzt ist, und wiegt sich im Gefühl, daß alle Augen dieser Welt auf ihn sehen. Die Spanne notgedrungen müßiger Zeit, die vor ihm liegt, ein erfüllter Kindertraum von Freiheit, erregt sein Herz so sehr, daß es doppelt so schnell schlägt wie sonst und zu zerspringen droht und das Dämmerlicht rosenfarben eintönt. *Vergib mir.*

„Liebling, hörst du?"
„Mm?"
„Gibt es keinen besseren Platz als dein Büro?"
„Nein. Nicht im Winter."
„Aber wir sind gesehn worden."
„Du bist gesehn worden."
„Aber er wußte Bescheid. Ich konnte von seinem Gesicht ablesen, daß er Bescheid wußte. Er sah genauso erschrocken aus, wie mir zumute war."
„Caldwell weiß, und doch weiß er nichts."
„Aber traust du ihm?"
„Vertrauen oder nicht, das ist nie eine Frage zwischen uns gewesen."
„Und jetzt?"
„Ich traue ihm."
„Ich finde, das solltest du nicht. Könnten wir ihn nicht rausschmeißen?"

Er lacht üppig, und das bringt sie aus der Fassung. Meistens dauert es lange, bis sie einsieht, daß sie etwas Komisches gesagt hat. „Du überschätzt meine Allgewalt", sagt er. „Dieser Mann unterrichtet seit fünfzehn Jahren. Er hat Freunde. Er ist fest angestellt."
„Aber er ist unfähig, gibst du's zu?"

Es paßt ihm nicht, es fügt sich keineswegs in seine Struktur, wenn sie in seinen Armen zu argumentieren anfängt und inquisitorisch wird. Die

Dummheit der Frauen hat eine wunderbar wirksame Kraft, ihn zu enttäuschen.

„Meinst du? Fähigkeit ist nicht so leicht zu umgrenzen. Er bleibt im Zimmer mit ihnen, das ist die Hauptsache. Und außerdem, er ist mir ergeben. Er ist treu."

„Warum brichst du diese Lanze für ihn? Er kann uns jetzt alle beide vernichten."

Er lacht wieder. „Komm, komm, mein kleiner Spatz. *So* leicht lassen Menschen sich nicht vernichten." Obgleich ihre ängstlichen Anwandlungen zuweilen unerquicklich sind, bringt ihm ihre physische Gegenwart doch eine tiefe Entspannung, und in diesem Zustand innerster Ruhe gleiten ihm die Worte von der Zunge, ohne von Gedanken getrübt zu sein, so wie Wasser von oben nach unten fließt, wie Gase sich in den leeren Raum entspinnen.

Sie wird heftig und kantig in seinen Armen. „Ich mag diesen Kerl nicht. Ich mag sein schmunzelndes, naives Gesicht nicht."

„Sein Gesicht gibt dir ein Gefühl der Schuld."

Diese überraschende Bemerkung läßt ihre Inquisition ganz sanft werden.

„Müssen wir uns schuldig fühlen?" Die Frage kommt wirklich scheu.

„Absolut. Nachher."

Darüber muß sie lächeln, und wenn sie lächelt, wird ihr Mund weich, und als er sie küßt, ist ihm, als bekomme er nach einem grenzenlosen Durst endlich einen kleinen Schluck. Daß die Küsse den Durst nicht stillen, sondern verschärfen, daß auf jeden Kuß ein heftigerer folgen muß und er von einem Wirbel sich steigernden, sich weitenden Appetits mitgerissen wird – das erscheint ihm durchaus nicht als grausame, sondern vielmehr als typisch großzügige und zwingende Vorsehung der Natur.

Ein Baum von Schmerz schlägt Wurzeln in seinem Kiefer. Warte, so warte doch! Kenny hätte ein paar Minuten länger die Wirkung des Novokains abwarten sollen. Aber der Tag ist zu Ende, der Junge ist müde und in Eile. Kenny hat zu Caldwells ersten Schülern gehört, damals in den Dreißigern. Jetzt stemmt dieser selbe Junge, der schon eine ziemliche Glatze hat, sein eines Knie gegen die Stuhllehne, um mit mehr Hebelkraft die Zange hantieren zu können, die den Zahn umklammert hält und ihn wie Kreide knirschen läßt, während sie ihn freizuwackeln versucht. Caldwell hat Angst, daß der Zahn zerbröseln wird zwischen den Zangenarmen und als nackter, zerschundener Nerv in seinem Kopf steckenbleibt. Der Schmerz ist unerhört: ein ganzer Baum, mit Blüten übersät, und jede Blüte sprüht einen Schauer leuchtender, lindengrüner Funken in die bleichblaue Luft. Er öffnet die Augen, ungläubig, daß es so immer weitergehen solle, und sein Horizont ist angefüllt mit den entschlossen zusammengepreßten, trübrosa Lippen des Zahnarztes, die nach Nelken duften und ein wenig schief hängen: ein schwächlicher Mund. Der Junge hatte gern Doktor med. werden wollen, aber es mangelte ihm an der nötigen Intelligenzquote, und so hat er es eben nur zum Fleischer gebracht.

Caldwell empfindet den Schmerz, der sich in seinem Kopf verästelt, als eine Folge der Fehler, die er beim Unterrichten begangen hat: Er hat es versäumt, Bedachtsamkeit und Geduld in diese abgehastete Seele zu senken, und so nimmt er den Schmerz hin. Der Baum wächst vollständig zu, seine Zweige und Blüten verschmelzen zu einer silbernen Riesenfeder, einem Kegel, einer Säule des Schmerzes, einer Säule, die in den Himmel ragt und in deren Basis Caldwells Schädel gebettet ist. Schieres, schrilles Silber, kein Hauch, kein Jota, kein kleinstes Quentchen Legierung.

„Da!“ Kenneth Schreuer stößt erleichtert die Luft aus. Seine Hände zittern, sein Rücken ist feucht. Mit der Zange hält er Caldwell die Beute hin. Als steige er verquollen aus einem Traum auf, so mühsam nur kann Caldwell seine Augen auf den Gegenstand richten. Es ist ein kleiner, matter Klumpen aus Elfenbein mit braunen und schwarzen Sprenkeln, und er steht auf weichen, krummen rosa Beinen. Es erscheint grotesk, daß dieses Ding seiner Beseitigung so wütend widerstanden hat.

„Spucken Sie aus“, sagt der Zahnarzt.

Gehorsam beugt Caldwell das Gesicht übers gelbe Becken, und eine Blutspur mischt sich in den dünnen Wirbel klaren Wassers, der ins Abflußloch kreiselt. Das Blut sieht orangefarben aus und ist trüb von Speichel. Das Gefühl, daß sein Kopf aus purem Silber sei, weicht einer schwerelosen Schwindligkeit. Angst und Druck verflüchtigen sich durch das Loch in seinem Gaumen. Er empfindet plötzlich absurde Dankbarkeit für alles Geschaffene, für die sauber schimmernde, geschwungene Lippe des runden Emaillebeckens, für den blitzenden, kleinen, krummen Hahn, der Wasser dareinspuckt, für die kleine, kometenschweifförmige Rostspur, die diese Miniatur-Charybdis in die Emaille gegraben hat, wo der Strudel seine Schwungkraft verliert; Dankbarkeit für die delikaten zahntechnischen Gerüche, für die Geräusche, die Kenny veranstaltet, als er seine Werkzeuge ins Sterilisierbad zurücklegt, fürs Radio auf dem Bord, das einen Schauer Orgelmusik durch seine Röhren schüttet. Der Ansager intoniert: „I – love – a – Mystery!", und die Orgel bricht wieder ekstatisch los.

„Es ist eine Schande", sagt Kenny, „daß die Kronen Ihrer Zähne nicht so stabil sind wie die Wurzeln."

„So ist mein ganzes Leben", sagt Caldwell. „Große Füße, schwacher Kopf." Seine Zunge stößt beim Artikulieren auf etwas Schaumig-Weiches. Er spuckt wieder aus. Es klingt sonderbar, aber er findet den Anblick seines Blutes aufheiternd.

Mit einem stählernen Werkzeug stochert Kenny im gezogenen Zahn herum, der nun für immer aus seinen irdischen Angeln gehoben ist und, wie er so hoch in die Luft gehalten wird, etwas von einem Stern hat. Kenny bohrt ein Bröckchen der schwarzen Füllung heraus, hält es sich unter die Nase und riecht daran.

„Mm", sagt er, „ja. Hoffnungslos. Muß Ihnen ganz schöne Schmerzen verursacht haben."

„Erst als ich's merkte."

Der Ansager im Radio erklärt: „Beim letztenmal überließen wir Doc und Reggie ihrem Schicksal in der großen unterirdischen Affenmetropole *(Affengeräusche: Schnattern, Kreischen, trauriges Gurren)*, und jetzt wendet Doc sich zu *(Stimme wird blasser)* Reggie und sagt ..."

Doc: „Wir müssen hier raus! Die Prinzessin wartet!"

Tschiepietschiep. Birrip birruuu.

Kenny gibt Caldwell zwei Anacin-Tabletten in

Zellophanhülle. „Es könnte Schmerzen geben, wenn das Novokain nicht mehr wirkt“, sagt er. *Es hat nie gewirkt,* denkt Caldwell. Er will jetzt gehen und spuckt noch ein letztes Mal ins Becken. Der Fluß des Bluts wird schon langsamer und dünner und gelber. Schüchtern tastet er sich mit der Zunge an die Stelle, wo jetzt ein schlüpfriger Krater ist. Ein verschwommenes, dumpfes Gefühl, etwas verloren zu haben, befällt ihn.

Heller kommt den Anbauflur entlang. Twiddelpiddel-piddel-pat! O wie er seinen schönen breiten Besen liebt!!

Züchtig-eifrig vorbei an den Toiletten der Mädchen, rotes Wachs auskleckernd, es verreibend zu schimmernder Politur, vorbei an Zimmer 113, wo die Kunst, der sichtbare Spiegel von Gottes unsichtbarem Ruhm, von Miß Schrack hochgehalten wird, an 111 vorbei, wo Schreibmaschinen unter verwitterten, schwarzen Leichentüchern lauern, durch die hier und da eine Zwischenraumtaste silbriges Gespensterfunkeln schickt, vorbei an 109, dem Zimmer mit der großen, brüchigen Landkarte der alten Handelsstraßen, auf denen Gewürze, Bernstein, Felle und Sklaven durchs karolingische Europa befördert wurden, vorbei an 107, wo es nach Schwefeldioxid und Wasserstoffsulfid riecht, 105, 103, Türen alle geschlossen, undurchsichtiges Glas, an der Wand gegenüber grüne Schließfächer, die sich in irrer Perspektive ins Nichts verlieren, immer weiter geht Heller und kehrt unterm methodischen Streichen seines Besens Knöpfe, Fusseln, Pennies, Stanniolfetzen, Haarnadeln, Zellophanschnipsel, Haar, Fäden, Mandarinenkerne, Kammzinken, Peter Caldwells Psoriasisschuppen zusammen, kurz, all die unrühmlichen Flocken und Flusen, Fitzchen und Fetzchen und Staubpartikel, aus denen sich das Universum zusammensetzt: dies alles erntet er. Er summt unhörbar eine alte Melodie vor sich hin. Er ist glücklich. Die Schule gehört ihm. Die Uhren allüberall auf den hölzernen Fluren ticken im Gleichklang zehn nach sechs. Einer der riesigen Kessel faßt einen unwiderruflichen Entschluß in seinem subterranen Gehäuse und verschlingt in einem einzigen Happen eine Vierteltonne Erbskohle: Pennsylvania-Anthrazit, alte Lepidodendra, die schiere komprimierte Zeit. Das Herz des Ofens brennt mit weißer Glut, die durch ein Glimmerguckloch beobachtet werden muß.

Heller hat die Fußböden dieser High School in sein rostiges Herz geschlossen. Es war die Beförderung seines Lebens, als er den Hausmeisterdienst in der Grundschule quittieren durfte, wo die kleinen Kinder mit ihren lämmerhaften, heiklen Bäuchlein jeden Tag ein paar ranzige Pfützen Erbrochenes hinterließen, die er dann aufputzen und mit Salmiakgeist parfümieren mußte. Hier gibt es nicht so Unwürdiges, nur die Wörter an den Wänden und ab und an eine niederträchtige Sauerei in den Knabentoiletten.

Die Erinnerung an Menschen und Menschenkleider zieht mit trockenem Aroma durch die Flure. Die Trinkbrunnen haben aufgehört zu sprudeln. Die Heizkörper summen. Die Seitentür knallt zu; ein Mitglied des JV-Basketballteams ist hereingekommen mit seinem Turnbeutel und in den Umkleideraum hinuntergegangen. Am Vordereingang treffen Mr. Caldwell und Mr. Phillips zusammen und spielen, der eine groß, der andere klein, das alte Spiel, wer als erster durch die Tür gehen solle. Heller bückt sich und kehrt in seine breite Schaufel den grauen Berg aus Staub und Schmutz, den ein paar Papierschnitzel beleben. Dann schüttet er den Schmutz in den großen Pappeimer, der in der Ecke steht. Dann bezieht er wieder Posten hinter dem Besen, schiebt davon und verschwindet um die nächste Ecke, tapp-tapp-tapp. – Da geht er!

„George, ich höre, es geht Ihnen nicht übermäßig gut", sagt Phillips zu dem andern Lehrer. Im Flurlicht vor dem Trophäenschrank sieht er mit Schrekken einen Blutfaden aus Caldwells Mundwinkel sickern. Meistens ist etwas Schludriges, Nachlässiges an Caldwells Aufzug, und das betrübt den andern insgeheim.

„Mal so, mal so", sagt Caldwell. „Phil, ein Streifen Eintrittskarten fehlt mir, das liegt mir auf der Seele. Nummer 18001 bis 18145."

Phillips denkt nach, und während er nachdenkt, tut er – es ist seine Gewohnheit – einen ruckhaften Schritt zur Seite. „Na, ist ja nur Papier", sagt er.

„Das ist Geld auch", sagt Caldwell.

Er sieht so elend aus, als er das sagt, daß Phillips fragt: „Tun Sie was gegen Ihr Übel?"

Caldwell macht seinen stoisch verkniffenen Mund. „Schon gut, Phil. Ich war gestern beim Arzt und habe mich röntgen lassen."

Phillips macht einen Schritt zur andern Seite. „Was zu sehn?" fragt er und sieht auf seine Schuhe, als überprüfe er die Schnürsenkel.

Wie wenn er hinwegschwemmen wollte, was Phillips' außergewöhnlich sanfte Stimme auszudrücken schien, bellt er heraus: „Ich habe mich noch nicht erkundigt. War ununterbrochen beschäftigt."

„George. Darf ich als Freund reden?"

„Nur zu, ich habe Sie niemals anders reden hören."

„Es gibt was, was Sie nie gelernt haben, nämlich, wie man auf sich achtgeben muß. Es ist Ihnen doch klar, wir sind nicht mehr so jung wie vor dem Krieg, wir dürfen uns nicht wie junge Männer aufführen."

„Phil, ich weiß keine andere Möglichkeit, wie ich mich aufführen soll. Ich muß mich kindisch benehmen, bis man mir die Augen zudrückt."

Phillips' Lachen klingt eine Spur zu nervös. Er gehörte gerade ein Jahr lang zum Lehrkörper, als Caldwell sich dazugesellte, und wenn sie seitdem auch viel gemeinsam durchgestanden haben, kann er doch nie das Gefühl loswerden, älter als der andere und sein Lehrmeister zu sein. Und zugleich kann er nicht die dunkle Ahnung abschütteln, daß Caldwell aus seinen chaotischeren und verderblicheren Untergründen ein Wunder produzieren oder wenigstens das Seltsame aussprechen werde, das ausgesprochen werden muß. Er fragt: „Haben Sie das von Ache gehört?" – er sagt „Ockie". Ein intelligenter, respektvoller, sportlicher und hübscher Schüler aus den späten dreißiger Jahren, der Typ, der einem Lehrerherzen wohltut, den es einstmals häufig gab in Olinger, der aber beim allgemeinen Niedergang der Tugenden ausstirbt.

„Umgekommen", sagt Caldwell. „Aber ich weiß nicht, wie."

„Über Nevada", erklärt Phillip ihm und wechselt seine Papier- und Bücherlast vom einen Arm auf den andern. „War Fluglehrer, und sein Schüler machte einen Fehler. Beide tot."

„Ist das nicht komisch? Übersteht all die Kriegsjahre ohne einen Kratzer und muß dann in Friedenszeiten dran glauben."

Phillips' Augen haben die morbide Eigenheit – kleine Menschen sind gefühlvoller als andere –, mitten in der Unterhaltung rot zu werden, wenn das Thema auch nur von fern melancholisch ist. „Ich hasse es, wenn sie jung sterben!" bricht es aus ihm heraus.

Er liebt die Wohlgeratenen unter den Schülern wie Söhne; sein eigener ist unbeholfen und verstockt.

Caldwells Interesse wird wach; die akkurat in der Mitte geteilte Haarkappe seines Freundes kommt ihm plötzlich wie der Deckel eines Gefäßes vor, in dem der Schlüssel zur Auskunft verwahrt ist, die er so sehr begehrt. Ernst fragt er: „Glauben Sie, daß es da einen Unterschied gibt? Sind sie weniger bereit? Fühlen *Sie* sich bereit?"

Phillips versucht, seine Gedanken auf diese Frage zu lenken, aber es ist, als wolle man die gleichartigen Pole zweier Magneten gegeneinander pressen: sie stoßen einander ab. „Ich weiß es nicht", gesteht er. „Es heißt, kommt Zeit, kommt Rat", setzt er hinzu.

„Nicht für mich", sagt Caldwell. „Ich bin nicht bereit, und deshalb habe ich furchtbare Angst. Was ist die Antwort?"

Schweigen ist zwischen den beiden Männern, als Heller mit seinem Besen daherkommt. Der Pedell nickt und lächelt und schiebt an ihnen vorbei.

Wieder gelingt es Phillips nicht, seine Gedanken in Stellung zu bringen, sie entschlüpfen ihm fortwährend auf irgendwelche Seitenwege. Gespannt starrt er auf Caldwells Brust, als finde da eine seltsame Verwandlung statt. „Haben Sie mit Zimmerman gesprochen?“ fragt er. „Vielleicht ist ein Ferienjahr die Antwort.“

„Ich kann mir ein Ferienjahr nicht leisten. Was sollte aus dem Jungen werden? Er könnte nicht mal zur High School kommen, er müßte mit dem Bus in die Landschule fahren, eingepfercht in einen Haufen Bauerntrampel.“

„Er würde es überleben, George.“

„Das bezweifle ich gewaltig. Er braucht mich als Vehikel, er hat den Dreh fürs Leben noch nicht heraus. Ich kann mich nicht verdrücken, bevor er den Dreh heraus hat. Sie haben es gut, Ihr Junge hat ihn gefunden.“

Das ist wahrlich eine traurige Schmeichelei; Phillips schüttelt den Kopf. Die Ränder seiner Augen tönen sich dunkler. Ronnie Phillips, frisch immatrikuliert im Pennsylvania State College, ist hoch begabt für Elektronenphysik. Aber sogar als er noch auf der High School war, hat er sich öffentlich lustig gemacht über seines Vaters Faible für Baseball. Bitter ist ihm zum Bewußtsein gekommen, daß er zu viele kostbare Stunden seiner Kindheit vergeudet hat, indem er auf Drängen seines Vaters Baseball übte.

Phillips sagt kläglich: „Ronnie scheint zu wissen, was er will.“

„Er verdient jeglichen Erfolg!“ ruft Caldwell. „Mein armer Junge, er will die ganze Welt in einer Bonbonschachtel.“

„Ich dachte, er wollte Maler werden.“

„Ooh.“ Caldwell stöhnt, das Gift hat sich einen Zoll tiefer in seine Eingeweide gefressen. Die Söhne sind für diese beiden ein schweres Thema.

Caldwell will jetzt von etwas anderem reden. „Als ich heute aus meinem Zimmer trat, hatte ich eine Art Offenbarung. Fünfzehn Jahre mußte ich Lehrer sein, bis ich's einsah."

„Was?" fragt Phillips schnell, er ist begierig, es zu erfahren, nach all der Zeit, die er genarrt worden ist.

„Ahnungslosigkeit ist ein Segen", gibt Caldwell kund. Als kein Willkommensfunke im hoffnungsvoll zerfurchten Gesicht seines Freundes aufglimmt, wiederholt er lauter, so daß es durch den leeren, sich verjüngenden Korridor hallt: „Ahnungslosigkeit ist ein Segen. Das ist eine Lektion, die ich vom Leben bezogen habe."

„Gott möge uns verzeihen, Sie haben vielleicht recht", ruft Phillips nervös und wendet sich, als wolle er in sein Zimmer gehen.

Aber die beiden Lehrer stehen dann doch noch eine Minute zusammen im Korridor, entspannen sich im vertrauten Beieinander und finden eine zwiespältige Wärme in dem Gefühl, einander zwar verfehlt zu haben, aber sich gegenseitig keinen Vorwurf daraus zu machen. So kämpfen sich zwei Gäule einträchtig durch den Sturm. Wenn die Menschen Pferde wären, würde Caldwell zum sich abplackenden, gescheckten Typ gehören, nicht recht spezifizierbar, aber beileibe nicht minderrassig, bekannt vielleicht als der „große Graue", und Phillips wäre ein munterer kleiner Morgan, kastanienbraun, mit peniblem Schwanz und adrett polierten Hufen – ein Pony eigentlich.

Caldwell kommt ein letzter Gedanke. „Mein alter Herr ging hin und starb, noch ehe er mein Alter erreicht hatte", sagt er, „und ich wollte meinen eigenen Jungen nicht auch so betrügen." Mit einem Ruck, daß alle vier Beine kreischen und knirschen, zieht er einen kleinen, alterszerfressenen Eichentisch von der Wand fort; an diesem Tisch werden immer die Basketballkarten verkauft.

Ein frenetischer Schrei quillt im Zuschauersaal auf und wirbelt Staub in die entferntesten Räume des weitschweifigen Schulgebäudes, während noch zahlendes Publikum durchs Portal strömt und über die gleißenden Flure schwärmt. Halbwüchsige Jungen, so scheußlich und mannigfaltig wie Wasserspeier, mit kälteroten Ohrläppchen, drängen sich quelläugig, schnappmäulig unter den leuchtenden Deckenkugeln. Mädchen, rotbackig, fröhlich, kunterbunt und meistens unförmig, wie Vasen, die ein zerstreuter Töpfer gedreht hat, nisten scheckig umwickelt im heißen Gewoge. Von der drohenden, geruchsbildenden, blinden Menge steigt gedämpfter, schlurrender Donner auf und unstet vernehmliches Geklingel: die Stimmen der Jugend.

„Da sagte ich: ‚Das ist eben *dein* Pech, alter Junge.'"

♪ „Ich hör dich klopfen, aber du darfst nicht rein." ♪

„Ich dachte, es wär richtig auf Hundeart."

„Die Sau rollte auf die andere Seite und sagte doch tatsächlich: ‚Noch mal.'"

„Nun nimm mal deinen gesunden Menschenverstand zusammen. Wie kann die eine Unendlichkeit größer sein als die andere?"

„Wer sagt, daß er das sagt, das möchte ich gern wissen."

„Die ist zu durchschauen, sie hat ein kleines Muttermal seitlich am Hals, das wird rot."

„Er ist selber seine beste Geliebte, wenn du mich fragst."

„Frühstück aus der Büchse – *schlürrrfff!*"

„Ich werde's so herum versuchen: Unendlichkeit gleich Unendlichkeit, stimmt's?"

„Da hörte ich, wie *sie* sagte, und da sagte ich zu ihm: ‚Ich schätze, ich weiß nicht, was los ist.'"

„Wenn er nicht aufhören kann, hätte er nicht anfangen sollen."

„Der Mund sackte ihm einfach runter. Sackte buchstäblich runter."

„Wann ist das alles passiert? Vor Jahrhunderten?"

„Aber wenn du nur alle *ungeraden* Zahlen nimmst, die es gibt, und die addierst, kriegst du immer noch Unendlichkeit, nicht? Kannst du *dem* wenigstens folgen?"

„War das bei dem in Pottsville?"

♪„Ich bin im Hemdchen, und das ist schrecklich klein."♪

„‚Pech?' sagte er, und ich sagte: ‚Ja, deins.'"

„Endlich!" ruft Peter Penny entgegen, als sie durch den Mittelgang kommt und ihn entdeckt. Sie ist allein, er hat ein Mädchen, sie ist allein, sein Mädchen ist allein zu ihm gekommen: sein Herz trudelt im Kreis mit diesen einfachen Gedanken. Er ruft ihr zu: „Ich hab dir einen Platz reserviert!" Er sitzt in der Mitte der Reihe; auf dem Platz, den er für sie frei gehalten hat, stapeln sich die Mäntel und Schals anderer Schüler. Heldinnenhaft schwimmt sie durch die Meerenge zwischen ihnen, schürzt ungeduldig die gefälligen Lippen, läßt die andern aufstehen, damit sie passieren kann, lacht, als sie über einen ausgestreckten Fuß stolpert. Während die Mäntel vom Sitz genommen werden, stehen Peter und Penny aneinandergepreßt, er hat sich halb erhoben. Ihre Knie verschränken sich linkisch; er pustet zum Spaß, und das Haar über ihrem Ohr weht auf. Sie erscheint ihm, mit der Haut ihres Gesichts und ihres Halses, die strahlende Stille ist inmitten des Wirrwarrs und Gestampfes, als etwas Köstliches, eßbar und saftigstrotzend. Sie ist klein, daher kommt das Saftige. Klein genug, daß er sie heben kann: bei diesem Gedanken hebt er sich selbst, heimlich. Sie machen sich's Seite an Seite in der glücklichen Hitze und dem Gewühl bequem. Die Spieler schwelgen in all dem Platz, den man ihnen gelassen hat, und galoppieren hin und her auf der polierten Holzbohlenfläche. Der Ball steigt in hohem Bogen, aber nicht so hoch, daß er an die vergitterten Birnen reicht, die oben an der Decke des Zuschauersaals brennen. Eine Pfeife tönt. Die Uhr bleibt stehen. Die Cheerleaders brausen heraus und formieren sich zu einer Lokomotive, die kastanienbraunen Os auf ihren gelben Sweatern hüpfen. „O!" rufen sie, sieben messingene Sirenen, ihre ineinander verhakten Unterarme bilden einen durchgehenden Kolben.

„Ohhh", stöhnt das Echo getroffen zurück.

„L, I!"

„Iiii!" Ein Schrei aus den Tiefen. Peters Kopfhaut wird kalt, und unter dem Deckmantel einer gewissen, wirklich vorhandenen Ekstase umklammert er den Arm seines Mädchens.

„He!" ruft sie erfreut, ihre Haut ist noch kühl von der Luft draußen.

„N."

Die Antwort kommt schneller: „Ennn", und die folgenden Buchstaben kommen noch schneller, immer schneller, ein Strudel zwischen der Menge und den Cheerleaders; als er seinen Punkt erreicht hat, ist es, als seien sie alle in ein anderes Königreich eingesogen worden: „Olinger! *Olinger!* OLINGER!"

Die Mädchen toben ab, das Spiel hebt wieder an, und der Zuschauersaal schrumpft trotz seiner Größe zu einer Wohnstube ein, in der jeder jeden kennt. Peter und Penny unterhalten sich.

„Ich bin so froh, daß du gekommen bist", sagt er. „Ich bin erstaunt, wie froh ich bin."

„So, vielen Dank", sagt Penny trocken. „Wie geht es deinem Vater?"

„Er ist außer sich. Letzte Nacht sind wir nicht nach Haus gekommen. Panne gehabt."

„Armer Peter."

„Nein, eigentlich hab ich es genossen."

„Rasierst du dich?"

„Nein, muß ich? Ist es soweit?"

„Nein, aber es sieht ein bißchen wie getrockneter Rasierschaum in deinen Ohren aus."

„Du weißt, was das ist?"

„Was denn? Ist es etwas?"

„Mein Geheimnis. Du wußtest nicht, daß ich ein Geheimnis habe?"

„Jeder hat Geheimnisse."

„Aber meins ist sehr speziell."

„Was ist es denn für eins?"

„Ich kann's dir nicht sagen, ich muß es dir zeigen."

„Peter, bist du nicht ein bißchen komisch?"

„Möchtest du lieber, daß ich's nicht tue? Hast du Angst?"

„Nein, vor dir hab ich keine Angst."

„Gut, ich hab vor dir auch keine Angst."

Sie lacht. „Du hast vor niemand Angst."

„Da bist du aber im Irrtum. Ich hab vor jedem Angst."

„Auch vor deinem Vater?"

„Oh, der ist besonders beängstigend."

„Wann zeigst du mir dein Geheimnis?"

„Vielleicht überhaupt nicht. Es ist zu schrecklich."

„Peter, bitte, zeig's mir. Bitte."

„Hör zu."

„Was ist?"

„Ich mag dich." Er kann nicht gut sagen: „Ich liebe dich"; es könnte sich als unreell erweisen.

„Ich mag dich auch."

„Das tust du dann nicht mehr."

„Doch. Alberst du bloß?"

„Möglich. Ich zeig dir ein bißchen. Wenn ich den Nerv dazu habe!"

„Jetzt *machst* du mir angst."

„Erlaub es nicht. He, du hast eine so schöne Haut."

„Das sagst du immer. Warum? Es ist doch einfach Haut." Er kann nicht antworten, und sie zieht ihren Arm unter seiner Streichelberührung fort. „Laß uns dem Spiel zusehn. Wer liegt vorn?"

Er sieht zur neuen elektrischen Punkttafel hinauf, die mit einer Uhr kombiniert ist, ein Geschenk der Abschlußklasse von 1946.

„Die andern."

Sie brüllt und ist auf einmal eine richtige lippenstiftbemalte kleine Furie: „Nun *macht* doch!" Die JVs, fünf in den Olingerfarben Kastanienbraun und Gold und fünf in West-Altons Blau-Weiß, machen einen zugleich betäubten und äußerst wachsamen Eindruck; mit ihren Turnschuhsohlen sind sie an die abgedunkelten Echos ihrer selbst geheftet, die umgekehrt im Dielenglanz stehen. Jedes Schuhband, jedes Haar, jedes angestrengte Muskelzucken wirkt unnatürlich scharf wie die Details ausgestopfter Tiere in einem großen beleuchteten

Gehäuse. Tatsächlich steht eine psychologische Glasscheibe zwischen der Basketballfläche und den Sitzreihen; der Spieler kann zwar hinaufsehen und in der Menge das Mädchen erspähen, in das er sich am Abend zuvor versenkt hat (ihr Winseln, die Trockenheit im Mund hinterher), aber sie ist unendlich weit weg von ihm, und das Ereignis im geparkten Auto mag ebensogut der Phantasie entsprungen sein. Mark Youngerman wischt sich mit seinem behaarten Unterarm den Schweiß von der Stirn, sieht den Ball auf sich zusegeln, hebt die gehöhlten Hände und bettet die strammgenähte Lederkugel an seine Brust, wirft täuschend den Kopf herum, stürzt am West-Alton-Verteidiger vorbei und trifft mit verzückter Wurfgebärde in den Korb. Das Spiel steht jetzt gleich. Ein Schrei steigt auf, daß man meinen könnte, jede Seele hier im Saal hänge über einem Abgrund des Entsetzens.

Caldwell räumt gerade die Quittungen für die verkauften Karten zusammen, als Phillips auf Zehenspitzen zu ihm tritt und sagt: „George, haben Sie nicht gesagt, daß ein Streifen fehlt?“

„Eins acht null null eins bis eins acht eins vier fünf.“

„Ich glaube, ich weiß, wo sie stecken.“

„Jesses, mir würde ein Stein vom Herzen fallen, wenn Sie's wüßten.“

„Ich glaube, Louis hat sie.“

„Zimmerman? Warum zum Teufel soll der Karten stehlen?“

„Schsch.“ Phillips schielt mit einer beredten Mundverrenkung zum Direktionsbüro hin. Das Verschwörerische wirkt bei ihm ein wenig dandyhaft. „Sie wissen, daß er in der Reformierten Sonntagsschule Lehrer ist bei den älteren Jungen?"

„Natürlich. Die gehn durchs Feuer für ihn."

„Und ist Ihnen aufgefallen, daß Reverend March heut abend gekommen ist?"

„Ja, ich hab ihn so reingelassen, ich wollte kein Geld von ihm nehmen."

„Das war richtig. Der Grund, warum er hier ist: Ungefähr vierzig Sonntagsschüler haben Freikarten bekommen und sind geschlossen zur Veranstaltung erschienen. Ich ging zu ihm und schlug vor, er solle an der Spielfläche sitzen, aber er sagte nein, er halte es für richtiger, wenn er ganz hinten hinter den Zuschauerplätzen stehe und Ausschau halten könne; ungefähr die Hälfte der Jungen kommt aus Ely, da gibt es keine Reformierte Kirche."

Vera Hummel, hallo, tritt durch den Eingang, ihr langer, gelber Mantel flattert aufgeknöpft, ihr roter Haarknoten entschlüpft den Nadeln – ist sie gelaufen? Sie lächelt Caldwell an und nickt zu Phillips hin; Phillips ist so eine kleine Maus, für die sie sich nicht erwärmen kann. Mit Caldwell ist es etwas anderes, er ruft bei ihr das auf den Plan, was, soweit sie etwas davon versteht, ihr mütterlicher Instinkt ist. Jeder große Mann hat bei ihr automatisch einen Stein im Brett; so einfach ist sie. Ein Mann hingegen, der kleiner ist als sie selbst, kommt ihr ungehörig vor. Caldwell hebt herzlich eine warzenfleckige Hand; Veras Anblick ficht ihn nicht an. Solange Mrs. Hummel auf der Bildfläche steht, hat er das Gefühl, daß die Schule nicht vollständig in den Händen von Tieren ist. Sie hat die Figur einer reifen Göre: flachbrüstig, langbeinig, und in der schmalen Länge der sommersprossigen

Handgelenke und Arme liegt etwas Nachdrückliches, sogar Ängstliches. Die urzeitliche weibliche Schwere beschränkt sich auf Hüften und Schenkel bei ihr; diese Schenkel, wenn sie oval und alabastern aus blauem Gymnastikdreß sich wölben, stechen höchst vorteilhaft von denen ihrer Mädchen ab. Es gibt eine Blüte, die folgt auf die erste, und darauf gibt es noch eine. Die menschliche Biologie ist, bis zu einem gewissen Grad, nicht ungeduldig. Und doch bleibt Vera kinderlos. Die kleine dreieckige Stirn zwischen den beiden kupfernen Haarflügeln macht einen verärgerten Eindruck; die Nase ist um ein Winziges zu lang und eine Spur zu spitz; ihr Gesicht hat etwas Frettchenhaftes, und wenn sie lacht, springt gewinnend ihr Zahnfleisch ins Blickfeld.

Caldwell ruft ihr zu: „Haben Sie heut ein Spiel gehabt?" Sie betreut das Basketballteam der Mädchen.

„Komm gerade von einem", sagt sie, ohne ganz stehenzubleiben. „Wir haben eine Niederlage gehabt. Ich habe Al nur schnell Abendbrot gemacht und wollte jetzt mal sehn, was die Jungs zustande bringen."

Sie ist den Flur hinuntergegangen, zum Hintereingang des Zuschauersaals.

„Diese Frau liebt Basketball", sagt Caldwell.

„Al arbeitet zu lange", gibt Phillips dunkel zurück. „Sie langweilt sich."

„Sie sieht aber fröhlich aus, und wenn man in meinem Zustand ist, zählt nur das."

„George, Ihre Konstitution macht mir Sorgen."

„Der Herr liebt eine fidele Leiche", sagt Caldwell mit rauhem Überschwang und fragt dann kühn: „Was für ein Geheimnis ist das nun mit den Karten?"

„Es ist kein richtiges Geheimnis. Reverend March hat mir erzählt, Louis verteile die Freikarten als Ansporn zu regelmäßigem Sonntagsschulbesuch, eine Prämie sozusagen für fleißiges Erscheinen das ganze Jahr hindurch."

„Und da schleicht er sich herein und stibitzt mir meine Basketballkarten."

„Nicht so laut. Es sind nicht Ihre Karten, George. Sie gehören der Schule."

„Aber ich bin der arme Gaul, der's auf seinen Buckel nehmen muß."

„Es ist doch nur Papier, betrachten Sie es so. Schreiben Sie ‚zu wohltätigen Zwecken' in Ihre Bücher. Ich decke Sie, wenn es je zur Sprache kommt."

„Haben Sie Zimmerman auch gefragt, wo die restlichen hundert geblieben sind? Vierzig Jungs sind gekommen, sagen Sie. Er kann die anderen hundert doch nicht auch weggegeben haben, als nächstes kommen noch die Vierjährigen aus dem Reformierten Kindergarten mit einer Freikarte durch die Tür gekrabbelt."

„George, ich weiß, Sie sind erregt. Aber mit Übertreibungen ist nichts gewonnen. Ich habe nicht gesprochen mit ihm, und ich sehe nicht, daß irgend etwas dabei heraussprãnge. Machen Sie einen Vermerk: ‚Zu wohltätigen Zwecken', und wir betrachten die Angelegenheit als erledigt. Louis neigt zu Willkürlichkeiten, ich weiß, aber diesmal war's edel gemeint."

In der Gewißheit, daß der weise Rat seines Freundes befolgt werden müsse, stürzt Caldwell sich genüßlich in einen letzten Wortexzeß. „Diese Karten repräsentieren theoretisch einen Wert von neunzig Dollar, es geht mir höllisch gegen den

Strich, sie der lieben alten Reformierten Sonntagsschule in den Rachen zu stopfen." Er meint das ernst. Olinger ist, abgesehen von ein paar Sekten am Rande, wie den Zeugen Jehovas, den Baptisten und den Katholiken, aufgespalten in freundliche Rivalität zwischen Lutheranern und Reformierten; die Lutheraner sind an Zahl überlegen, die Reformierten an Reichtum. Caldwell ist als Presbyterianer geboren, aber während der Depression zum lutherischen Glauben seiner Frau übergetreten und – es erstaunt bei einem so toleranten Menschen – hegt ein tiefes Mißtrauen gegen die Reformierten, die er gleichsetzt mit Zimmerman und Calvin, kurz, mit allem, was undurchschaubar, tyrannisch und willkürlich ist im Weltenreich.

Vera betritt den hinteren Teil des Zuschauersaals durch eine der breiten Türen, die weit offenstehen und von kleinen Gummifüßen in schmukken Messingfassungen festgehalten werden, aus denen sie sich mit sachtem Stoß lösen lassen. Sie sieht, daß Reverend March drüben in der Ecke steht, sich gegen die aufgestapelten Klappstühle lehnt, die bei Versammlungen und Theateraufführungen und Elterntreffen auseinandergefaltet und auf der ebenen Fläche arrangiert werden, die jetzt als Spielfeld dient. Ein paar Jungen hocken mit leinenbehosten Baumelbeinen unerlaubterweise oben auf dem Stapel, und Männer und Jungen und auch etliche Mädchen drängen sich hier hinten, recken die Hälse, um einander über die Schultern zu sehen, einige stehen auf Stühlen, die sie in die offenen Türen gestellt haben. Zwei Männer, ungefähr Mitte Zwanzig, grüßen Vera schüchtern und treten beiseite, um ihr Platz zu machen. Sie kennen sie, aber Vera hat sie vergessen. Es sind alte

Schulhelden, die, wie so manche, viele Jahre lang, bis eine Frau oder rituelle Trunkenheit oder der Beruf sie fernhält, zu den sportlichen Ereignissen der High School erscheinen, Hunden ähnlich, die es immer wieder an denselben Ort zieht, weil sie glauben, dort etwas Kostbares vergraben zu haben. Sie werden immer älter und schlaffer, aber sie erscheinen weiterhin, werden heraufbeschworen durch die Gespensterprozession – draußen und drinnen, im Herbst, im Winter und im Frühling – der immer nachwachsenden jungen und unbekannten High-School-Athleten, die unbemerkt hereinströmen, um auch zuzusehen. Ihr scheues, verletztes Gebaren steht in entschiedenem Kontrast zu dem der Schüler auf den Sitzplatzhängen: Haut und Haar und Bänder und leuchtende Kleider bilden hier ein einziges Gewebe, eine wogende, glitzernde Fahne aus Menschen. Vera blinzelt, und die Menge zersplittert in zitternde Farbatome. Nur scheinbar sind sie auf das zukkende Ereignis polarisiert, das sich vor ihnen begibt, in Wahrheit streben alle diese Teilchen fort vom Geschehen, aufeinander zu, gesteuert von heimlichen, pfeilförmigen Samen. Das zu spüren macht Vera stolz und heiter-gelassen und kundig. Lange Zeit wagt sie nicht, einen vorsichtigen Blick zur Seite zu tun, zu Reverend March hin, der wiederum verzaubert ist von den Gold- und Kupferfunken, die durch den verflochtenen Strudel der Körper von ihr stieben und klingend auf seine Augen treffen. Dieser Geistliche ist ein großer, gutaussehender Mann mit einem knochigen, braunen Gesicht und straffem schwarzem, delikat geformtem Bärtchen. Der Krieg hat ihn zu dem gemacht, der er ist. Neunzehnhundertneununddreißig hatte er gerade an einem Seminar im Kohlengebiet das Examen bestanden: knapp fünfundzwanzigjährig, scheu und schmalgliedrig. Er kam sich unmännlich und schwach vor, zernagt von Zweifeln. Die Theologie hatte seinem Zweifel Gestalt und Tiefe gegeben. Im nachhinein betrachtet, erschien ihm seine Religiosität, die ihn zu diesem Beruf geführt hatte – sofern es nicht überhaupt nur der Wille seiner Mutter war –, als ein krankhaftes Schillern, das durch sexuelle Unsicherheit bedingt gewesen war. Seine blecherne Stimme verspottete seine eigenen ausweichenden Predigten, indem sie sich dann und wann überschlug. Er fürchtete seine Diakone und verachtete seine Sendung. Neunzehnhunderteinundvierzig fing der Krieg ihn auf. Er meldete sich freiwillig, nicht als Kaplan, sondern als aktiver Soldat. Er hoffte, auf diesem Wege Fragen zu entkommen, auf die er keine Antwort wußte. Es gelang. Er überquerte das Wasser, und die Furien konnten nicht folgen. Er wurde Leutnant. In Nordafrika hielt er sich und fünf andere mit drei Feldflaschen voll Wasser sieben Tage lang am Leben. Bei Anzio riß eine Granate einen fünf Fuß breiten Krater auf, genau an der Stelle, von der er dreißig Sekunden zuvor weggerannt war. In den Hügeln über Rom ernannten sie ihn zum Captain. Der Friede fand ihn ohne Schramme. Nur seine Stimme hatte den Härtungsprozessen widerstanden. Absurderweise kehrte er zurück zu seinem milden Beruf. War es wirklich absurd? Nein. Er fand, als er das Geröll abgeräumt hatte, den Glauben seiner Mutter, der von der Hitze zu einer beständigen Festigkeit gebacken war, seltsam von Gestalt zwar, aber unleugbar, wie ein ausgekühlter Schlackenklumpen. Er lebte. Das

Leben ist eine Hölle, aber eine herrliche Hölle. Weihe Gott diese Herrlichkeit. Marchs Stimme ist zwar noch immer klein, aber sein Schweigen ist groß. Seine Augen sind schwarz wie Kohlen in die scharfen, braunen Backenknochen gesenkt. Wie eine Narbe trägt er das Bärtchen, das ihm geblieben ist vom Bart der Schlachten. Mit seinem Sinn für die Uniform behält er den Römischen Kragen an, wann immer er sich in der Öffentlichkeit sehen läßt. Vera, die sich ihm verstohlen über den Flur nähert, auf der andern Seite der weitoffenen Türen, findet diesen Kragen so romantisch, daß ihr der Atem stockt: ein Messer aus purem Weiß, ein Stück vom Absoluten steht ihm drohend an der Kehle.

„Ihre Gebete waren nicht bei mir heute nachmittag", haucht sie atemlos.

„Hallo! Haben Ihre Mädchen verloren?"

„Mm." Schon tut sie so, als langweile sie sich, und ein bißchen stimmt es tatsächlich. Sie starrt aufs Spiel und bringt mit den Händen in den Taschen die goldenen Flügel ihres Mantels zum Flattern.

„Kommen Sie immer, wenn die Jungen spielen?"

„Warum nicht? Ich muß doch, um zu lernen. Haben Sie Basketball gespielt?"

„Nein, ich war außerordentlich untüchtig als Junge. Ich war immer der Letzte."

„Das ist kaum zu glauben."

„Daran erkennt man große Wahrheiten."

Sie zuckt zusammen bei diesen Evangelistentönen und seufzt tief, schickt sich zu einer Erklärung an, als gebe sie endlich einem ungeduldigen Drängen von seiner Seite nach: „Tatsache ist, wenn man hier eine Weile unterrichtet hat, kommt es so weit, daß man immer wieder in dieses Haus zurück muß. Es ist eine Berufskrankheit. Sowie in der Schule Licht brennt, geht man rüber."

„Sie wohnen so nahe."

„Mm." Seine Stimme enttäuscht sie. Sie denkt, ob es wohl ein Naturgesetz ist, daß Männer von genau der richtigen Kragengröße zu kleine Stimmen haben. Muß sie immer, bei jeder Begegnung, in irgendeiner winzigen Facette enttäuscht werden? Um sich zu rächen, zieht sie ihn auf: „Sie haben sich verändert, seit Sie immer der Letzte waren."

Er lacht abrupt, entblößt seine starken, tabakverfärbten Zähne nur einen Sekundenbruchteil lang, als ob ein ausführlicheres Lachen seine Stellung verraten würde: das Lachen eines Captains. „Die letzten werden die ersten sein", sagt er.

Das verwirrt sie ein wenig, sie versteht die Anspielung nicht, weiß aber, daß es eine ist, sieht es an der zufriedenen Gestrafftheit seiner bräunlichen, scharfgeschnittenen Lippen. Sie starrt ihm über die Schulter, und wie immer, wenn sie bedrängt wird von der Möglichkeit, sie könnte dumm sein, entläßt sie ihre Augen aus der gemeinsamen Einstellung: sie weiß, daß deren braune Schönheit noch tiefer wird dadurch. „Warum?" Sie schließt den Mund wieder. „Ich will das nicht fragen."

„Was wollten Sie fragen?"

„Ach nichts. Ich hab vergessen, mit wem ich spreche."

„Nein, bitte. Fragt, und es soll euch Antwort werden." Er hofft, wenn er ihr das Salz der Blasphemie auf den Schwanz streut, werde er sie festhalten können, diese goldene Taube, diesen sandblonden Spatzen. Er hat den Verdacht, daß sie fragen wollte, warum er nicht geheiratet hat. Eine knifflige Frage; er hat schon manches Mal die Antwort gesucht. Vielleicht, daß der Krieg die Frauen unschmeichelhaft enthüllt. Sie sinken im Preis, und es geschieht sogar, daß sie sich für jeden Preis verkaufen: für eine Zuckerstange, den Schlaf einer Nacht. Ihr Wert ist ihnen nicht mitgegeben, sondern wird ihnen von den Männern verliehen. Wenn man gezwungen wird, das einzusehen, zögert man den Kauf hinaus. Aber das wäre keine Antwort, die man aussprechen könnte.

Tatsächlich ist das die Frage, die ihr im Kopf umgeht. Ist er irgendwie pervers? Sie mißtraut allen Geistlichen und Männern, die zu gut erzogen sind. Er ist beides. Sie fragt: „Warum sind Sie hier heut abend? Ich habe Sie noch nie bei einem Spiel getroffen, Sie kommen höchstens her, um der Schulversammlung den Segen zu erteilen."

„Ich bin hergekommen", sagt er, „um vierzig Heidenbälger aus meiner Sonntagsschule zu hüten. Aus irgendeinem mir unbegreiflichen Grund hat Zimmerman letzten Sonntag Eintrittskarten über sie ausgeschüttet wie Manna."

Sie lacht. „Warum nur?" Alles, was Zimmerman herabsetzt, läßt ihr Herz dankbar sprudeln.

„Warum?" Seine rabenschwarzen Brauen wölben sich in zwei ebenmäßigen Bögen über den geweiteten Augen, in denen die Iris, voll vom Licht getroffen jetzt, nicht schwarz ist, sondern von einem fleckigen Dunkelgrau, so, als sei der gallerte Teil schleiernder Pulverdampf. Dieses Nachwehen von Gefahr, von schrecklichen Dingen, die er gesehen hat, erregt sie. Ihr ist, als flössen ihr die Brüste warm über die Rippen; sie unterdrückt den Impuls, sie mit den Händen zu umspannen. Ihre nassen Lippen öffnen sich zum Lachen, bevor seine Späße, seine ungehaltenen Fragen noch heraus sind: „Warum passiert mir all das?" fragt er düster, mit leicht hervorquellenden Augen. „Warum bakken alle Damen in meiner Gemeinde einmal im Monat Napfkuchen und verkaufen sie dann wechselseitig aneinander? Warum belagert der städtische Trunkenbold beharrlich meinen Telefonanschluß? Warum rücken alle diese Leute mit wunderlichen Hüten auf dem Kopf jeden Sonntagmorgen an, um mich über ein altes Buch schwafeln zu hören?" Seine Erwartungen werden weit übertroffen: Der warme Strom ihres Lachens hält ihn köstlich in der Schwebe, und er fährt fort in diesem Ton, er hat etwas von einem tollkühnen, vollblütigen Sioux, der in Kriegerausrüstung einen Tanz aufführt auf dem Platz, wo eine Landmine eingegraben ist. Zwar ist sein Glaube intakt und unversehrbar wie Metall, aber er ist auch tot wie Metall. Er kann ihn in die Hand nehmen und sein Gewicht prüfen, wann immer er will, aber sein Glaube hat nicht die Macht, ihn zu halten und zu zügeln. March macht sich lustig über seine eigene Frömmigkeit.

Und Vera ihrerseits ist entzückt darüber, daß sie dies alles hervorgelockt hat. Es kommt ihr wie eine beschleunigte Bilderfolge in einem alten Stummfilm vor, diese Skizze, die er von der Kirche entwirft: ein unbewohntes Haus, in dem immerzu Leute vorsprechen, höflich mit dem Kopf nicken und „Danke" sagen, als ob es einen Gastgeber gäbe. Luftbläschen trudeln ihr aus dem Bauch in die Lungen hinauf und explodieren fröhlich schillernd in ihrer Kehle; wahrhaftig, das ist alles, was sie von einem Mann verlangt, alles, was sie begehrt: daß er die Fähigkeit hat, sie zum Lachen zu bringen. Wenn sie lacht, wird ihr Mädchentum, ihre Jungfräulichkeit wiedergeboren. Ihr Mund mit der kirschroten Lippenstiftumrandung, die noch übrig ist von der Bemalung, zieht sich in die Breite, um die Fröhlichkeit herauszulassen, ihr Zahnfleisch wird sichtbar, ihr erhitztes Gesicht wird betäubend lebendig, ein Gorgonenhaupt der Schönheit, des Lebens. Einer der leinenbehosten Jungen oben auf dem Klappstuhlstapel, die auf diesem wackeligen Floß den Ozean des Tumults bestehen, beugt sich herunter, um festzustellen, woher dies neue Geräusch kommt. Er sieht unter sich einen Schopf roten Haares, der wie ein riesiger orangefarbener Fisch mit einer schimmernden, leichten Bewegung gegen die horizontalen Latten aus geflecktem Holz sinkt. Von Lachen geschwächt, wankt Vera und beugt ihr biegsames Gewicht zurück. Die gesprenkelten Augen des Geistlichen zerfließen, und seine harschen Lippen wölben sich beschämt und verlegen. Er lehnt sich auch zurück, neben sie; eine Unregelmäßigkeit im Stuhlstapel bildet ungefähr in der Höhe eines Kaminsimses eine Kante, und auf die stützt er, in seiner alten Captainshaltung, seine Ellenbogen. Auf diese Weise schirmt sein Körper sie gegen die Menge ab. Eine Laube ist entstanden.

… und er wirft sich oft zurück auf deinem Schoß, besiegt von der ewigen Wunde der Liebe; und er birgt seinen schöngeformten Nacken (tereti cervice) auf dir, sieht auf und speist seine unersättlichen Augen mit Liebe, heftet sie sehnsuchtsvoll auf dich (inhians in te, dea), und wenn er sich zurücksinken läßt, hängt sein Atem noch an deinen Lippen.

Das Spiel der zweiten Mannschaft ist vorüber. Mark Youngermans Gesicht ist lila angelaufen, sein Keuchen klingt schlimm, und sein Körper ist so schlüpfrig wie ein Amphibienleib: Olinger hat verloren. Das Summen der Menge wechselt die Tonart. Viele gehen von ihren Plätzen. Die ins Freie treten, stellen fest, daß es schneit. Diese Feststellung ist immer überraschend: daß der Himmel sich so anmutig herablassen kann. Schnee hebt uns neben Jupiter Pluvius in die Wolken. Was für ein Gedränge! Welch eine Menge winziger Flocken stiebt in den flachen Lichtbereich oberhalb der Eingangstür! Atome über Atome über Atome. Einen flaumigen Zoll tief sind schon die Stufen bedeckt. Die Autos auf der Chaussee fahren langsamer, die Scheibenwischer flappen, die Scheinwerferstrahlen werden gekappt und glitzernd überstäubt im unaufhörlichen Gestöber. Es ist, als existiere der Schnee nur da, wo er von Licht getroffen wird. Ein Trolleybus, der gen Alton schwimmt, zieht ein Gefolge mählich fallender Glühwürmchen nach sich. Welch ein beredtes Schweigen herrscht! Olinger unter der ungeheuren violetten Kuppel des sturmbefallenen Nachthimmels wird zu einem andern Bethlehem. Hinter einem erleuchteten Fenster schreit der kindliche Gott. Alles wird geboren aus dem Nichts. Die Scheiben, überhaucht vom Gelb des Strohs in der Krippe, ersticken das Weinen. Die Welt dreht sich fort und hört nicht. Die Stadt mit den weißen Dächern ist wie eine Kolonie verlassener Tempel; von weitem gesehen, wachsen sie zusammen wie ein Gefieder, werden grau, zerfließen. Der Shale Hill ist unsichtbar. Ein Gelb brütet tief am Himmel; im Westen über Alton sickert ein rubinrotes Glühen aufwärts. Vom Zenit hängt kraftlos ein lavendelblaues Leuchten herab, als habe sich der spezifische Glanz des Mondes und der Sterne aufgelöst und als sei in diese Lösung ein schwacher Stromstoß geschickt worden. Der Effekt – leicht bedeutungsvoll, drohend – ist vergnüglich. Die Luft drückt mit einförmigem Zischen nach unten, ein Orgelpunkt, das tiefe C des Weltensturms. Die Straßenlaternen, die längs der Chaussee aufgefädelt sind, bilden eine helle Rampe, auf der das Schneegestöber, komprimiert und dann wieder auseinandergezogen vom leichtesten aller Winde, wie ein Schauspieler agiert: verharrend, drängend. Aufwärts steigende Gegenströmungen halten die Flocken manchmal in der Schwebe, aber dann treiben sie mit der Hast der Liebe doch der Umarmung der Schwerkraft zu; die wechselnde Dichte beschwört die Impression schreitender Beine, die sich emporstrecken in die Unendlichkeit. Der Sturm geht mit langen Schritten. Er geht mit langen Schritten, aber rührt sich nicht von der Stelle.

Wer im Schulgebäude bleibt, weiß nichts vom Wetter, und doch spürt er wie ein Fisch, der von einer schnelleren Meeresströmung nach oben getragen wird, eine Veränderung. Die Atmosphäre auf den Tribünen steigert sich. Dinge werden nicht bloß wahrgenommen, sondern sie springen in die Augen. Die Stimmen tragen weiter als sonst. Die Herzen schlagen kühn. Peter führt Penny durch den Mittelgang hinauf in den Korridor. Der Kopf braust ihm von dem Versprechen, das er ihr gegeben hat, aber sie scheint es vergessen zu haben. Er ist zu jung, um die unmerklichen Überschneidungen im Gesicht einer Frau zu erkennen, aus denen man Erwartung und Einwilligung lesen kann. Er kauft in der Haupthalle an der Bude, die der Schülerrat betreibt, für sie eine Coca-Cola und für sich eine Zitronenlimonade. Es geht hoch her ringsum, das Pärchen wird gegen die Wand gedrängt. Hier hängen gerahmte Fotografien alter Langstreckenteams in langer chronologischer Reihenfolge. Penny tippt mit dem ausgestreckten kleinen Finger an die Flasche, leckt sich die Lippen, auf denen noch die Coca klebt, und sieht ihn an mit Augen, deren Grün grade erst erfunden scheint.

Er ist besessen von der heimlichen Kenntnis seines Ausschlags; soll er's ihr sagen? Würden sie, wenn er sie zur Mitwisserin seiner Schmach machte, unauflösbar aneinandergekettet werden? Würde sie durch die Bande des Mitleids zu seiner Sklavin? Kann er bei seiner Jugend sich eine Sklavin leisten? Entflammt von diesen unbarmherzigen, harten Erwägungen, kehrt er der schiebenden, träg ineinander verflochtenen Menge an der Bude mit den alkoholfreien Getränken den roten Rükken zu. Als eine Eisenhand seinen Arm oberhalb des Ellenbogens packt und ihn brutal drückt, kann es einer von hundert Idioten sein.

Aber es ist Mr. Zimmerman, der Leitende Direktor. Gleichzeitig hat er Pennys Arm gepackt, und da steht er lächelnd zwischen ihnen und läßt nicht los. „Zwei Prachtschüler", sagt er, als rede er von gefangenen Vögeln.

Peter will seinen Arm wütend aus dem Griff befreien. Der Griff wird fester. „Allmählich sieht er aus wie der Sohn seines Vaters", sagt Zimmerman zu Penny, und zu Peters Entsetzen gibt Penny dem Direktor das Grinsen zurück. Zimmerman ist kleiner als Peter, aber größer als Penny. So nah von oben gesehen, wirkt sein asymmetrischer, halb kahler und nickender Kopf ungeheuer. Die Nase ist knollig, die Augen stehen voll Wasser. Schiere Wut auf diesen Narren wellt in dem Jungen auf.

„Mr. Zimmerman“, sagt er, „ich möchte Sie etwas fragen.“

„Voller Fragen, wie sein Vater“, sagt Zimmerman zu Penny und läßt Peters Arm los, aber nicht Pennys. Sie hat einen rosa Angorapullover an, und ihre nackten Arme kommen aus den sehr kurzen Ärmeln wie Beine aus einem Schlupfhöschen. Die klobigen Finger des Alten drücken sich in das kühle Fett; sein Daumen wandert vor und zurück über einen Zollbreit Haut.

„Ich wollte Sie fragen“, sagt Peter, „was das ist, die humanistischen Werte, die der Physik innewohnen.“

Penny kichert nervös, ihr Gesicht ist vollkommen stumpf geworden. Zimmerman fragt: „Wo hast du diese Phrase her?“

Peter ist zu weit gegangen. Er wird rot, er weiß, daß er einen Treubruch begeht, aber er kann sich nicht zurückhalten in dieser Aufwallung des Stolzes. „Ich hab's gelesen in einem Bericht, den Sie über meinen Vater verfaßt haben.“

„So etwas zeigt er dir? Findest du das richtig?“

„Ich weiß nicht. Was ihn angeht, geht auch mich an.“

„Ich frage mich, ob dir das nicht eine zu große Verantwortung aufbürdet. Peter, ich schätze deinen Vater außerordentlich. Aber er hat nun einmal, wie dir natürlich längst aufgegangen ist – du bist ein intelligenter Junge –, einen Hang zur Verantwortungslosigkeit.“

Von allen möglichen Beschuldigungen scheint Peter diese am wenigsten zutreffend zu sein. Sein Vater, diese blinde, ausgebleichte Gestalt, die in der Armsünderpappschachtel die Stufen herunterstolpert …

„Das lädt allen Menschen um ihn herum desto größere Verantwortung auf", fährt Zimmerman milde fort.

„Ich finde, er ist ganz besonders verantwortungsbewußt", sagt Peter, hypnotisiert durch das nachdenklich karessierende Hin und Her von Zimmermans Daumen auf Pennys Arm. Sie duldet es, es fällt ihm wie Schuppen von den Augen. Nicht auszudenken, daß er im Begriff war, dieser Hure, dieser Puppe seinen kostbaren Ausschlag zu offenbaren.

Zimmermans Lächeln wird immer breiter. „Natürlich siehst du ihn aus einem anderen Blickwinkel als ich. Ich habe meinen Vater auch so gesehn."

Sie sehen vieles auf die gleiche Weise an, diese beiden. Andere Menschen zum Beispiel sehen sie beide als Arena zur Selbstbestätigung an. Eine untergründige Verwandtschaft besteht zwischen ihnen, die ihre Kabbelei erst möglich macht. Peter fühlt das, er spürt eine Kameraderie, die mit Gegnerschaft sich mischt, er spürt, daß er Vertrauen hat bei all seiner Furcht. Der Direktor hat einen Fehler gemacht, als er intim werden wollte; Distanz und Schweigen sind immer die stärkste Macht. Peter starrt ihm ins Gesicht, und ehe es unwiderruflich unverschämt wird, wendet er die Augen ab. Er fühlt, wie sein Hals an der Seite rot wird wie bei seiner Mutter. „Er ist *schrecklich* verantwortungsbewußt", sagt er von seinem Vater. „Er hat sich gerade den Magen röntgen lassen müssen, aber was ihn viel mehr beunruhigt, das ist ein kleiner Streifen Basketballkarten, den er nicht finden kann."

„Karten?“ platzt es Zimmerman unbesonnen heraus. Zu Peters Erstaunen scheint das getroffen zu haben. Die Falten im Direktorsgesicht kerben sich tiefer bei dieser veränderten Kopfhaltung; er wirkt alt. Triumphierend fühlt Peter sich als der Bezwinger seines Widersachers, als der Rächer seines Vaters, er ist im Vorteil: Er hat mehr Jahre zu leben. Dumm und machtlos ist er hier und jetzt, aber in der Dimension der Zukunft ist er der Stärkere. Zimmerman murmelt, es ist, als stolpere er im Geiste. „Ich muß mit ihm darüber reden“, sagt er, halb zu sich.

Übers Ziel hinausgeschossen. Der Gedanke, daß sein Treubruch richtig verhängnisvoll werden könnte, läßt seinen Magen schlingern wie damals, als er Kind war und, immer zu spät, die Chaussee hinunterrannte, zur Grundschule.

„Müssen Sie?“ Seine Stimme wird ganz tonlos vor lauter Flehen, wird kindlich. „Ich meine, ich möchte nicht, daß er durch mich Schwierigkeiten bekommt.“

Wieder haben sich die Kräftefelder verschoben. Zimmermans Hand läßt Pennys Arm los und schnellt, den Mittelfinger gegen den Daumen gepreßt, zum Schnippen bereit, auf Peters Auge zu. Ein Alptraumaugenblick; Peter blinzelt, sein Kopf ist leergefegt. Ihm ist, als werde ihm die Atemluft weggerissen. Die Hand gleitet an seinem Gesicht vorbei und schnippt sanft gegen ein Gesicht in dem gerahmten Bild neben Peters Schulter an der Wand. „Das bin ich“, sagt Zimmerman.

Es ist eine Aufnahme der High-School-Langstreckenmannschaft von 1919. Alle haben altmodische, schwarze Unterhemden an, und der Trainer trägt weiße Segeltuchhosen und einen Strohhut.

Sogar die Bäume im Hintergrund – es sind die Bäume des Armenhausgeländes, nur kleiner als heute – sehen altmodisch aus, wie gepreßte Blumen. Unter der Oberfläche der Fotografie lagert ungleichmäßig eine Bräune. Zimmermans Finger, der mit seinem glänzenden Nagel und dem runzligen Gelenkknöchelchen klar und solid im *Heute* steht, piekt noch immer auf das winzige Gesicht von *damals.* Peter und Penny müssen hinsehen. Er ist als Läufer schmaler gewesen, und sein Gesicht war voll, sein Haar dicht und schwarz, aber trotzdem ist er merkwürdig gut wiederzuerkennen. Die mächtige Nase, die in schiefem Winkel zum weich geschwungenen Mund steht, der wiederum keineswegs parallel zur Brauenlinie verläuft, gab bereits seinem jungen Gesicht dies Air trüber Bedeutungsschwere, unergründlicher Erwartung und widerstrebender Grausamkeit, das ihn in der Blüte seiner Jahre so unbestreitbar zum Zuchtmeister macht, sogar für jene, welche für gewöhnlich meinen, sie wüßten alles besser, und sich in Spott und Hohn ergehen. „Das *sind* Sie", sagt Peter lahm.

„Wir haben nie einen Kampf verloren." Der Finger, massiv vor lauter Existenz, immerwährend, fällt herunter. Ohne noch ein Wort zu dem jungen Paar zu sagen, geht Zimmerman durch die Halle davon, mit gewaltigem Rücken. Schüler drängen sich zur Seite, um ihm eine Gasse zu bahnen.

Die Halle leert sich, das Spiel der ersten Mannschaft fängt an. Der Druck von Zimmermans Fingern hat gelbe Ovale in Pennys nacktem Arm zurückgelassen. Sie reibt sich heftig den Arm und schneidet eine Grimasse des Ekels. „Ich komme mir vor, als müßte ich ein Bad nehmen", sagt sie. Peter stellt fest, daß er sie wirklich liebt. Sie sind beide gleich hilflos gewesen in Zimmermans Griff. Er geht mit ihr durch die Halle, als wolle er in den Zuschauersaal zurückkehren, aber am Ende der Halle stößt er die Doppeltür auf und führt Penny die dunkle Treppe hinauf. Das ist verboten. Bei Abendveranstaltungen ist oft ein Vorhängeschloß an dieser Tür festgemacht, aber diesmal hat der Hausmeister es vergessen. Peter sieht sich nervös um, aber alle, die hätten „Halt!“ rufen können, sind in den Saal geeilt, um den Spielbeginn nicht zu versäumen.

Auf dem ersten Absatz sind sie außer Sichtweite. Die Glühbirne, die draußen über dem Mädcheneingang brennt, unterhalb des Fensters mit den Stahlpfosten, schickt in verzerrten Rhomboiden genügend Licht herein, daß man sehen kann. Es muß Licht sein, damit sie sehen kann. Ihre bloßen Arme sind wie Silber, ihr scharlachroter Mund ist schwarz. Sogar sein Hemd ist schwarz. Er knöpft den einen Ärmel auf. „Es ist allerdings ein sehr trauriges Geheimnis“, sagt er, „aber weil ich dich liebe, sollst du es erfahren.“

„Warte.“

„Was ist?“ Er lauscht, weil er denkt, sie habe jemand kommen hören.

„Weißt du, was du da sagst? Was liebst du an mir?“

In die Stille dringt der Lärm der Menge wie ein Meer, das sie umgibt. Hier, auf diesem Treppenabsatz, fühlt er sich trocken und kühl. Er schaudert, er fürchtet sich jetzt vor dem, was er angefangen hat. „Ich liebe dich“, erklärt er ihr, „weil ich in dem Traum, von dem ich dir erzählt habe und in dem du dich in einen Baum verwandelt hast, weinen und beten wollte.“

„Vielleicht liebst du mich nur in deinen Träumen."

„Wann ist das?" Er berührt ihr Gesicht. Silber. Ihr Mund und ihre Augen sind schwarz und still und ähneln schrecklich den Löchern in einer Maske."

Sie sagt sanft: „Du denkst, ich bin dumm."

„Ich dachte es, aber jetzt kommt es mir nicht so vor."

„Ich bin nicht hübsch."

„Jetzt bist du es."

„Küß mich nicht. Der Lippenstift schmiert."

„Ich werde deine Hand küssen." Er tut es und schiebt dann ihre Hand in seinen aufgeknöpften Ärmel. „Fühlt mein Arm sich komisch an?"

„Er fühlt sich warm an."

„Nein. Rauh, schuppig. Konzentriere dich."

„Ja ... ein bißchen. Was ist das?"

„*Das* ist es." Peter schiebt den Ärmel hoch und zeigt ihr die Unterseite seines Armes. Die Flecken sehen lavendelfarben aus im kalten, diffusen Licht. Es sind nicht so viele, wie er erwartet hat.

„Was ist das", fragt Penny, „Bienenstiche?"

„Man nennt es Psoriasis, ich hab es mein Leben lang gehabt. Es ist scheußlich, ich hasse es."

„Peter!" Ihre Hände heben seinen Kopf aus seiner gesenkten Haltung, es sieht aus, als weine er. Seine Augen sind trocken, aber die Gebärde hat doch etwas in ihm gelöst.

„Ich hab's auf den Armen und Beinen, und am schlimmsten ist es auf der Brust. Willst du sie sehn?"

„Ich mach mir nichts draus."

„Du haßt mich jetzt, nicht? Du bist angeekelt. Ich bin schlimmer als Zimmerman, der dich betätschelt."

„Peter, bitte sage nicht so etwas, nur weil du willst, daß ich dir widerspreche. Zeig mir deine Brust."

„Muß ich?"

„Ja, los. Ich bin neugierig."

Er zieht das Hemd hoch und das Unterhemd auch und steht halbnackt im Halblicht. Er fühlt sich wie ein Sklave, kurz bevor er geprügelt wird, oder wie die Statue des sterbenden Gefangenen, den Michelangelo nicht ganz aus dem Stein befreit hat. Penny beugt sich vor, um besser sehen zu können. Ihre Finger wischen über seine fröstelnde Haut. „Ist das nicht merkwürdig", sagt sie, „sie stehn in kleinen Gruppen."

„Im Sommer gehn sie fast ganz weg", sagt er und zieht die Hemden herunter. „Wenn ich erwachsen bin, werde ich die Winter immer in Florida verbringen, dann bekomm ich sie nie mehr."

„Das ist nun also dein Geheimnis?"

„Ja. Es tut mir leid."

„Ich hab etwas viel Schlimmeres erwartet."

„Was könnte schlimmer sein? Bei richtigem Licht ist es wirklich scheußlich, und ich kann nichts anderes dabei tun, als mich entschuldigen."

Sie lacht, ein Silberstreif in seinen Ohren. „Du bist ja ganz dumm, ich wußte, daß du irgendeine Hautgeschichte hast. Man sieht's an deinem Gesicht."

„Mein Gott, tatsächlich? Sehr?"

„Nein, eigentlich sieht man's überhaupt nicht."

Er weiß, daß sie lügt, aber er unternimmt nichts, die Wahrheit von ihr zu hören. Statt dessen fragt er: „Dann macht es dir also nichts aus?"

„Natürlich nicht. Du kannst nicht dafür, es gehört nun mal zu dir."

„Ist es wirklich dein Ernst?"

„Wenn du wüßtest, was Liebe ist, würdest du das nicht fragen."

„Du bist so gut!" Als würde ihm Vergebung gewährt, fällt er auf die Knie, dort in der Ecke auf dem Treppenabsatz, und drückt das Gesicht gegen ihren Stoffbauch. Im selben Augenblick schon schmerzen ihm die Knie, und als er den Druck verlagern will, rutscht sein Gesicht tiefer. Und seine Hände gleiten von selbst hinauf, silbrig, und bekräftigen, was sein Gesicht gefunden hat durch den Stoff des Rocks hindurch, etwas Ungeheuerliches und Herrliches: Wo ihre Beine sich treffen, ist nichts. Nichts, nur Seide, eine leise Feuchtigkeit und eine Wölbung. Das also ist das Geheimnis, das die Welt in ihrer Mitte wahrt: diese Unschuld, dies Nichtvorhandensein, diese intime Wölbung, die sacht federt in ihrer seidigen Umhüllung. Durch die Wolle ihres Rocks küßt er seine eigenen Fingerspitzen. „Bitte, nicht", sagt Penny, und ihre Hand versucht, ihn an den Haaren emporzuziehen. Er verbirgt sich vor ihr in ihr, schmiegt sein Gesicht fester in diese konkave Stille; aber sogar jetzt, während sein Gesicht in der endgültigen Verschwiegenheit ruht, sucht der stumpf bohrende Gedanke an seines Vaters Tod ihn heim. So betrügt er sie.

Als Penny, aus der Balance gebracht, wiederholt: „Bitte" und ehrliche Furcht in ihrer Stimme schwingt, hat er einen Grund nachzugeben. Er erhebt sich und sieht von ihr weg zum Fenster hinaus, und Wunder über Wunder: „Es schneit!"

Caldwell steht in der Toilette und ist beunruhigt durch das Wort BACKEN, das in Blockbuchstaben in die Wand über dem Urinbecken eingeritzt ist. Eine nähere Untersuchung ergibt, daß dies Wort zum Teil über ein anderes gemalt worden ist; das F ist ergänzt und gerundet zu einem B, das I erweitert zu einem A; C, K, E, N sind geblieben, was sie waren. Zum Lernen bereit, noch beim letzten Flakkern des Lichts vor der endgültigen Vernichtung, läßt er die vollkommen neue Erkenntnis in sich einsickern, daß man aus jedem FICKEN ein BACKEN machen kann. Aber wer macht so etwas? Die Psychologie des Jungen (es muß ein Junge gewesen sein), der das ursprüngliche Wort geändert, die Schande geschändet hat, ist ihm ein Rätsel. Dies Rätsel bedrückt ihn. Als er die Toilette verläßt, versucht er, in diesen Geist einzudringen, sich diese Hand vorzustellen, und als er durch den Korridor davongeht, legt sich ihm diese unvorstellbare Jungenhand wie ein schweres Gewicht auf die Seele. Könnte es sein Sohn gewesen sein?

Zimmerman hat ihn anscheinend erwartet. Der Flur ist beinah leer; Zimmerman schlängelt sich vom Bühneneingang zu den Zuschauerraumtüren vor. „George."

Er weiß.

„George, sind Sie beunruhigt gewesen wegen ein paar Eintrittskarten?"

„Ich bin nicht beunruhigt, man hat es mir erklärt. Ich habe sie in den Büchern mit dem Vermerk ‚für Wohltätigkeitszwecke' untergebracht."

„Ich dachte, ich hätte mit Ihnen darüber gesprochen. Anscheinend habe ich mich geirrt."

„Ich hätte es gar nicht aufs Tapet bringen sollen. Geistige Verwirrung nennt man so was."

„Ich hatte eine interessante Unterhaltung mit Ihrem Sohn."

„Hä? Was hat der Junge Ihnen erzählt?"
„Er hat mir vieles erzählt."

Mim Herzog, er weiß, daß ich weiß, die Suppe ist eingebrockt, es ist heraus und kann nicht rückgängig gemacht werden. Niemals mehr, wir fahren alle in einer Einbahnstraße, Ahnungslosigkeit ist ein Segen. Der hochgewachsene Lehrer spürt eine Weiße seinen Körper durchziehen, von den Sohlen bis unter die Haarwurzeln. Eine Müdigkeit, eine Hohlheit, ein Gefühl der Vergeblichkeit, das alles übertrifft, was er je empfunden hat, ergreift ihn. Eine feuchte Schicht, die zu dick ist, als daß sie Schweiß sein könnte, legt sich klebrig in seine Handflächen und auf seine Stirn, als seine Haut versucht, sich dieses Zugriffs zu erwehren. „Es war nicht seine Absicht, mir Schwierigkeiten zu machen, der arme Junge hat den Dreh noch nicht heraus", sagt Caldwell zum Direktor. Der Schmerz, der unermüdliche Schmerz, sogar der scheint erschöpft.

Wie durch einen Wolkenspalt sieht Zimmerman, was auf dem Grunde von Caldwells Furcht liegt, nämlich, daß er Mrs. Herzog gesehen hat, und Zimmerman schlägt innerlich einen Purzelbaum, in der Gewißheit, daß er die Fäden in der Hand hält und beliebig an ihnen ziehen kann. Kundig gleitet er, wie ein Schmetterling, der gaukelnd ein Blumenfeld zum besten hält, über die Oberfläche der Angst in dem verknoteten, blutleeren Gesicht vor ihm. „Ich bin beeindruckt, wie besorgt Peter um Sie ist", sagt er schmeichelnd. „Ich glaube, er denkt, daß das Unterrichten Ihre Gesundheit zu sehr anstrengt."

Jetzt kommt das Beil, gelobt sei Gott für solche kleinen Wohltaten, die Ungewißheit hat ein Ende. Caldwell fragt sich, ob der Entlassungsschein wohl gelb ist, wie bei der Telefongesellschaft damals. „Das glaubt der Junge also?"

„Vielleicht hat er recht. Er ist ein feinfühliger Junge."

„Das hat er von seiner Mutter. Ich wünschte verdammt sehr, er hätte meinen schwachen Kopf geerbt und ihren schönen Körper."

„George, ich möchte gern offen mit Ihnen reden."

„Schießen Sie los, es ist Ihr Beruf." Eine Welle der Betäubung spült über ihn, die zugleich eine unsägliche Rastlosigkeit mit sich bringt; er sehnt sich danach, die Arme auszubreiten, herumzuwirbeln, auf dem Fußboden zusammenzubrechen und ein Schläfchen zu halten, alles möchte er tun, nur nicht so dastehen und einstecken müssen von diesem überheblichen Kerl, der alles weiß.

Zimmerman hat seine allermeisterliche Berufspose eingenommen. Sein Wohlwollen, die Modulationen seines Taktes, seine klarsichtige Fürsorge sind exquisit. Sein Körper atmet nahezu aromatisch sein Recht und seine Befähigung zum Führen aus. „Sollten Sie sich irgendwann außerstande fühlen weiterzumachen", sagt er in wohlabgewogenem Silbenfall, „kommen Sie, bitte, zu mir und sagen Sie es mir. Sie würden sich selbst und Ihren Schülern einen schlechten Dienst erweisen, wenn Sie trotzdem fortführen zu unterrichten. Ein Urlaubsjahr ließe sich ohne weiteres ermöglichen. Sie halten es für eine Schande, das sollten Sie nicht. Ein Jahr der Besinnung und der Studien ist etwas durchaus Übliches für einen Lehrer, der in der Mitte seiner Laufbahn steht. Vergessen Sie nicht, Sie sind erst fünfzig. Die Schule würde es überleben; jetzt, wo so viele Veteranen zurückkehren, ist der Lehrermangel nicht mehr so groß wie im Krieg."

Staub, Fusseln, Spucke, Armut, verklebter Schmutz in Abflußsielen – der ganze Abhub, das Chaos hinter der geschaffenen Welt ergießt sich durch den Spalt, der von diesem letzten subtilen Stich aufgerissen worden ist. Caldwell sagt: „Lieber Himmel, das einzige, wohin ich gehn kann, wenn ich diese Schule verlasse, ist der Abfallhaufen. Ich tauge zu nichts anderem. Ich habe nie zu was anderem getaugt. Ich habe nie studiert. Ich habe nie gedacht. Ich hatte immer Angst davor. Mein Vater hat studiert und gedacht, und auf dem Sterbebett verlor er seine Religion."

Zimmerman hebt leutselig die Hand. „Wenn mein letzter Visitationsbericht Sie quält, dann bedenken Sie, daß es meine Pflicht ist, die Wahrheit auszusprechen. Aber ich spreche die Wahrheit, um Paulus anzuführen, mit Liebe."

„Ich weiß das. Sie sind verdammt gut zu mir gewesen, all die Jahre, ich versteh nicht, warum Sie immer die Hand über mich gehalten haben, aber Sie haben's getan." Er kämpft gegen den Drang an, zu lügen, zu sagen, daß er Mim Herzog nicht gesehen hat, als sie zerknittert aus seinem Büro kam.

Aber das wäre unsinnig. Er *hat* sie gesehen. Gott soll ihn strafen, wenn er auch noch bettelt. Das mindeste, was man tun kann, ist, auf den eigenen zwei Beinen dem Erschießungspeloton entgegenzugehen.

„Ihnen sind keine Begünstigungen zuteil geworden", sagt Zimmerman. „Sie sind ein guter Lehrer." Mit dieser erstaunlichen Feststellung dreht Zimmerman sich um und geht davon, ohne ein Wort über Mim oder die Entlassung zu sagen. Caldwell traut seinen Ohren nicht. Hat er irgendwas überhört? Er denkt, vielleicht war das Beil so scharf, daß er gar nicht gespürt hat, wie es fiel, oder die Kugeln haben ihn durchlöchert, ohne daß er's merkte. Was hatte Zimmerman nun *eigentlich* gesagt?

Der Direktor wendet sich noch einmal zurück: „Ach, George, noch etwas."

Jetzt ist es soweit. Katz und Maus.

„Wegen der Karten."

„Mm."

„Sie brauchen es Phillips gegenüber nicht zu erwähnen." Zimmerman zwinkert gaunerig. „Sie wissen ja, wie pedantisch er ist."

„In Ordnung, ich versteh, was Sie meinen."

Zimmermans Bürotür schließt sich, das Milchglas ist undurchsichtig. Caldwell weiß nicht, ob es Erleichterung ist oder ein Krankheitssymptom, daß ihm die Kniescheiben kribbeln und seine Hände sich taub anfühlen. Es wird Zeit, daß er seine Beine wieder gebraucht, aber sie gehorchen ihm nur zögernd. Sein Torso gleitet durch den Flur. Als er um die Ecke biegt, ertappt er Gloria Davis, das aufgedrehte Flittchen: sie steht gegen die Wand gelehnt und erlaubt dem jungen Kegerise, sein Knie zwischen ihren Beinen zu reiben. Bei seiner Intelligenzquote sollte er es besser wissen. Caldwell ignoriert die beiden und schiebt sich in den Zuschauersaal, an zwei Ehemaligen von der High School vorbei; Jackson ist der eine, und wie der andere heißt, weiß er nicht mehr, sie stehen mit offenen Mäulern da und starren aufs Spiel hinunter. Lebendige Leichname, die nicht einmal so viel Verstand haben, daß sie draußen bleiben, wo sie's nun schon mal geschafft haben rauszukommen. Er erinnert sich, wie Jackson nach dem Unterricht immer zu ihm kam und ihm etwas vorwinselte über irgendwelche besonderen Pläne und seine Liebe zur Astronomie und daß er sich ein eigenes Teleskop bastele aus Papprollen und vergrößernden Glaslinsen, und jetzt ist der arme Schwachkopf Klempnerlehrling mit fünfundsiebzig Cent pro Stunde, die er in Form von Bier wegspült. Was zum Teufel soll man anstellen, um sie vor einem solchen Ende zu bewahren? Er scheut zurück vor diesen seinen ehemaligen Schülern, die Wölbung ihrer Schultern erinnert ihn an die großen Kadaver, die an Haken im Kühlraum des großen Hotels in Atlantic City hingen, in dem er mal gearbeitet hat. Totes Fleisch. Er steuert an den beiden vorbei und steht plötzlich Aug in Aug mit dem alten Kenny Klagle gegenüber, dem Hilfswachtmeister mit dem weißen, glattgebürsteten Haar, den verwirrten, blassen Augen und dem sanften Großmutterlächeln, der sich feierlich herausgeputzt hat mit blauer Uniform und fünf Dollar pro Abend kriegt, den er auf Abruf verbringt. Er steht neben einem bronzenen Feuerlöscher, und sie bleiben einander nichts schuldig: Im Ernstfall würden beide nur blubbern. Klagles Frau ist vor Jahren auf und davon gegangen, und er hat nie genug begriffen, was ihm zugestoßen ist, um auch nur den Kopf hängenzulassen.

Wüste, Fäulnis, Hohlheit, Krach, Gestank, Tod: Caldwell flieht vor den tausend Gesichtern, die periphere Aspekte dieses Eigentlichen sind, und stößt, wie durch eine Gnade Gottes, auf Reverend March in klerikalem Schwarz und mit Rückenkragen, der auf der anderen Seite, in der Ecke, neben Vera Hummel gegen die aufgestapelten Klappstühle lehnt.

„Ich weiß nicht, ob Sie mich kennen", sagt Caldwell. „Mein Name ist George Caldwell, und ich gebe Physikunterricht hier in der Schule."

March muß aufhören, mit Vera zu lachen, um die ausgestreckte Hand zu ergreifen, und mit betont nachsichtigem Lächeln unter seinem kurzgeschnittenen Schnurrbart sagt er: „Ich glaube nicht, daß wir einander je vorgestellt worden sind, aber natürlich habe ich von Ihnen gehört und kenne Sie von Ansehen."

„Ich bin Lutheraner, und da stehe ich, glaube ich, außerhalb Ihrer Herde", sagt Caldwell. „Hoffentlich störe ich Sie und Vera nicht, aber ich bin schrecklich durcheinander."

Mit einem nervösen Blick auf Vera, die den Kopf gedreht hat und von seiner Seite entschlüpfen könnte, fragt March: „Oh, weswegen denn?"

„Wegen allem. Wegen dem ganzen Lebenskrempel. Ich kann's nicht zusammenreimen, und ich wäre Ihnen für Ihren Standpunkt dankbar."

Jetzt geht Marchs Blick überallhin, nur nicht in das Gesicht ihm gegenüber; er sieht sich in der Menge um, als könne ihm von da Rettung kommen vor diesem zerzausten großen Wahnsinnigen. „Unser Standpunkt weicht nicht wesentlich von dem der Lutheraner ab", sagt er. „Meine Hoffnung ist, daß eines Tages alle Kinder der Reformation wieder vereint sein werden."

„Berichtigen Sie mich, wenn ich mich irre, Reverend", sagt Caldwell, „soweit ich folgen kann, ist der Unterschied der, daß die Lutheraner sagen, Jesus Christus ist die einzige Antwort, und die Calvinisten sagen, die Antwort ist: Was immer dir widerfährt, das widerfährt dir eben."

In seiner Angst und Wut und Verlegenheit langt

March zur Seite und packt Vera beinah physisch an, daß sie bei ihm bleibe während dieser absurden Störung. „Das ist lächerlich“, sagt er. „Der orthodoxe Calvinismus – und ich persönlich halte mich eher für orthodox als für nicht orthodox – ist absolut genauso christozentrisch wie die lutherischen Doktrinen. Vielleicht noch stärker, da wir die Heiligen und jegliche substantielle eucharistische Transformation ausschließen.“

„Ich stamme aus einem Pfarrhaus“, erklärt Caldwell, „mein alter Herr war Presbyterianer, und wenn ich ihn richtig verstanden habe, gibt es die Erwählten und die Nichterwählten, die einen, die es wissen, und die andern, die es nicht wissen, und die es nicht wissen, werden es auch nie erfahren. Was ich mir nie in meinen dicken Schädel hab rammen können, das ist, warum die, die's nicht wissen, überhaupt erschaffen worden sind. Der einzige Grund dafür, den ich mir vorstellen kann, ist, daß Gott jemand braucht, den er in der Hölle verbrutzeln kann.“

Die Olinger-Basketballmannschaft erobert sich allmählich die Führung, und March muß zornig die Stimme erheben, um sich verständlich zu machen. „Die Lehre von der Prädestination“, brüllt er, „darf man nur sehn mit ihrem Gegengewicht, nämlich mit der Lehre von Gottes unendlicher Güte.“ Der Lärm der Menge ebbt ab.

„Das ist mein Problem, vermute ich“, sagt Caldwell. „Ich sehe nicht, wieso sie unendlich ist, wo sie doch nie auch nur das geringste ändert. Mag sein, daß sie unendlich ist, aber in unendlicher Entfernung – nur so kann ich's mir vorstellen.“

Marchs graue Augen explodieren vor Pein und Ärger, denn die Gefahr wächst, daß Vera ihn verlassen könnte. „Das ist burlesk!“ ruft er. „Ein Basketballspiel ist nicht die rechte Szenerie, um solche Themen zu erörtern. Warum besuchen Sie mich nicht mal in meinem Pfarramt, Mr. – –?“

„Caldwell. George Caldwell. Vera hier kennt mich.“

Vera dreht sich um mit breitem Lächeln. „Hör ich recht – mein Name? Ich versteh kein Fitzelchen von Theologie.“

„Unsere Diskussion darüber ist soeben beendet“, informiert Reverend March sie. „Ihr Freund Mr. Caldwell hat einige höchst verquere Ansichten über den armen geschmähten Johann Calvin.“

„Ich weiß nicht das geringste über ihn“, protestiert Caldwell, seine Stimme klingt plötzlich klagend und hoch und unerquicklich, „ich möchte etwas über ihn erfahren.“

„Kommen Sie zu mir in mein Pfarramt, irgendwann vormittags, außer Mittwoch“, sagt March. „Ich werde Ihnen ein paar ausgezeichnete Bücher leihen.“ Entschlossen wendet er seine Aufmerksamkeit wieder Vera zu und bietet Caldwell ein Profil, das so schön und endgültig ist, als sei es auf eine römische Münze geprägt.

Nero sieht zahm aus im Vergleich zu euch Kleinstadtaristokraten, denkt Caldwell und zieht sich zurück. Schwer und schwindlig von seinem eigenen Tod, träge und durchsichtig wie irgendein Tier auf dem Meeresgrund, das seine vergifteten Tentakel durch die diamantenen Härten der ozeanischen Tiefen schleift, schleppt er sich im Rücken der Zuschauer entlang und sucht in der Menge nach seinem Sohn. Endlich entdeckt er Peters schmalen Kopf in einer Reihe auf der rechten Seite ziemlich weit vorn. *Armer Junge, müßte dringend zum Friseur.* Caldwells Arbeit ist für heute abend getan, er möchte hinuntergehen, sich Peter holen und nach Haus fahren. Die Menschheit, die ihn so lange in Ekstase gebracht hat, widert ihn jetzt an, so, wie sie sich ihm darbietet: verklüngelt und verknäuelt wie Mikroben in diesem überheizten Zuschauersaal. Dagegen wirkt sogar Cassies ödes Land gut. Und draußen häuft sich der Schnee. Und der Junge könnte so gut Schlaf brauchen.

Aber neben Peters Kopf ist eine runde kleine Blondheit. Caldwell erkennt die kleine Fogleman aus der neunten Klasse. Er hat ihren Bruder vor zwei Jahren gehabt, die Foglemans gehören zu der Sorte, die einem das Herz auffressen und den Rest in den Ausguß schütten. Brutale Deutsche, *brrr.* Es dämmert ihm, daß sie und Peter nicht zufällig nebeneinander sitzen. Bei dem Grips, den der Junge hat – ist das möglich? Caldwell erinnert sich jetzt, daß er Peter und Penny öfter zusammen in den Korridoren gesehen hat. Kichernd am Trinkwasserbrunnen. Gedankenverloren gegen die Schließfächer im Anbau gelehnt. Umrahmt, verschmolzen in einer einzigen Silhouette, gegen das milchige Licht eines entfernten Durchgangs. Er hat das alles wohl gesehen, aber es ist nicht in ihn eingesunken. Das geschieht erst jetzt. Die Trauer des Verlassenen wellt in ihm auf. Ein riesiger Schrei erhebt sich, als Olinger immer klarer in Führung geht, und die machtvolle Panik dieses Schreis leckt mit vierhundert Zungen über seine strapazierten Eingeweide.

Olinger gewinnt.

Peter wendet kaum die Augen vom Spiel, aber er nimmt es gar nicht wahr, so besessen ist sein inneres Auge von der Erinnerung daran, wie er das

Gesicht in die brennende Leere zwischen Pennys Schenkeln gepreßt hat. Wer hätte gedacht, daß ihm, so jung er noch ist, Einlaß gewährt werden würde, und sei es nur für einen Augenblick? Wer hätte gedacht, daß kein Donner niederfahren würde, keine Geister rächend sich erhöben? Wer von allen hier, die sich in diesem lichtdurchfluteten Zuschauersaal stauen, ließe sich träumen, welch überquellendes Dunkel er geschlürft hat? Die Erinnerung daran ist eine warme Maske auf seinem Gesicht, und er wagt nicht, seine Liebste anzusehen, aus Furcht, sie werde sich selbst erkennen auf seinem Gesicht, ein geisterhafter Bart, und in Schrecken und Scham, mit tausend atmenden Poren auf der Nase, aufschreien.

Und als er schließlich mit seinem Vater die Schule verläßt und in den Schnee hinausgeht, ist es, als sei die Vielzahl der Flocken durch seine Entweihung ausgelöst worden. Dann und wann entsteht ein Luftwirbel im unablässigen Fall und wirft zornig eine klingelnde eisige Handvoll in sein warmes Gesicht hinauf. Peter hatte vergessen, was Schnee ist: ein unermeßliches Gewisper, und die Kehle, aus der es kommt, ist mal hier, mal da. Er sieht zum Himmel hinauf, und der gibt seinen Augen Antwort mit einem Malventon, einem Lila, einem erstickten Perlgelb. Erst als er ein paar Sekunden lang starr hingesehen hat, materialisiert der Flokkenfall sich seinen Augen zur Kante eines Flügels und dann zu einem ganzen, sich ausbreitenden Flügel aus aber tausend Federn, und er spreitet sich so weit, daß nichts sonst um sie ist als dieser Flügel, er füllt die Luft in allen vier Himmelsrichtungen bis an die fernen Horizonte und darüber hinaus. Wohin immer Peter seine Augen richtet, nun, da sie sich auf die Frequenz eingestellt haben, herrscht diese Schwingung. Die Stadt mit all ihren Häusern ist belagert von einer düsternen Übermacht.

Peter bleibt unter der hohen Lampe stehen, die den vorderen Teil des Parkplatzes bewacht. Was er zu seinen Füßen sieht, bestürzt ihn. Auf der weißen Decke, die sich gebildet hat, schwärmen kleine dunkle Flecken umher wie Mücken. Sie schnellen in diese Richtung, dann in jene, und dann verschwinden sie. Es scheint einen Mittelpunkt zu geben, in den sie alle gesogen werden. Er läßt die Augen weiter schweifen und sieht, wie Flecken in großer Eile diesem Mittelpunkt zustreben; je weiter weg sie sind, desto schneller eilen sie nach innen. Er verfolgt einige, sie verschwinden. Es ist ein gespenstisches Phänomen. Dann gibt die Umklammerung seines Herzens nach, als die rationale Einsicht ihm kommt: Es sind die Schatten der Schneeflocken, die das Licht über ihm wirft. Unmittelbar unter der Lampe wird der wehende Fall der Teilchen als ziellose Oszillation projiziert, aber entfernt von der Mitte, da, wo die Lichtstrahlen schräg auftreten, wird die Geschwindigkeit des Schattens durch die Projektion parabolisch vergrößert, während er sich beeilt, mit seiner Flocke zusammenzutreffen. Die Schatten strömen aus der Unendlichkeit, langsam, jeder einzelne dunkel und scharf in seinem letzten Augenblick, und sie vergehen, wenn ihre Originale die weiße Fläche im Kuß berühren. Peter ist fasziniert; es ist für ihn, als sei das Universum in all seiner plastischen und endlos variablen Schönheit wie ein Schmetterling aufgespießt, ausgebreitet, gekreuzigt auf einen Rahmen unwandelbarer geometrischer Wahrheit. Wenn die Hypotenuse sich der Vertikalen nähert, verringert sich der Seitenschenkel immer weniger rapid. Die emsigen Schneeflockenschatten sind wie Ameisen, die auf dem Fußboden eines hohen Schlosses hin und her wuseln, das ganz aus Stein gemacht ist. Er wird zum Wissenschaftler und versucht nüchtern, in der Kosmographie, die sein Vater ihn gelehrt hat, eine Beziehung zu finden zwischen dem Phänomen, das er beobachtet hat, und den andern, vielleicht vergleichbaren, nämlich wie die Sterne mit einer Geschwindigkeit, die proportional zu ihrer Entfernung von uns ist, zurückzuweichen scheinen. Vielleicht ist dies hier eine ähnliche Sinnestäuschung, vielleicht – er müht sich ab, es sich vorzustellen – fallen die Sterne tatsächlich sacht durch einen Kegel der Beobachtung, dessen Spitze von unseren irdischen Teleskopen gebildet wird. In Wahrheit hängt alles wie Staub in einer verlassenen Dachkammer. Peter geht ein paar Schritte weiter, bis dahin, wo das Lampenlicht sich in allgemeiner aufgestörter Trübnis auflöst, und ihm ist, als komme er an einen Rand, wo die Geschwindigkeit der Schatten unendlich ist und ein kleiner Kosmos endet und zugleich nicht endet. Die Füße schmerzen ihn allmählich vor Kälte und Nässe, und kosmische Gedanken drehen sich ihm, Übelkeit erregend, im Kopf herum. Als werde er hinausgedrängt aus einem vollgepferchten Zimmer, lenkt er seinen Blick auf das Panorama der Stadt, über dem, in einer Art elementarer Gesundheit, weite, ziehende Wirbel vom Himmel wehen.

Er kriecht neben seinen Vater in die Höhle des Autos, streift die durchnäßten Mokassins ab und zieht seine feuchtstrumpfigen Füße unter sich. Hastig steuert sein Vater rückwärts vom Parkplatz hinunter und biegt in die Durchfahrt, die zur Buchanan Road führt. Am Anfang gibt er zuviel Gas, so daß die Hinterräder bei der leisesten Bodenerhebung durchdrehen. „Junge, Junge", sagt Caldwell, „schöne Schweinerei."

Die Entdeckungen haben Peters Nerven geschärft und ihn hochempfindlich gemacht. „Warum sind wir eigentlich nicht schon vor zwei Stunden aufgebrochen?" fragt er. „Wir kommen nie und nimmer den Goughdrop Hill rauf. Was hast du so lange während des Spiels getrieben, nachdem die Karten alle weg waren?"

„Ich habe mit Zimmerman gesprochen heut abend", sagt Caldwell seinem Sohn und überlegt, wie er den Anschein vermeiden soll, dem Jungen einen Vorwurf zu machen. „Er sagt, er hätte sich mit dir unterhalten."

Schuldgefühl macht Peters Stimme schrill: „Ich *mußte*, er hat mich im Flur am Arm gepackt."

„Du hast ihm gesagt, daß Karten fehlten."

„Ich hab's nur erwähnt. Gesagt hab ich nichts."

„Himmel, Junge, ich will dir gewiß nicht deine Freiheit beschneiden, aber ich wollte, du hättest überhaupt nicht davon angefangen."

„Was soll es denn *schaden*? Es ist die Wahrheit. Willst du nicht, daß ich die Wahrheit sage? Willst du, daß ich mein Leben lang lüge?"

„Hast du ihm gesagt – jetzt macht es nichts mehr aus –, aber hast du ihm gesagt, daß ich Mrs. Herzog aus seinem Büro kommen sah?"

„Natürlich nicht. Ich hatte es total vergessen. Jeder hat's vergessen außer Dir. Du scheinst zu glauben, daß die ganze Welt eine Art Verschwörung bildet."

„Ich bin Zimmerman nie auf den Grund gekommen, das ist wahrscheinlich die Crux mit mir."

„Es gibt keinen Grund, auf den man kommen könnte! Er ist nichts weiter als ein dusseliger alter Wüstling, der nicht weiß, was er tut. Jeder sieht das, nur du nicht, Papa, warum bist du so ...", er wollte sagen: „dumm", aber Reminiszenzen an das vierte Gebot hemmen seine Zunge, „... abergläubisch? Du gibst allem einen Sinn, den es nicht hat. Warum? Warum kannst du nicht *gelassen* sein? Es ist so ermüdend!"

In seiner Rage stößt der Junge mit dem Fuß gegen das Armaturenbrett, und das Handschuhfach scheppert. Der Kopf seines Vaters ist ein nachdenklicher Schatten, eingezwängt in die kretinöse Mütze, die für Peter der Inbegriff all dessen ist, was so unterwürfig und lächerlich, so achtlos und störrisch an seinem Vater ist.

Der Mann seufzt und sagt: „Ich weiß nicht, Peter. Ich vermute, es ist halb Erbmasse, halb Umwelt." Nach der Müdigkeit in seiner Stimme zu urteilen, scheint das seine letzte und endgültige Anstrengung zu einer Erklärung zu sein.

Ich töte meinen Vater, denkt Peter erstaunt.

Der Schnee verdichtet sich um sie. Er stürzt sich in die Scheinwerferstrahlen und sprüht wie ein Funkenregen, wird aufwärts gerissen, zerstiebt, und ein neuer Funkenregen fällt. Der Ansturm bleibt immer gleich üppig. Nur wenige Autos begegnen ihnen auf der Straße. Die Lichter der Häuser, die immer spärlicher werden hinter dem Armenhaus, schimmern verwischt im weißen Wehen. Die Heizung kommt in Gang, und das verstärkt die Abgeschlossenheit der beiden. Die Bogen auf dem Glas unter den Scheibenwischern werden mit jeder

Bewegung schmaler, bis Caldwell und sein Sohn durch zwei gepünktelte Schlitze in den Sturm hinaussehen. Das Surren des Motors zieht sie voran in eine zuschnappende Falle.

Als sie den Hügel am jüdischen Friedhof hinunterfahren, wo Abe Cohn, Altons berühmter Gangster aus der Prohibitionszeit, begraben liegt, geraten sie ins Rutschen. Caldwell kämpft mit dem Lenkrad, und sicher kommen sie unten an, da, wo die Buchanan Road in die Route 122 mündet. Rechts von ihnen steigt der Coughdrop Hill ins Unsichtbare an. Ein Lastwagenzug fließt wie ein fliehendes Haus an ihnen vorbei, nach Alton hinab, das rapide Scheppern seiner Ketten klingt panisch. Als seine Schlußlichter außer Sicht geraten, sind sie allein auf der Landstraße.

Der Hügel wird nach oben zu immer steiler. Caldwell legt den ersten Gang ein und fährt so lange damit, bis die Räder durchdrehen, dann schaltet er in den zweiten. Der Wagen pflügt sich ein paar Dutzend Meter weiter bergan; als die Räder abermals durchzudrehen anfangen, schaltet Caldwell verzweifelt in den dritten Gang. Der Motor versackt. Caldwell reißt die Handbremse heraus, damit sie ihre Position auf dem Hügel halten. Sie haben über die Hälfte des Anstiegs geschafft. Seufzend fällt der Sturm in das Schweigen des Motors. Caldwell läßt den Motor wieder an, aber die Hinterräder schaffen's nicht, in den Schnee zu greifen, ja, der schwergewichtige alte Buick droht rückwärts zu rutschen, auf den niedrigen Drahtzaun zu, der den Straßengraben entlang gespannt ist. Am Ende bleibt Caldwell nichts anderes übrig, als seinen Schlag zu öffnen, sich hinauszulehnen und, den rosa Schein der Rücklichter als Lotsen benutzend, den ganzen Weg rückwärts zurückzurutschen. Er rutscht an der Abzweigung nach Olinger vorbei auf die ebene Strecke zwischen dem Coughdrop Hill und dem nächsten kleinen Anstieg auf der Straße nach Alton.

Obwohl sie bei der Rückwärtsfahrt ein beträchtliches Tempo gewonnen haben, kommen sie schlitternd kurz vor derselben Stelle zum Stillstand, an der sie beim erstenmal schon nicht weiterkonnten. Ihre Spuren von vorhin ziehen sich im Scheinwerferlicht wie dunkle Furchen hin.

Plötzlich werfen ihrer beider Köpfe Schatten nach vorn. Ein Auto kommt hinter ihnen den Hügel herauf. Seine Lichter breiten sich aus, flammen wie ein Schrei und schwingen im Bogen um sie herum, es ist ein grüner Dodge, Jahrgang siebenundvierzig. Mit rasselnden Schneeketten zieht er an ihnen vorbei, bewältigt den steilsten Abschnitt des Hügels und hebt sich mit zunehmender Geschwindigkeit über die Kuppe. In ihrem eigenen festgefahrenen Scheinwerferlicht können sie den Abdruck der Kettenglieder in der Radspur ausmachen. Das Flimmern des fallenden Schnees bleibt sich immer gleich.

„Wir müssen Ketten draufmachen, wie der da", hält Peter seinem Vater vor. „Wenn wir nur die nächsten zwanzig Meter schaffen, schaffen wir's auch bis zu unserer Straße. Der Fire Hill ist nicht so steil."

„Hast du gesehn, der Kerl hat sich nicht mal erboten, uns anzuschieben."

„Hast du das wirklich erwartet? Er hat es doch selber nur geradeso geschafft."

„Ich hätt's getan, an seiner Stelle."

„Aber niemand ist wie du, Papa. So was wie dich gibt's nicht noch mal auf der Welt." Er schreit, weil sein Vater die Fäuste ums Lenkrad geklammert hält und die Stirn draufgelegt hat. Es jagt Peter Furcht ein, seines Vaters Silhouette so aus der Façon gehen zu sehen. Er möchte ihn zu sich selbst zurückrufen, aber das Wort bleibt ihm in der Kehle stecken, er weiß keines. Endlich fragt er schüchtern: „Haben wir Ketten?"

Sein Vater richtet sich auf und sagt: „Und wennschon, wir können sie hier doch nicht draufmontieren, der Wagen würde vom Wagenheber rutschen. Wir müssen dazu ganz nach unten."

Zum zweitenmal öffnet er also den Schlag, lehnt sich hinaus und steuert das Auto rückwärts den Hügel hinab, der Schnee wird rosig gefärbt von den Rücklichtern. Ein paar Flocken wirbeln durch die offne Tür herein und stechen Peter ins Gesicht und in die Hände. Er stopft die Hände in die Taschen seiner Seemannsjacke.

Am Fuß des Hügels angelangt, steigen sie beide aus. Sie öffnen den Kofferraum und versuchen, das Hinterteil des Wagens aufzubocken. Sie haben keine Taschenlampe, und nichts geht ihnen von der Hand. Der Schnee liegt sechs Zoll hoch am Straßenrand, und als sie versuchen, die Reifen herauszubekommen aus diesem Schnee, kurbeln sie zu heftig, und das Auto schwankt zur Seite und schleudert den Wagenheber mit erschreckender Vehemenz in die Straßenmitte. „Um Gottes willen", sagt Caldwell, „so kann man umgebracht werden." Er macht keine Anstalten, den Wagenheber wiederzuholen, so tut Peter es. Er hält die gekerbte Stange in der Hand und sieht sich am Straßenrand nach einem Stein um, mit dem er die Vorderräder blockieren könnte, aber der Schnee deckt alle Details der Erdoberfläche zu.

Sein Vater steht da und starrt zu den Tannenwipfeln hinauf, die hoch über ihnen im Sturm schweben wie finstere Engel. Dem Sohn kommt es vor, als beschrieben Caldwells Gedanken weite Kreise im undurchsichtigen Malvenblau des Himmels über ihnen, wie ein beutegieriger Bussard. Dann kehren sie sich wieder dem Problem zu seinen Füßen zu, und gemeinsam schieben Vater und Sohn den Wagenheber unter die Stoßstange, und diesmal hält er. Sie müssen einsehen, daß sie außerstande sind, die Ketten aufzumontieren. Jetzt, in der Finsternis und Kälte, ist es für ihre blinden Augen und tauben Finger zu spät, es noch zu lernen. Viele Minuten lang beobachtet Peter seinen Vater, wie er da im Schnee kauert und am Reifen fingert. Kein Auto kommt vorbei während dieser Zeit. Auf Route 122 ist aller Verkehr abgestorben. Sein Vater scheint kurz davor, die Kette festzuzurren, da lockert sie sich und fällt ihm zurück in die Hände. Mit einem Schluchzen oder Fluchen – der heulende Sturm läßt's nicht erkennen – richtet Caldwell sich auf und schleudert mit beiden Händen das verworrene eisengliedrige Gewebe in den weichen Schnee. Das Loch, das entsteht, sieht aus, als rühre es von einem gefallenen Vogel her.

„Du müßtest zuerst den Schließhaken an der Innenseite vom Rad schließen", sagt Peter. Er gräbt die Kette wieder aus, kniet sich hin und kriecht unter das Auto. Er stellt sich vor, wie sein Vater der Mutter erzählt: „Ich war am Ende mit meinem Latein, da nimmt der Junge einfach die Ketten, krabbelt unter den Wagen und montiert sie so fest, als wären sie angenagelt. Ich weiß nicht, wo der Junge dies technische Talent herhat." Das Rad rutscht weg. Viele Male zieht er den beschwerlichen Kettenmantel über den Reifen, und jedesmal vollführt der Reifen eine träge Drehung und schüttelt den Harnisch ab wie ein Mädchen, das sich entkleidet. Caldwell hält schließlich das Rad fest, und Peter versucht es noch einmal. Der stumpfige Gummigestank und die dürren Gerüche nach Rost und Benzin und Schmiere in der Unterwelt unterm Auto atmen um ihn wie Silben einer Drohung. Peter denkt daran, wie der Wagen vom Wagenheber heruntergehoppelt ist, malt sich aus, wie die Federn und die Achse ihm den Schädel zermalmen würden. Einziger Trost: Hier unten gibt es keinen Wind und kein Schneegestöber.

Es gibt einen kleinen Hebel, den man kennen muß, um zu wissen, wie die Kette befestigt wird. Er findet diesen Hebel und erkundet mit den Fingerspitzen, wie er funktioniert. Fast ist es ihm schon gelungen, ihn zu schließen. Nur ein winziges Stück muß er ihn noch weiter zudrücken. Er drückt so sehr, daß sein Körper in seiner ganzen ausgestreckten Länge zittert. Die Nieren schmerzen ihm süßlich; das Metall beißt ihm tief in die Finger. Er betet, und es entsetzt ihn, als er merkt, daß die Materie widersteht, obwohl ein mikroskopisch geringes Entgegenkommen durchaus keine sichtbare Aufopferung ihrer Prinzipien bedeutet haben würde. Der Hebel läßt sich nicht schließen. Gequält stöhnt Peter auf: *„Nein!"*

„Zum Teufel damit!" ruft sein Vater ihm zu. „Komm wieder vor."

Peter gehorcht, steht auf und klopft sich den Schnee von der Jacke. Sein Vater und er starren einander ungläubig an. „Ich schaffe es nicht", sagt er, als wäre es noch zu leugnen.

Sein Vater sagt: „Du hast verdammt bessere Arbeit getan als ich. Steig ein, wir fahren nach Alton und bleiben über Nacht. Einmal ein Versager, immer ein Versager."

Sie legen die Ketten in den Kofferraum zurück und versuchen, den Wagen wieder herunterzukurbeln. Aber sogar diese Rückzugsbemühungen schlagen fehl. Die kleine Kurbel, mit der die Abwärtsbewegung des Wagenhebers bewerkstelligt werden soll, trudelt lose und nutzlos herum. Jeder Druck auf den Griff hebt den Wagen eine Kerbe höher. Der stiebende Schnee peitscht ihnen ins Gesicht; das Wimmern des Windes zermürbt ihnen das Trommelfell; die Belastung ihres psychischen Beharrungsvermögens wird unerträglich. Das ganze pfeifende, sich verschiebende Gewicht des Wetters scheint auf dies geringfügige technische Versagen gegründet zu sein.

„Ich krieg den Burschen schon", gibt Caldwell kund. „Geh beiseite, Junge." Er steigt ins Auto, läßt den Motor an und fährt vorwärts. Einen Augenblick lang gerät die Stange des Wagenhebers in bogenförmige Spannung, und Peter sieht sie schon wie einen Pfeil in den Sturm schnellen. Aber statt dessen gibt das Metall der Stoßstange dem Reißen nach, und im Augenblick drauf fällt der Wagen, mit einem Geräusch, als bersteten Eiszapfen, auf seine Federung. Eine lippenförmige Delle an der Unterkante der hinteren Stoßstange wird immer an diese Nacht erinnern. Peter sammelt die Teile des Wagenhebers zusammen, wirft sie in den Kofferraum und setzt sich neben seinen Vater ins Auto.

Die schlitternde Bereitwilligkeit der Hinterräder ausnutzend, wendet Caldwell den Buick und richtet ihn gen Alton aus. Aber im Lauf der Stunde, seit sie auf diese Straße geraten sind, ist ein weiterer Zoll Schnee gefallen, der nicht mehr niedergefahren wird, weil der Verkehr nun endgültig aufgehört hat. Die kleine Steigung, die die Straße aus der Mulde am Fuß des Goughdrop Hill wieder emporhebt und die so gering ist, daß sie an schönen Tagen unbemerkt unter den Autorädern davonschlüpft, erweist sich jetzt als so steil, daß der Buick sie nicht bewältigt. Die Hinterräder hören nicht mehr auf zu rutschen. Die Sehschlitze in der Windschutzscheibe werden pelzig und wachsen zu; das himmlische Faß, aus dem der Schnee gesiebt worden ist, sprengt jetzt seine Wände. Dreimal wirft sich der Buick nach vorn die flache Anhöhe hinauf, und dreimal erstickt der Motor. Beim viertenmal stampft Caldwell seinen Fuß aufs Gaspedal, und die wimmernden Reifen schleudern das Wagenheck in den unberührten Schnee am Straßenrand, in eine kleine Vertiefung unmittelbar neben der Böschung. Caldwell schaltet in den ersten Gang und versucht, das Auto herauszuheben, aber der Schnee hält es fest in seiner geisterhaften Umklammerung. Caldwells Mund formt eine flüchtige Silberblase. Von Sinnen, schaltet er den Rückwärtsgang ein und rammt den Wagen nach hinten, so daß sie endgültig feststecken. Er stellt den Motor ab. Ein gewisser Friede stellt sich in ihrer mißlichen Lage ein. Eine delikate Reibung, wie feiner Sand, der zusammengefegt wird, bewegt sich über das Wagendach. Der überhitzte Motor tickt still unter seiner Haube.

„Wir müssen zu Fuß gehn", sagt Caldwell. „Wir gehn zurück nach Olinger und bleiben über Nacht bei den Hummels. Es sind nicht ganz fünf Kilometer, kannst du das schaffen?"

„Was bleibt mir anderes übrig“, sagt Peter.

„Himmel, du hast ja keine Galoschen und nichts.“

„Du ja auch nicht.“

„Schon, aber ich bin ohnedies hinüber.“ Nach einer Pause stellt er fest: „Wir können nicht hier übernachten.“

„Ach, zum Kuckuck“, sagt Peter, „das weiß ich selber. Ich weiß es, hör auf, es mir zu sagen. Hör überhaupt auf, mir dauernd was zu sagen. Laß uns gehn.“

„Ein Vater, der nur halbwegs ein Mann ist, hätte dich mit Leichtigkeit über diesen Hügel gebracht.“

„Dann wären wir irgendwo auf der anderen Seite steckengeblieben. Es ist nicht deine Schuld. Niemand ist schuld, Gott ist schuld. *Bitte.* Laß uns aufhören zu reden.“

Peter steigt aus, und eine Weile lang ist er der Führer. In ihren eigenen Radspuren stapfen sie die Steigung längs dem jüdischen Friedhof hinauf. Peter findet es schwierig, einen Fuß direkt vor den andern zu setzen, wie die Indianer es getan haben sollen. Der Wind versucht beharrlich, ihn umzuwerfen. Eine Kiefernwand steht hier, der Wind kann gar nicht mächtig wehen, aber er ist so andauernd, daß er durch die Haare auf Peters Kopf dringt und den Knochen darunter befühlt. Das Friedhofsgelände ist gegen die Straße mit einer unregelmäßigen, grauen Steinmauer geschützt; jeder vorkragende Stein trägt einen weißen Bart. Irgendwo tief im undurchdringlichen Dunst liegt Abe Cohn eingekuschelt in seinem säulengezierten Mausoleum. Peter fühlt sich getröstet, als er daran denkt. Er erspäht eine winzige Ähnlichkeit zwischen dieser Vorstellung und einer andern, nämlich wie seine eigene Person beschirmt wird von der mineralischen Kuppel seines Schädels.

Auf der ebenen Fläche hinterm Friedhof stehen die Kiefern spärlicher und hören schließlich auf, und der Wind bläst, als wolle er Peters Körper durchlöchern. Peter wird transparent: ein Skelett aus Gedanken. Losgelöst und amüsiert beobachtet er seine Füße, die wie blindes Vieh pflichtschuldig durch die Schneewehen trotten; das Mißverhältnis zwischen der Länge ihrer Schritte und der ungeheuren Entfernung bis Olinger ist so groß, daß eine Art Unendlichkeit postuliert scheint, und die Muße, die sie mit sich bringt, genießt er. Er benutzt diese Muße, um über das Phänomen extremen physischen Unbehagens zu meditieren. Eine schneidende Einfachheit liegt darin. Zuerst werden alle Gedanken an Vergangenes und Künftiges wegradiert, und dann unterbleibt jedwede Ausdehnung des eigenen Ichs über die Sinne in die erschaffene Welt. Die nächste Einsparung: Die Extremitäten werden ihrer Empfindung enthoben – die Füße, die Beine, die Finger. Wenn das Unbehagen anhält, wenn eine bohrende Erinnerung an ersprießlichere Umstände sich einnistet, dann geraten die Nasenspitze, das Kinn, der Schädel selbst außer Betracht, sie werden nicht eigentlich betäubt, sondern vielmehr davongetragen in ein Gebiet, das den sehr begrenzten Anliegen des irreduziblen Ortes fremd ist, welcher bemerkenswert kompakt und entrückt ist und als einziges übrigbleibt von den einst ausgedehnten und ehrgeizigen Bereichen des Selbst. Er spürt es wie von weit her, außerhalb seiner selbst, daß sein Vater, der jetzt neben ihm geht und ihn mit seinem Körper vor dem Wind beschirmt, ihm die gestrickte Wollmütze über den frierenden Kopf stülpt, die er sich vom eigenen Schädel gezogen hat.

VIII

Meine Liebste, hör mir zu. Oder schläfst du? Es macht nichts. In West-Alton gab es das Alton-Museum, es stand auf einem herrlich blühenden Gelände, wo jeder Baum ein Etikett trug. Schwarze Schwäne zogen stolz in Paaren über den Spiegel des undurchsichtigen Sees, der entstanden war, nachdem man den schmalen, seichten Fluß eingedämmt hatte, der in Alton Lenape genannt wird. In Olinger heißt er Tilden Creek, aber es ist derselbe Fluß. Sonntags gingen meine Mutter und ich manchmal in dies Museum, die einzige Kulturstätte, die uns erreichbar war; wir gingen über die träge, schattige Straße, die dem Flüßchen Gesellschaft leistet und die beiden Städte miteinander verbindet. Diese Meile – so lang ist ungefähr die Straße – war ein ländliches Zwischenspiel, ein Überbleibsel der alten Zeiten im County. Wir gingen an der alten Pferderennbahn vorbei, die nicht benutzt wurde und in Grasland übergegangen war, vorbei an mehreren Bauernhäusern aus Sandstein, deren jedem, wie einer Mutter ein Sohn, ein weißgetünchtes Kühlhaus aus dem gleichen Gemäuer zugestellt war. Rasch überquerten wir die harsche Breite einer dreispurigen Autostraße und betraten dann auf schmalem Pfad das Museumsgelände, und eine noch ältere Welt, eine arkadische, umgab uns da. Enten und Frösche vermischten ihr flaches, kehliges Triumphgeschrei in dem schaumigen Sumpf, der sich halb verborgen hinter den angepflanzten Reihen aus Kirsch-, Linden-, Robinien- und Holzapfelbäumen erstreckte. Meine Mutter kannte den Namen jeder Pflanze und jeden Vogels, und sie nannte ihn mir, und ich vergaß sie alle, während wir weitergingen auf dem Kiesweg, der sich hier und da zu kleinen Rondellen weitete mit einem Vogelbad und Bänken, auf denen öfter ineinanderverhäkelte Menschenpärchen saßen, die sich entwirrten, wenn wir vorbeikamen, und uns mit verfinsterten, runden Augen nachsahen. Als ich einmal meine Mutter fragte, was sie täten, antwortete sie mit einem sonderbaren Behagen: „Sie bauen Nester."

Dann umfing uns die Kühle, die der Stausee ausatmete, und das vulgäre, brackige Geschrei der Schwäne, und hoch oben durch ein Loch in einer mythischen, schwarzblättrigen Buche schimmerte ein blaß ockerfarbenes Eckchen der Museumswand und ein sonnenbeschienener Ausschnitt des steilen Oberlichts mit seiner pistaziengrünen Bleifassung. Wir gingen über den Parkplatz, der mich lüstern machte und mich beschämte, denn zu der Zeit damals hatten wir noch keinen Wagen, gingen über den kiesbestreuten Fußweg, wo Kinder mit Tüten voller Brotreste liefen, mit denen sie die Schwäne füttern wollten, gingen die breiten Stufen hinauf, wo ein paar Leute in adretten Sommerkleidern mit Fotoapparaten klickten und Butterbrote aus Pergamentpapier wickelten, gingen hinein in die hohe heilige Halle des Museums. Der Eintritt war frei. Im Parterre fanden während der Sommermonate sogar kostenlose Kurse in „Naturbetrachtung“ statt. Auf den Vorschlag meiner Mutter trug ich mich einmal ein. In der ersten Stunde mußte man einer Schlange in einem Glaskäfig zusehen, wie sie eine ganze piepsende Feldmaus schluckte. Zur zweiten Stunde ging ich nicht mehr. Der erste Stock war wissenschaftlichen Ausstellungen zum Nutzen der Schuljugend vorbehalten: Steif ausgestopfte Tiere und Bauten von Eskimos, Chinesen und Polynesiern in Glaskästen reihten sie sich aneinander, kategorisiert, staubsicher. Es gab da eine nasenlose Mumie, um die immer eine kleine Menge geschart war. Dieser Stock hat mich als Kind mit Schrecken erfüllt. Soviel Tod; wer hätte sich träumen lassen, daß es den Tod in solchen Massen gab? Im zweiten Stock waren die Künste untergebracht: Hauptsächlich hingen dort Bilder einheimischer Maler, und wie unbeholfen, wunderlich und verfehlt sie auch waren, strahlten sie doch Unschuld und Hoffnung aus, die Hoffnung, etwas zu packen und festzuhalten, die immer im Spiel ist, wenn ein Pinsel eine Leinwand berührt. Es standen hier auch Bronzestatuetten von Indianern und Gottheiten herum, und in der Mitte des großen ovalen Raumes, zu Häupten der Treppe, stand eine nackte grüne Dame in Lebensgröße, sie stand in der Mitte eines kreisrunden, schwarzrandigen Wasserbeckens. Sie war ein Brunnen. Sie hielt sich eine bronzene Muschelschale an die Lippen, und ihr feines Gesicht war zum Trinken geneigt, aber die Mechanismen des Brunnens diktierten, daß das Wasser auf immer sich über den Rand der Muschel ergießen sollte, fort von ihrem Mund. Ewig erwartungsvoll – mit leichten Brüsten, einer lose wallenden Pracht grünspanüberzogenen

Haars, einen Fuß zierlich auf die Zehenspitzen gestellt – hielt sie die Muschel einen Zoll weit von ihrem Gesicht entfernt, das mit den gesenkten Lidern und sacht geöffneten Lippen wie im Schlaf befangen war. Als Kind war ich beunruhigt von ihrem Durst, und ich stellte mich immer so, daß ich die unentwegte zollbreite Entfernung sehen konnte, die zwischen ihrem Mund und dem Wasser lag. Das Wasser fiel als dünnes, sich drehendes Band, perlgrün, es spiralte über den ausgezackten Muschelrand, fächerte auseinander, kurz bevor es mit seinem endlosen, sanften Schlag den Spiegel des Teiches traf, und die feinen Sprühtropfen, vom unmerklichen Wehen des Zufalls manchmal bis an den Beckenrand getragen, prickelten mit winzigen kalten Stichen, wie Schneeflockenberührung, auf meiner Hand, die sich auf den schwarzen Marmor stützte. Die Geduld, mit der sie wartete, und die Milde, mit der das Wasser sich ihr verweigerte, waren mir damals schier unerträglich, und ich redete mir ein, daß nach Einbruch der Dunkelheit, wenn die Mumie und die polynesischen Masken und die glasäugigen Adler unten in Schatten eingesiedelt sein würden, ihre schmale Bronzehand die eine kleine notwendige Bewegung täte und sie tränke. Und das Geplätscher des Wassers würde für einen Augenblick verstummen in dem großen ovalen Raum, der in meiner Vorstellung hell war vom Licht des Mondes, das durchs Oberlicht einfiel. Damit – damit, daß die Nacht sich um das leuchtende Band des rieselnden Wassers hüllte und es abreißen ließ – kommt meine Geschichte zum Ende.

Der nervöse Verkehr hackt tröstlich gegen die Fensterscheiben unserer Mansarde, diese Fenster, deren dünnes Glas so lange schon nicht mehr geputzt worden ist, daß ihr delikates graphitenes Grau von innen zu kommen scheint; eine Schattierung wie bei Kathedralfenstern. Das Neonlicht der Cafeteria zwei Stockwerke unter uns färbt sie in rhythmischen Abständen rosig. Meine riesigen Leinwandflächen, die so erstaunlich teuer sind als rohes Arbeitsmaterial und so erstaunlich wertlos, sobald man sie in Kunst verwandelt, stemmen sich mit scharfen, rechteckigen Schultern schwarz gegen das Licht. Dein Atem kommt und geht mit der langsamen Rosenfärbung. Dein feierlicher Mund hat sich im Schlaf geöffnet, und innen an der Oberlippe ist, wie ein Bläschen, der kleine Extrawulst zu sehen, der deiner Rasse eigen ist. Dein Schlaf ist unschuldig wie der Tau der Nacht. Hör mir zu: Ich liebe dich, ich liebe deinen spröden, schwellenden Mund, dessen Ecken sich moralisch zusammenziehen, wenn du wach bist und mich schiltst, ich liebe deine verbrannte Haut, die immerwährend der meinen vergibt, liebe die Jahrhunderte der Demütigung, welche die bläuliche Patina deiner Handflächen hält. Ich liebe den tulpenstieligen Wuchs deines Halses. Wenn du am Herd stehst, machst du, ganz unbewußt, mit der oberen Hälfte deines Körpers wellenförmige Bewegungen wie ein trinkendes Huhn. Wenn du nackt zum Bett gehst, so gehst du mit einwärtsgekehrten Füßen, als seien deine Knöchel an die Knöchel eines hinter dir Gehenden gefesselt. Manchmal, wenn wir uns lieben, hauchst du meinen Namen, und ich fühle mich bis in meine Wurzel bestätigt. Ich bin glücklich, daß ich dir begegnet bin, glücklich, stolz, glücklich. Ich vermisse nur manchmal, an Spätnachmittagen und dann auch nur von ganz fern, das rasche weiße Lachen, das wie Wetterleuchten in einer Atmosphäre aufbricht, in der Seelen dem Unmöglichen zu dienen versuchen. Mein Vater bei all seiner Trauer bewegte sich in der Atmosphäre dieses Lachens. Er hätte dich verwundert. Er hat mich verwundert. Seine obere Körperhälfte war mir verborgen, ich kannte am besten seine Beine.

Hallo, hör mir zu. Hör mir zu, mein Mädchen. Ich liebe dich, ich möchte ein Neger für dich sein, ich möchte ein schlaues Schuhkremgesicht haben, das straff wie eine Trommelhaut über die Backenknochen sich spannt, und eine große, undurchsichtige, anonym machende Sonnenbrille tragen, um drei Uhr früh, in einem trüben, lavendelblauen Keller, und alles vergessen bis aufs Schmachten hinter den Rippen. Aber ich kann's nicht. Ich bringe diese Szene nicht zustande. Eine unzerreißbare Haut hält mich davon ab. Ich bin meines Vaters Sohn. Am späten Nachmittag, wenn der Tag sich in den länger werdenden Strahlen des Lichts verfangen hat und darauf wartet, von der Dunkelheit durchbohrt zu werden, die schon von den hohen Gebäuden ihre Schattenpfeile übers Gewirr der Straßen abschießt, denke ich an meinen Vater und beschwöre auch noch *seinen* Vater, den ich nie gekannt habe: die Augen durchwölkt von Zweifeln, der Schnurrbart unschlüssig und blaß. Priester, Lehrer, Künstler: der klassische Niedergang.

Verzeih mir, denn ich lieb dich wirklich, wir passen zueinander. Wie ein tibetanischer Lama trete ich aus meinem Selbst heraus, erhebe mich über unser Bett und sehe, wie wir, Yin und Yang, eins werden miteinander. Aber um die Stunde am Nachmittag, wenn mein Vater und ich im Auto heimwärts fuhren, sehe ich mich um in dem Nest, das wir uns gebaut haben, sehe die Dielenbretter, die blank sind von unsern nackten Füßen, sehe die Fleckenkontinente am Plafond, der wie eine alte, ganz und gar falsche Entdeckerlandkarte anmutet, sehe die dringlich gespannte Leinwand, die ich gewissenhaft mit großen Linien bedecke. Linien, die etwas sagen sollen, was, wie ich allmählich argwöhne, nicht sagbar ist, und ich erschrecke. Ich bedenke das Leben, das unser Leben war, unsere Tage, die wir ohne Beziehung zu den Tagen, wie die Sonne sie vorschreibt, verbrachten, die barokken Arabesken immer dünner werdender Empfindung, das Mobiliar unseres Lebens, das wie ein Sammelsurium abgeschabter Braques ist, und unsern ziemlich sehnsüchtigen, halb freudianischen, halb orientalischen Sex-Mystizismus, und ich frage mich: *Dafür also hat mein Vater sein Leben gegeben?*

An einem Morgen vor langen Jahren, als ich wach neben dir lag im rosig behauchten Dunkel, wachte ich auf in Vera Hummels Gastzimmer. Das Zimmer glänzte im Widerschein des abziehenden Unwetters. Meine Träume waren die Verlängerung der letzten Ereignisse meines Wachseins gewesen, so wie die Brechung einen Stock verlängert, den man ins Wasser hält: die letzten beiden Kilometer, die wir durch den sich immer heftiger entspulenden Sturm gestolpert waren, meines Vaters Faustschläge an die Tür des dunklen Hauses, sein Wiehern, die Verzweiflung, mit der er sich die Hände knetete, seine Aufdringlichkeit, die mir nicht mehr absurd und nicht mehr berserkerhaft erschien, sondern notwendig, absolut notwendig in meiner blinden, tauben Erstarrung. Dann Vera Hummel, gähnend und blinzelnd stand sie im blendenden Licht ihrer Küche, das lose Haar fächerte sich über den

Kragen ihres blauen Bademantels, sie hatte die Hände in die Ärmel gesteckt, die Arme gekreuzt und gähnte, und ihr Mann kam klotzig und humpelnd die Treppe herunter und hörte sich meines Vaters Redestrom an, seine Erklärung, seine Dankbarkeitsbeteuerungen. Sie brachten uns in ihrem Gästezimmer unter, in einem durchgelegenen Himmelbett, das von Mr. Hummels Mutter stammte, meines Großvaters Schwester Hannah. Es roch nach Federn und Stärke und war einer Hängematte so ähnlich, daß wir uns, mein Vater und ich, im Unterzeug, jeder an seiner Kante festhalten mußten, um nicht in der Mitte aufeinanderzurutschen. Ein paar Minuten lang lag ich angespannt da. Der Sturm dröhnte noch in mir. Dann hörte ich den ersten schnüfflig rasselnden Laut von meines Vaters Schnarchen. Dann seufzte draußen vorm Fenster der Wind mächtig auf, und dieses Gegeneinander von Geräusch und Bewegung außerhalb meiner selbst schien alles zu erklären, und ich ruhte aus.

Das Zimmer strahlte. Der Himmel hinter den weißen Fensterpfosten und den Gardinen aus gepunktetem Leinen, die von weißgestrichenen Metallblumen zurückgehalten wurden, war von ungetrübter Bläue. Ich dachte: *Dieser Morgen ist noch nie gewesen*, und ich hatte das jubilierende Gefühl, am Bug eines Schiffes zu stehen, das den himmlischen Ozean der Zeit durchpflügt. Ich sah mich im Zimmer nach meinem Vater um: er war weg. Ich war in die Mitte des Bettes gerollt. Ich suchte eine Uhr, es gab keine. Ich drehte mich nach links, um zu sehen, wie die Sonne auf die Landstraße und das Feld und den Briefkasten schien, aber mein Blick traf auf ein Fenster, das auf die Backsteinwand der

Imbißstube hinausging. Neben dem Fenster, auf dem die abblätternde Lackfarbe Gesichter schnitt, stand ein altmodischer Sekretär mit kannelierten Glasknäufen, einer wellig geschwungenen Schublade und plumpen Schnörkelfüßen, die aussahen wie die zehenlosen Tatzen eines Bären in Comic strips. Das Strahlen draußen pflückte die silbrigen Sprenkel der Stengel und Blätter auf der Tapete heraus. Ich schloß die Augen, um zu horchen, ob irgendwo Stimmen wären, hörte von fern einen Staubsauger brummen und muß dann wieder in den Schlaf zurückgesunken sein.

Als ich wieder aufwachte, kam mir alles so sonderbar vor – das Haus, der Tag, der so heiter und gesund auf das verrückte Rasen gefolgt war, die Stille, innen und außen (warum hatte mich niemand geweckt? und die Schule? war heute nicht Mittwoch?) –, daß ich nicht mehr weiterschlafen konnte, sondern aufstand und mich anzog, soweit es möglich war. Meine Schuhe und Socken, die zum Trocknen auf der Heizung lagen, waren immer noch feucht. Es war, als ob die fremden Wände und Korridore, die an jeder Biegung Nachdenken und Courage verlangten, mir alle Kraft aus den Gliedern sogen. Ich fand das Badezimmer, schwappte mir kaltes Wasser ins Gesicht und rieb mir mit nassem Finger über die Schneidezähne hin und her. Barfüßig ging ich die Hummelsche Treppe hinunter. Sie war mit einem glatten, beigefarbenen Läufer ausgelegt, der an der Unterkante jeder Stufe mit einer Messingstange arretiert war. Das war das richtige Olinger-Haus, solid, behäbig, voller Tradition; ich wünschte, meine Familie lebte in so einem Haus. Ich fühlte mich schmutzig und unwürdig in meinem abscheulichen roten Hemd und der drei Tage alten Unterwäsche.

Mrs. Hummel trat aus dem Vorderzimmer, sie trug ein hinten geknotetes Kopftuch und eine Schürze, die mit einem Anemonenmuster besternt war. Sie hatte einen niedlichen Papierkorb aus Strohgeflecht in der Hand, lächelte so breit, daß ihr Zahnfleisch schimmerte, und begrüßte mich mit: „Guten Morgen, Peter Caldwell!" Daß sie meinen Namen in ganzer Länge aussprach, gab mir das Gefühl, rundherum willkommen zu sein. Sie ging mir voran in die Küche, und verwundert stellte ich fest, während ich hinter ihr herging, daß ich ebenso groß war wie sie, vielleicht noch um einen Zoll größer. Verglichen mit den Frauen dieser Gegend, war sie hochgewachsen, und sie hatte für mich noch immer etwas Göttinnenhaftes in ihrer Größe, so wie sie mir damals erschienen war, als ich zur High School kam: ein Zwerg aus der siebten Klasse, meine Hüfte nicht höher als die Kreiderinne an der Wandtafel. Jetzt aber schien es, als könnte ich ihren Blick füllen. Ich setzte mich an den kleinen Küchentisch mit der Porzellanplatte, und sie bediente mich wie eine Ehefrau. Sie stellte ein dickwandiges Glas mit Orangensaft vor mich hin, und die durchscheinende Flüssigkeit warf auf das sonnenglänzende Porzellan einen gelblichroten Schatten, eine dünne Scheibe des Geschmacks, der mir gleich auf die Zunge kommen würde. Es war köstlich, dazusitzen, zu trinken und ihr zuzusehen, wie sie sich bewegte. In blauen Slippern glitt sie vom Schrank zum Kühlschrank, von da zum Ausguß, als seien diese Stationen gesetzt worden, nachdem man ihre Schritte abgemessen hatte; ihre ganze geräumige und reichlich eingerichtete

Küche stand im Gegensatz zu dem engen und improvisierten Winkel, in dem meine Mutter unsere Mahlzeiten zurichtete. Ich fragte mich, wie es möglich war, daß manche Menschen zumindest mit den mechanischen Problemen des Lebens fertig wurden, während andere, meine Familie zum Beispiel, auf Lebenszeit zu schlecht funktionierenden Autos und schlecht geheizten, toilettenlosen Behausungen verdammt schienen. Wir hatten in Olinger nie einen Kühlschrank besessen, dafür einen demütigenden alten Eiskasten aus Nußholz, und meine Großmutter setzte sich nie mit uns zu Tisch, sondern aß im Stehen, mit den Fingern aus dem Kochtopf, das Gesicht verzogen überm Dampf. Jede Einzelheit in unserem Haushalt war von Hast und Achtlosigkeit geprägt. Der Grund dafür war, ging mir plötzlich auf, daß die Hauptperson in unserer Familie, mein Vater, sich nie von der Idee befreit hatte, er werde bald wieder weiterziehen. Diese Furcht – oder Hoffnung – beherrschte unser Haus.

„Wo ist mein Vater?“ fragte ich.

„Ich weiß nicht genau, Peter“, sagte sie. „Was magst du lieber, Weizenflocken oder Rice Krispies oder ein Ei?“

„Rice Krispies.“ Eine ovale, elfenbeinfarbene Uhr unter dem lackierten Wandschrank stand auf zehn nach elf. „Was ist mit der Schule los?“ fragte ich.

„Hast du mal aus dem Fenster gesehn?“

„Mm, es hat aufgehört.“

„Fünfzig Zentimeter, hat das Radio gesagt. Alle Schulen im County haben geschlossen, sogar die Gemeindeschulen in Alton.“

„Möchte wissen, ob heute abend Schwimmtraining ist.“

„Ganz bestimmt nicht. Du kannst es sicher gar nicht mehr erwarten, wieder zu Haus zu sein."

„Ja, wahrscheinlich. Kommt mir wie eine Ewigkeit vor, daß ich zu Haus war."

„Dein Vater war sehr lustig heute morgen, er hat eure Abenteuer erzählt. Willst du eine Banane zu den Krispies?"

„O gut, wenn Sie eine übrig haben." Das genau war der Unterschied zwischen den Olinger-Häusern und meinem Zuhause: Hier hatte man Bananen zur Hand. In Firetown, bei den seltenen Malen, wenn mein Vater daran dachte, welche zu kaufen, waren sie erst grün und dann faul, ohne Übergang. Die Banane, die Mrs. Hummel mir neben den Teller legte, war ohne Makel. Ihre goldene Haut war gleichmäßig über und über gesprenkelt, genau wie auf den Vierfarbenanzeigen in den Illustrierten. Ich zerteilte sie mit dem Löffel, und jede Scheibe, die in die Krispies fiel, hatte in der Mitte den vollkommenen kleinen Samenstern.

„Trinkst du Kaffee?"

„Ich versuch's jeden Morgen, aber ich hab nie Zeit dafür. Ich glaube, ich mache Ihnen schrecklich viel Mühe."

„Pscht. Du redest wie dein Vater."

Ihr „Pscht" kam aus einer Intimität, die ein anderer für mich geschaffen hatte, und seltsame Ahnungen von den letzten geheimnisvollen Stunden stiegen in mir auf, da ich noch tief schlafend im Bett meiner Großtante Hannah gelegen und mein Vater seine Abenteuer erzählt hatte, während sie Radio hörten. Ich fragte mich, ob Mr. Hummel wohl auch dabeigewesen war, und ich fragte mich, welches Geschehnis diesen friedvollen, versöhnten Nachklang im Haus geschaffen hatte. Ich raffte meinen Mut zu der Frage zusammen: „Wo ist Mr. Hummel?"

„Er ist mit dem Schneepflug unterwegs. Der arme Al, seit fünf Uhr ist er auf den Beinen. Er hat einen Vertrag mit der Stadt, nach einem Unwetter mitzuhelfen, die Straßen zu räumen."

„Ach so. Ich überlege gerade, wie es wohl unserm armen Auto geht. Wir haben es gestern abend unten am Coughdrop Hill stehenlassen."

„Dein Vater sagte das schon. Wenn Al nach Haus kommt, fährt er euch mit dem Lastwagen dorthin."

„Diese Rice Krispies sind ganz fabelhaft."

Sie wandte sich überrascht vom Spülstein um und lächelte.

„Sie kommen einfach aus der Packung da." Die Küche bekam etwas Pennsylvania-Deutsches, so wie Mrs. Hummel sich gab. Ich hatte sie immer mit Extravaganz und New York und so zusammengebracht, sie war den andern Lehrern um so vieles voraus und hatte manchmal getuschte Wimpern. Aber hier in ihrem Haus gehörte sie ganz eindeutig in diese Gegend.

„Wie fanden Sie das Spiel gestern abend?" fragte ich sie. Mir war sehr unbehaglich und verkrampft zumute bei meinem Bemühen, das Gespräch in Gang zu halten. Aber mein Vater war nicht da, und so fühlte ich mich aufgerufen, meine Vorstellungen von zivilisiertem Benehmen in die Tat umzusetzen, was er meistens vereitelte. Ständig zerrte ich an meinen Manschetten, um zu verhüten, daß die Hautflecken zum Vorschein kamen. Sie brachte mir zwei Scheiben glitzernden Toast und bernsteinfarbenes Holzapfelgelee in einem Glasschälchen auf schwarzem Untersatz.

„Ich hab gar nicht recht aufgepaßt." Sie lachte in

Gedanken daran. „Dieser Reverend March amüsierte mich so. Er ist halb ein Junge und halb ein alter Mann, und man weiß nie, mit wem von beiden man gerade zu tun hat."

„Er hat ein paar Kriegsauszeichnungen, nicht?"

„Ich glaube, ja. Er ist überall in Italien gewesen."

„Interessant finde ich, daß er nach alledem wieder Geistlicher werden konnte."

Ihre Brauen wölbten sich. Zupfte sie sie wohl zurecht? Ich bezweifelte das, jetzt, da ich sie von nahem sah. Sie waren von Natur so fein. „Ich finde das gut, du nicht?"

„O ja, natürlich ist das gut. Ich meine nur, nach all den Greueln, die er mit angesehen haben muß."

„Nun, sogar in der Bibel soll es Kampf geben."

Ich wußte zwar nicht, worauf sie hinauswollte, aber ich lachte. Es schien ihr zu gefallen. Scherzhaft fragte sie: „Wieviel hast *du* denn vom Spiel mitgekriegt? Hab ich dich nicht mit der kleinen Fogleman zusammensitzen sehen?"

Ich zuckte die Schultern. „Neben irgendwem mußte ich ja sitzen."

„Na, sieh dich nur vor, Peter. Die hat ein Auge auf dich geworfen."

„Hahaha, ich zweifle, ob's an mir viel zu sehn gibt." Sie hob einen Finger, wie es viele hier zum Spaß machen: „Ahhh, das könnte noch kommen."

Sie sprach so sehr mit der Betonung meines Großvaters, daß ich rot wurde, als sei ich gesegnet worden. Ich strich das leuchtende Gelee auf meinen Toast, und sie machte sich wieder an ihre Hausarbeit.

Die nächsten beiden Stunden waren ganz anders als alle früheren in meinem Leben. Ich war allein in einem Haus mit einer Frau, die groß war an

Zeit, so groß, daß ich ihre Größe an Jahren nicht schätzen konnte, es mochten mindestens doppelt so viele sein wie bei mir. Eine Frau von weitgespanntem Ruhm. Wie schmutzige Münzen zirkulierten heimlich unter den Schülern Legenden über ihr Liebesleben. Eine Frau, die voll erwachsen und zu Besitz und Ansehen gereift war. Ihre Gegenwart verästelte sich in jeden Winkel des Hauses. Ihr Griff zum Thermostat entfachte den Heizungsofen im Keller unter mir zu heißerer Glut. Ihre Schritte über mir brachten den Staubsauger zu kehligem, strömendem Summen. Hier und da im Haus lachte sie vor sich hin oder ließ, wenn sie es rückte, ein Möbel kreischen; Geräusche stoben von ihr fort durch den oberen Korridor, wie ein Vogel ungesehen hin und her flitzt in den wipfeligen Bereichen eines Waldes. Aus jedem Winkel des Hauses, aus jedem Schatten, jeder Krümmung polierten Holzes flogen mich Lebensäußerungen von Vera Hummel an; sie war ein Schimmer in den Spiegeln, ein Atemhauch, der die Gardinen bewegte, ein Blütenstaub auf der Noppe der Lehne des Sessels, in dem ich Wurzeln schlug.

Ich saß benommen im dunklen Vorderzimmer und holte mir ein Reader's Digest nach dem andern von einem kleinen gestrichenen Gestell herunter. Ich las, bis mir ganz elend war vom vielen Lesen. Da entdeckte ich zwei Artikel, die nebeneinander standen im Inhaltsverzeichnis: „Wundermittel gegen Krebs?“ und „Zehn Beweise, daß es einen Gott gibt“. Ich las sie beide und war enttäuscht, mehr als enttäuscht, überwältigt, denn der Stachel der Hoffnung weckte Ängste, die eingelullt worden waren. Die Dämonen des Schreckens spritzten ihr Gift in mein Blut. Es stand fest, unverrückbar fest, trotz des eleganten Textgeklingels und trotz des enzyklopädischen Anspruchs der säuberlichen Doppelspalten, daß es keine Beweise, daß es kein Wundermittel gab. In meinem Entsetzen vor dem Wort spürte ich einen panischen Hunger nach Dingen, und ich nahm vom Spitzendeckchen auf dem kleinen Tisch an meinem Ellenbogen die bemalte Porzellanfigur einer lächelnden Elfe mit unbeholfenen, getupften Flügeln und umklammerte sie mit der Hand. Die raschen blauen Slipper kamen die teppichbelegte Treppe herab, und Mrs. Hummel machte für sich und mich ein Mittagbrot zurecht. Ich genierte mich wegen meiner Haut in der hellen Küche und überlegte, ob es wohl angebracht sei, mich zu verabschieden, aber ich hatte keine Kraft, dies Haus zu verlassen, war nicht einmal imstande, aus dem Fenster zu sehen. Und wenn ich doch ginge, wohin und zu welchem Zweck? Meines Vaters geheimnisvolle Abwesenheit schien auf immer beschlossen zu sein. Ich war verloren. Die Frau redete mit mir; ihre Worte waren trivial, aber sie halfen, das Grauen bewohnbar zu machen. Auf der glänzenden Fläche der Tischplatte zwischen uns tauchte mein Spiegelbild auf; sie lachte über mich. Sie hatte das Kopftuch abgenommen und das Haar zu einem Pferdeschwanz zusammengebunden. Als ich ihr beim Abräumen half und die Teller zum Spülbecken trug, berührten sich ein paarmal unsere Körper. Und so, halb versunken in Angst, halb lebendig und leicht vor Verliebtheit, brachte ich die beiden Stunden hin.

Mein Vater kam kurz nach eins. Mrs. Hummel und ich waren noch in der Küche. Wir hatten uns über eine Erweiterung des Hauses unterhalten, einen L-förmigen Anbau mit verglaster Veranda, den sie hinten am Haus angefügt haben wollte; sommers würde sie dort sitzen können und in den Garten schauen, weit weg vom Verkehr und dem Lärm der Chaussee. Es würde wie ein Boudoir sein, und ich glaubte, ich würde es mit ihr teilen.

Mein Vater sah in seiner kugelförmigen Strickmütze und dem schneedurchnäßten Mantel aus, als sei er gerade von einer Kanone abgefeuert worden.

„Junge, Junge", sagte er, „der Winter hat die versäumte Zeit mächtig aufgeholt."

„Wo bist du bloß gewesen?" fragte ich. Niederträchtigerweise wäre meine Stimme beinahe über Tränen gestolpert.

Er sah mich an, als hätte er vergessen, daß es mich gab. „Überall und nirgends", sagte er. „Und in der Schule. Ich hätte dich geweckt, Peter, aber ich dachte, du brauchst den Schlaf. Du hast völlig ausgelaugt ausgesehn vor Müdigkeit. Hat mein Schnarchen dich nicht gestört?"

„Nein." Der Schnee auf seinem Mantel und seinen Hosen und Schuhen, Zeugnis von Abenteuern, machte mich eifersüchtig. Mrs. Hummels Aufmerksamkeit hatte sich ganz und gar ihm zugewandt. Sie lachte, bevor er überhaupt den Mund aufgetan hatte. Sein holpriges Gesicht war rot. Er riß sich die Mütze ab wie ein Junge und stampfte mit den Füßen auf die Kokosmatte an der Zimmertür. Ich lechzte danach, ihn zu quälen, ich wurde schrill: „Was hattest du zu suchen in der Schule? Wie *konntest* du so lange wegbleiben!"

„Ach Gott, ich liebe das Gebäude, wenn keine Gören drin sind." Er redete nicht zu mir, sondern zu Mrs. Hummel. „Wissen Sie, was die mit diesem Backsteinschuppen machen müßten, Vera? Sie müßten alle Gören auf die Straße schicken und uns

Lehrer dort allein hausen lassen. Überall sonst in meinem Leben habe ich immer das Gefühl gehabt, daß mir jemand im Genick sitzt, nur dort nicht."

Sie lachte und sagte: „Man müßte Betten reinstellen."

„Ein altes Feldbett, mehr brauche ich nicht", sagte er. „Sechzig Zentimeter breit und eins achtzig lang. Jedesmal, wenn ich mit jemandem im Bett liege, werden mir alle Decken weggezogen. Dich meine ich nicht, Peter. So müde, wie ich die letzte Nacht war, hab ich sie *dir* wahrscheinlich weggezogen. Um dir zu antworten auf deine Frage, was ich in der Schule gemacht habe: Ich habe alle meine Bücher in Ordnung gebracht. Zum erstenmal seit der letzten Zeugnisverteilung ist jetzt alles klar und übersichtlich, ich komme mir vor, als sei mir ein Zementklumpen von der Leber genommen. Wenn ich morgen nicht mehr antrete, kann mein Nachfolger sich einfach an meinen Platz setzen und alles übernehmen, der arme Teufel. Piff, paff, abtreten, Junge, nächste Station: Abfallhaufen."

Ich mußte trotzdem lachen.

Mrs. Hummel ging an ihren Kühlschrank und fragte: „George, haben Sie zu Mittag gegessen? Soll ich Ihnen ein Sandwich mit Roastbeef machen?"

„Vera, das ist wirklich nett von Ihnen, aber um die Wahrheit zu sagen, ich kann kein Roastbeef-Sandwich essen, gestern abend habe ich mir einen Backenzahn ziehen lassen. Ich fühle mich hundert Prozent besser, aber ein bißchen ist es wie das verlorene Atlantis da drinnen. Ich hab einen Teller voll Austernmus bei Mohnie gegessen. Um aber *ganz* ehrlich zu sein, wenn Sie und der Junge Kaffee trinken, dann würde ich gern eine Tasse mittrinken. Ich vergesse immer, ob der Junge Kaffee trinkt."

„Wie kannst du das vergessen?“ fragte ich. „Ich will jeden Morgen welchen trinken zu Haus, aber es ist nie Zeit.“

„Herrgott, da fällt mir was ein. Ich hab versucht, deine Mutter zu erreichen, aber die Leitung ist kaputt. Sie hat kein Fitzelchen zu essen im Haus, und wie ich Pop Kramer kenne, wird er sich nicht genieren, den Hund zu verspeisen. Vorausgesetzt, daß er nicht die Treppe runtergefallen ist. Das würde mir zu meinem Glück noch fehlen, keinen Arzt kriegt man da raus.“

„So, und wann wollen *wir* rausfahren?“

„In einer Minute, Junge, in einer Minute. Zeit und Ewigkeit warten auf niemanden.“ Zu Mrs. Hummel rief er: „Man soll ein Kind nie von seiner Mutter trennen.“ Dann kniff er die Lippen zusammen, und ich wußte, daß er überlegte, ob er eben taktlos gewesen war, denn sie hatte, aus Gründen, die mir unklar waren, keine Kinder. Betont zurückhaltend, wie eine Dienerin, stellte sie den dampfenden Kaffee vor ihn auf den Tisch. Eine Strähne löste sich aus dem zusammengebundenen Haar und zog sich über ihre Wange wie ein Kommentar. Er bemühte sich, die Erregung in seiner Stimme zu unterdrücken, und sagte: „Ich habe Al drüben in der Spruce Street gesehn, er ist jetzt auf dem Heimweg. Er hat Wunderdinge geleistet mit diesem Lastwagen, wenn es drauf ankommt, funktioniert unsere Gemeinde hier wie am Schnürchen. Der Verkehr ist überall schon wieder in Gang, nur in den ganz kleinen Straßen und in der Gegend um Shale Hill herum nicht. Junge, Junge, wenn ich diese Stadt regierte, würden wir alle einen Monat lang auf Schneeschuhen rumlaufen.“ Vergnügt öffnete und schloß er die Fäuste bei dieser Vorstellung allgemeiner Wirrnis. „Drüben in West-Alton soll vergangene Nacht ein Straßenbahnwagen entgleist sein."

Mrs. Hummel steckte die Haarsträhne zurück und fragte: „Ist jemand verletzt?"

„Niemand. Der Waggon ist nur aus den Schienen gerutscht, aber er blieb auf seinen Rädern. Unsere eigenen Bahnen kamen bis Mittag nicht durch nach Ely. Die Hälfte der Läden in Alton hat geschlossen." Ich staunte über all diese Informationen und malte mir aus, wie er sie eingesammelt hatte: er war durch Schneeverwehungen gewatet, hatte Pflüge angehalten, um die Fahrer auszufragen, war über holprig aufgeworfene Wälle gelaufen, immer rauf und runter, in seinem zu kurzen Mantel, wie ein alt gewordener Gassenjunge. Er mußte die ganze Stadt durchquert haben, während ich schlief.

Ich trank meinen Kaffee aus, und die merkwürdige Starre, der meine Nerven sich bisher widersetzt hatten, ergriff jetzt Besitz von mir. Ich hörte nicht mehr zu, als mein Vater Mrs. Hummel seine weiteren Erlebnisse schilderte. Mr. Hummel kam durch die Tür, er war grau vor Müdigkeit und schüttelte sich den Schnee aus dem Haar. Seine Frau gab ihm zu essen; als er fertig war, sah er mich an und zwinkerte. „Möchtest du nach Haus, Peter?"

Ich ging nach oben, zog meinen Mantel an und die Socken und die zerkrumpelten feuchten Schuhe und ging wieder in die Küche. Mein Vater stellte seine leere Tasse in den Ausguß und setzte sich wieder die Mütze auf. „Das ist furchtbar nett von Ihnen, Al, der Junge und ich, wir sind Ihnen wirklich dankbar dafür." Zu Mrs. Hummel sagte er:

„Tausend Dank, Vera, Sie haben uns wie Fürsten behandelt", und dann, Liebste, das Seltsamste von all dem Seltsamen, das ich dir erzählt habe: Mein Vater neigte sich nach vorn und küßte die Frau auf die Wange. Entsetzt wandte ich die Augen ab und sah, wie auf dem sprenkelig gemusterten Linoleumboden ihre schmalen Füße in den blauen Slippern sich auf die Spitzen reckten, als sie willig den Kuß empfing.

Dann senkten sich ihre Fersen wieder auf den Boden, und sie hielt meines Vaters warzige Hände in den ihren. „Ich bin froh, daß Sie zu uns gekommen sind", sagte sie, als sei sie ganz allein mit ihm, „ein Weilchen war das Haus belebt."

Dann war ich an der Reihe, mich zu bedanken; ich wagte nicht, ihr einen Kuß zu geben, und zog das Gesicht zurück, um zu bedeuten, daß sie von mir keinen bekommen würde. Lächelnd nahm sie meine ausgestreckte Hand und deckte dann ihre andere Hand darüber. „Sind deine Hände immer so warm, Peter?"

Die Zweige eines violetten Busches draußen vor der Haustür waren zu Geweihen geworden. Hummels Lastwagen wartete zwischen den Benzinpumpen und dem Luftdruckmesser: ein mittelgroßer, rostiger Chevrolet-Transporter mit einem knallorangefarbenen Schneepflug, der vorn an der Stoßstange festgemacht war. Als Hummel den Gang einlegte, kam es mir vor, als ratterten zehn verschiedene Klangfarben auf. Ich saß zwischen meinem Vater und Al Hummel; es gab keine Heizung, und ich war froh, zwischen den beiden Männern zu sitzen. Wir fuhren die Buchanan Road hinaus. Unser altes Haus sah aus wie der Palast des Winters persönlich, es war schneebehaubt und streckte seine weiße Breitseite, an der ich als Kind mit einem Tennisball gespielt habe, der Sonne entgegen. Längs der Straße hatten Kinder im Vorübergehen den Schnee von den Hecken gestreift, und hier und da schüttete ein loser Klumpen sich in rascher, schlurrender Kaskade durch die Zweige einer Roßkastanie auf uns nieder. Als die Häuser immer vereinzelter standen und schließlich aufhörten, breitete der Schnee seine Herrschaft ungehindert über die gewellten Felder jenseits des mannshohen, ebenmäßigen Grates aus verharschtem Schnee aus, den der Pflug aufgeworfen hatte. Die waldigen Hügel weit in der Ferne wirkten immer noch blau und braun, aber die Farbtöne waren schwach wie auf den letzten Abzügen einer Radierung, die nur noch hergestellt werden, damit die Platte sauber wird.

Die Müdigkeit, die ich empfand, kommt wieder über mich, jetzt, da ich dir alles erzähle. Ich saß im Fahrerhaus des Lastwagens, während mein Vater und Hummel, von der Windschutzscheibe eingerahmt wie die verwischten Figuren eines alten Stummfilms, unsern Buick freischaufelten, den die Pflüge beim Räumen der Route 122 bis zu den Fenstern begraben hatten. Ein stechendes Jucken quälte mich, das sich von meiner Nase die Kehle hinunter ausgebreitet hatte und das, ich spürte es, mit der klammen Feuchtigkeit meiner Schuhe zusammenhing. Die Schulter eines Hügels warf ihren Schatten auf uns, und ein kleiner Wind kam auf. Die Sonnenstrahlen wurden länger, golden und zogen sich von allem zurück, nur von den Baumkronen nicht. Sachverständig ließ Hummel den Motor an, lenkte die hinteren Räder auf die Ketten und befestigte sie mit einem zangenähnlichen Instrument. Nicht mehr ganz so verwischt führten die beiden Männer nun im bläulichen Zwielicht eine Pantomime auf, bei der es um eine Brieftasche ging, den Sinn aber erfaßte ich nicht. Beide gestikulierten heftig, dann umarmten sie sich und verabschiedeten sich voneinander. Hummel öffnete den Schlag des Fahrerhauses, kalte Luft strömte gegen mich, und ich schleppte meinen kälteklirrenden Körper in unsre alte Mühle hinüber.

Als wir nach Haus fuhren, schlossen sich die Tage, die vergangen waren, seit ich diese Straße zum letztenmal gesehen hatte, wie eine saubere Wunde. Hier war die Kuppe des Coughdrop Hill, hier waren die Kurve und die Lehmböschung, wo wir den Stromer mitgenommen hatten, hier war die Clover-Leaf-Molkerei, wo mit Fließbändern der Kuhmist weggeräumt wurde und wo aus allen silbernen Kaminen auf dem Dach Rauch gegen den lachsrosa Himmel stieg, hier war die gerade Strecke, wo wir einmal einen verängstigten Pirol überfahren hatten, hier war Galilee und, neben dem Platz, auf dem früher das Siebenmeilenwirtshaus stand, Potteigers Laden, wo wir anhielten, um einzukaufen. Wie ein Apotheker, der ein Medikament zusammenstellen muß, ging mein Vater von Bord zu Bord, sammelte Brot und eingemachte Pfirsiche und Ritz-Crackers und Haferflocken ein und häufte alles auf den Ladentisch vor Charlie Potteiger, der einmal Farmer gewesen war und, als er aus dem Krieg im Pazifik zurückkam, seine Farm an eine Siedlungsgesellschaft verkaufte und sich diesen Laden hier einrichtete. Er trug unsere Schulden in ein kleines braunes Oktavheft ein und schenkte uns nie auch nur einen Pfennig, obwohl wir bis zu sechzig Dollar von einem Zahltag zum nächsten anschreiben ließen. „Und ein paar von den Schweinswürstchen, die mein Schwiegervater so gern mag, und ein halbes Pfund von diesen Bonbons hier, damit der Junge was zum Knabbern hat“, sagte mein Vater gerade. Er war so verschwenderisch diesmal, sonst kaufte er immer knauserig ein, gerade die Lebensmittel für einen Tag, als ob am nächsten weniger Mäuler zu stopfen wären. Er kaufte sogar ein Bündel frischer Bananen. Als Potteiger mit seinem Bleistiftstummel angestrengt die Rechnung zusammenstellte, sah mein Vater mich an und fragte: „Hast du dir was zu trinken genommen?“

Gewöhnlich tat ich das, ein letzter Schluck Zivilisation sozusagen, bevor wir in die dunkle Höhle krochen, die durch irgendeinen Irrtum unser Zuhause geworden war. „Nein“, sagte ich, „ich habe keinen Appetit. Laß uns gehn.“

„Mein armer Junge“, verkündete mein Vater laut dem kleinen Haufen von Tagedieben in roten Jägerhütchen, die sogar an diesem Unwettertag hergekommen waren, um herumzustehen und Kaugummi zu mampfen, „er ist seit zwei Nächten nicht zu Haus gewesen und will so gern zu seiner Mama.“

Wütend stieß ich mich durch die Tür ins Freie. Der See auf der andern Straßenseite, gerahmt in Schnee, sah schwarz aus wie die Rückseite eines Spiegels. Zwielicht herrschte, die Tageszeit, da manche Autos volles Licht eingeschaltet haben, andere Standlichter und wieder andere überhaupt keine Lichter. Mein Vater fuhr so schnell, als ob die Straße leer wäre. An manchen Stellen war die Fahrbahn ganz freigeschabt, und dann wechselten unsere Ketten die Tonart. Auf halber Höhe des

Fire Hill (die Kirche über uns mit ihrem winzigen Kreuz war tintig gegen den indigofarbenen Himmel gezeichnet) riß ein Eisenglied, und die restlichen zwei Kilometer rasselte das lose Ende gegen den rechten hinteren Kotflügel. Die spärlichen Häuser von Firetown tupften die Dämmerung mit ihren tiefgelegenen Fenstern; sie glommen schwach wie Kohlen. Das Zehnmeilengasthaus war dunkel, alle Fensterläden waren geschlossen.

Unsere Straße war nicht freigeschaufelt worden. Unsere Straße bestand eigentlich aus zwei Straßen: eine verlief durch die Amish-Felder, und die andere zweigte davon ab, führte an unserm Grundstück vorbei zur Autostraße bei Silas Schoelkopfs Teich und Scheune. Als wir weggefahren waren, hatten wir diese letztere, untere benutzt; heimkehrten wir auf der anderen. Mein Vater rammte den Buick durch den aufgetürmten Schnee, und ungefähr dreißig Meter hinter der Autostraße stak der Wagen plötzlich fest. Der Motor sackte ab. Mein Vater drehte den Zündschlüssel um und machte die Lichter aus. „Wie kommen wir morgen hier raus?“ fragte ich.

„Eins nach dem anderen“, sagte er. „Ich möchte, daß du nach Haus kommst. Kannst du zu Fuß gehn?“

„Was sollte ich sonst tun?“

Die ungeräumte Straße zog sich lang und schimmernd grau hin, perspektivisch abgesetzt durch zwei krakelige Reihen junger Bäume. Nicht ein Licht war von hier zu sehen. Am Himmel über uns, der noch zu glänzend blau war, um Sterne zu tragen, zogen vereinzelte blasse Wolken westwärts wie riesenhafte Marmorflocken, so still, als schwämmen sie gegen die Drehung der Erde. Der Schnee stand mir an den Knöcheln und durchweichte meine Schuhe. Ich versuchte, in meines Vaters Fußtapfen zu treten, aber seine Schritte waren zu groß. In dem Maße, wie die Verkehrsgeräusche der Autostraße hinter uns schwächer wurden, wuchs eine mächtige Stille ringsum. Ein Stern stand vor uns, tief am Himmel und so leuchtend, daß sein weißes Licht mir warm erschien.

„Was für ein Stern ist das?“ fragte ich meinen Vater.

„Die Venus.“

„Ist das immer der erste, der aufgeht?“

„Nein. Manchmal ist er der letzte, der untergeht. Manchmal, wenn ich aufstehe und die Sonne überm Wald aufgeht, hängt die Venus immer noch über dem Amishman's Hill.“

„Könnte man nach ihr seinen Weg finden?“

„Ich weiß es nicht. Ich hab's nie versucht. Das ist eine interessante Frage.“

„Ich kann nie den Polarstern finden“, sagte ich, „ich denke immer, daß er viel größer ist, als er tatsächlich ist.“

„Das stimmt. Ich verstehe nicht, warum man ihn so verdammt klein gemacht hat.“

Seine Silhouette vor mir wirkte gar nicht menschlich, das machte die Tüte mit den Lebensmitteln, die er trug; es war – weil meine Füße nicht mehr länger merkten, daß sie gingen –, als erhöben sich vor mir Nacken und Kopf eines Pferdes, auf dem ich ritt. Ich sah senkrecht hinauf, die Kobaltkuppel war leergewischt von allen Marmorflocken, und ein paar blasse Sterne zitterten durch. Die Zweige der jungen Bäume, zwischen denen wir gingen, gaben jetzt den Blick frei auf den langen, niedrigen Buckel unseres oberen Feldes, das in stumpfem Leuchten lag.

„Peter?“

Ich fuhr zusammen, als die Stimme meines Vaters kam, ich fühlte mich so allein. „Ja?“

„Nichts. Ich wollte nur wissen, ob du noch hinter mir bist.“

„Wo sollte ich wohl sonst sein?“

„Da hast du recht.“

„Soll ich eine Weile die Tüte tragen?“

„Nein, sie ist nur unhandlich, nicht schwer.“

„Warum kaufst du all die Bananen, wenn du doch weißt, daß wir den Kram kilometerweit schleppen müssen?“

„Schwachsinn“, sagte er, „vererbter Schwachsinn.“ Das war eine Lieblingsidee von ihm.

Lady hörte unsere Stimmen, sie fing zu bellen an hinterm Feld. Die raschen, verschwommenen Doppelklänge flatterten uns wie Schmetterlinge dicht am Boden entgegen; sie flippten über den schuppigen Harsch, statt einen Schwung in die steile, glatte Kuppel zu wagen, die sich hundert Meilen weit im Umkreis wie ein Deckel über Pennsylvania legte. Von der Stelle, wo die untere Straße von der oberen abzweigte, konnten wir an klaren Tagen bis zu den ersten blauen Ausläufern der Alleghenies sehen. Wir gingen bergab, in den Schutz unserer Hügelseite. Als erstes tauchten die Bäume unseres Obstgartens auf, dann unsere Scheune und zwischen den Astgabelungen und struppigen, tauben Zweigen der Obstbäume unser Haus. Licht brannte unten im Haus, aber als wir näher kamen über den stillen Hof, war ich ganz sicher, daß dies Licht eine Täuschung war, daß die Leute im Haus gestorben waren und die Lampe nicht mehr hatten löschen können. Mein Vater neben mir stöhnte: „Lieber Gott, ich weiß, Pop ist diese verdammte Treppe runtergefallen.“

Aber Füße hatten einen Weg getreten um die Hausecke vor uns, und auf der Veranda gab es genug Anzeichen dafür, daß die Pumpe benutzt worden war. Lady war nicht an der Kette, sie raste aus dem Dunkel mit einem Grollen in der Kehle auf uns zu, aber dann erkannte sie uns, schnellte wie ein Fisch aus dem spritzenden Schnee, stieß uns mit der Schnauze ins Gesicht und erstickte beinah an ihrem selig-gequälten, zärtlichen Freudengeheul. Sie tobte und hüpfte durch die doppelte Küchentür mit uns, und in dem warmen Raum ging ein unverkennbarer Skunkgeruch von ihr aus.

Hier war die Küche, honigfarben, hell; hier waren die beiden Uhren, die rote, elektrische, die durch den Stromausfall völlig aus der rechten Zeitbahn geworfen war und trotzdem tapfer weiterlief; hier war meine Mutter, die mit ausgebreiteten Armen und glücklichem Mädchengesicht auf uns zukam, meinem Vater die Tüte abzunehmen und uns daheim zu begrüßen.

„Meine Helden", sagte sie.

Mein Vater erklärte: „Ich hab heute morgen versucht, dich anzurufen, Cassie, aber die Leitungen sind unterbrochen. Hast du's schlimm gehabt? In der Tüte ist ein italienisches Sandwich."

„Wir hatten es herrlich", sagte meine Mutter, „Papa hat Holz gesägt, und ich hab heute abend Suppe gekocht aus Büchsenrindfleisch und Äpfeln, wie Großmutter sie immer gemacht hat, wenn die Lebensmittel ausgegangen waren." Ein ambrosischer Geruch nach warmen Äpfeln stieg vom Herd auf, und ein Feuer tanzte im Kamin.

„Häh?" Mein Vater war verblüfft, daß das Leben ohne ihn ganz gut weitergegangen war. „Pop geht es gut? Wo zum Teufel steckt er denn?"

Noch während er redete, ging er ins angrenzende Zimmer, und da saß in seiner gewohnten Ecke auf dem Sofa mein Großvater, die wohlgeformten Hände über der Brust gefaltet, die kleine zerlesene Bibel zugeklappt auf einem Knie balancierend.

„Du hast Holz zerkleinert, Pop?" fragte mein Vater laut. „Du bist ein aufrecht gehendes Wunder. An irgendeinem Punkt in deinem Leben mußt du irgendwas richtig gemacht haben."

„George, ich will ja nicht unbescheiden sein, aber hast du nicht zufällig daran gedacht, mir eine *Sun* mitzubringen?"

Der Postbote war natürlich nicht durchgekommen, ein herber Schlag für meinen Großvater, der nicht glauben konnte, daß es geschneit hatte, bevor er es in der Zeitung las.

„Jesses, nein, Pop", bellte mein Vater, „das hab ich vergessen. Ich weiß nicht, warum, der pure Schwachsinn."

Meine Mutter und der Hund waren mit uns ins Wohnzimmer gekommen. Lady war nicht mehr länger imstande, die gute Nachricht unserer Heimkehr für sich zu behalten, sie sprang aufs Sofa und stieß mit einem schnellen Ruck ihres Körpers meinem Großvater die Schnauze ins Ohr.

„Na, na, na", sagte er und stand auf und griff im Aufstehen nach der Bibel auf seinem Knie.

„Doc Appleton hat angerufen", sagte meine Mutter zu meinem Vater.

„Hm? Ich dachte, die Leitungen sind unterbrochen?"

„Seit heute nachmittag funktionieren sie wieder, gleich nachdem der Strom wieder da war. Ich rief bei Hummels an, und Vera hat gesagt, ihr wäret abgefahren. Sie kam mir angenehmer und liebenswürdiger vor als je am Telefon."

„Was hat Appleton gesagt?" fragte mein Vater; er ging durchs Zimmer und sah auf meinen Globus herunter.

„Er sagte, auf den Röntgenbildern sei nichts zu sehn."

„Hm? Hat er das wirklich gesagt? Glaubst du, daß er lügt, Cassie?"

„Du weißt, daß er nie lügt. Deine Röntgenbilder sind einwandfrei. Er sagt, es liegt nur an deinen Nerven, er vermutet, du hast eine milde Form von – ach, ich komm nicht drauf, ich hab's aber aufgeschrieben." Meine Mutter ging zum Telefon hinüber und las von einem Zettelchen, das sie oben aufs Telefonbuch gelegt hatte: „Colitis mucosa. Wir haben uns nett unterhalten, aber Doc kommt mir älter geworden vor."

Jäh fühlte ich mich erschöpft, leer; ich hatte noch meine Jacke an, setzte mich aufs Sofa und lehnte mich zurück in die Kissen. Es war wie ein Befehl. Der Hund legte den Kopf auf meinen Schoß und kuschelte seine eiskalte Schnauze unter meine Hand. Sein Fell war vollgeplustert mit frostiger Winterluft. Die Eltern über mir sahen gewaltig und dramatisch aus.

Mein Vater drehte sich um, sein großes Gesicht war angespannt, so, als weigere er sich, die letzte Klammer zu lösen, die noch die Hoffnung band. „Das hat er gesagt?"

„Trotzdem glaubt er, daß du Erholung brauchst. Er glaubt, das Unterrichten strengt dich an, und er fragt, ob du nicht irgendwas anderes tun könntest."

„Hä? Zu mehr tauge ich nun mal nicht, Cassie.

Das ist alles, was ich kann. Ich kann nicht aufhören damit."

„Ja, genau das würdest du antworten, wir haben's gewußt, er und ich."

„Glaubst du, er kann aus Röntgenbildern was ersehn, Cassie? Glaubst du, der alte Bluffer weiß, wovon er redet?"

Ich hatte die Augen geschlossen, um dankzusagen. Jetzt kam eine große, kühle, trockene Hand und deckte sich über meine Stirn. Die Stimme meiner Mutter sagte: „George. Was hast du mit dem Kind gemacht? Es hat hohes Fieber."

Ein wenig gedämpft durch die Holzwand an der Treppe, fiel meines Großvaters Stimme zu uns herunter: „Träumt süß."

Mein Vater ging mit großen Schritten über den zitternden Küchenfußboden und rief die Treppe hinauf: „Sei nicht böse wegen der *Sun*, Pop. Ich besorg dir morgen eine. Bis dahin wird nichts passieren, das versprech ich dir. Die Russen sind noch in Moskau, und Truman ist noch König."

„Wie lange ist das schon so?" fragte meine Mutter mich.

„Ich weiß nicht", sagte ich, „irgendwie hab ich mich den ganzen Nachmittag schwach und unwirklich gefühlt."

„Möchtest du ein bißchen Suppe essen?"

„Vielleicht ein bißchen, nicht viel. Ist das nicht eine Erleichterung mit Papa? Daß er nicht Krebs hat."

„Ja", sagte sie. „Jetzt wird er sich was Neues ausdenken müssen, um Mitleid zu erwecken." Ein rascher, bitterer Schatten glitt über das trostvolle Oval ihres Gesichts.

Ich versuchte, in die kleine, verzweigte Welt zu

tauchen, die meine Mutter und ich uns gebaut hatten und in der mein Vater als geliebter, sonderbarer Witz lebte. Ich bekräftigte: „Das kann er wirklich fabelhaft. Vielleicht ist das sein eigentliches Talent."

Er kam zu uns ins Zimmer zurück und verkündete: „Junge, der Mann hat vielleicht eine Laune! Er ist wirklich und wahrhaftig sauer, daß ich ihm keine Zeitung mitgebracht habe. Der ist wie ein Kraftwerk, Cassie. Wenn ich so alt bin wie er, bin ich schon seit zwanzig Jahren unter der Erde."

Ich war zwar zu benommen und zu schläfrig, um zu rechnen, aber dies klang mir so, als habe er seine Lebenserwartungen höher geschraubt.

Meine Eltern fütterten mich und legten mich zu Bett und deckten noch eine Wolldecke aus ihrem eigenen Bett über mich, damit ich es warm hätte. Meine Zähne schlugen mittlerweile aufeinander, und ich gab mir gar keine Mühe, dies skelettöse Klappern zu unterdrücken, das einerseits ganze Schwärme von Kältegeistern in mir losließ und anderseits warme, hilflose, flatterige Ströme der Besorgnis von meiner Mutter auf mich herabregnen ließ. Mein Vater stand daneben und massierte seine Fingerknöchel.

„Der arme Junge, er ist zu ehrgeizig", stöhnte er laut.

„Mein kleiner Sonnenschein", schien meine Mutter zu sagen. Zum Klang ihrer sich entfernenden Stimmen schlief ich ein. In meinen Träumen erschienen sie mir nicht, auch Penny nicht und Mrs. Hummel, Mr. Zimmerman, Deifendorf, Minor Kretz und Mr. Phillips nicht, meine Träume trugen sich in einer träge strudelnden Welt zu, die ihnen allen vorausgegangen war, und nur das Gesicht meiner Großmutter, das hin und wieder an der Pheripherie aufblitzte mit seinem verstörten, verängstigten Ausdruck, dies Gesicht, das sie immer machte, wenn sie mich von einem Baum herunterrief, in dem ich kletterte, begleitete mich in der treibenden, wurzellosen Flut unidentifizierbarer Dinge. Und die ganze Zeit war meine Stimme im Protest erhoben; als ich dann aufwachte, mit dem dringenden Bedürfnis zu urinieren, kamen mir die Stimmen meiner Eltern unten wie eine zankhafte Ausweitung meiner eigenen vor. Zitronengelbes Morgenlicht füllte meinen Fensterrahmen. Ich erinnerte mich daran, daß ich mitten in der Nacht beinah aufgetaucht wäre aus meinem uferlosen Alptraum: Hände hatten mein Gesicht berührt, und aus einem Winkel des Zimmers war meines Vaters Stimme gekommen: „Armer Junge, ich wollte, ich könnte ihm meinen hartnäckigen Körper geben."

Jetzt sagte er unten gerade mit hoher, angestrengter, sich überschlagender Stimme, die er wie eine Peitsche auf meine Mutter fallen ließ: „Ich sage dir, Cassie, die können mir gestohlen bleiben. Entweder man ist der Hammer, oder man ist der Amboß, das ist meine Meinung. Diese Halunken haben nichts für mich übrig, und ich hab nichts für sie übrig."

„Das ist wahrhaftig eine jammervolle Einstellung für einen Lehrer. Kein Wunder, daß bei dir innen alles durcheinander ist."

„Das ist die einzig *mögliche* Einstellung, Cassie. Jede andere ist Selbstmord. Falls ich's noch zehn Jahre schaffe, kriege ich meine Fünfundzwanzigjahrespension, und dann können sie mir alle den

Buckel runterrutschen. Wenn Zimmerman und diese saubere Herzog mich nicht schon vorher rausschmeißen, heißt es."

„Weil du gesehn hast, wie sie durch eine Tür gekommen ist? George, warum übertreibst du so? Willst du uns alle verrückt machen? Was hast du davon, wenn du's endlich geschafft hast?"

„Ich übertreibe nicht, Cassie. Sie weiß, daß ich's weiß, und Zimmerman weiß, daß ich weiß, daß sie es weiß."

„Es muß *schrecklich* sein, soviel zu wissen."

Eine Pause.

„Es *ist* schrecklich", sagte mein Vater. „Es ist die Hölle."

Wieder eine Pause.

„Ich glaube, der Doktor hat recht", fing meine Mutter wieder an. „Du solltest aufhören."

„Sei nicht kindisch, Cassie. Das ist reines Appleton-Gewäsch. Er muß irgendwas sagen. Was soll ich denn sonst machen? Anderweitig bin ich verwendungsunfähig."

„Könntest du nicht aufhören und, wenn du keine andere Arbeit findest, hier mit mir die Farm bewirtschaften?" Ihre Stimme war schüchtern und mädchenhaft klein geworden; die Kehle schnürte sich mir zu vor Mitleid mit ihr. „Es ist eine gute Farm", sagte sie. „Wir könnten es so machen wie meine Eltern, sie waren glücklich, bis sie von hier weggingen, nicht wahr, Pop?"

Mein Großvater gab keine Antwort. Meine Mutter warf hastig nervöse kleine Scherze in die Stille: „Mit deiner Hände Arbeit, George. Zurück zur Natur. Es würde einen ganzen Mann aus dir machen."

Meines Vaters Stimme dagegen wurde nun feierlich: „Cassie, ich möchte aufrichtig mit dir sein, weil du meine Frau bist. Ich hasse die Natur. Sie erinnert mich an den Tod. Alles, was Natur mir bedeutet, ist Vergänglichkeit und Unordnung und Skunkgestank – brrr!“

„Die Natur“, machte mein Großvater in seiner würdevollen Art nach mächtigem Räuspern kund, „ist wie eine Mutter; sie trös-tet und züch-tigt mit derselben Hand.“

Eine unsichtbare Spannung lag über dem Haus, wie eine Membran so straff, und ich wußte, daß meine Mutter weinte. Es waren fast meine eigenen Tränen, die sie weinte, doch ich war froh, daß sie besiegt worden war, denn die Vorstellung, mein Vater solle Farmer werden, erschreckte mich.

Das würde auch mich in den Ackerboden versenken.

Sie hatten mir einen Topf unters Bett gestellt, demütig kniete ich mich hin und benutzte ihn. Nur die Medaillons auf der Tapete sahen mir zu. Wie ein abgezogenes, blutstarrendes Fell lag mein rotes Hemd auf dem Boden, gegen die Fußleiste geknautscht. Im Augenblick, als ich aufstand, merkte ich, in was für einem Zustand ich war. Meine Knie waren weich, der Kopf tat mir weh, und meine Kehle war wie mit trockenem Glas gespickt. Aber meine Nase fing zu laufen an, und ich konnte einen kleinen Husten zusammenkratzen. Ich legte mich wieder hin und schmiegte mich in die behagliche Gewißheit, daß nun der vertraute Erkältungszyklus mich hatte: sich lösender Husten, verstopfte Nase, verebbendes Fieber, die sicheren drei Tage im Bett. Nie sonst schien mir die Zukunft so mit Händen zu greifen wie während solcher Krankheitspausen, der Gedankc, daß ich malen würde, erregte mich dann mehr als je und ließ in mir die hoffnungsreichsten Ideen blühen. Wenn ich krank im Bett lag, dirigierte ich ungeheure Farbenbilder, und die Welt existierte nur als Boden für meine Träume.

Mein Vater hatte gehört, daß ich aufgestanden war, und er kam die Treppe herauf. Er hatte seinen kurzen Mantel an und die imbezile Strickmütze auf dem Kopf. Er war marschbereit, und heute würde meine Verschlafenheit ihn nicht aufhalten. Eine Fröhlichkeit stand in seinem Gesicht. „Wie geht's dir, Junge? Mann, ich hab dir happige drei Tage bereitet."

„Du konntest doch nicht dafür. Ich bin froh, daß es so ausgegangen ist."

„Hä? Ach so, du meinst die Röntgenaufnahmen. Ja, ich hab immer Glück gehabt. Der liebe Gott paßt schon auf einen auf, wenn man ihn läßt."

„Bist du sicher, daß heute Schule ist?"

„Jawohl, im Radio kam durch, daß alle wieder hin wollen. Die Monster wollen wieder lernen."

„He. Papa."

„Hm?"

„Wenn du aufhören willst zu unterrichten oder eine Zeitlang aussetzen, dann tu das, ohne Rücksicht auf mich."

„Da mach dir nur keine Sorgen. Mach dir nur keine Sorgen um deinen alten Herrn, hast mit dir selber genug zu tun. Ich hab nie in meinem Leben eine Entscheidung getroffen, die nicht zu hundert Prozent selbstsüchtig war."

Ich drehte mein Gesicht fort und sah zum Fenster hinaus. Einen Augenblick später erschien mein Vater da draußen, eine aufrechte Gestalt, dunkel vorm Schnee. Seine Haltung machte keinerlei Konzession an die Widerstände zu seinen

Füßen; hochaufgerichtet watete er über unsern Hof, am Briefkasten vorbei, den Hügel hinauf, bis die Bäume unseres Obstgartens ihn meinen Augen entzogen. Die Bäume schimmerten weiß auf ihrer Sonnenseite. Die beiden Telegrafendrähte durchschnitten diagonal den leeren, blauen Himmel. Die kahle Steinmauer war stumpf umbrafarben, meines Vaters Fußstapfen Daumen aus Weiß in Weiß. Ich wußte, was für eine Szenerie das war: ein Stückchen Land von Pennsylvania im Jahre 1947, und doch wußte ich es nicht; in meinem sanftfiebrigen Zustand war ich ganz eingetaucht in ein Rechteck farbigen Lichts. Ich brannte darauf, es zu malen, so wie es war, in seinem chiffrierten Glanz; der Gedanke kam mir, daß ich mich aller Perspektive entledigen müsse, wenn ich zur Natur ging, daß ich mich wie eine weite, transparente Leinwand über sie hinstrecken müsse und hoffen, es werde sich mir, wenn meine Unterwerfung vollkommen wäre, eine schöne und nützliche Wahrheit aufprägen.

Dann – als hätte ich, indem ich diese unausgegorene Erregung mich hatte durchziehen lassen, ehrliche Arbeit getan – wurde ich müde, ich schloß die Augen und nickte ein, und als meine Mutter mir den Orangensaft und die Haferflocken brachte, aß ich mit widerstrebendem Mund.

IX

Allein ging er durch die weiße Weite. Seine Hufe klapperten, der vierte schleifte (Knochen gegen Knochen) übers senkrecht von der Sonne beschienene Kalksteinplateau. War die Kuppel aus Bronze oder aus Eisen? Vom Himmel zur Erde, hieß es, fiel ein Amboß neun Tage und neun Nächte; und von der Erde fiel er neun Tage und neun Nächte, und am zehnten Tag traf er den Tartaros. In den ersten Tagen, als Uranos sich jede Nacht mit Gaia paarte, muß die Entfernung geringer gewesen sein. Vielleicht war sie jetzt größer, vielleicht – der Gedanke vertiefte sein Elend – konnte ein Amboß jetzt auf ewig vom Himmel fallen und niemals zur Erde gelangen. Und war nicht Mutter Gaia, die aus ihren feuchten Spalten einst freigebig die Hunderthändigen, die übers Erz herrschenden Einäugigen, den die Tiefen aufwirbelnden Okeanos, Koios und Krios und Hyperion und Iapetos, Theia und Rhea, Themis und Mnemosyne und die golden gekrönte Phoebe und die liebliche Tethys hervorgebracht hatte, auch die Mutter von Philyra? Gaia, die, als sie benetzt ward vom Blut ihres Gemahls bei dessen Verstümmelung, die rächenden Erinnyen gebar und die milderen Meliai, die Wächterinnen der Manna-Eschen und die Ammen des Zeus; Gaia, die aus dem Gorgonenblut Pegasos hervorspringen ließ und die im Bunde mit Tartaros ihren jüngsten und fürchterlichsten Sohn gebar: Typhon, dessen untere Hälfte zwei kämpfende Schlangen waren, dessen Arme sich vom Sonnenaufgang bis zum Sonnenuntergang erstreckten und der ganze Berge schleuderte, die besudelt waren mit seinem Blut, und eine Zeitlang die Sehnen des Zeus einem Ungeheuer in Obhut gab – war Mutter Gaia, die solche Wunderwesen mühelos aus ihrem braunen Leib hervorgebracht hatte, jetzt nicht von seltsamer Stille befallen? Weiß war sie, ganz weiß, Farbe des Todes, Summe des Spektrums, wie weit das Auge des Zentauren auch reichte. Er überlegte: Hatte die Kastration des Himmels nicht eine furchtbare Sterilität über Gaia verhängt, obwohl sie ja selbst laut um Hilfe geschrien hatte?

Die Pflanzen am Rand der Straße, auf der er ging, trugen keine Blätter und waren sehr einförmig. Knäuelgras, Demeters Zeichen; Sumach, Gift für die Haut; Hartriegel, die Rinde ist ein mildes Abführmittel; Maulbeere und Sumpfeiche und Würgkirsche, Heckengesträuch. Halme. In dieser Jahreszeit waren sie bar jeden Nutzwertes, und der Boden aus glattem Schnee machte sie zur Kalligraphie. Er versuchte, ein Wort aus ihrem Gekritzel zu entziffern, aber er fand keines. Es gab keine Hilfe. Nicht einer unter den zwölf, den er nicht befragt hätte, und nicht einer hatte ihm die Antwort gesagt. Sollte er auf ewig unter dem leeren Blick der Götter wandeln? Der Schmerz in seinen Eingeweiden bellte und zerrte wie eine eingesperrte Hundemeute. Laß sie frei. *Mein Gott, laß sie frei.* Wie aus Wut über sein Gebet strömte, dem widerlichen Atem der Hekate gleich, in seinem innern Auge der monströse Strudel fehlgeborener Formen und rasender Riesen vorbei, der die Reihenfolge der Schöpfung bestimmte: ein Ferment, gesogen aus dem lippenlosen Gähnen des Chaos, des schauerlichen Allvaters. *Brrr.* Sein weiser Geist klaffte bei diesem Ansturm des Grauens hilflos offen, und er erflehte nichts weiter als die Gnade der Unwissenheit, des Vergessens. Politisch denkend, wie er war, hatte er es seit langem zu seiner Taktik gemacht, von den Göttern nur das zu erbitten, was sie, wie er glaubte, ihm nicht verweigern konnten. Die Pforten verengten sich; barmherzigerweise vergaß er ein wenig von dem, was er wußte.

Die Szene, die er hinter sich gelassen hatte, schob sich ihm ängstigend vor die Augen. Sein Kind lag im Fieber. Das Herz regte sich ihm in Mitleid für Ozyrhoe, seinen einzigen Sproß. Ozyrhoe mit dem überreichen Haar. Müßte dringend geschnitten werden. Armes Kind, brauchte alles. Armut. Sein Erbe, ein Schreibtisch voller Schulden und eine Bibel, er gab es weiter. Armut, Gaias wahres letztes Kind. Der Himmel war entmannt und hatte sich, rasend vor Pein, unendlich hoch emporgeschwungen und seine Brut zurückgelassen, auf daß sie verdorre in der weißen Wüste, die ihre Arme von Sonnenaufgang bis Sonnenuntergang reckte.

Aber auch im allertiefsten Winter bereiten die tauben Zweige ihre kleinen stumpfen Knospen vor. Im dunkelsten Schlund des Jahres wurde ein König geboren. Kein Blatt fällt, von dem nicht eine bernsteinfarbene Wurzel zurückbleibt, ein zierlicher Huf, ein kleines Gepäckstück, das in zukünftiger Zeit ausgepackt werden soll. Diese Ahnung gab dem schwarzen Zweiggeflecht einen rötlichen

Unterton. Träge nahm des Zentauren Lackmusauge dies auf; langsam veränderte sich die Chemie seiner Gedanken. Die Zwischenräume zwischen den Stämmen der Hecke zogen wie zerfranste Türöffnungen an ihm vorbei, und er erinnerte sich an einen Kirchgang mit seinem Vater in Passaic, sie benutzten eine riskante Straße, es war Samstag, und die Männer aus den Schwefelwerken betranken sich. Aus der Doppeltür einer Bar brandete ein giftiges Gelächter, das alle Grausamkeit und Blasphemie der Welt zu destillieren schien, und er wunderte sich, daß so ein Geräusch Platz hatte unter dem Himmel von seines Vaters Gott. In jener Zeit behielt er es meistens für sich, wenn ihn etwas beunruhigte, aber seine Besorgnis mußte spürbar gewesen sein, denn er erinnerte sich, daß sein Vater sich umdrehte, dem Gelächter aus der Bar nachlauschte und dann, auf seinen Sohn niederlächelnd, sagte: „Alle Freude gehört dem Herrn."

Es war halb im Scherz gemeint, aber der Junge nahm es sich zu Herzen. *Alle Freude gehört dem Herrn.* Wo immer in Schmutz und Wirrnis und Elend eine Seele Freude empfand, der Herr kam und beanspruchte sie als sein Eigentum; in Bars und Bordellen, in Klassenzimmern und von Speichel schlüpfrigen Durchgängen, wie dunkel und schmutzig und abgelegen sie auch waren, in China, Afrika oder Brasilien, wo immer ein Augenblick der Freude gekostet wurde: der Herr stahl ihn und fügte ihn zu seinem ewigen Reich. Und der ganze Rest, alles, was nicht Freude war, fiel weg, stürzte ins Nichts, Ausschuß, der nie einen Wert besessen hatte. Er bedachte die Freude, die seine Frau am Landbesitz hatte, Pop Kramers Freude an der Zeitung, seines Sohnes Freude an der Zukunft, und er war froh, dankbar, daß er imstande war, ihnen noch eine Weile lang zu ihren Freuden zu verhelfen. Die Röntgenbilder waren ohne Makel. Eine weiße Spanne von Tagen erstreckte sich vor ihm. Die Zeit, die ihm blieb, besaß eine himmlische Weite, in der er schwamm wie ein wahrer Enkel des Okeanos; er erkannte, daß er in die totale Freiheit einging, wenn er sein Leben andern gab. Der Berg Ida und der Berg Dikte brandeten aus den gegenüberliegenden blauen Fernen wie klatschende Wogen gegen ihn, und im aufrechten Teil seines Leibes vermählten sich wieder der Himmel und Gaia. Nur die Güte lebt. Aber sie lebt wirklich. Jetzt kam er an die Krümmung der Straße. Hundert Schritt vor sich sah er den Buick wie einen schwarzen Rachen, in den er tauchen mußte. Der Wagen hatte einem Bestattungsunternehmer gehört. Ein schwarzer Klumpen gegen den aufgehäuften Schnee; es stand fünfzig zu fünfzig, ob er ihn da herausbringen würde oder nicht. Über den Rand des Feldes zu seiner Linken ragte der Amish-Silo mit seinem konischen Wellblechdach; eine verlassene Windmühle stand steif und starr; ein paar Sperlinge kreisten über den schneebegrabenen Stoppeln.

Rohe Landschaft.

Der unsichtbare weite Raum, dessen der Zentaur einen Augenblick lang habhaft gewesen war, wich mit einem Schlag von ihm; sein Blick verengte sich nach vorn auf das Auto, und eine Klammer legte sich ihm ums Herz. Ein Schmerz breitete sich aus in seinem Bauch, da, wo die Menschen- und die Pferdeelemente sich miteinander verbanden. Wunderwesen sind höchst empfindlich an ihren Übergangsstellen.

Schwarz.

Wahrhaftig, die schmierten viel Schellack auf diese alten Vorkriegs-Buicks. Als Chiron sich näherte, sah der zertrümmerte Kühlerrost erstaunt aus. Chiron erkannte jetzt, daß dies die Öffnung eines Tunnels war, durch den er kriechen mußte; die Kinder, die zu unterrichten ihm aufgetragen war, erschienen seinem grell geblendeten inneren Auge wie die rüttelnden Zähne eines Mahlwerks, wie ein vielfarbenes Hackmesser. Er war vernichtet worden. In diesen letzten Tagen hatte er allem Lebewohl gesagt, die Bücher in Ordnung gebracht, sich auf eine Veränderung, eine Reise, vorbereitet. Es würde keine stattfinden. Atropos hatte die Schere ergriffen, sich gründlich bedacht, gelächelt und dann dem Faden erlaubt, sich weiter zu entspinnen.

Chiron unterdrückte ein Aufstoßen und versuchte, seine Gedanken zu sammeln. Eine steile Müdigkeit stieg vor ihm auf. Die Aussicht, sich von neuem zwischen Zimmerman und Mrs. Herzog und der ganzen niederdrückenden, unbegreiflichen Olinger-Bande durchlavieren zu müssen, machte ihn krank und schwindlig; wie war es möglich, daß seines Vaters Same, in einen Boden unbegrenzter Möglichkeiten gesenkt, nur zu dieser Ernte gereift war, ein paralysierter Fetzen undankbaren, feindseligen Landes, ein paar kryptische Gesichter, die ewig gleichen vier Wände des Zimmers 204?

Als er dem Wagen ganz nah war, so nah, daß er das langgezogene Zerrbild seiner selbst im Kotflügel sah, verstand er. Dies war ein Gefährt, das Zimmerman ihm gesandt hatte. Seine Unterrichtsstunden. Er mußte seinen Verstand ordnen und sich für den Unterricht präparieren.

Warum verehren wir Zeus? Weil es niemanden sonst gibt.

Nenne mir die fünf Flüsse der Toten. Styx, Acheron, Phlegethon, Kokytos und Lethe.

Wer waren die Töchter des Nereus? Agaue, Aktaia, Amphitrite, Autonoe, Doris, Doto, Dynamene, Eione, Erato, Euagore, Euarne, Eudora, Eukrante, Eulimene, Eunike, Eupompe, Galateia, Galene, Glauke, Glaukonome, Halia, Halimede, Hipponoe, Hippothoe, Kymo, Kymodoke, Kymothoe, Laomedeia, Leiagora, Lysianassa, Melite, Menippe, Nemertes, Nesaie, Neso, Panopeia, Pasithea, Pherousa, Ploto, Polynoe, Pontoporeia, Pronoe, Proto, Protomedeia, Psamathe, Sao, Speio, Themisto, Thetis und Thoe.

Was ist ein Held? Ein Held ist ein König, der Hera geopfert wird.

Chiron kam an den Rand des Kalksteinplateaus; sein Huf schrapte. Ein blasses Kieselstück schepperte in den Abgrund. Er schlug die Augen auf zu der Kuppel aus Blau und wurde gewahr, daß es wirklich ein gewaltiger Schritt war. Ja, allen Ernstes, ein sehr gewaltiger Schritt, auf den er, trotz all seines Wanderns im Leben, nicht vorbereitet war. Kein einfacher Schritt, keine leichte Reise, eine Ewigkeit würde vergehen, bis er angelangt wäre, eine Ewigkeit oder wie lange der Amboß auch fallen mochte. Seine erschöpften Eingeweide wurden schwer, sein verwundetes Bein lästerte, sein Kopf fühlte sich leicht. Das Weiß des Kalksteins durchbohrte ihm die Augen. Eine kleine Brise traf am Klippenrand auf sein Gesicht. Sein Wille, ein vollkommener Diamant unter dem Druck absoluter Angst, sprach das endgültige Wort. *Jetzt.*

Da er eine unheilbare Wunde hatte, zog er sich in die Höhle zurück. Dort wollte er sterben. Doch er konnte es nicht, weil er unsterblich war. Da bot Prometheus sich Zeus zum Tausch an: Er selbst wolle an Chirons Stelle unsterblich werden. Und so starb Chiron.

Chiron nahm den Tod an.

Epilog

Zeus hatte seinen alten Freund geliebt, und er erhob ihn und gab ihm einen Platz unter den Sternen als das Bild „Schütze". Hier, im Tierkreis, einmal oberhalb, einmal unterhalb des Horizontes, hilft er, unsere Geschicke zu bestimmen, wenn auch in unserer Zeit nur wenige Sterbliche ihre Augen ehrfurchtsvoll zum Himmel richten, geschweige denn als Schüler von den Sternen lernen.

Nachwort

Anläßlich der Auszeichnung mit dem Nobelpreis für Literatur führte der amerikanische Schriftsteller William Faulkner in seiner Festansprache unter anderem aus: „Der Mensch ist unsterblich …, weil er eine Seele hat, einen Geist, der des Mitgefühls, des Opfers und des Duldens fähig ist. Es ist des Schriftstellers vornehmstes Recht, den Menschen beim Ausharren zu helfen, indem er ihnen das Herz erhebt und sie an das erinnert, was den Ruhm ihrer Vergangenheit ausmacht – an Mut und Ehre, Hoffnung und Stolz, an Mitgefühl und Erbarmen und Opfer. Der Dichter muß nicht bloß vom Menschen berichten, er kann eine der Stützen sein, die ihm helfen, auszuharren und zu siegen." Eine kleine Gruppe bürgerlicher amerikanischer Autoren, unter ihnen Saul Bellow, Carson McCullers, Bernard Malamud, Jerome D. Salinger, William Styron und John Cheever, teilt offensichtlich Faulkners Ansichten von den Aufgaben und Pflichten des humanistischen Schriftstellers. Sie zeigen in Romanen und in Kurzgeschichten, welche Möglichkeiten dem Menschen unter den Bedingungen in den USA verblieben sind, seine Persönlichkeit zu entfalten sowie Würde und Integrität zu bewahren. Die meisten ihrer in den sechziger Jahren veröffentlichten sozialkritischen Werke vermitteln eine Weltsicht, die – so schrieb ein Kritiker – „den Menschen im Zustande der Entfremdung und tragischen Vereinzelung zeigt, in seiner Ohnmacht und Lebensangst, in geistiger und emotionaler Zerrissenheit und Desorientiertheit". Die literarischen Zentralgestalten – sie stammen in der Regel aus dem Kleinbürgertum – sind meist individualistische Außenseiter, deren Verhältnis zur Umwelt gestört ist. Sie erscheinen als unverstandene, nach ihrer Identität suchende Wesen. Sie gehen in ihrem subjektiven Sein auf, fühlen sich aber – wenngleich ihr Aktionsradius stark eingeschränkt ist – mitverantwortlich für das Wohl der Menschheit. Unfähig, die chaotisch anmutende amerikanische Wirklichkeit zu begreifen, geschweige denn, sie zu verändern, bemühen sie sich, sich selbst und ihre Stellung in der Welt zu erkennen. Sie suchen nach gültigen Werten und nach der Möglichkeit, ein Leben zu verwirklichen, das humanistischen Idealen verpflichtet ist. Erfüllt von Mitgefühl für leidende Menschen, möchten sie Trost spenden und helfen. Häufig übernehmen sie die Rolle des Altruisten oder Retters und geben, indem sie sich für andere aufopfern, ihrem Dasein einen Sinn. Zu den Erzählern, die ein humanistisches Menschenbild zeichnen, die den engen Zusammenhang zwischen der Misere des bürgerlichen Individuums und der sozialökonomischen Struktur der USA sichtbar machen, gehört John Updike.

Der im Jahre 1932 im Bundesstaat Pennsylvania geborene Autor verdiente sich die ersten literarischen Sporen als Journalist. Es war ihm gelungen, nach Abschluß des Studiums an der Harvard-Universität eine Anstellung an dem literarischen Wochenmagazin *The New Yorker* zu erhalten. Die zahlreichen Kurzgeschichten und Gedichte, die er für die Rubrik „Stadtgespräche" des *New Yorker* schrieb, sind inhaltlich und stilistisch ganz dem Charakter dieser humoristisch-satirischen Zeitschrift angepaßt. Die besten seiner Erzählungen, Short Stories und Gedichte – sie liegen in den Sammelbänden „The Carpentered Hen and Other Tame Creatures" (1958), „The Same Door" (1959), „Pigeon Feathers and Other Stories" (1962) und „Telephone Poles and Other Poems" (1963) vor – weisen Updike als einen sensiblen Schriftsteller aus, der mit feiner Ironie Kritik an menschlichen Unzulänglichkeiten und an gesellschaftlichen Verhältnissen übt.

„Das Fest am Abend" (1959) spiegelt das starke Mißtrauen Updikes gegen eine Ordnung wider, die zwar in der Lage ist, einem großen Teil ihrer Bürger ein Mindestmaß an materieller Sicherheit zu bieten, sich aber als unfähig erwiesen hat, ihre geistigen und kulturellen Bedürfnisse zu befriedigen und die allseitige Entwicklung der Persönlichkeit zu fördern. In dem Werk „Das Fest am Abend" erweist er sich als distanzierter Beobachter, dessen kritische Grundeinstellung zur kapitalistischen Gesellschaftsordnung und zum sozialdemokratischen „Wohlfahrtsstaat" offensichtlich ist, der aber keine Alternative zu bieten hat.

In seinem zweiten Roman, „Hasenherz" (1960), gestaltet Updike den Lebensweg eines jungen Amerikaners, der ständig auf der Flucht aus spießbürgerlicher Enge und auf der Suche nach der eigenen Identität ist. Er verwirft die christliche Religion, die sich als Stütze der sterilen kapitalistischen Ordnung entpuppt, er gibt seinen Beruf auf und läßt Frau und Kind im Stich. In diesem Roman nehmen Ehe- und Familienprobleme breiten Raum ein. Updikes Interesse an den vielfältigen Ursachen, die in den USA das Zusammenleben erschweren, die zwischenmenschlichen Beziehungen belasten und zum Zerfall von Familien führen, kommt auch in der stellenweise autobiographischen Erzählung „Auf der Farm“ (1965) und in „Ehepaare“ (1968) zum Ausdruck.

Überschaut man das bis jetzt vorliegende Werk John Updikes, so läßt sich unschwer erkennen, daß der im Jahre 1963 veröffentlichte, von der Kritik recht unterschiedlich bewertete Roman „Der Zentaur“ den Höhepunkt in seinem bisherigen Schaffen darstellt. Dieses Buch unterscheidet sich von den Romanen anderer zeitgenössischer amerikanischer Autoren durch die Einbeziehung griechischer Mythen. Der Versuch, Gegenwartsthematik in mythologischer Verhüllung dichterisch zu gestalten, ist keineswegs ungewöhnlich oder neu. So ist, um ein besonders charakteristisches Beispiel anzuführen, der Odysseus-Stoff in jüngerer Zeit in verschiedenen Nationalliteraturen verwendet worden. In der neueren amerikanischen Literatur spielt der Kunstgriff, Wirklichkeit und Mythologie zu verflechten, eine ungleich geringere Rolle als in der Belletristik westeuropäischer Nationen. Die Gründe hierfür sind einleuchtend. Heutzutage besitzen selbst akademisch gebildete Amerikaner entweder gar keine oder doch nur sehr verschwommene Vorstellungen von der Götterwelt des antiken Griechenlands. Ein Schriftsteller, der seinen Stoff aus der Antike schöpft, läuft Gefahr, vom Leser nicht verstanden zu werden. Dieser Sachverhalt hat indes nicht alle amerikanischen Autoren davon abgehalten, antike Themen in moderner Fassung darzubieten oder zeitgenössische Stoffe mit einem mythologischen Substrat zu versehen. In Eugene O'Neills Drama „Trauer muß Elektra tragen“ (1931) vollzieht sich die Tragödie im Kreise einer neuenglischen Familie zur Zeit des amerikanischen Bürgerkrieges, und in Tennessee Williams' „Orpheus steigt herab“ (1955) entpuppt sich eine Kleinstadt im Süden der USA als Ort der Unterwelt. Auf dem Gebiet des Romans blieb es John Updike vorbehalten, den Versuch zu wagen, zeitgenössische Probleme mit Hilfe eines griechischen Mythos aufzuhellen.

Die Zentralgestalt des vorliegenden Romans, der fünfzigjährige, an Magenkrebs dahinsiechende Lehrer George Caldwell, figuriert gleichzeitig als Zentaur Chiron, ein antikes Zwitterwesen mit menschlichem Oberkörper und Pferdeleib. Die Metamorphose erfolgt bereits am Anfang des ersten Kapitels. So wie Chiron im Kampfgetümmel von einem vergifteten Pfeil verletzt wurde und fortan heftige Schmerzen erdulden muß, so wird Caldwell vom Pfeil eines zügellosen Schülers getroffen. Chiron, ein Sohn des Kronos, war der klügste und gütigste der Zentauren, der Lehrer des Achilles und anderer Sprößlinge des Olymps; er überläßt nach der griechischen Sage sein Vorrecht auf Unsterblichkeit dem Prometheus, der das Feuer vom Himmel gestohlen und den Menschen gebracht hatte. Für dieses Vergehen war Prometheus an den Kaukasus geschmiedet worden, wo ihm ein Adler die ständig nachwachsende Leber abfraß. Um die Schuld des trotzig-kühnen Titanensohnes und Freundes der Menschen zu sühnen, akzeptierte der des Lebens überdrüssige Chiron die Sterblichkeit des Prometheus und damit den Tod.

Nicht nur George Caldwell, sondern nahezu jede Gestalt des Romans hat ihr mythologisches Vorbild. Zimmerman, der Direktor der den Olymp repräsentierenden Oberschule von Olinger, wird mit Zeus gleichgesetzt. So wie der höchste der griechischen Götter, der Sieger über Kronos, die Titanen und Giganten, unermeßliche Macht besaß und die Rechtsordnung hütete, so gebietet Caldwells Vorgesetzter über Lehrer und Schüler, ist er bald tyrannisch streng und furchterregend, bald mild und versöhnlich gestimmt. Mit dem Olympier hat Zimmerman nicht nur Machtfülle und Autorität, sondern auch Schwächen, insbesondere die Vorliebe für das weibliche Geschlecht, gemein.

Caldwells fünfzehnjähriger Sohn Peter, der sich über die Willkür von Zimmerman/Zeus empört, trotzig gegen den Wahrer der Schulordnung aufbegehrt und als äußeres Zeichen seines Protestes ein flammendrotes Hemd, Symbol des geraubten Feuers, trägt, figuriert im sechsten Abschnitt des Romans als Prometheus. Peters Mutter Cassie trägt Züge der Nymphe Chariklo und der Demeter, der Göttin des Ackerbaus, der Feldfrüchte und des Brotes. Erdverbunden, stark, ausdauernd und mit einem Sinn für das Praktische ausgestattet, stellt sie den ruhenden Pol in der Familie dar. Caldwells Kollegin Vera, die Frau des hinkenden Garagenbesitzers Hummel, erscheint als Aphrodite, die Göttin der Schönheit und der Liebe, die ihren lahmen Gatten ständig betrügt. Wie Aphrodite den Kriegsgott Ares, so umwirbt Vera den kriegserfahrenen Reverend March. Hester Appleton, die Lateinlehrerin, wird mit Artemis, Doc Appleton mit Apollo assoziiert. Al Hummel ist als moderner Hephaistos, als Herr des Feuers, der Handwerker und der Schmiedekunst konzipiert, seine Garage verwandelt sich in ein von einäugigen Zyklopen beherrschtes Reich. Darüber hinaus verwendet Updike eine Vielzahl von mythologischen Bezügen und Vergleichen. So kontrastieren die von Caldwell vorgetragenen Hypothesen und wissenschaftlichen Theorien über die Entstehung der Erde und des Lebens wirkungsvoll mit der mythologischen Schöpfungsgeschichte, die Chiron seinen Schülern erzählt. Anspielungen auf Uranos, Gaia, Kronos, Hera, Hermes, den Gott der Reisenden und der Diebe, sowie auf Charon und Hades runden das mythologische Bezugssystem des Romans ab.

Diese enge Verflechtung von amerikanischer Alltagswirklichkeit und griechischer Mythologie zählt zu den umstrittensten Aspekten dieses vielschichtigen, problemreichen Romans. Updike selbst erklärte einmal, die Mythologie sei hier kein bloßer Kunstgriff, sondern der Kern des Buches. Tatsächlich geht es Updike nicht um eine Remythologisierung der Literatur oder um den Versuch, einen griechischen Mythos um seiner selbst willen lebendig werden zu lassen. Vielmehr bedient er sich der Geschichte vom Zentauren Chiron und der Mythologie als Hilfsmittel, um den zeitgenössischen Stoff tiefer erfassen und das Schicksal George Caldwells in größeren Dimensionen darstellen zu können. Es ist dem Autor jedoch nicht überall in gleichem Maß gelungen, die realistische Schilderung zeitgenössischen Geschehens mit dem mythologischen Substrat zu einer Einheit zu verweben. In einigen Abschnitten erfolgen die Übergänge von der Realität in den Mythos und umgekehrt glatt und reibungslos. Das trifft insbesondere auf einige Passagen des ersten Kapitels zu. Die Metamorphose des von einem Pfeil getroffenen Lehrers in den Zentauren Chiron erfolgt auf subtile Art und Weise und ist überzeugend. Auch dort, wo Updike Vera Hummel nackt, in Dampf gehüllt, vor den Blicken Caldwells erscheinen läßt, gelingt es ihm, die Parallele zwischen der schaumgeborenen, stets auf amouröse Abenteuer erpichten Schwester des Zeus und der Sportlehrerin mühelos herzustellen. Die erotischen Anspielungen und die gelegentlich lasziv wirkenden Bemerkungen Aphrodites entsprechen völlig dem Charakter der Göttin, die hier eine ihrer beiden Seiten – die der „überall umherschweifenden" Venus, der Venus Vulgivaga – hervorkehrt. Zudem verleiht der Autor seinem Werk auch auf diesem Gebiet den Hauch antiker Atmosphäre. Eine gelungene Leistung stellt ferner die Verquickung von Al Hummels Garage mit dem Reich des Hephaistos dar. Demgegenüber verschmelzen in der als Satire auf amerikanische Lehrmethoden zu verstehenden Beschreibung der Unterrichtsstunde, in der George Caldwell den Schülern die Erdgeschichte nahezubringen versucht, Realismus, Mythologie, Symbolik, metaphorische Passagen und die Wiedergabe von Halluzinationen in einem solchen Maße, daß die Mythologie nicht mehr der Erhellung der Wirklichkeit dient, sondern diese zu verwischen droht. Verschiedentlich benutzt Updike die Mythologisierung, um groteske Effekte zu erzielen. In mehreren Passagen, insbesondere in der Szene im Mädchenduschraum der Schule, wo Vera/Aphrodite Zeus als geilen Verwirrungsstifter, den Meeresgott Poseidon als senilen Hilfsmatrosen und den strahlenden Apoll als eingebildeten, selbstzufriedenen Kerl bezeichnet, werden mit Erfolg parodistische Elemente eingesetzt.

Zweifellos erschwert die von Updike gewählte komplizierte Form die Lektüre. Innere Struktur und Aufbau des in neun Teile gegliederten Romans muten auf den ersten Blick unübersichtlich und verwirrend an. Besonders auffällig ist der mehrfache Wechsel der Erzählperspektive und der zeitlichen Ebenen, der, äußerlich teils durch den Gebrauch der dritten, teils der ersten Person des Singulars zum Ausdruck gebracht, im regelmäßigen Rhythmus zwischen einem Autor- und einem Ich-Erzähler erfolgt. Darüber hinaus variiert Updike die Erzählperspektive selbst innerhalb der einzelnen Kapitel. In einigen Abschnitten, in denen der Gebrauch der dritten Person vorherrscht, werden Ereignisse, Menschen, ihre Charaktere und ihre Verhaltensweise entweder aus der Sicht des über den Dingen stehenden Autors oder durch die Brille des Titelhelden gesehen. So dominiert auf den ersten Seiten des Einleitungskapitels zunächst der Autor. Er macht den Leser mit der Zentralgestalt, mit der Schulhausatmosphäre und mit Al Hummel vertraut; aber schon nach wenigen Seiten erfolgt – bei Wahrung des Gebrauchs der dritten Person – ein subtiler Übergang zum Standpunkt des Lehrers. Ähnlich verfährt Updike im Schlußkapitel des Romans, in dem Wirklichkeit und Mythos sowie die Gefühls- und Gedankenwelt Caldwells/Chirons ineinander übergehen. Da Caldwells Bewußtsein von Zeit zu Zeit durch heftige Schmerzanfälle getrübt wird, überschneiden sich realistische Schilderungen, Halluzinationen, Vergangenes und Gegenwärtiges. Eine konsequente auktorale Erzählperspektive liegt lediglich im dritten Kapitel vor. Dieser Abschnitt, gänzlich der Wiedergabe mythischen Stoffes gewidmet, soll die Parallele zwischen Chiron und Caldwell weiterführen und intensivieren. In vier Kapiteln wird das Geschehen mit den Augen von Caldwells Sohn gesehen. Dabei entsteht zunächst der Eindruck, bei dem Ich-Erzähler handele es sich um einen fünfzehnjährigen Knaben, der noch ganz unter dem Eindruck eines unmittelbaren Geschehens steht. Erst im achten Kapitel wird deutlich, daß Peter, als Künstler in Paris lebend, seiner farbigen Geliebten von weit zurückliegenden Ereignissen berichtet.

Mit dem häufigen Wechsel der Erzählperspektive verfolgt Updike das Ziel, dem Leser ein möglichst vollständiges Bild von den zwischenmenschlichen Beziehungen der Romangestalten zu vermitteln. Auf diese Weise wird George Caldwells Persönlichkeit von mehreren Seiten beleuchtet, sein Charakter differenzierter gedeutet und seine Grundhaltung zu seinen Mitmenschen und zum Leben umfassend dargelegt. Gleichzeitig werden durch diese Technik Peters Gefühle und Gedanken sichtbar gemacht, insbesondere seine Einstellung zum Vater.

Im fünften Kapitel nimmt Updike Zukünftiges vorweg. Der stellenweise ironisch gefärbte Nachruf, der den Leser zunächst verwirrt, da Caldwell zu diesem Zeitpunkt noch am Leben ist, gibt eine klare und eindeutige Antwort auf den umstrittenen Schluß des Romans. Aus dem Satz „Atropos hatte die Schere ergriffen, sich gründlich bedacht, gelächelt und dann dem Faden erlaubt, sich weiter zu entspinnen“ haben verschiedene Kritiker geschlossen, vor George Caldwell erstrecke sich noch eine weite Spanne von Tagen. Der Nachruf, der das Geburtsjahr des Verstorbenen mit 1896 und sein Alter mit fünfzig Jahren angibt, bestätigt jedoch, daß Caldwell/Chiron im Jahre 1947, dem Zeitpunkt der Romanhandlung, tatsächlich stirbt.

Wirkt „Der Zentaur" infolge der Fülle mythologischer Anspielungen auch stellenweise wie ein metaphorischer Roman, so behält er doch im wesentlichen seinen realistischen Charakter. Dank Updikes Vorliebe für das Detail erhalten wir ein wirklichkeitsgetreues, fast naturalistisch zu nennendes Bild von dem Milieu, in dem die Handlung spielt. Die ärmliche Farm der Caldwells, die Räumlichkeiten der High School, Minors Imbißstube, das Postamt, Doc Appletons Praxis, die schäbigen Zimmer des Hotels, die Straßen von Alton und die winterliche Landschaft Pennsylvanias werden mit fotografischer Genauigkeit wiedergegeben. Beeindruckend sind ferner impressionistisch wirkende Schilderungen einzelner Szenen: die Beschreibung von Hummels Garage, des Lebens auf der Farm, des verheerenden Schneesturms. Hier rechtfertigt Updike seinen Ruf, ein hervorragender Erzähler zu sein, der Epitheta ornantia, kühne Metaphern, treffende Vergleiche und andere Stilmittel meisterhaft zu handhaben weiß. Dieses vielschichtige Buch ist ohne Zweifel ein bedeutsamer erzählerischer Beitrag zu einem in der amerikanischen Literatur in jüngster Zeit immer wieder behandelten Thema: dem Verhältnis der Generationen im Bereich der Vater-Sohn-Problematik. Er stellt aber ebenso unbestreitbar eine in der Truman-Ära angesiedelte Auseinandersetzung mit der amerikanischen Mittelstandsgesellschaft und eine Satire auf das Schulwesen in den USA dar. Wenngleich wesentliche ökonomische und politische Aspekte der Nachkriegswirklichkeit ausgeklammert bleiben oder nur andeutungsweise behandelt werden, so vermittelt uns „Der Zentaur“ doch einen bleibenden Eindruck von der deprimierenden Welt des amerikanischen Kleinbürgertums und von der Mentalität seiner Repräsentanten: von ihrem beschränkten geistigen Horizont, ihren egoistischen Verhaltensweisen und primitiven Zerstreuungen, ihren reaktionären politischen Ansichten, dem bornierten Antikommunismus eines Minor Kretz und dem intellektuellen Hochmut orthodoxer Calvinisten vom Schlage eines Reverend March. Wir gewinnen nicht nur einen Einblick in die Psyche einer interessanten Lehrerpersönlichkeit und ihrer Familie, sondern auch in das Schulwesen. Da wird deutlich, daß der Lehrer auf den untersten Sprossen der sozialen Stufenleiter steht, daß der Direktor den Lehrern gegenüber eine fast unbegrenzte Machtbefugnis besitzt und daß es um Methodik und Didaktik nicht zum besten bestellt ist. Beispielsweise spiegelt die Beschreibung einer außer Rand und Band geratenen Klasse – wenn auch grotesk und mit den derben Mitteln der antiken Komödie satirisch überhöht – die an amerikanischen Schulen herrschende Disziplinlosigkeit wider.

Updikes Kritik erfaßt Oberflächenerscheinungen, nicht die Wurzeln der kapitalistischen Gesellschaftsordnung. Sie ist aufgrund der mythologisierenden Darstellungsweise eher immanent als direkt, oftmals sachlich und distanziert. Ihr volles Gewicht gewinnt sie erst dann, wenn man sie im engen Zusammenhang mit dem Los der Zentralgestalt betrachtet. Caldwells Schicksal ähnelt dem vieler amerikanischer Kleinbürger, die zur Zeit der Weltwirtschaftskrise aus den Bahnen geworfen wurden, sich in verschiedenen Berufen versuchten und trotz aller Fehlschläge doch stets von neuem das Leben zu meistern trachteten. Der Lebensweg des gütigen Mannes ist eine einzige Leidensgeschichte. Caldwells entbehrungsreiche Jugend, der erbitterte Existenzkampf als Hotelpage, Tellerwäscher und Kabelleger, lange Jahre der Arbeitslosigkeit, die schleichende, tödliche Krankheit und die vierzehnjährige Lehrtätigkeit haben ihn zermürbt und ihm das Dasein vergällt. Der eigenwillige, in seiner Ungelenkigkeit rührend wirkende Einzelgänger ist unsicher und voller Zweifel. Ihm fehlt nicht nur Selbstbewußtsein, Selbstvertrauen und aggressive Härte gegenüber seinen Peinigern, sondern auch die Fähigkeit, größere gesellschaftliche Zusammenhänge zu erkennen. Die Vergebung heischende Höflichkeit dieses sensiblen, rücksichtsvollen, bis zur Selbstpreisgabe hilfsbereiten Lehrers kompliziert Situationen, anstatt sie zu vereinfachen. George Caldwell ist eine widerspruchsvolle Persönlichkeit, er erscheint bald kläglich, komisch und absurd, bald großartig und heroisch. Seine menschliche Größe liegt in seiner Opferbereitschaft. Des Lebens überdrüssig, denkt er nicht daran, aufzugeben und Selbstmord zu begehen. Er leistet seiner Umgebung Widerstand und trotzt aufkommenden Schwächen. Solange er über die erforderliche Kraft verfügt, führt er den aussichtslos erscheinenden Existenzkampf fort und erfüllt seine Pflichten.

Am Beispiel Caldwells gestaltet Updike die Tragik eines Mannes, der von sich sagen könnte: Aliis inserviendo consumor (Ich verzehre mich im

Dienst für andere). Der Grundzug von Caldwells Wesen ist seine Menschlichkeit. Im dritten Kapitel vertritt Chiron die Auffassung, die Liebe habe das Universum in Gang gesetzt und halte es zusammen. Caldwell praktiziert tätige Liebe, die verständlicherweise in erster Linie seinem Sohn gilt, der des Rates, der Hilfe und des Schutzes am meisten bedarf. Sie erstreckt sich aber auch auf die Mädchen und Jungen der High School von Olinger. Obwohl er für seine geistig trägen oder frechen Schüler heftige Worte findet und seine Lehrtätigkeit verflucht, hängt er wie Chiron leidenschaftlich an seinem Beruf und möchte die Menschheit aus der Finsternis führen. So wie es von den Schülern des Chiron heißt, daß sie seine Weisheit mit ihren Erwartungen befriedigten, so brauchen sich die Caldwells und die Deifendorfs gegenseitig. Caldwells aufopfernde Humanität schließt letztlich alle Menschen ein: selbst den Landstreicher und den Betrunkenen, der ihn zu erpressen droht. Caldwell ist objektiv eine gebrochene Persönlichkeit, ein Opfer der kapitalistischen Verhältnisse. Sein tragisches Schicksal macht bestimmte Aspekte eines gesellschaftlichen Prozesses sichtbar. Stärker als die Enge des Familienlebens, psychologische Spannungen und physische Schmerzen belasten ihn gesellschaftlich bedingte Bürden. Er lebt ständig am Rande des Existenzminimums und wird schier erdrückt von der materiellen Notlage, der Tyrannei seines allmächtigen Vorgesetzten, der dauernden Furcht vor der Entlassung, der Sorge um die Zukunft des Sohnes, an dem er mit scheuer Liebe hängt, und durch die Spießbürgerlichkeit von Olinger. Gewiß, Caldwell stellt kein Kraftfeld dar. Er ist kein Held, der – bewußt handelnd – die kapitalistische Gesellschaftsordnung umzugestalten versucht, aber er verteidigt sein Recht, nonkonformistisch zu denken, zu handeln und Widerstand zu leisten. Auf ihn trifft zu, was der sowjetische Literaturwissenschaftler Satonski über die in zeitgenössischen bürgerlichen Romanen dargestellten Nonkonformisten schreibt: „Einerseits ist jeder von ihnen das Produkt des deformierenden, zerstörerischen Drucks. Andererseits aber ein Stück neuen Menschentums, ein Mensch, der, wenn auch nur schüchtern noch, dieses System mit seinem Druck nicht anerkennt und sein eigenes Leben auf ganz anderen moralischen Grundlagen aufbaut."

Karl-Heinz Schönfelder